KB085278

리:본 *REBORN*

§ 리:본 §

2015년 11월 25일 초판 1쇄 인쇄
2015년 11월 27일 초판 1쇄 발행

지은이 § 조이혜
발행인 § 곽중열
기획&편집디자인 § 신연제, 이윤아
발행처 § (주)조은세상

등록 § 2002-23호(1998년 01월 20일)
주소 § 경기도 연천군 미산면 청정로 1355
Tel § (02)587-2977
e-mail romance@comics21c.co.kr
블로그 http://goodworld24.blog.me

값 11,000원

ISBN 979-11-5832-359-2

리:본

REBORN

조이혜 장편소설

GOOD WORLD ROMANCE NOVEL

(주)조은세상

Contents

"후아. 후아, 하아, 하, 후앗."

온희는 몇 번째 심호흡만 하고 서 있었다. 문 앞이 가까워질수록 긴장이 바짝바짝 치솟아 딱 심장이 터질 지경이었다.

"안녕하세요, 교수님. 만나 뵙게 되어 정말 영광입니다. 잘 부탁드립니다."

아냐! 어색해! 좀 더 자연스럽게. 인상 깊게 해야 한다고.

"딱딱하지 않게. 긴장하지 말고. 스읍."

아직도 이러한 기회가 자신에게 왔다는 게 믿기지 않는다. 그녀는 옷차림을 다시 한 번 살피며 첫인사를 어떻게 해야 할지 수도 없이 연습했다.

민효석. 미국에서 온 젊은 부교수. 아이큐를 가늠조차 할 수 없는 고세균의 브레인. 1,700미터 열수구 뉴델파스에서 분리한 초고온성 고세균인 바델120의 물질대사 경로와 성장 유전자를 규명한 엘리트 중의 초엘리트로 이 브레인 교수만큼 미생물학계를 뒤흔드는 존재는 없었다. 그의 연구 덕에 바델120은 석유를 대신할 대체 에너지로서의 가능성을 인정받아 각국에서 응용 연구에 대규모의 자본을 투자할 정도로 가치가 엄청나게 커져 있었다.

지난 학기에 서울대학교로 온 그는 대학원생들만 가르쳤다. 하지만 다음 학기부터 그도 학부 수업을 맡게 되면서 샬레 닦는 일이나마 학부생들에게 맡기라는 학장의 권고가 있었다. 온희 같은 학사 예정자들은 정말 만세를 부르며 토끼 춤이라도 추고픈 대사건이었다.

똑똑.

"⋯⋯."

혀로 마른 입술을 축이며 문을 두드렸지만 도통 대답이 없다. 온희는 문 앞에 바짝 귀를 가져다 대었다.

"아, 뭐야. 부재중이었구나."

너무 긴장하느라 미처 보지 못했던 자석판에 부재중 표시가 붙어 있었다. 온희는 비틀비틀 돌아서서 복도에 마련되어 있는 간이소파 위에 털썩 내려앉았다.

그의 실험실에 들어가고 싶어 하는 경쟁자들을 제치고 그녀가 기회를 잡은 것은 아버지의 친구인 홍석규 교수님의 추천 덕분이었다. 나이 차이는 스무 살 넘게 나지만 두 분 다 노벨생리의학상을 수상한 피터 패틴슨 교수의 제자라 몹시 친하다고 했다. 형님 아우 하는, 이를테면 혈연을 슬쩍 베낀 지연 같은 것이지만 그녀는 전혀 개의치 않았다.

들기론 재미있는 친구라고 하던데, 정말은 어떨까⋯⋯?

10분. 20분. 30분이 지나도 복도는 쥐 죽은 듯 조용하다. 일부러 점심시간을 피해서 왔건만 그 흔한 조교들조차 소식이 없었다.

아무 소리도 없는 곳에서 기다리다 보니 슬슬 무료해지기 시작했다. 열람실에 가기도 애매한 시간이고 나중에 오자니 여태까지 기다린 시간이 아까웠다. 벌써 시간은 40분째 흐르고 있었다.

초조한 마음을 견디다 못해 양갱 한 조각을 오물거리며 이어폰을 귀에 꽂았다. 에로스의 The Goddess. 웨슬리 라일이 피아니스트 한이현을 흠모하며 만든 곡이라고 해서 난리가 난 에로스의 자전적 노래였다.

Yeah, I'm ready to do anything for you.
그래, 너를 위해 난 무엇이든 할 준비가 되어 있지.
My goddess, music worships everything about you.
나의 여신이여, 음악까지도 너의 모든 것을 숭배해.

어느새 눈을 감고 귓전을 울리는 파괴적인 멜로디에 빠져들었다. 이 노래에선 묘한 미련이 느껴진다. 영롱한 음으로 애써 포장하고 있지만 그 안에서 자꾸만 애타는 마음 같은 것이 느껴져서 달달한 양갱의 맛마저 소름이 돋았다.

대체 어떤 느낌일까. 가족이 아닌 한 사람에게서 이토록, 바닥을 긁어낼 듯이 사랑받는 느낌은. 부럽고, 부럽고 겁나게 부럽고…… 씁쓸했다. 누군가를 이토록 숭배에 가깝게 좋아할 수 있다는 게 신기하기만 하다.

에이 젠장. 짝사랑은 역시 불쌍해.

"?"

조금 우울해진 기분을 떨치려 코로 한껏 숨을 들이쉬었다가 내쉬는데 어쩐지 뒷맛이 오묘했다. 퍼뜩 놀라 눈을 뜨자 반질반질한 무언가와 정통으로 시선이 마주쳤다.

"그거…… 아무리 봐도 내 것으로 보이네만."

"큽……."

사람 얼굴이 시야 가득히 떡 하니 들어차 있었다. 얼어버린 온희의 얼굴 앞에서 반질반질한 눈동자를 가진 남자가 슬쩍 옆으로 고개를 기울였다.

뚫어져라 쳐다보는 단정한 눈매와 낮고 빈틈없는 목소리에 온희는 입술을 파들파들 떨었다. 짙은 갈색의 눈동자가 찌를 듯이 고정되어 있었다. 커다란 안경테 안에서 딱딱하게 굳어버린 그녀의 눈동자를, 똑바로.

똑……바로?

"엄마얏!"

눈이 마주치고 있다는 걸 인지하자 온희는 자신도 모르게 벌떡 소파에서 일어섰다. 무시무시한 힘이 바로 앞에서 쭈그려 앉아 있던 그를 힘껏 떠밀었다.

"헉! 교, 교수님! 괜찮으세요?"

비명과도 같은 경악과 함께 하드커버로 싸인 두꺼운 서적이 둔탁한 마찰음을 내며 바닥 위에 뒹굴었다. 온희는 덜덜 떨리는 손으로 앞머리를 재빨리 빗어 내렸다.

봤을까?

눈치챘을까……?

시큼털털한 토사물 같은 것들이 찡하게 콧속을 파고들었다. 그는 복도 위에 주저앉아 허둥지둥 정리하는 조교들 사이로 그녀를 빤히 쳐다보고 있었다. 온희는 부들부들 떨리는 가슴을 부여잡고 멍하니 서 있다가 면상에 정통으로 발차기까지 날릴 뻔했던 남자를 한참 만에 알아보았다.

그것은, 순간 눈앞을 스쳐간 감정은 어디선가 구름이 몰려온 것만 같은 신비로움이었다. 온희는 검은색 셔츠와 은회색 정장 조끼, 그리고 그 위에 걸쳐진 새하얀 실험복 차림의 효석을 넋을 잃고 바라보았다. 요구르트 썩은 것 같은 냄새를 풍기고 있는 초파리 유충들과 그것들이 마구 튀어버린 책에, 어쩔 줄을 모르고 있는 너덧 명의 대학원생들까지…… 순간 눈앞이 캄캄해졌다.

"거기서 뭐하세요, 민 교수님?"

온희의 얼굴이 낭패감으로 거무죽죽하게 내려앉았다. 막 교수실에서 나오던 문교은 교수가 어리둥절한 표정으로 한 발, 한 발 다가오고 있었다.

"온희 뭐 사고 쳤어요? 근데 민 교수님은 왜 바닥에……?"

"그, 그게…… 제가 실수로 교수님을…… 죄송해요. 정말 죄송해요! 일부러 그런 게 아니에요. 놀라서 저도 모르게……."

큰일 났다. 난, 나는…… 망했어. 넋이 반쯤 나가 있던 온희는 벌겋게 달아오른 얼굴로 허리를 꾸벅 숙였다.

"어머, 온희가 그렇게 장사였단 말이야? 오호호호. 민 교수님, 너무 뭐라고 그러지 마세요. 겁먹었잖아요."

웃음 가득한 얼굴로 뒤돌아보는 문 교수의 시선에 푹 고개를 숙였다. 효석이 자리에 일어서며 먼지 묻은 가운을 두어 번 탁탁 털어냈다.

"홍 교수님이 추천한 학부생이 자넨가?"

"네에…… . 4학년 제온희입니다. 정말, 정말 죄송해요."

정말이지 온희는 우수한 타이틀만큼이나 우수한 외모를 보며 언론에 실린 민효석 교수의 사진이 옛날 꼰날의 것임을 존경하는 아빠를 두고 장담할 수 있었다. 아니면 누가 악의적으로 조작한 것이든가.

짝사랑 연속의 28년 동안 이렇게나 남자를 보고 아깝다고 생각한 적은 처음이었다. 연예인과 팬과의 사이보다도 더한, 지도교수와 학생 사이. 아깝다 못해 안타까워서 땅을 치며 구르고 싶은 심정이었다.

효석이 입꼬리를 싱긋 올리는 걸 본 순간 온희의 가슴이 세차게 두근거렸다.

"민효석이네."

웃으니까…… 아아, 다시 한 번 절망이 밀려오고 있었다. 그래도 발차기는 안 날려서 정말 다행이었다. 훤칠한 키만으로도 떨려 죽겠는데 저 신비로운 얼굴에 감히 멍 자국 따위를 남겼더라면…… .

"일단 저 책은 홍 교수님이 내게 빌려 가셨던 건데 보다시피 엉망이 됐으니 잘 닦아오고 자네가 친 사고는 직접 수습을 해주게."

넘어지면서 손으로 바닥을 짚었는지 그가 가볍게 손목을 돌렸다. 그게 하필 오른손이라는 걸 인지하자 온희의 가슴이 철렁 내려앉았다.

"아무래도 스케줄에 차질이 좀 있을 것 같아. 그렇다고 바쁜 대학원생들에게 시킬 수는 없을 것 같은데."

"아……. 아! 물론 제가 해야죠. 당연히."

"……."

빤히 쳐다보는 그를 향해 온희가 있는 힘을 다해 미소를 지었다.

"마음껏 시켜주세요. 네."

"그래?"

너무 갑작스럽고 당황해서 아무것도 떠오르지 않았다. 하얗게 질린 얼굴만큼이나 머릿속도 같이 질려버렸나 보다. 고개도 못 드는 온희 곁을 지난 효석이 차가운 바람을 남기며 교수실로 들어가버렸다. 울상이 된 그녀 곁을 연구생들이 줄줄이 지나가다 맨 끝에 가던 남자 조교만이 어색하게 웃어주었다.

"솔직히 민 교수님 저렇게 아무렇지도 않은 얼굴하고 있지만 뒤끝이 조금 있는 것 같다고 생각해. 개인적으로는."

억.

"어, 얼마나요……?"

"쬐끔…… 보다는 좀 많이. 아니, 상상하는 것보다도 좀 많이. 그러게 왜 그랬어?"

이게 다 살아 있는 생물체가 가까이에만 있으면 경기를 일으키는 이놈의 몹쓸 본능 때문이었다. 이놈의 손버릇이 문제라고!

"그러게 왜 사람한테 얼굴을 들이밀고 그래. 사람 간 떨어지게……."

온희는 힘없이 쪼그려 앉아 고약한 냄새를 풍기는 책 위로 푹 한숨을 쉬었다.

"아빠 보고 싶다."

그러나 집에 가고 싶은 그녀가 갈 곳은 저 복도 끝의 화장실뿐이었다. 이놈의 것들을 씻으러.

나, 파이팅.

1.
측정불가의
남자

"이, 이, 뭐, 뭐라카노, 지금?"

주성은 흥분하면 감춰왔던 사투리부터 튀어나오곤 했다. 너무나 충격을 받은 일동은 한 조각 떠낸 것처럼 인상을 썼다.

"그러니까, 어제 낮 1시경에 호텔에서 민 교수님을 봤다고. 그것도 여자랑 같이!"

은관이 답답한 얼굴로 똑같은 말을 되풀이했지만 누구도 그 말을 믿어주지 않았다. 기묘한 표정으로 쳐다보던 온희가 픽 웃음을 흘렸다.

"이게 아주 술이 덜 깼구만. 어디서 그런 무서운 소릴 하구 있어."

"김은관. 하아……. 웬일로 파이팅 있게 실험 좀 하나 싶었더니 이걸 확, 어휴 진짜 확."

빈 종이컵을 버리고 일어서려는 동료들을 향해 은관이 억울하다며 가슴을 두들겼다.

"아니, 진짜라고. 나 술 안 마셨다니까. 아무리 그래도 일 년에 한 번뿐인 증조할머니 생신에까지 술 처먹고 돌아다니는 개차반 아니란 말얏."

온희는 귀를 후비며 심드렁하게 양갱을 우물거렸다. 김은관이 술을 안 마시는 날도 있다고? 이게 아주 민 교수님이 여자한테 차이고 행방불명되는 소리 하고 있다.

"주말에 프리미엄호텔에서 우리 증조할머니 100세 생신 잔치가 있었단 말이야. 난 설교 소리 듣기 싫어서 커피 사온다는 핑계 대고 튀려고 했는데 글쎄, 민 교수님이 여자랑 있더라니까."

"그래서?"

"딱 봐도 선 자리더란 말이야. 그 은근히 어색한 분위기 하며 완전 힘주고 준비한 투피스 하며……."

"예뻤냐?"

생생한 묘사에 홀린 주성이 관심을 보이자 은관이 음흉하게 웃었다. 자신만이 본 광경. 숨어서 모두 지켜본 일의 추이. 이런 재미로 그는 세상을 살고 있었다.

"엄청난 미인은 아닌데, 귀여웠어. 애교가 철철 넘치는 얼굴이었다니까."

모태솔로인 주성과 지난달 애인이 바람나서 이별 당한 으뜸은 안타까운 신음을 내뱉었다. 온희는 측은지심을 담아 그런 두 사람의 어깨를 툭툭 두드려 주었다.

"근데 놀라운 건 말이야, 그게 두 번째 선이었다는 거야."

"뭐! 두 번째?"

"그렇다니까. 여자가 자긴 요즘 집에서 자꾸 시집가라고 들이미는 통에 주말마다 죽겠다고 교수님은 괜찮으냐고 물어보니까 민 교수님이 자기는 이번이 두 번째라고 하더라니까."

"뜨, 뜨어."

"말세다. 세상이 종말 할 거야."

선이라니. 봐줄 거라고는 순간 사람을 혹하게 만드는 단정한 얼굴과 남달리 뛰어난 두뇌뿐인, 찔러도 눈물 한 방울도 안 흘릴 저 민효석 교수가 결혼을 전제로 여자를 만나고 있으며 무려 두 번이나 선을 보고 다녔다는 무서운 사실에 무리는 완전히 은관의 말에 홀랑 넘어가고 말았다.

"근데 문제는 내가 봐도 여자가 좀…… 그랬어. 얼굴이랑 몸매는 괜찮은데……."

"어쨌는데?"

"너무 무식했어."

"무식?"

"그 있잖아. 세상 진짜 편하게 사는 스타일. 돈푼깨나 있는 집에서 태어나서 공부는 하기 싫고 잘하는 것도 없고, 그래서 겉보기에만 좋은 삼류 음대나 미대 나온 언니들 말이야."

아아, 하고 터진 이해에 은관의 수다는 더욱 힘을 얻었다.

"우리 민 교수님 성격에 그 무식을 참을 수 있겠어? 평범한 지식을 가져도 대화가 안 통할 판인데 히야, 내가 봐도 좀 심하더라. 상식이 없어도 어떻게 그렇게 없을 수가 있나 몰라. 인터넷 신문이라곤 연예 기사밖에 안 볼 것 같더라고."

그들은 이야기에 너무 심취한 나머지 누군가 휴게실 안에 들어오는 기척도 알아차리지 못하고 있었다.

"그 언니 쪽에서는 민 교수님 겉모습에 그냥 뻑, 맛이 가서 과감히 애프터 신청을 하는데 민 교수님이 뭐랬는 줄 알아?"

은관은 흠흠, 목소리를 가다듬고 배에 힘을 주었다.

"적어도 배우자끼리 대화는 통했으면 하는데, 김하연 씨와는 도저히 대화가 안 될 것 같습니다. 미안합니다."

너무나 민 교수다운 대답이라 모두들 펄떡거리며 몸서리를 쳤다. 온희는 질린다는 듯 쯧쯧, 혀까지 차고 있었다.

"그러다 우리 민 교수님은 평생 장가 못 가지. 아무래도 0.001퍼센트 명단을 구해드리는 게 더 빠를 거야."

"그게 뭔데?"

"천재는 인류의 0.001퍼센트뿐이라잖아. 민 교수님이 평범한 여자랑 속 터져서 살겠냐? 같은 부류나 만나야지."

"근데 천재이면서 예쁠 가능성이 얼마나 되냐? 거의 없겠지?"

빠지지 않고 등장하는 예쁜 여자 얘기에 온희는 미간을 구겼다. 하여튼 남자들이란 이놈이나 저놈이나 여자가 예쁜 것만 따지니 못생기고 평범한 여자들이 성형을 안 하고는 못 배기는 거다.

"없지. 없어도 너무 없지. 민 교수님은 평범하면서 예쁜 여자랑 천재면서 못 생긴 여자 중에서 고르라고 하면 당연히 박색이어도 천재를 고를 거야."

"어이구. 우리 온희는 남자를 몰라도 너무 몰라요. 라고 하고 싶지만……."

"민 교수님이라면 충분히 가능하지. 암."

연예인처럼 조각 같은 미남이 아닌데도 그는 여자들이 좋아할 만한 요소들을 다 가지고 있었다. 높고 곧은 코, 야무진 입술, 또랑또랑하면서도 깊은 눈매. 왠지 구름이 그 뒤를 따라다니는 것 같은 지적인 외모가 싱긋 미소 지을 때는 매력이 폭발한다. 이건 정말 인정을 안 할 수가 없었다.

하지만 온희는 이제 그의 겉모습에 속지 않았다. 그는 첫째도 실력, 둘째도 실력, 오로지 실력에 의한 평가만이 전부인 사람이었다. 소름 끼칠 정도로 평가 외에는 아무런 관심도 없었다. 효석이 대학원생들에게 하는 걸 보면서 온희는 그 인정머리 없는 태도에 완전히 질리고 말았다. 백번 따져서 합리적인 건 알겠지만 그는 어딘가 뒤틀린 사람처럼 보였다. 메마르고 냉정한, 그런 사람.

효석의 그런 칼 같은 모습을 뼈저리게 알고 있기에 누구도 부정하지 못했다. 하늘 아래 모든 남자들이 예쁜 여자가 조금 부족한 건 용서해도 민 교수만큼은 예외일 것이다. 못생겨도 대화 통하는 여자를 선택할, 그런 아주 아주 독특한 인간이니까.

나른한 오후에 점심까지 먹고 난 후라 온희가 하암 하품을 하며 중얼거리듯 덧붙였다.

"그나저나 민 교수님 첫 번째 선 상대는 누구였을까? 왜 틀어졌는지 궁금하다."

"공부를 많이 한 재원이었지. 신려대학교에서 물리학을 전공하고 박사학위까지 받아 제법 얘기가 통하나 했어."

"!"

일동은 동시에 얼음이 되었다.

"하지만 너무 남자에게 의존적인 것 같아 거절했다네. 개인적으로 좀 독립적인 성향이 강한 여성이 좋거든."

동전이 달칵달칵하더니 커피 자판기가 위잉 작동하는 소리가 괴기스럽게 고막을 파고들었다. 감히 뒤돌아볼 용기가 없어서 달달달 눈동자만 떨고 있는 주성을 효석이 가차 없이 불렀다.

"하주성."

"넵."

기민하게 뒤돌아 공손히 두 손을 모으고 효석 앞에 선 주성은 어느새 방긋방긋 웃고 있었다.

"자네 실험은 완전히 실패네. 정말 어이가 없더군. 오류가 무려 두 군데야. 박사생이 겨우 다 짜여 있는 프로토콜(생물학에서 실험을 수행하는 일련의 정해진 과정)에서 틀리다니 기가 막혀서 말도 안 나오네. 이게 도대체 몇 번째인가? 정신을 대체 어디다가 두고 있는 거야?"

"죄, 죄송합니다. 주의하겠습니다."

"다시 해오게. 또다시 같은 잘못을 하면 그땐 졸업 접겠다는 각오를 하고. 김은관."

"넵, 넵."

소파 위에서 쪼그려 앉아 숨죽이고 있던 은관이 구르듯 다가오자 그에게도 어김없이 혹평이 돌아갔다.

"자네는 내 말뜻을 여전히 전혀 파악 못 하고 있어. 가설이 횡설수설하니 결과가 제대로 나올 리가 있겠어? 실험 설계에서 헤매면 과학자는 무리네. 도대체 가르치는 보람이 전혀 안 나네만 일찌감치 그만두고 취직자리나 알아보는 게 어떻겠나?"

"죄송합니다!"

으뜸에 이어 여진까지 불려가 깨지는 동안 온희는 심장이 입 밖으로 솟구쳐 나올 것만 같아 마른침만 삼키고 있었다.

효석이 미국에서 나고 자란데다 그들과 나이 차이도 많지 않아 학생들의 태도에 관심도 없는 건 사실이었다. 하지만 아무리 그래도 제자들이 자신을 두고 하는 우스갯소리를 현장으로 들었으니 조용히 넘어가기는 다 틀렸다.

"제온희."

아흐흑.

눈을 질끈 감았다 뜬 온희는 끈 떨어진 인형처럼 벌떡 일어서서 절도 있게 뒤로 돌았다.

"1980년대에 37개 문화권에 사는 1만 명을 대상으로 이상적인 배우자에게 바라는 것이 무엇인지 대대적인 설문조사가 이뤄졌는데 대답은 종교나 언어, 문화 등과 관계없이 동일했어. 진화론적인 관점에서 어떤 대답이 나왔을 것 같나?"

"예?"

"자네가 바라는 배우자상을 진화론적인 관점에서 설명해보란 말이네."

"……예?"

효석은 멍청하게 되묻고만 있는 그녀를 잠시 한심하다는 듯 쳐다보았다.

"남자가 미인에 끌리는 이유는 아이를 잘 낳고 기를 수 있는 여성을 매력적으로 느끼기 때문이야. 지난 수년간의 건강상태를 보여주는 긴 머리카락과 생식력을 보여주는 허리와 엉덩이의 비율, 가슴, 그리고 안면과 신체의 좌우 대칭 등으로 판별하지.”

그의 입꼬리가 싱긋 올라갔다.

“계란형에 얼굴 길이의 가로세로 1:1.3의 황금비율 미인을 세상 어떤 남자가 마다하겠나?”

그래서 여자를 볼 때 그런 비율을 따지고 있다는 거야?

“아, 아…… 역시 그쪽이었나요. 그렇구나. 아하하하.”

완전 이상해! 이해를 못 하겠어!

온희가 질색을 하는 동안 대학원생들은 그가 제 입으로 미인을 좋아한다고 말한 것에 놀라 눈이 왕방울만 해져 있었다.

“그리고 천재이면서 미인인 여자도 있다네. 세상은 의외로 불공평한 부분이 많아. 그런 의미에서 자네는 지금 태연히 양갱만 먹고 있을 때가 아니야.”

온희는 효석 몰래 비딱하게 고개를 저었다.

아니, 왜? 이만하면 세상은 공평하다. 하늘은 민 교수에게 독보적인 두뇌와 근사한 외모를 주었지만 그의 성격만큼은 참 피곤하게 만들어주었다. 물론 피해는 주변 사람들이 다 보지만.

“따라와.”

거기다 지금 그 피해는 그녀가 가장 많이 보고 있지만!

온희가 최대한 불쌍한 얼굴로 힐끔 뒤를 돌아봐도 방금 전까지 함께 수다를 떨다가 일차 피해를 입었던 전우들은 안쓰러운 얼굴로 손만 흔들어주고 있었다.

젠장. 저런 의리도 없는 치사한 인간들 같으니.

효석이 저런 태도로 나올 때는 뒤끝이 좋지 않다. 온희는 터덜터덜 따라가며 그의 뒷모습을 유심히 쳐다보았다. 샤워를 했는지 머리가 젖어 있었다.

"오늘은 뭐 하셨어요? 조깅?"

"스쿼시."

"스, 스쿼……."

뭐야? 뭘 했다고?

"손이 그러신데 스쿼시를 어떻게 하세요?"

"왼손으로 할 수 있네. 이를테면 각도 재기 같은 거니까 말이야."

아니 뭐야. 왼손으로 스쿼시를 할 수 있을 정도면 양손잡이라는 거 아냐?

뭔가 잘못된 것 같은 느낌에 붕대가 감긴 효석의 오른손을 빤히 쳐다보았다. 한 달 동안 쓰지 못하게 되었다는 게 사실일까, 하는 의구심이 든다. 실은 나 때문에 삔 게 아니라든가…….

뭐가 잘못되었냐는 그의 시선에 맥이 풀리는 것만 같았다.

"음, 그러니까, 잘못 하다가 공에 맞으면 어쩌나 해서요. 그럼 병원 신세를 더 지게 될 텐데."

"쓸데없는 걱정이야."

"네에. 그렇겠죠. 하하."

아침부터 밤까지, 손님이 방문하는 때를 제외하고 내내 온희는 효석의 뒤치다꺼리를 하고 있었다. 정교한 실험을 대신해주는 것을 빼고는 거의 모든 게 그녀의 손을 거치고 있었다. 정말 코가 붙어 있는지도 모를 정도로 바빠 죽겠는데 쓸데없는 걱정이라니? 실수 한 번

할 때마다 대놓고 부담스럽게 쳐다본 사람은 어디의 누구냔 말이다.

경련이 이는 그녀의 입술을 무시하며 효석이 작은 기계와 빽빽한 종이뭉치를 건넸다. 모두 그의 실험 데이터에 관한 것들이었다.

"논문 타이핑을 해줘야겠어. 녹음을 해둔 데까지 듣고 그대로 치면 돼."

"예에?"

생각지도 못한 일에 온희의 입이 떡 벌어졌다. 지금 평생 외국 근처에도 안 가본 그녀더러 그의 영어 발음을 듣고 그대로 받아쓰라는 것이었다. 내용도 내용이지만 그 방대하고 복잡한 용어들을, 아직 학부 졸업도 못한 그녀에게 무려, 저널에 실을 논문을.

"못, 못 알아들으면 어떡해요?"

"사전."

아니, 사전으로 커버될 일이 아닌데…….

나중에 직접 하시면 안 되겠냐는 말이 목구멍까지 치밀었지만 지금 그녀에게 시킬 정도면 나중으로 미룰만한 여유가 없다는 거다. 잡무의 범위를 넘어 엄청난 일을 떠맡게 되자 부담이 해일처럼 밀려왔다.

"그래도…… 도저히 모르겠으면요?"

"……"

그가 옅은 한숨을 쉬었다. 슬쩍 눈치를 살피면서도 온희는 끝까지 버텼다. 지난 학기에 논문 읽고 영어로 요약하는 과제를 하다가 머리에 쥐날 뻔했던 일이 떠올라 도무지 알겠다는 말이 나오질 않았다.

안 된다. 안 돼. 아빠를 위해서라도 집에는 꼭 가야 한다.

"……수준이 모자라 죄송합니다."

"일부 어려운 것도 있겠지만 대학에서 4년을 공부한 사람에겐 충분히 이해할 수 있는 내용이야. 아무리 생각해도 자네가 4년을 허송세월을 보낸 것이거나 두뇌가 달리는 것으로밖에 볼 수가 없어."

우씨.

합죽이가 된 그녀를 두고 효석이 책장 앞으로 다가갔다. 그가 철제 사다리를 올라가자 온희가 얼른 가서 흔들리지 않게 아래를 붙들었다.

"도저히 모르겠으면 참고해."

"……."

그가 책장에서 찾아준 책을 받아들고 온희는 부들부들 떨었다. 이정도 두께면 한국어로 써져 있어도 찾기 힘든데 그는 당연한 듯 원서를 건넸다. 이분이 아직도 나를 너무 과대평가하고 있는 건 아닐까 싶어 입 안이 매우 썼다.

"근데 기한은 언제까지……?"

"낼모레까지는 당연히 무리겠지."

"네. 무리예요."

너무나도 당당한 대답에 효석은 기가 막힌 듯했다.

"한 일주일은 주셔야……."

"사흘."

"그것도 좀……."

"……."

"그럼 나흘은요?"

처음에는 시키면 빠릿빠릿하게 뭐든 해내려고 발버둥을 치더니 이제는 제법 요령이 생겼다고 점점 배째라 식으로 나오고 있었다. 효석은 귀찮은 듯 손을 휘휘 저으며 허락을 표시를 했다.

"흐흐. 감사합니다. 그리고 열심히는 하겠지만 기대에 정말 못 미칠 수도 있거든요. 어여쁘게 참작 좀 해주세요."

"소설이나 써오지 말게."

그녀는 히죽 웃고는 주섬주섬 프린트와 녹음기를 챙겼다. 도저히 안 되겠으면 준형 오빠를 호출해서 도와달라고 하면 될 거다. 벌써 책을 뒤적이는 그의 앞에서 공손하게 꾸벅 허리를 숙였다.

"그럼, 일 보세요."

"어딜 가? 여기서 해."

순간이지만 몹시도 차가운 얼굴에 온희는 깜짝 놀랐다. 효석은 개인 노트북을 탁자 위에 내려놓고 그녀를 똑바로 쳐다보았다.

"밖으로 유출되지 않게 신경 쓰게. 만에 하나라도 새어나가는 날엔 자네가 모든 책임을 져야 할 거야."

"네에……. 주의하겠습니다."

손님맞이용 탁자 앞에 앉아 노트북을 끌어오는 동안 그는 눈길 한 번 주지 않고 데이터 분석에 몰두하고 있었다. 그녀는 녹음기를 만지작거리며 조심스레 눈치를 살폈다.

논문 유출이 연구자에겐 치명적인 상처이긴 하지만 아까의 효석은 마치 다른 사람 같았다. 다쳐서 바쁜 일정에 차질이 생겨도, 정말 짜증스러운 일에도 저렇게 날카로운 적은 한 번도 없었는데.

"덧붙이자면, 외부 유출에 신경을 쓰면서도 자네한테 맡기는 이유는 시간을 길게 끌고 싶지 않은 것도 있지만 자네가 절대 내용을 기억하지 못할 거라고 믿어서야."

멀뚱멀뚱 쳐다보는 그녀를 향해 효석이 슬쩍 미소 지었다.

"나는 달린다고 보거든."

똑똑하면 다야……? 똑똑하면 다냐고.

온희는 입을 비쭉이며 이어폰을 귓속에 밀어 넣었다. 물 흐르듯 빠르게 지나가버리는 목소리에 혼백이 흐물흐물해지는 것만 같았다.

"부인할 수가 없어서 슬프다……."

이 순간, 그녀는 아빠가 정말로 보고 싶었다.

†

"그래서, 그 교수가 엄청 괴롭히고 그러는 거야?"

"아니 뭐, 괴롭히고 그러는 건 아니고요."

"아니긴! 우리 딸 얼굴에 근심이 팍 쌓였는데!"

젖은 머리를 수건으로 닦는 온희 옆에서 원영이 잔뜩 속상한 얼굴을 했다.

"기척을 못 알아챘다고 얼굴 들이밀고 쳐다보고 있어서 진짜 놀랐어요. 슬쩍 툭툭 치면 다 알아차릴걸. 진짜 특이한 사람이에요. 보고 있으면 정말 이상해."

"그러게 사람 밀고 그러지 말라니까. 어휴, 석규 놈은 그냥 듣고 웃더라. 그런 사람 아니라고 펄쩍펄쩍 뛰긴 하는데, 석규 그놈은 사람이 너무 좋아서 평가가 영 못 미더워."

원영은 머리카락을 주섬주섬 주우며 혼자 열을 냈다. 무던히도 가슴 졸였던 병약한 딸이 건강하게 자라서 보통 아이들처럼 학교에 다니고 진로를 고민하는 것을 볼 때마다 세상의 모든 것에 무한히 감사하고픈 마음이었다. 그런 딸을 아침부터 밤늦게까지 구박하고 부려먹다니. 금쪽같은 내 딸을!

온희가 사고를 쳐서 일을 거들고 있다는 말을 들은 순간부터 그에게 민효석 교수는 세상에서 가장 나쁜 교수였다. 예상했던 것보다 부상이 심하다는 말은 전혀 귀에 들어오지 않았다.

"근데 아빠."

"응?"

"나 이거 껴야 하는데."

온희는 자리를 피해달라는 말을 늘 이렇게 에둘러 말하곤 했다. 곤란한 듯 짓는 미소에 마음이 아팠다. 다른 일은 다 양보해도 이 일만은 완강히 고집을 부려서 아빠인 그마저도 이 시간엔 절대 곁에 있을 수가 없었다.

"응, 그래. 아빠는 아침 차려야겠다."

온희는 문이 잠긴 걸 확인하고서 쓰고 있던 베이지색 안대를 벗었다. 언제 봐도 적응 안 되는 광경. 텅 빈 붉은 속살이 거울 앞에 온전히 드러났다.

하루에 두 번은 꼭 마주보면서도 그녀는 자신의 빈 눈을 똑바로 쳐다보지 못했다. 아무것도 없는 공간은 마치 배 갈린 짐승의 속처럼 징그럽다. 쥐를 해부하면서 모든 장기를 드러낸 모습이 이와 같았다. 사람이 이렇다는 걸, 내가 실은 이렇다는 걸 확인할 때마다 끔찍한 기분이 든다.

깨끗이 손을 헹구고 사기그릇 뚜껑을 열었다. 안에 든 것을 막 집자마자 휴대전화가 울렸다. 힐끗 보니 홍 교수님이었다.

"아, 손 씻기 귀찮은데……."

깔끔하게 무시하고 물에 담가 놓은 의안을 집었다. 깨끗이 닦아놨더니 상태가 뽀송뽀송하다. 능숙하게 위 눈꺼풀을 앞으로 당기고 의안을 속으로 넣는 동안 전화기는 포기도 모르고 계속 울렸다. 한 번 끊어졌다가 또 울리고, 또 울리고.

"우씨, 진짜."

신경이 온통 휴대전화에 쏠려 손길이 더뎠다. 온희는 아래 눈꺼풀을 당겨 의안을 결막낭 안으로 밀어 넣고 재빨리 통화 버튼을 눌렀다.

"여보세요."

[왜 이렇게 전화를 안 받아? 지금밖에 전화 못 해서 좀 일찍 한 건데.]

"아저씨. 진짜 이 시간에는 전화하지 마시라니까요. 웬만한 건 문자로 하세요."

[왜? 벌써 나가는 거야?]

"슬슬 나가야죠."

[이렇게 빨리?]

그녀는 조교들보다 30분도 더 일찍 출근하고 있었다. 누가 그래야 한다고 한 것도 아니며 민 교수님이 그러라고 한 것도 아니지만 아침 운동으로 하루를 시작하는 효석의 뒷바라지를 하려면 도저히 일찍 나가지 않을 수가 없었다.

"아저씨. 재미 두 번 있다가는 사람 잡겠어요."

[엉? 민 교수가 왜?]

악. 진짜 모르시나 보다.

"그 이야긴 한국 돌아오시면 하기로 해요. 진짜 아저씨 너무해욧."

[내가 뭘! 민 교수가 어떤 사람인 줄 몰라서 그래? 다 널 위해서 일부러 추천까지…….]

가끔 민 교수는 정말 신기한 생물을 보듯 그녀를 보곤 했다. 뒤끝이라는 걸로는 설명할 수 없는, 못 미더워 죽겠다는 무언의 압박. 그런 게 아니라고, 그냥 단순히 짧은 시간 동안 많이 시달려서 그런 거라고 누가 말 좀 해줬으면 좋겠다.

그래도 홍 교수님의 입장을 생각해서 무던히도 애쓰고 있었다. 여자 제온희, 민 교수 뒤치다꺼리하다 까무러치는 일이 있어도 포기란 없다.

"어쨌든 나머지 얘기는 오셔서 하기로 해요. 그리고, 오실 때 선물! 인형 사절!"

[오냐, 오냐. 우리 공주님, 뭐 사다줄까?]

미국산 예쁜 원피스, 라고 말하려다가 관두었다. 그런 경솔한 말을 함부로 지껄였다간 일주일 후에 두 아빠들 앞에서 백설공주 의상이나 신데렐라 코스프레를 하게 될지도 모른다. 몇 번이나 아이고 예쁜 것 하는 소리를 듣고서야 온희는 전화를 끊었다.

마지막으로 왼쪽 눈이 잘 가려지게 앞머리를 정돈하고 갈색 뿔테 안경을 썼다. 이러면 누구도 그녀의 왼쪽 눈이 의안이라는 걸 알아차리지 못한다. 아주 자세히 살펴보지만 않는다면 얼핏 봐서는 절대 알

수가 없다.

"윽……."

불현듯 효석의 시선이 떠올랐다. 똑바로 쳐다보던, 한 치의 흔들림도 없던 눈동자. 그때만 생각하면 여전히 불에 덴 듯 가슴 한복판이 뜨끔해졌다. 그 후로 각별히 신경을 썼고 별달리 살피거나 하는 기색도 없는 걸 보면 다행히 그도 눈치를 채지는 못한 것 같았다.

준비를 마치고 방을 나서자 가스레인지 앞에서 분주하던 원영이 굽고 있던 장어 꼬리를 집어 얼른 다가왔다.

"아빠, 나 벌써 이 닦았는데."

"가서 또 닦으면 되잖아. 자, 얼른."

"나 지금 나가야 하는데……."

"바빠도 굶으면 안 돼! 딱 다섯 점만 먹고 가. 응?"

가게 문 닫고 지금까지 두 시간밖에 못 자면서도 장어를 구운 아빠의 정성을 계속 거절하는 게 미안해서 입을 빠끔히 벌렸다. 신발을 신으며 새끼 새처럼 입술만 쩍 벌리는 딸의 입에 원영은 장어를 볼이 터져라 넣어주었다.

다정한 손길에 온희는 어리광을 부리듯 헤헤 웃으며 원영을 꼭 끌어안았다.

"딸 보고 싶다고 울지 말고요."

"울 거야."

"울면 늦게 올 건데도?"

"그럼…… 좀 참지, 뭐."

허허 웃는 얼굴에 감출 수 없는 피곤과 세월의 흔적이 진하게 남아 있다. 안쓰러움과 미안함에 온희는 아빠의 볼에 뽀뽀를 남기고 서둘러 현관문을 열었다.

"그럼 갔다 올게요."

"오냐. 차 조심하고, 남자도 조심! 어느 놈이 번호 물어봐도 주면 안 돼!"

세상에서 제온희가 가장 예쁜 줄 아는 아빠의 당부에 손가락으로 오케이 사인을 보내며 빌라 입구를 나섰다.

현관 밖의 세상에는 비 냄새가 음울하게 깔려 있는데 연구실은 또 굳게 잠겨 있었다.

"또 나가셨네. 이번엔 어디야? 등산이야? 조깅? 설마 수영이냐?"

그는 스포츠를 즐긴다. 그중에서도 테니스를 가장 즐기는데 손목을 다치고 난 이후로는 주로 등산이나 조깅을 하고 있었다. 아, 가끔 사람 열 받게 왼손으로 스쿼시도 치는 것 같고.

온희는 더 생각할 것도 없이 걸음을 돌려 실험실로 향했다.

607호 고세균 및 미생물 실험실.

사실 고세균은 생소한 분야다. 미생물 분야 내에서도 연구가 많이 이루어지지 않은, 미지의 세계나 다름없었다. 딱 잘라 세균이라고도 할 수 없고 성숙한 생물도 아닌 묘한 녀석들. 그것들은 아주 극한 환경에서 살았다. 어떤 것은 어두컴컴하고 뜨거운 해저화산에, 아주 산성이나 아주 염기성인 곳에, 어떤 놈들은 극적으로 짠 곳에 살기도 했고 심지어 짜부라질 것 같은 압력에서 사는 놈들도 있었다.

그녀가 여기서 하는 일이라곤 겨우 실험도구를 세척하고 소독하는 등의 잡무와 간단한 실험뿐이었지만 이 낯선 무게와 막연한 위압감은 늘 어깨 위를 묵직하게 눌러온다. 마치 이곳의 지배자인 민효석 교수의 존재처럼.

솔직히 온희는 각종 미생물학회 세미나와 미국 연구소 자문 일만도 바쁠 텐데 뉴델파스120의 효소 작용과 그 구성성분들을 골자로 하는 주옥같은 논문까지 발표한 효석을 보며 정말 엄청난 사람임을 인정하지 않을 수 없었다.

"악, 깜짝이야."

실험도구들을 꺼내 옮기던 온희는 특수 인큐베이터 앞에서 인기척도 없이 앉아 있는 효석을 보고 소스라치게 놀랐다. 하마터면 깨뜨릴 뻔한 비커를 움켜쥐고 벌렁거리는 심장을 부여잡았다.

"우, 우, 우, 운동 가신 거 아니셨어요?"

그는 아무런 대답도 하지 않았다. 그가 무언가에 집중하면 무섭도록 파고든다는 걸 그녀는 알고 있었다. 누가 무슨 말을 해도 전혀 들리지 않겠지.

온희는 뒷정리를 마치고 소파에 앉아 실험이 끝나길 기다렸다. 그의 연구실이 아니면 오갈 데도 없는 이 불쌍한 신세. 이럴 줄 알았으면 동아리라도 할 걸 그랬다.

"끝나셨어요?"

그가 가볍게 고개를 끄덕이며 온희의 맞은편에 털썩 앉아 피곤한 듯 안경을 벗었다. 분위기를 보니 이번에도 실패한 것 같았다.

폭발한 지 얼마 안 된 크리화나 해저화산에서 여태까지 학계에 보고되지 않은 초고온성 고세균을 발견한 것 같은데 빌어먹게도 그것이 무던히 속을 썩이고 있었다.

서른 번에 한 번꼴로 성공하는 낮은 배양 성공률도 문제였지만 일단 배양하고 나서도 그것들은 곧장 사멸하고 말았다. 그것이 처음 발견된 것인지 자세히 확인할 시간조차 가지지 못했고 사멸 이유도 알지 못했다.

조바심을 낸다고 해서 해결될 일은 아니지만 애석하게도 과학에서 2등은 의미가 없다. 명예는 발견자의 것이었다. 뛰어난 두뇌를 가진 민 교수이지만 혹시라도, 정말 아주 우연한 방법으로라도 누군가가 그보다 먼저 배양에 성공하고 연구를 완성할까 봐 곁에서 지켜보는 그녀가 더 애가 탔다. 그래도 팔은 안으로 굽는지 민 교수의 시작과 끝이 꽃을 피우지 못하는 것은 싫다.

"만약 그 녀석 배양에 성공하면요."

조심스럽게 입을 떼자 효석이 감고 있던 눈을 떴다.

"어디에 쓰일 수 있을까요? 생활에 접목할 만한 가치가 있을까요?"

"……."

"만약 그럴 만한 가치가 없으면, 연구를 계속하는 것도 힘들겠죠?"

그는 잠시 온희를 쳐다보기만 했다. 그녀가 그런 질문을 한 것이 의외였는지 조금 웃는 것 같기도 했다.

"몇 년 전에 서해 바다에 기름 유출된 사고를 기억해?"

뜬금없는 질문이었지만 온희는 순순히 대답했다.

"태안이요?"

"그래. 그때 사람들이 부직포 같은 걸로 해안에 들어찬 기름을 닦아냈었지. 바닷물에 형성된 기름띠까지 말이야."

"그랬었죠. 저도 가서 닦았거든요."

새삼 그의 얼굴이 눈에 들어온다. 그제야 그가 밤을 새웠다는 걸 깨달았다. 어제와 똑같은 옷차림을 보면서 갑자기 궁금해졌다.

미인을 좋아하는 민효석 교수는 미인이 더 좋을까, 미생물이 더 좋을까?

"그럼 그 일을 하면서 원시적이라는 생각이 안 들던가?"

"무슨 말씀이신지……."

"이렇게 과학이 발달한 시대에 바다를 덮은 기름띠를 일일이 손으로 걷어낸다는 것이 이상하지 않았느냔 말이야."

별로 이상하지 않았는데요.

라고 대답하고 싶었지만 너무 무식한 것 같아 그만두었다. 온희가 의도를 파악하지 못하고 멀뚱멀뚱 쳐다보고만 있자 효석이 옅은 코웃음을 흘렸다. '어쩐 일로 과학적인 질문을 하나 했더니 수준이 지나치게 떨어져서 말이 안 나온다'는 뜻의 압축인 것 같아 온희는 떨떠름하게 미소 지었다.

"음, 조금 이상하긴 하네요."

"질문을 조금 쉬운 것으로 바꿔보겠네. 물에도 불이 붙을 수 있다는 걸 알겠지. 물론 기름이 물 위에 띠를 형성했기 때문에 불이 붙었어. 이때 왜 수중생물들이 살 수 없다고 생각하나?"

대답할 때까지 쳐다보겠다는 집요한 눈빛에 머릿속이 새하얗게 꼬이고 있었다. 분명 모르는 게 아닌데 신기하게도 기억이 하나도 나질 않았다.

뭐였지? 엄청 쉬운 문제인 것 같은데……?

"으음…… 뜨거워서?"

웃음으로 하하 무마하고 넘어가려는 그녀를 향해 효석은 질린다는 듯 고개를 저었다. 기가 막혀도 이렇게 막힐 수가 없다는, 조금 충격을 받은 얼굴이라 온희는 황급히 덧붙였다.

"당연히 농담이죠! 기름 때문에 산소가 부족해지니까 못 사는 거잖아요."

그가 그런 눈으로 빤히 쳐다보면 누구라도 당황한다. 그녀뿐 아니라 대학원생들도! 내가 지금 몰라서 이러는 게 아니라고!

"화학적으로 기름을 제거할 수는 있지만 그 후에 남은 성분들이 해양생태계에 어떤 영향을 줄지 아무도 몰라. 생물학적으로도 없앨 수 있지만 그도 마찬가지지. 과학이 눈부신 발전을 이뤘어도 사실 그것이 인간의 삶에 어떤 가치를 가지고 영향을 주는 건 아주 일부에 지나지 않아."

비가 창문을 내리치는 소리가 조용한 실험실 안까지 들려왔다. 윙, 제습기가 힘을 내는 소리도 뒤따랐다. 왠지 저 멀리 도망치고 싶어지는 순간이었다.

"자네, 공대를 갔어야 했는데 아무래도 과를 잘못 택했나 보군."

"에이, 안 돼요. 저 수학 못하거든요. 물리랑도 안 친하구요."

효석이 자리에서 일어나 머쓱하게 미소 짓는 그녀를 향해 혀를 차듯 덧붙였다.

"물론 못할 것 같아 보이네. 그냥 해본 말이었어."

"⋯⋯."

저, 저, 저⋯⋯.

그러니까 저렇게 멀쩡히 잘생겼어도 여자가 없지!

홀쩍 실험실을 나가버리는 그를 온희는 눈이 째져라 흘겨보았다.

2

이해불가의
여자

"민 교수님이 신도 아닌데 자기 분야가 아닌 것까지 어떻게 알아? 민 교수님은 뭐 하루가 48시간이라도 되냐?"

"왜? 민 교수님이라면 알 수도 있지. 그런 사람이 설마 미생물밖에 모르겠냐? 분명 알아."

"에이, 미생물학만 해도 양이 얼만데. 알아도 상식 수준이겠지, 뭐."

"고작 21살에 교수 된 사람이야. 그 두뇌 용량이 그렇게 가늠이 안 돼? 우리가 대학을 가네 마네 전쟁 치를 나이에 박사논문 하나로 세계를 놀라게 했다고."

시작은 영화 〈아마겟돈〉에서 시작했다. 어젯밤 TV에서 아마겟돈을 봤는데 갑자기 지구와 소행성 충돌에 대한 두려움으로 꿈자리가 뒤숭숭했다는 여진의 말이 발단이 되었다.

만약 소행성이 지구로 돌진해오면 핵폭탄으로 공격할 수 있느냐 없느냐로 출발한 논쟁은 엉뚱하게도 효석이 천체물리학을 얼마나 알고 있느냐로 번졌다. 결국 연구실은 천체물리학자 뺨치게 잘 알고 있을 거라는 효석 신뢰교도 세 명과 그도 한계가 있는 사람임을 주장하는 온희와 은관으로 쫙 갈렸다.

"야, 내기해. 진 쪽이 오늘 점심 사."

"좋아, 하자, 해!"

"근데 누가 물어볼 건데?"

"당연히……."

여덟 개의 눈동자가 동시에 온희에게 집중되었다. 무언의 압박을 느낀 온희는 펄쩍 뛰었다.

"왜 나야? 가위바위보 해!"

"너는 이쪽 대학원을 올지 말지 안 정해진 안전한 입장이고 이쪽은 이미 민 교수님 아래에서 가르침을 받고 있는 힘없고 불쌍한 입장인데, 간 크게 우리보고 가라고야? 이 인정머리 없는 것아."

"내가 그러라고 한 것도 아니잖아!"

"그러나 결과는 이렇지 않니. 불쌍한 중생 네 마리와 민 교수님의 수족."

"수족? 수조옥?"

입장이야 그렇지만 나이로는 절대 막내가 아니기에 온희는 불합리하다며 궁시렁거렸다. 동료들의 성화에 못 이겨 교수실로 떠밀려가면서 쭈뼛쭈뼛 뒤를 돌아보았다. 저만치 떨어진 모퉁이에서 힘없고 불쌍한 중생 네 마리가 빨리 갔다 오라고 재촉을 하고 있었다.

"어어……."

순간 온희는 제 눈을 의심하며 두 눈을 마구 깜빡였다.

"혹시 민 교수님 제자분이신가요?"

"네에…… 뭐."

여자다.

민 교수님 연구실 앞에 젊은 여자가 서성이고 있었다. 그녀는 몇 번이나 문을 두드릴까 말까 망설이는 듯했다. 한눈에 봐도 기품이 흐르고 교양 넘치는 몸짓에 부드러운 미소를 띤 얼굴은…… 흡사 가로세로 1:1.3의 미인에 가까웠다.

온희는 얼른 행선지 자석판을 훑어보았다.

"교수님 찾아오셨어요? 안에 계세요."

"알고 있어요. 근데 약속을 잡지 않고 무작정 온 거라 바쁘실까 봐서요. 그냥 전해드릴 게 있어서……."

말끝을 흐리더니 여자는 들고 있던 고운 쇼핑백을 온희에게 불쑥 내밀었다. 뭐? 나보고 어쩌라고?

똑바로 날아오는 미인의 시선을 피해 슬쩍 고개를 숙이며 온희는 앞머리가 제대로 왼눈을 가리고 있다는 사실에 안도했다.

"대신 전해줄 수 있을까요? 부탁드릴게요."

지식이 얼마나 깊은지는 모르겠지만 적어도 겉모습만 본다면 효석의 말만큼이나 불공평한 세상이다. 예쁜 여자가 성격마저 상냥하고 예의 바르다.

"그럼 누구시라고 전해드릴까요?"

온희는 이것을 핑계로 아마겟돈을 재빨리 물어보고 오자는 각오를 굳히고 있었다. 뭘 더 말하려고 하면 이걸 주고 달려 나오는 거다.

미인은 수줍게 웃으며 부드러운 머리칼을 귀 뒤로 넘겼다.

"약혼녀예요."

"……네? 누구시라고요?"

뒤를 슬그머니 돌아보자 대학원생들도 모두 얼빠진 얼굴들이었다.

"왜 그러세요?"

"아, 아니에요. 너무 예쁘셔서 그만, 깜짝 놀랐달까요. 요전까지만 해도 교수님이 그런 경사를 전혀 말씀 안 해주셨거든요."

"아아. 사실 약혼한 지 일주일 정도밖에 안 됐거든요. 집안에서 서두르는 바람에 급하게 결정돼서 아마 겨를이 없으셨을 거예요."

미인인 여자가 성격마저 상냥하고 예의 바르다 못해 겸손하고 배려심까지 깊다. 거짓말 하나도 안 보태고 여자가 아깝다. 할 수만 있다면 진지하게 두 손을 마주잡고 다시 한 번 생각해보라며 권해주고 싶었다.

"네에. 축하드립니다. 꼭 전해드릴게요. 하하하."

그렇게 선을 보고 다닌다더니 이번엔 약혼녀란다. 천하의 민효석 교수에게. 정말 아마겟돈이 현실이 되려나 보다. 그렇지 않고서야 이럴 수는 없다고, 온희는 중얼중얼 소름 돋은 팔을 문질렀다.

"짱이다. 비주얼은 대박 어울려."

윤기 흐르는 떡갈비를 입 안으로 쑤셔 넣으며 주성은 연신 감탄을 하고 있었다. 온희를 포함해 고세균 실험실 연구원들이 둘러앉아 까먹고 있는 도시락은 미인 약혼녀가 효석에게 전해달라고 했던 바로 그것이었다. 온희는 그것을 전해주자 미묘하게 굳어지던 효석의 얼굴이 떠올라 핏, 웃음을 흘렸다.

"이 맛있는 걸 왜 우릴 주시지? 민 교수님 또 교직원 식당 가셨지?"

"그렇지 뭐. 쑥스러우셨던 거 아닐까."

"역시 남자는 능력이라 이거지. 아우, 이놈의 슬픈 세상."

온희는 젓가락을 허공에 흔들며 쯧쯧쯧, 혀를 찼다. 물론 입 안 가득 문 불고기에 소리는 흔적도 없이 묻혔지만.

"근데 들었냐? 아까 온 그분, 유 교수님 조카라는 거."

"뭣? 이건 또 무슨 소리? 아까 그분이 네가 호텔에서 본 그분 아냐?"

어디서 소식을 잘도 듣고 오는지 은관이 거만하게 고개를 흔들었다.

"허. 그럼 선을 그 후로도 봤다는 거잖아? 그것도 유 교수 조카랑? 이제 3주밖에 안 지났는데? 진짜 안 어울려서 미치겠다."

"흐응, 그래서 요즘 유 교수님 얼굴이 그리 좋아 보였구만. 미래 노벨상 후보인 민 교수님을 예비 조카사위로 만들어서."

"헐. 나 유대훈 교수님 짱 싫은데. 민 교수님도 귀찮게 됐다."

"어쨌거나 실세잖아. 이제 조카사위라고 엄청 봐주겠지. 유 교수님이 자기 조카를 민 교수님이랑 이어주려고 겁나게 노력했대. 민 교수님이 선보러 다닌다니까 몸이 달았겠지."

"야, 넌 어디서 그런 정보들을 다 물고 오는 거냐? 가만 보면 신기하단 말이야."

그들은 유대훈 교수는 나중에 조카한테 백배사죄해야 할 거라고 속닥거렸다. 하지만 지도교수가 비열한 유 교수의 조카사위가 되거나 말거나, 예쁜 언니가 만들어준 음식은 인간적으로 너무 맛있었다.

"엇, 교수님. 식사는 다 하셨어요?"

문 쪽을 보고 앉아 있던 으뜸이 넙죽 자리에서 일어서며 해맑게 물었다. 효석은 휴게실 문을 반쯤 열고 가볍게 고개를 끄덕이더니 온희와 눈이 마주치자마자 슬쩍 고갯짓을 했다.

젠장. 따라오라는 뜻이다.

요릿집을 탈탈 털어 왔다 해도 믿을 만큼 푸짐한 도시락을 포기하고 가는 게 억울하고 안타까웠다. 효석은 비척비척 일어서면서도 사흘 굶은 사람처럼 음식을 볼이 터져라 넣고 있는 온희를 못 말린다는 눈빛으로 쳐다보았다. 그녀는 제 밥을 다 먹고 이제 은관의 것을 넘보고 있었다.

"그만 먹어도 되겠어. 빨리 와."

휙 먼저 가버리는 몰인정함에 온희는 젓가락을 소리 나게 탁 내려놓았다.

"아 나 진짜. 이제는 하다 하다 밥 먹을 때까지 부려먹고 말이야."

"누굴 탓하겠냐. 하늘 같은 교수님을 감히 바닥에 패대기친 모 학생의 운명을."

"자승자박이지 뭐."

저걸 확, 그냥.

얄밉게 히죽 약을 올리는 은관과 주성을 노려보곤 휴게실을 나섰다. 불고기의 완벽한 양념 맛이 아직 혀끝을 감고 있건만 웬일로 기다리고 있나 싶던 민 교수는 심기가 아주 복잡해 보였다.

"어, 교수님. 올해 저희 국수 먹을 수 있는 거예요? 언제까지 기다리면 되나요?"

분위기를 바꿔보고자 웃으며 말을 건넸지만 효석은 아무런 대답도 하지 않았다. 대신 그는 주머니에서 USB를 꺼내 온희에게 내밀었다.

"대체 이게 뭔가?"

"타이핑 시키신 논문…… 같은데요."

웬일로 이렇게 오랫동안 아무 말도 안 하나 싶었더니 역시나였다. 온희는 제 잘못을 다 알고 있다는 듯 뒷목을 움츠렸다. 도저히 무슨 소리인지 모르겠는 단어가 절반이 넘었고 유창한 발음 때문에 안 들리는 게 많아서 아마 문법도 엄청나게 이상했을 거다.

하지만 어떡해. 난 정말 최선을 다했다고.

"어여쁘게 참작하려고 백번을 노력했네만 하도 어이가 없더군. 자네 이 학교는 대체 어떻게 들어왔나?"

"죽여주십시오. 그리고 조금만 저를 과소평가 해주시길 바랍니다, 교수님."

그녀는 연양갱을 그의 손에 쥐어주며 불쌍한 얼굴로 헤실헤실 미소 지었다.

"양갱 좋아하시는지 모르겠지만 단것이 피로회복 효과가 있으니까요. 하하."

연양갱……. 그의 연로한 조모가 자주 드시는 팥앙금 덩어리. 창피한 기색 따위 없는 온희의 유들유들함에 효석은 지적할 기운마저 잃어버리고 말았다.

"앞으로 일주일에 한 번씩 과제를 내주겠네. 테마는 내 논문에서 하나씩 정해줄 테니 각오 단단히 해."

"네?"

날벼락을 맞은 표정이 조금씩 실룩였다. 교수만 아니면 대체 저한테 왜 이러시냐고 외치고 싶은 얼굴이었다.

"아, 그리고."

이제는 숫제 무섭다는 시선이 매달리듯 와 닿았지만 그는 싱긋 미소를 지었다.

"쓸데없는 소리는 자제하게. 일주일에 두 번 과제 하고 싶지 않으면 말이야."

"……국수요?"

아무리 생각해도 과학자와는 어울리지 않는 아이다. 왠지 웃음이 나올 것 같아 그는 말없이 뒤돌아섰다.

효석은 온희가 낸 과제를 반쯤 읽다 탁 덮었다. 비판적 사고를 해 오라고 했더니 목차별 요약만 해왔다. 그동안 어떤 식으로 공부해왔는지 알 만했다.

똑똑.

자기 죄를 아는지 온희가 주춤주춤 교수실에 들어섰다. 효석은 분량만 그럴 듯한 그녀의 리포트를 책상 안 귀퉁이 위에 탁 소리 나게 올려놓았다.

"자네, 독후감 써본 적 없나?"

"······."

"내가 내 논문 내용을 몰라서 요약본을 해오라는 건 아니잖아. 내가 원하는 건 자네의 생각이야. 내가 내린 결론에 대한 자네의 비판 말이야. 그게 아니라면 적어도 자신의 생각이라도 써야 할 게 아닌가? 그게 뭐가 됐든."

"죄송합니다."

그녀라고 비판하고 싶지 않아서 안 한 게 아니다. 민효석의 두뇌를 뛰어넘을 수 있는 사람이 아니고서야 어떻게 논리적으로 빈틈이 없는 내용을 깔 수 있느냐 말이다. 머리에 쥐가 날 정도로 생각해봐도 그의 결론을 뒤집을 논리가 전혀 떠오르지 않았다. 그러니까 제발 과소평가해달라고 한 건데.

"다시 해와."

기가 죽었는지 온희는 땅만 쳐다보고 있었다. 가보라는 뜻으로 손을 내젓는데도 미동도 없이 서 있었다.

"저기, 여쭤 보고 싶은 게 있는데요."

이처럼 진지한 얼굴은 거의 본 적이 없기에 효석은 의자 등받이에 등을 기댄 채 그녀를 바라보았다.

"소행성이 지구로 돌진해오면 핵폭탄으로 공격해서 제거할 수 있나요?"

"······."

그 잠깐의 정적이 밤의 것보다도 무겁게 느껴졌다. 그는 말없이 들고 있던 펜을 책상 위에 내려놓았다. 그제야 온희는 그가 별로 대답하길 내켜 하지 않는다는 걸 깨달았다.

"저……."

"물론 이론상 가능은 하지만 실제로는 불가능해. 우주왕복선에 그 무거운 굴착기와 핵폭탄을 싣는 것도 불가능하고 설사 소행성에 착륙한다 해도 땅을 파고 핵을 심는 것도 불가능하네. 무엇보다 그렇게 소행성을 제거하는 위험천만한 짓은 하지 않지."

그런 걸 생각할 시간이 있으면 형편없는 독후감이나 다시 보라고 할 줄 알았는데 효석은 의외로 담담히 답을 해주었다.

"왜요……?"

"2차 피해를 일으킬 수 있으니까. 핵무기를 잘못 쏘면 소행성이 산산조각 나면서 지구로 떨어질 수 있어. 지구 멸망이 앞당겨질지도 모르지."

"그럼 충돌 가능한 소행성은 어떻게 제거해요?"

"위성을 쏴서 태양빛으로 궤도를 바꾸거나 고출력 레이저를 쏴서 소행성을 태우는 방법이 주로 연구되고 있지. 둘 다 궤도를 뒤틀리게 하는 게 목적이고. 크기가 작은 것은 만유인력을 이용해서 우주선을 접근시켜 궤도를 바꾸네. 현재까지는 대부분 이 방법이 쓰이고 있어."

온희는 그가 정말 천체물리학까지 공부했나 싶어 소름이 끼쳤다. 새삼 측정불가하다는 그의 두뇌가 두렵게 느껴졌다.

민 교수의 하루는 48시간이겠느냐고? 아니. 이 사람에겐 하루의 24시간이 남의 72시간과 같을 것이다. 뭐든 배우는 속도도 생각하는 방식도.

"갑자기 그건 왜 묻나?"

그렇다고 여기서 당신 제자들과 내기해서 묻는 거라는 말은 절대 할 수 없다. 온희는 머리를 긁적이며 살포시 웃었다.

"그냥요. 어젯밤에 그 생각이 갑자기 나서 잠이 안 오더라구요."

"다른 생각할 시간도 있고 할 만한가 보지. 그렇다면……."

"으아니, 아니에요! 다른 거 생각할 시간 없어요! 진짜예요!"

펄쩍 뛰며 손까지 내젓는 게 우스워서 그냥 놓아주었다. 과제 더 해오라고 할까 봐 날렵하게 문을 여는 온희를 그가 다시 심드렁하게 불렀다.

"제온희."

"네! 네……."

화들짝 놀라다 못해 좀 더 놀리면 덜덜 떨게 생겼다. 그는 턱을 괴고 컴퓨터 모니터에 시선을 고정한 채 장난스레 덧붙였다.

"앞으로 백년 안에는 지구가 소행성 때문에 멸망할 일은 없으니 걱정 말라고. 물론 크기가 작거나 어두운 행성은 발견하기 쉽지 않아 위험은 언제나 존재하지만."

"그, 그게 더 걱정되는데요."

"그래서 과제 더 하겠다고?"

"안녕히 계세요!"

온희는 우렁차게 외치고서 꽁지에 불붙은 것처럼 도망을 쳤다. 조용한 연구실 안에 달칵 달칵, 마우스가 몇 번 눌리는 소리가 들리고서야 효석은 낮게 중얼거렸다.

"또 뭘 시켜볼까……."

이놈의 출근 전쟁은 끝도 없다. 내린 사람만큼이나 타는 사람도 많은 출근 지하철은 여름철만 되면 범죄 때문에 더욱 죽을 맛이었다. 장마까지 겹쳐서 흠뻑 젖은 우산과 텁텁한 습기까지 보태지니 이리저리 치일 때마다 작은 비명소리가 끊이질 않았다.

뭐야, 자꾸.

온희는 아까부터 기분이 이상했다. 부딪히는 것도 아니고 사람들이 내리면서 닿는 것도 아닌, 아주 의도적인 것만 같은 불쾌한 손길이 자꾸만 엉덩이를 더듬는 것 같았다.

학교까지는 아직도 다섯 정거장이나 남았다. 완전히 사람 속에 끼어 있어서 이게 성추행인지 아닌지 대놓고 확인할 수도 없었다.

"안내 말씀드리겠습니다. 혼잡한 열차 내에서는 간혹 소지품 분실이나 불쾌한 신체접촉이 발생할 수 있습니다. 고객 여러분께서는 주의해주시기 바랍니다."

주의하라잖아, 이 자식아!

확 소리라도 지르고 싶지만 솔직히 무서웠다. 이런 놈은 확 멱살을 잡고 따귀를 후려 갈겨야 한다고 입버릇처럼 말했지만 막상 자신에게 닥치자 나중에 뒤따라와 해코지를 할까 봐 더럭 겁이 났다.

면 반바지 위를 스치던 손은 이제 맨다리 위를 매만지고 있었다. 뒷머리가 쭈뼛 서는 것 같은 공포감에 심장이 불안하게 뛰기 시작했다.

할 수 없이 온희는 죽을힘을 다해 반대쪽으로 몸을 밀착하며 허벅지 위에 놓여 있던 손을 탁 떨쳐냈다.

이, 이 미친놈이…….

사람들이 내리고 타는 동안 얼른 안쪽으로 비집고 들어갔지만 어느 틈에 성추행범도 근처까지 따라온 것 같았다. 아빠가 곁에 있었다면 반죽음을 만들어 놨을 텐데.

온희는 또다시 허벅지를 지분거리려는 손에 진저리를 치며 몸을 비틀었다.

"아저씨, 지금 뭐 하는 거예요?"

험악한 목소리가 머리 위에서 번개처럼 울렸다. 커다란 음성에 주변 사람들이 고개를 돌렸다. 온희는 투박한 손을 잡아챈 남자의 등장에 왈칵 눈물이 날 뻔했다.

"뭐, 뭐?"

"지금 이 아가씨 다리 만지면서 성추행했잖아요! 나이도 먹을 만큼 먹은 분이 뭐 하는 짓이에요, 지금?"

"이놈이 생사람을 잡네? 내가 언제!"

온희는 살았다는 생각에 덜덜 떨면서 성추행범을 노려보았다. 서류가방을 들고 양복까지 멀끔하게 갖춰 입은 50대 전후의 남자였다. 그는 어린놈이 생사람 잡는다며 얼굴까지 시뻘겋게 붉힌 채 삿대질을 했다. 온희는 도와준 남자를 거들어 목소리를 높였다.

"아까 문 쪽에서부터 따라와서 성추행했잖아요!"

"이것들이 지금 합의금 뜯어내려고 수작 부리네? 증거 있어? 이 연놈들이 지금 누굴 모함해?"

목소리 큰 걸로 우겨보려는지 사내는 욕까지 섞어 길길이 성을 내었다. 기가 막혀서 할 말을 잃은 온희 대신 젊은 남자가 도망가지 못하도록 사내의 팔을 덥석 움켜잡았다.

"긴말 필요 없고 모함인지 아닌지는 경찰 앞에서 하자고요. 내려요, 당장!"

"이, 이놈이? 이거 못 놔?"

"아가씨, 전화 걸어요."

온희는 달달 떨리는 손으로 지하철 성범죄 신고센터에 전화를 걸었다. 사내는 사람들 때문에 뿌리치지도 못하고 억센 젊은이의 손길에 붙잡혀 몹시 당황하고 있었다.

결국 온희는 두 남자와 다음 역에서 내렸다. 신고를 받은 경찰이 계단으로 뛰어내려 오고 있었다.

"뭐야, 또 이 사람이네."

찔끔 놀라 고개도 못 드는 사내를 유심히 살피던 경찰관이 끌끌 혀를 찼다.

"이 사람, 상습범이에요. 징역 살고 나와도 또 이 짓거리구만."

경찰관들과 함께 조사를 하러 가는 길은 너무도 멀고 무서웠다. 온희가 불안한 마음에 안절부절못하자 남자가 걱정스럽게 쳐다보았다.

"괜찮아요?"

"네에……. 그냥 너무 놀라서. 정말 감사합니다. 고마워요."

주성에게 늦을 것 같다는 전화를 하고 조사를 받는 동안 젊은 남자는 정말 고맙게도 끝까지 그녀의 곁에 남아 있어 주었다.

"으흥, 제기랄."

클린벤치(Clean bench, 미생물 실험 시 사용하는 무균실험대) 앞에서 온희는 시크하게 웃고 있었다. 뒤에서 은관이 슬쩍 내다보더니 끌끌 혀를 찬다.

"오염됐냐? 어디 봐. 어우, 뭐야. 곰팡이 폈잖아. 아주 꽃이 폈네."

"그래, 아주 아름답기도 하다. 아름다워 기절할 지경이다, 아주. 에이, 리키 때문에 아까운 암세포만 죽였네."

리키(Leaky)는 크리화나 해저에서 발견한 그 고세균에 임시로 붙인 이름이었다. 배양하자마자 녀석의 몸에 구멍이 생기면서 죽어서 그렇게 부르기로 했다. 민 교수님에게도 진지하게 건의한 별칭이다.

"그러게 안 될 거라니까."

"대체 뭐가 문젤까? 왜 안 되는 거냐고. 눈에도 안 보이는 조그만게 진짜 사람 미치게 한단 말이야."

"그렇게 쉽게 될 거였으면 벌써 됐겠지. 야, 그거 다른 데까지 옮기 전에 락스 섞어서 빨리 버려. 민 교수님 아시면 난리 난다."

"에휴……."

어쨌든 이로써 24번째 배양 방법도 완전히 망하고 말았다. 물론 효석에게는 말하지 않았다. 비공식적인 24번째 배양 방법은 순전히 제온희의 머릿속에서 나온 것이었다. 다른 실험실 조교에게 매달려 어렵게 얻어온 림프종 암세포와 우리의 리키 녀석을 융합시켜 암세포 특유의 무한 분열 능력을 이용해보자는 게 그녀의 아이디어였다.

물론 이런 간단한 방법을 효석이 생각해내지 못했을 리가 없지만, 어차피 처음부터 말이 안 되었거나 문제가 있기 때문에 그가 언급을 하지 않았을 테지만 어쨌든 그냥 해보고 싶었다.

결국 귀하신 암세포는 곧 죽음을 앞둔 리키와 만나자마자 장렬히 무한 증식의 능력을 잃어버렸고 설상가상으로 곰팡이까지 펴서 페트리 접시 안은 온갖 잡것들이 와글와글 모이고 말았다. 살려볼 엄두조차 나지 않아서 온희는 입술만 부루퉁하게 내밀었다.

"제온희, 왔나?"

배양실 문밖에서 효석이 반쯤 몸을 내밀며 성큼 들어섰다. 온희는 부끄럽기 짝이 없는 페트리 접시를 얼른 숨기고 자리에서 일어섰다.

"네, 네. 저 왔습니다, 제온희."

"지하철에서 성추행을 당했다고?"

"네."

"……괜찮나?"

정말 생각지도 못한 위로였다. 괜찮냐는 말 같은 건 빈말로도 안 할 사람 같았는데 그는 찬찬히 온희를 훑어보고 있었다.

"아…… 괜찮아요. 다행히 도와준 사람도 있었고 성추행범도 현행범으로 체포됐거든요."

어쩐지 머쓱해져서 온희는 이마를 긁적였다.

"합의금이나 몽땅 받아내게. 근데 자네, 혹시 그냥 당하고 있었나?"

"네?"

"홧김에 코뼈를 주저앉혔다거나 귀를 반쯤 찢어놨다거나, 뭐 그러지 않았느냐고."

뭐지, 이 말은?

고이 당하지 말고 그런 놈은 초주검을 만들어 놨어야 한다는 뜻인
가? 아니면 그냥 당하고만 있었을 사람이 아니니 어떻게 대처했는
지 궁금하다는 뜻인가? 하여튼 민 교수님 말은 단번에 이해하기가
어렵다.

온희가 어색하게 웃으며 안 그랬다고 대답하자 어쩐지 그는 묘하
게 실망하는 눈치였다.

"어쨌든 별일 없었다니 다행이네."

"예에. 그러게요."

그가 막 그럼 됐다고, 하던 거나 마저 하라며 배양실을 나가려는데
으뜸이 문밖에서 효석을 찾았다.

"교수님, 교수님을 찾아온 학생이 있는데요."

"누구?"

"저, 그…… 일전에 그 학생이요."

"설마 또 오윤찬 그 학생 말인가?"

"네."

어딘가 낯이 익은 이름에 온희의 목이 길게 늘어졌다. 문 너머로
푸른색 체크무늬 남방에 연갈색 바지를 입은 낯익은 인영이 언뜻 비
쳤다. 온희는 깜짝 놀라 후다닥 효석의 뒤를 따라갔다.

"안녕하세요, 교수님."

"안녕은 하네만, 그 일 때문에 또 온 거라면 더 할 말이 없네. 처음
부터 자네도 동의했던 일이잖아."

어어, 저 사람은…….

민 교수를 찾아온 남자는 아침에 성추행을 당하던 온희를 도와준

사람이었다. 두 시간 넘게 걸린 조사 때문에 미안해서 출근은 어떻게 하냐고 했더니 아직 학생이라 괜찮다며 끝까지 같이 있어 주었다. 설마 같은 학교였을 줄이야.

온희는 무슨 일인가 싶어 은관의 옆구리를 쿡 찔렀다.

"무슨 일인데?"

"민 교수님 우리 학교에 오시고 나서 학사 예정자들이 취업 추천서 때문에 난리도 아니었거든. 근데 알잖아. 어디 실력 없는 학생한테 선처 베푸는 분이냐? 온 지 얼마 되지도 않았고 가르쳐본 적도 없으니 추천서는 테스트를 통과하는 학생한테만 써주겠다고 했는데 아무도 통과 못 했어."

"그런 일이 있었어?"

"아, 넌 지난 학기에 휴학해서 잘 몰랐겠구나. 뭐 그런 일이 있었어. 쟤도 테스트 받은 애들 중 하나였는데, 진짜 아쉽긴 했어. 1점짜리 문제 딱 하나 때문에 통과를 못 했거든."

효석의 시험 문제는 박사 예정자들에게도 어렵다고 소문이 나 있었다. 이제 그만 평범한 학생들과 그의 뛰어난 두뇌 차이를 인정하면 좋으련만 그는 설마 이걸 모를까 하는 생각으로 문제를 내는 것 같았다. 그에게 있어 실력의 정도란 '이 정도'일지 몰라도 보통의 학생들에겐 정말 지옥의 순회공연과도 같았다.

"학부 성적도 좋고 성실한데 들어가려는 데가 S&P바이오벡스거든. 다들 내는 교수 추천서지만 민 교수님 추천서는 임팩트가 다르잖아. 그러니까 어떻게든 부탁하려고 하는 거지."

혹독하긴 해도 민효석 교수에게 지도를 받거나 그가 인정한 학생들은 거의 대부분 실패하지 않았다. 기업에서도 그가 인정했다고 하면 서로 데려가려고 한다니 한편으로는 저렇게 간절한 것도 이해가 갔다.

"……한 문제 정도는 봐줘도 되잖아."

단호한 효석과 애가 닳아 부탁하는 윤찬을 지켜보다 온희가 안타깝게 중얼거렸다.

"그 정도면 진짜 잘한 거긴 한데 한 번 예외를 두기 시작하면 봐주지 못할 사람 없다고 딱 잘라 안 된다고 하시더라. 실력 평가에서 최저점은 가장 공정한 거라고."

"그놈의 실력, 실력. 질린다, 정말."

원칙. 당연히 지켜야 하고 꼭 있어야 하는 것이다. 하지만 세상에는 인지상정이라는 말도 있지 않은가. 윤찬이 그녀를 도와준 사람인 것을 떠나 요즘 같은 취업난에 학생은 인생을 걸고 하는 부탁인데 저렇게 일말의 재고도 없이 내치는 건 너무한다 싶었다.

결국 윤찬은 원하는 바를 이루지 못하고 돌아갔다. 쫓아가 아는 척을 해볼까 했지만 그럴 기분이 아닐 것 같았다. 온희는 어깨를 축 늘어뜨리고 멀어지는 윤찬의 뒷모습을 안쓰럽게 쳐다보았다.

"제온희."

돌아보니 효석이었다.

"와서 자료 정리하게. 존스홉킨스 대학에 보낼 것과 하이델베르크에 보낼 것 뒤섞이지 않게 조심해."

이미 그의 안중에 윤찬은 없는 것 같았다. 아마 처음부터 그랬을 거다. 과연 민 교수는 단순한 지식 전달자가 아닌 교육자로서 학생들의 인생에 책임감 같은 걸 가지고 있는 걸까?

그의 연구실 안에는 바스락바스락 종이 펄럭이는 소리만 가득 찼다. 한국해양연구소와 효석이 자문으로 있는 미국 연구소, 전에 있던 미국 대학교 동료와 주고받은 데이터들을 정리하는 온희의 손이 평소보다 더디게 움직였다.

"아까 그 학생 말이에요."

조심스레 침묵을 깨는 소리에 모니터를 보고 있던 효석의 시선이 그녀를 향했다.

"교수님 시험은 엄청 어렵잖아요. 한 문제 차이로 최저점을 못 넘겼다고 하던데, 조금 봐주시면 안 되나요?"

그가 쓰고 있던 안경을 벗었다. 온희가 그런 말을 할 줄은 몰랐는지 그의 눈썹이 한쪽으로 치켜 올라갔다.

"그 학생과 무슨 사이인지는 모르겠지만 나는 내 연구실 사람이 사사로이 부탁하는 걸 별로 좋아하지 않아."

"무슨 사이여서가 아니에요. 기준에 한참 모자라는 것도 아닌데 조금 감안을 해주시는 것도 안 되나 싶어서 여쭤보는 거예요. 그 애는 자기 인생을 걸고 부탁드리는 거니까요. 노력도 평가의 한 기준이 될 수 있는 거잖아요."

"결과 없는 노력에 과한 평가를 바라는 건 변명에 불과해. 불합리하다는 말이네."

그렇게 부탁하는데 학생이 불쌍하지도 않으세요, 라는 눈빛에 그는 옅은 코웃음을 흘렸다.

애초에 능력이 모자라면 근성으로라도 버텨서 실력을 쌓는 것만이

냉혹한 사회에서 살아남는 길이다. 그런 어중간한 수준으로 인정에 호소해봤자 결국 본인만 시시한 인간이 될 뿐이었다.

"모두들 교수님을 존경하고 본받고 싶어 해요. 그러니까 조언도 받고 싶고 도움도 받고 싶어 하는 거고요."

"내가 기계적이라고 생각하겠지. 인정 없다고 비난할 수도 있네. 하지만 나는 인성교육이나 하자고 여기 있는 게 아니야. 유감스럽게도 이 나라는 대학 교수에게 그런 역할을 바라지도 않지."

"……."

"편의를 봐주어 지금 당장 눈앞의 산은 넘을 수 있겠지. 하지만 실력이 모자라면 결국 도태될 수밖에 없어. 당장을 모면하기보다 차라리 현실을 하루라도 빨리 직시하게 하는 게 그 학생 인생을 돕는 길이네."

"하지만 어쩌다 실수로 틀린 것도 있을 테고……."

싸늘한 눈빛이 똑바로 그녀를 직시했다. 온희는 무엇으로도 바꿀 수 없는 그의 단호함에 할 말을 잃었다.

"과학에서 실수는 용납되지 않아. 그것은 커다란 오류를 만들 수도 있고 세상에 돌이킬 수 없는 손실을 입힐 수도 있어. 도대체 과학에서 감정으로 선처를 바라서 뭘 해결할 수 있단 말인가?"

"……."

온희는 더 이상 애기할 가치가 없다는 듯 칠판 위에 바델120의 유전자 조절 방법을 적어나가는 그의 뒷모습을 원망스러운 듯 바라보았다.

"누군가를 어떻게든 도와주고 싶다, 그런 마음 든 적도 없으세요?

어떻게든 힘을 써서 남을 도운 경험이 한 번쯤은 있으셨을 거잖아요."

"없네. 다시 말하지만 그런 경우는 대체로 불합리한 힘을 바라는 경우였지. 내게 개인적인 부탁을 한 사람들 중에는 단 한 명도 정당한 평가나 공정한 힘을 바라고 온 적이 없었어."

"……."

태산과 같은 사람이다. 높고 멀다. '더불어'라는 건 관심도 없겠지. 어떻게든 항변하려던 온희는 잠시 입을 다물었다.

"교수님은…… 감정과 이성의 충돌 같은 거, 별로 느껴본 적 없으시죠?"

감정 같은 건 시시한 것일 테니까. 민효석에게 이성과 논리를 넘어서는 무언가가 있기나 할까?

"나는 길이 아니면 가지 않아."

그를 두고 교수실을 나섰다. 문을 닫고 가만히 서 있으니 왠지 열불이 난다. 온희는 씩씩거리며 닫혀 있는 문짝을 홱 노려보았다.

"그래, 당신 잘났다. 구구절절 다 옳고 합리적이다 그래. 그렇게 잘났으니 평생 혼자 다 해먹어라."

아무리 비아냥거려도 기분은 전혀 나아지질 않았다. 젠장. 아닌 게 아니라 진짜 잘났으니 이건 뭐 욕이 되어야 말이지.

"……머리 되고 얼굴만 되면 다야?"

뭐, 대체로 그것만 있으면 다긴 하지. 에이, 성질나.

하여튼 피도 눈물도 없는 사람 같으니.

3.
천재의
인생

"아이고, 예쁜 우리 딸! 예쁜 것."

홍 교수는 온희를 보자마자 껴안고 난리도 아니었다. 장성한 아들만 둘인 그는 온희를 딸처럼 싸고돌았다. 안 그래도 금이야 옥이야 여겼던 아이가 5살 때 혹독하게 아팠던 후로 그의 유난스러움은 날이 갈수록 더해지고 있었다.

"오와, 아저씨. 이번엔 정말 장난 안 쳤네요?"

그가 해외에 갔다 올 때마다 사오는 선물은 하나같이 사람 약 올리는 것뿐이었다. 홍 교수는 좋다고 사주지만 그녀가 언제까지 꼬마 아가씨도 아닌데 백설공주 시리즈나 호화 장난감 같은 건 이제 제발 그만 받고 싶었다.

그런데 웬일인지 이번엔 실용적인 선물이었다. 아주 비싸 보이는, 무척이나 예쁘고 세련된 귀걸이와 목걸이 세트였다. 그의 아들들 선물은 사이좋게 똑같은 미키마우스 티셔츠 한 장씩이다.

"그래서, 민 교수한테서 많이 배우고 있고?"

패밀리 레스토랑에 마주 앉아 밥을 먹다가 민 교수 얘기를 들으니 숨이 턱 막혔다.

"솔직하게 말해도 돼요?"

"그럼, 그럼. 네 아빠한테는 숨겨도 아저씨한테는 뭐든 솔직하게 말해도 돼요."

"하아……."

온희는 포크를 내려놓고 쓴 입맛을 다졌다.

"너무 피곤해요. 진짜 그런 사람 처음 봐요."

"음? 왜?"

"뭐든 합리적이어야 한다, 뭐든 원칙적이어야 한다, 뭐든 논리적으로 생각해라. 얼마나 사람을 쪼는 줄 몰라요."

홍 교수는 허허 웃어버렸다. 미국에서든 한국에서든 사람이 느끼는 건 똑같은 모양이다. 물론 틈이 없어 보이는 효석이 답답하게 느껴질 수도 있었다.

"에이, 너무 그러지 마. 겉은 그래 보여도 은근히 마음 약하고 정도 많은 사람이라구."

"뭐라고요? 뭐라고요? 누가 마음이 약하다구요?"

홍 교수는 온희의 격렬한 반응에 낄낄 웃었다. 온희가 분하고 답답했던 그동안의 일들을 일러바치는데도 홍 교수는 탁자를 두드리며 웃기만 했다.

"민 교수도 처음부터 그랬던 건 아니야. 처음 만났을 땐 제법 순수한 어린애였다구. 너와 다를 바 하나 없는 아이였어. 아, 물론 무지 똑똑했지만."

"윽, 전혀 상상이 안 가요. 무슨 그런 전래동화 같은 이야기가."

홍 교수는 아직도 큰아들 준형과 동갑인 효석을 처음 만났을 때를 생생히 기억하고 있었다. 20여 년 전 또랑또랑한 눈으로 조금은 도전적이다 싶었던 소년. 그때의 효석은 오직 패틴슨 교수에게만 그 날카로운 눈빛을 누그러뜨리곤 했다.

"한꺼번에 부모 잃고 부쩍 철들었다지만 고작 12살 꼬마였으니까. 어린애는 그래도 순수한 면이 있는 법이라구."

순간 그녀는 허를 찔린 듯 움찔했다.

"민 교수님…… 부모님 안 계세요?"

"8살 땐가, 9살 일 때 돌아가셨어. 교통사고로."

그의 성격으로 보나 겉모습으로 보나 부유한 양친 아래에서 어려움 같은 건 한 번도 겪어보지 않은 예민한 도련님일 것 같았는데 일찍 부모님을 잃었다니, 어쩐지 말문이 막혔다.

"민 교수 이야기, 듣고 싶어?"

그녀가 고개를 끄덕이자 홍 교수는 팔꿈치를 세워 테이블 위에 턱을 괴었다.

효석은 미국 유학생 부부의 외동아들이었다. 불같은 사랑에 빠진 젊은 유학생 남녀는 꿈도 크고 야망도 컸다. 아들을 돌보는 시간보다 공부하는 게 더 중요했고 갈수록 각자의 성공을 향해서만 달리고만 있었다. 아들이 남다르다는 것도 전혀 알지 못한 채 그를 필리핀 베이비시터의 손에 방치하듯 맡겨 놓았다.

"그러는 동안 부부 사이는 소원해졌고 서로 바쁘다 보니 민 교수 양육에서도 갈등이 많았다고 해. 결국 이혼하기 직전에 민 교수 친할머니가 사태의 심각성을 눈치챈 거야. 할머니가 민 교수를 기르기로 하고 어찌어찌 겨우 합의점을 찾아서 부부가 화해 여행을 떠났는데, 다시는 돌아오지 못했어."

진즉부터 보통 아이들과는 달랐지만 부모가 죽은 이후 더욱 철이 들고 어른스러워진 효석은 본격적으로 천재성을 드러내기 시작했다.

아이큐 측정 불가. 실로 경이로울 정도의 두뇌였고 천체물리학과 수학에서는 무서울 정도로 대단했다. NASA(미국항공우주국)의 요청으로 합류했을 때 그의 나이는 겨우 11살이었다.

"상상할 수 있겠니? 모두가 학사부터 박사급 연구자들이었어. 과학기술자들의 평균 연령이 43세인 곳에 고작 11살짜리가 두뇌 하나만으로 들어간 거야."

"대단하다 했지만 진짜 스케일이 달랐네요."

같은 11살일 때 그녀는 뭘 하고 있었을까. 초등학교 4학년. 애꾸라고 놀림을 받으며 아빠 몰래 많이도 울었던, 아주 어린 나이였다.

"그래. 하지만 사람이 모두 성인군자는 아니잖아. 그들 입장에선 천재라고 들어온 어린 소년이 불만스러웠던 거야. 어린 게 알면 얼마나 알겠어 하는 심정이었겠지. 그들은 그 분야에서 구르고 구른 최정예 베테랑들이었으니까."

그는 그들의 자리를 위협하는 불편한 존재였다. 동양인에 나이까지 어린 효석은 똘똘한 계산기 취급을 받으며 백인 성인들 틈에서 고립되어 갔다. 노골적인 무시와 조롱을 받으며, 그렇게 7개월이 흘렀다.

"민 교수가 NASA에 들어간 지 8개월째 되었을 때 소행성이 아슬

아슬한 궤도를 따라 지구 가까이 근접하는 것 때문에 모두 비상이 걸렸어. 그런데 민 교수가 그때 폭탄발언을 한 거야. 연구자들이 계산해낸 소행성의 지구 근접 속도와 궤도 예측에 오류가 있다는 거였어."

"계산은 슈퍼컴퓨터가 했을 텐데……."

"처음부터 설정한 전제가 잘못되었던 거야. 식이 틀리니 결과가 완전히 틀리게 된 거지. 아무도 알아차리지 못한 걸 고작 11살짜리가 지적했으니 기술자들 전체가 가시방석에 앉은 것 같았을 거야. 결국 그 지적이 사실로 결론 나고 대대적으로 재계산을 하면서 도리어 민 교수는 점점 더 설 자리를 잃고 말았어."

"아무도 감싸주지 않은 거예요? 어린애였잖아요. 그렇게 따돌림을 당하는데, 그중 단 한 명도 불쌍하다고 생각해주지 않았단 말이에요?"

"세상에서 가장 악한 동물은 인간이라고 하잖니."

온희는 몇 번 입술을 달싹이다가 그대로 다물고 말았다. 그냥 자연스럽게 떠올릴 수 있었다. 덩치 큰 백인들 속에서 백안시당하는 어린 소년의 모습이.

순간 아마겟돈 내기로 소행성을 핵폭탄으로 제거할 수 있느냐는 질문을 했을 때 말이 없던 효석의 얼굴이 떠올랐다.

"혹시 민 교수님이 그렇게 실력에 집착하는 이유가……."

"그래. 똑같은 짓을 하지 않으려는 거야."

별로 유쾌하지 않은 기억이었을 것이다. 잘못한 건 아무것도 없는데도 다르기 때문에 받아야 했던 서러움. 어디에도 발붙일 곳을 찾지 못한 채 어떤 말을 해도 들어주는 이 없는 외로움은 아마 끝을 알 수 없는 어둠 속에 떨어져 내리는 듯했을 테니까. 그녀도 그랬으니까.

"정당하게 실력으로 평가받지 못하는 기분이 어떤지, 어떠한 기준도 근거도 없는 일방적인 감정 때문에 제대로 인정받지 못하는 게 얼마나 지독한지 누구보다도 잘 알고 있으니까. 그때의 기억이 민 교수에겐 많이 힘들었던 것 같아."

점점 말을 잃어가는 소년을 알아본 사람이 바로 피터 패틴슨 교수였다. 화성의 극지방에서 채취해온 토양에 미생물이 사는지를 조사하기 위해 NASA를 방문한 패틴슨 교수는 한눈에 소년의 비범함을 알아보았고 그곳에서 어떠한 대접을 받고 있는지도 알게 되었다.

"패틴슨 교수님이 그 사실을 알려줄 때까지 할머니는 손자가 그렇게 상처를 받고 있는지 전혀 몰랐다고 해. 인정받고 있는 줄로만 알았던 거야. 아마 민 교수는, 아들 내외를 잃고 상심에 젖어 있던 할머니에게 차마 말을 할 수 없었던 것 같아."

그의 조모는 울면서 손자를 데리고 나왔다. 패틴슨 교수는 자신이 지도하고 싶다는 제안을 했고 효석은 자신을 구제해준 학자의 손을 잡았다. 그토록 좋아했던 천체물리학과 수학을 버리고 이전까지 전혀 접해본 적 없는 미생물의 길을 선택했다.

"조모가 한국으로 돌아갔기 때문에 그 후로 민 교수는 쭉 패틴슨 교수님 집에서 자랐어. 민 교수는 그때 대학 입학시험을 앞두고 있었고 나는 막 박사로 들어가서 처음 만났는데, 조금 쌀쌀맞은 꼬마이긴 했지. 하지만 누구도 인정하지 않을 수 없었어. 장차 과학계를 뒤흔들 아이라고, 교수님은 입버릇처럼 말씀하셨어."

그 이듬해 대학에 입학한 효석은 졸업을 하자마자 박사 연구를 하기 위해 패틴슨 교수의 연구실로 들어갔다. 하지만 건강했던 패틴슨 교수가 갑작스레 간암으로 수술을 받게 되면서 학교를 무기한 쉬게 되고 말았다. 뒤이어 그의 박사과정 지도를 맡은 사람이 바로 문제의 오를뤼비 교수였다.

"나도 그들 사이에 무슨 일이 있었는지는 자세히 모르지만 그 교수는 탐욕스럽고 위험한 사람이었어. 민 교수가 몇 번이나 이상한 낌새를 느꼈다고 해. 그러다 오를뤼비 교수가 민 교수와 함께 박사과정 중이던 한국인 친구와 공모해서 위험한 연구를 하고 있다는 걸 눈치챈 거야."

"위험한 연구요?"

"무기회사에 팔 연구. 미생물, 생화학 무기를 제조하고 판매하는 군수회사 말이야. 대량살상무기는 세계 여러 분쟁지역에서 아주 매력적인 인기품목이니까 성공해서 분쟁국에 팔면 돈방석은 시간문제지."

그 일로 효석은 고세균 쪽으로 연구 방향을 틀었다고 했다. 그때까지 해온 모든 연구를 접었고 박사 학위도 고세균으로 받았다. 과학자의 양심에 흔들림이 없던 패틴슨 교수의 뒤만을 보고 왔으니 효석은 적잖이 충격을 받았을 것이다.

믿었던 스승과 친구의 배신 앞에서 그는 그때 어떤 마음이었을까. 그들의 모습을 보면서 무슨 생각을 했을지 짐작조차 되지 않는다.

'나는 길이 아니면 가지 않아.'

"……."

과학에서 실수는 용납되지 않는다고, 커다란 오류를 만들 수도 있고 세상에 돌이킬 수 없는 손실을 입힐 수도 있다고 했던 그의 말이 되살아나 가슴 속을 울린다. 인정머리 없다고, 학생 인생이 어찌되든 관심 없는 비틀리고 메마른 사람이라고만 생각했는데…… 마음이 아프다.

"고세균을 선택한 건 알려진 바가 적기 때문이겠죠?"

"그래. 누구도 전쟁이나 악행에 이용할 만큼 알지 못하니까. 일단 내 추측이 그래. 그 일에 대해선 민 교수가 잘 이야기하려고 하지 않거든."

"……."

그제야 온희는 그것이 그가 과학자로 살아가는 방식이라는 걸 깨달았다. 방치, 시기, 배신. 그는 그런 상황들에서 자신만의 결론을 내린 거다. 아마 학생들을 가르치고 연구를 계속 해나가는 한 그의 원칙은 변하지 않겠지.

아니, 변하지 않아야 하는 건가. 도리어 변하지 않고 부디 지금 모습 그대로 세상을 밝혀주길 바라야 한다. 옳은 길이 아니면 가지 않도록, 그 뛰어난 두뇌를 언제까지고 세상을 위해 쓰는 학자로 남아주기를 진심으로 바라고 싶었다.

"민 교수님이랑…… 잘 지내볼래요."

"그렇지? 좋은 사람이라니까. 은근히 마음도 여리다구."

"아니 뭐, 그건 잘 모르겠지만요."

그래도 마음이 여린 것까지는 인정하기 어렵다. 아직 그에게 '순수한 어린애' 시절이 있었다는 것도 상상할 수 없는데.

온희의 중얼거림에 홍 교수는 또 한 번 낄낄 웃음을 터뜨렸다.

†

"흠."

온희는 효석의 연구실 앞에서 왔다 갔다 거리며 관자놀이를 긁적였다. 어제 논쟁 아닌 논쟁을 하고 그대로 퇴근해버려서 기분이 조금 껄끄러웠다. 그래봤자 그녀가 일방적으로 먹힌 논쟁이지만 그래도 아무 일도 없었던 것처럼 굴 수는 없지 않은가. 틀림없이 어색하고 불편할 거야. 음, 그렇겠지.

손잡이를 붙들고 돌릴까 말까 고민하다 다시 문 앞에서 왔다 갔다 빙빙 제자리를 돌았다.

설마 민 교수님은 전혀 신경 안 쓰는데 나 혼자 설레발치고 있는 건 아니겠지? 그냥 임기응변으로 대처할까?

"뭐하나, 거기서?"

뒤통수를 때리는 효석의 목소리에 온희는 멈칫 굳어버렸다. 슬쩍 자석판을 쳐다보니 부재중이다. 아이 씨, 이럴 땐 눈 한쪽이 없는 게 조금 원망스럽다.

"어디 갔다 오시나 봐요?"

"아침 운동."

새하얀 폴로셔츠 차림의 그가 그녀를 지나쳐 열쇠를 꺼냈다. 거의 대부분 하얀 가운을 입고 있는데다 너무나도 학자다운 분위기 때문에 호리호리하게만 보였는데 오오, 이건 완전히 반전이었다.

온희는 걷은 소매 아래로 드러난 팽팽한 근육과 단단하게 벌어진 너른 어깨를 슬쩍슬쩍 훔쳐보았다.

"아아. 오늘도 조깅요?"

"스쿼시네."

잠긴 문을 열고 그가 안으로 들어서자 온희도 재빨리 뒤를 따라갔다. 효석은 새로 들인 캡슐 커피머신의 전원을 누르며 그녀를 돌아보았다.

"용건이 있어서 온 거 아닌가?"

"네? 네, 그렇죠."

"뭔데?"

"어, 그러니까, 그게…… 진로 상담을 좀."

"진로 상담?"

어제는 불퉁하니 삐쳐서 절대 수긍하지 못하겠다는 티를 팍팍 내더니 오늘은 뜬금없이 웬 진로 상담인가 싶었다. 효석은 온희가 즐겨 마시는 카페라떼 버튼을 누르며 연양갱 포장 갑을 열심히 뜯고 있는 그녀를 물끄러미 바라보았다.

"전부터 묻고 싶었네만."

"네."

금색 포장지에 싸인 연양갱은 얼린 채로 왔는지 반으로 똑 부러졌다. 그녀에게서 앙금 바를 받아들며 효석은 완성된 카페라떼를 책상 위에 내려놓았다.

"가만 보니 하루에도 그걸 몇 개씩 먹던데, 양갱을 왜 그렇게 좋아하는 거야? 단맛 때문에 먹는 거라면 다른 것도 많잖아. 자네 나이대에 연양갱 먹는 사람은 처음 봐."

"연양갱 먹는 제 또래 꽤 많아요. 이게 단맛으로만 먹는 건 아니거든요. 그리고 제가 즐기는 이건 고구마 양갱이에요. 이왕 먹는 거 건강을 생각해야죠."

그가 뜯어놓은 연보랏빛 포장 갑을 들고 천천히 살펴보았다.

"고구마. 중국산 9%. 이왕 먹는 거 건강을 생각해야지."

"……이제는 중국 없으면 우리부터 큰일 나거든요?"

온희의 항변에 그는 픽 웃었다.

"그래. 4학년이니 진로를 결정할 때이긴 하지. 그걸 내게 상담한다는 게 의외긴 하지만, 해봐."

사실 진로 상담 같은 건 전혀 생각하고 오지 않았지만 그가 들어주겠다고 하니 온희는 정말로 자신의 진로가 고민스럽게 느껴졌다. 이제 다음 학기만 마치면 졸업인데 언제까지고 적성을 찾는다며 헤맬 수도 없다.

곧 서른. 나는 정말 뭘 하고 싶은 걸까?

"대학원에 가서 석사까지만 하고 취직을 할지 공부를 계속할지 솔직히 고민돼요. 평생 미생물만 들여다보면서 살 수 있을까 하는 생각도 들고요."

물론 효석에게는 해당 없는 일이지만 대다수의 학생들이 흔히 하는 고민들이었다. 배고픈 학자의 길을 갈 수 있을까. 괜히 안 되는 길에 매달려 인생만 쪼그라드는 게 아닐까. 그냥 평범하게 안정된 길을 찾아가는 게 더 낫지 않을까.

"자네는 왜 과학을 했나?"

"네?"

"과학보단 철학이나 인문학을 하는 게 더 나았을 것 같아서. 처음부터 이게 자네 길이라고 생각했을 것 같진 않은데."

온희는 조금 웃었다. 이 뼛속까지 과학의 낙인이 박힌 교수에겐 숨길 수 없나보다. 어쩌면 남다른 관찰력을 가진 사람이니 쉽게 괴리감 같은 걸 느꼈는지도 모른다.

"안 해본 건 아니에요. 학위는 없지만 전에 다니던 대학에서 그쪽을 전공으로 공부해 보기도 했으니까요."

"그런데?"

"제가 원하는 답을 찾을 수가 없었어요. 그래서 과학에는 있을까 싶었죠. 과학도 결국엔 인간을 위한 거니까요."

중도 하차하긴 했지만 사실 그녀는 철학과 출신이었다. 철학적 논리가 그래도 과학 하는 데 아주 쓸모없진 않았다고, 온희는 농담처럼 웃었다.

"내가 만나 온 철학도들은 태반이 소모적일 정도로 진지했는데 자네는 말 안 하면 전혀 모르겠군. 어디 가서 굳이 말하고 다니지는 말게."

"치……. 제 성격이 남달리 밝고 긍정적이라서 그런 거예요!"

그가 희미하게 웃었다. 부정하지 않는 걸 보니 그도 그렇게 생각하는 것 같아서 온희는 조금 기분이 좋아졌다.

"교수님은요? 두뇌가 남다르신 건 알지만 그 똑똑함을 왜 굳이 과학에만 투자하셨어요?"

효석은 그런 질문이 아주 익숙한지 표정 하나 변하지 않고 선선히 대꾸했다.

"이 성격으로 철학이나 문학을 했다고 생각해보게."

"아……."

온희가 웃음을 터뜨렸다.

"관심도 없지만, 했다면 퇴보에 한몫을 했을지도 모르지."

웃다가 시선이 딱 마주쳤다. 온희는 자연스럽게 고개를 숙여 그의 시선에서 왼눈을 감췄다.

"교수님은 다시 태어나도 이 길을 가실 건가요?"

"물론."

그는 한 치의 망설임도 없이 대답했다. 그런 와중에도 민 교수님은 제 길을 제대로 찾아왔구나 싶어 어쩐지 온희는 다행이라는 생각이 들었다.

"미생물의 어떤 점이 좋으셨어요? 뭔가 매력을 느꼈으니까 다시 태어나도 이 길을 택하겠다고 하신 거잖아요."

"음……. 굳이 말하자면 귀여워서."

"네? 뭐가요?"

"미생물 말이야. 귀엽지 않나?"

헐.

온희는 뭐라고 대답해야 할지 몰라 멍하니 입술을 벌렸다.

"실제로는 눈에 보이지도 않는데 말이야. 조금만 들여다보면 살아 보겠다고 그 복잡한 일들을 우리처럼 다 하잖아. 눈에 보이지 않는 그 수많은 것들이 이 거대한 지구를 지탱하고 있다는 게 처음엔 굉장히 놀라웠다네. 지켜보는 재미가 있었어."

패틴슨 교수 아래에서 처음 미생물을 접했을 때를 떠올린 듯 그는 조금 즐거워 보였다. 현미경을 통해 본 아주 작은 생물의 세상은 소년에게 새로운 꿈을 꾸게 했다.

"처음 고세균 연구하실 때 힘들지 않으셨어요? 데이터도 적고 시료 채취도 힘들잖아요."

"관찰하는 것은 인내와 각오가 필요한 일이야. 언제 보일지도 모르고 어떻게 보일지도 명확히 알 수 없지. 실패도, 시행착오도 많아. 그래서 더욱 학자는 현재의 의미만을 생각해야 해. 연구가 훗날 어떠한 가치를 지닐 것인지는 시간이 필요한 법이라네."

전화벨이 울렸다. 기다리라는 제스처를 남기고 전화를 받은 효석은 조금 곤란한 표정을 짓더니 손님이 와서 이따 전화 드리겠다는 말을 남겼다. 온희는 벌써 1시간이나 이야기를 했다는 것에 놀라 엉거주춤 일어섰다.

"어우, 죄송해요. 제가 시간을 너무 뺏은 것 같아요."

"집에서 온 전화야. 신경 쓸 것 없어."

처음으로 불편함 없이 나눈 대화를 이대로 끝내야 하는 게 조금 아쉬웠다. 온희는 마지막 질문을 할까 말까 망설이다가 조심스레 입을 열었다.

"저기, 그럼요……. 교수님은 미생물이랑 예쁜 여자랑 둘 중에 어느 쪽이 더 좋으세요?"

당연한 걸 묻느냐며 비웃을 줄 알았는데 그는 대번에 정색을 했다.

"그 말, 나는 사람이 맞느냐는 말로 들리네만."

"엑. 여자가 더 좋으신 거군요!"

"그 희한한 소리는 대체 뭐야?"

왠지 배신감이 든다. 막상 그의 입으로 직접 들으니 한 대 얻어맞은 듯 충격이었다. 그러니까 절도 있고 매사 진지해서 그렇지 민 교수님도 '남자'라는, 뭐 그런 것이다.

"왜, 나는 여자를 더 좋아하면 안 되나?"

이 아이는 대체 자신을 사람으로 보고 있기는 한 걸까. 설마 교수님이 그럴 줄은 몰랐다는 노골적인 눈빛에 효석은 기가 막혔다.

"교수님이, 설마 교수님이 그런 말을 하실 줄은……."

너무나 진지하게, 엄숙한 얼굴이 비딱하게 오른쪽 눈썹을 치켜 올렸다. 그는 툭 내뱉으며 자리에서 일어섰다.

"자네 같은 취향은 아니니 그런 얼굴 할 것 없네."

"제, 제가 어디가 어때서요!"

재미있는 녀석.

효석의 얼굴에 희미한 미소가 스쳤다.

4.
감추고 싶은
비밀

이제 마지막 학기다. 다행히 개강 직전에 효석의 손목은 완전히 나았고 온희의 수족 노릇도 끝이 났다. 드디어 한가로운 일상으로 되돌아온 것이다.

그런데…….

"뭔가 이상해."

한 달이 넘게 아빠 얼굴보다도, 같이 어울리는 대학원생들 얼굴보다도 민 교수의 얼굴을 더 많이 보며 살다가 갑자기 자유가 찾아오니 낯설었다. 금방이라도 그가 부르면 가서 눈썹이 휘날리도록 일을 해야 할 것 같은데, 별일 없이 시간은 평온하게 지나가고 있었다.

"아, 심심하다……."

6학점만 더 따면 졸업이기 때문에 교양 과목이나 듣고 하루 종일 실험실에 있어도 방학 때처럼 효석을 자주 볼 수는 없었다. 그렇다고 딱히 그의 연구실에 갈 일이 있는 것도 아니다. 일주일에 딱 한 번,

랩 미팅[1]에서만 그를 볼 수 있었다.

"이래서 적응이 무서워. 날 완전히 노예로 만들어 놨잖아."

더 놀라운 건 전에는 할 것도 많고 어렵게 느껴졌던 전공서적이 별 것 아닌 게 되어버린 것이었다. 효석이 정리해라, 타이핑해 와라 하는 일들이 보통 어려운 게 아니었기에 온몸으로 부딪히고 나서 학부 내용을 보니 이건 그냥 껌이었다. 이래서 민 교수의 혹독한 지도를 받으면 실패하지 않는다는 말이 나오는 모양이다.

"해볼래?"

은관이 손가락 마디만 한 마이크로튜브(1.5ml 크기의 플라스틱 튜브)를 눈앞에서 흔들며 씩 웃었다.

"뭔데?"

"바델120 PCR[2]한 거. 플라스미드(대장균이 가지고 있는 원형 DNA)로 도입 끝났고 이제 대장균 형질 전환시키는 것만 남았지."

말인즉, 플라스미드와 바델120의 유전자를 재조합시켰다는 것이다. 온희는 재빨리 튜브를 낚아챘다.

"진짜 내가 해도 되는 거지? 진짜지?"

"대신 무럭무럭 잘 자라게 신경 써야 된다. 첫째도 청결, 둘째도 청결! 절대 오염되면 안 돼!"

은관은 본인 공부하기 바빠 민 교수의 지시를 온희에게 떠넘기면서도 끝까지 큰소리치는 걸 잊지 않았다.

"알았어, 알았습니다, 은관 님. 소독하고 또 소독할게. 됐지?"

---

1) 랩 미팅(Lap meeting) : 지도 교수를 중심으로 실험 결과 토론 및 논문 지도를 하는 실험실 회의
2) PCR : 유전자를 증폭시키는 과정으로 적은 양의 DNA를 원하는 양만큼 늘릴 수 있다.

귀하신 바델120을 직접 다루게 된 온희는 콩닥거리는 가슴을 억누르며 클린벤치 앞에 앉았다.

"악, 악."

너무 들뜬 상태에서 핀셋 끝을 지지다 알코올 묻힌 솜에 불이 옮겨 붙었다. 재빨리 샬레를 뒤집어 불을 끈 온희는 하아, 긴장된 한숨을 쉬었다. 모든 기구를 멸균시키고 손도 에탄올로 깨끗이 소독했다.

"이제 한다."

조명을 켜고 내부에서 계속 바람이 나오도록 녹색 스위치를 켰다. 이제 외부 유전자가 잘 들어갈 수 있도록 만든 세균 세포와 바델120 DNA용액을 혼합하여 열 충격을 가해주면 우리 귀하신 고세균의 유전자가 대장균 속으로 쏙 들어가게 되는 것이다.

온희는 시곗바늘을 뚫어지게 쳐다보며 기다려야 할 시간과 실험을 계속해야 할 시간을 정확히 엄수해서 3시간 동안 신중하게 실험을 수행했다. 내일이면 바델120의 유전자를 가진 대장균들이 이 접시 위를 화려하게 수놓게 될 거다.

"제온희, 지금 뭐 하는 거야!"

"!"

화가 난 듯한 효석의 목소리가 벼락처럼 머리 위에서 떨어졌다. 온희는 깜짝 놀라 저도 모르게 효석을 빤히 쳐다보았다.

"UV램프가 켜져 있잖아! 제정신이야, 지금!"

그가 온희의 팔을 잡고 고개를 숙였다. 그녀는 그의 얼굴이 불쑥 가까워지자 목까지 새빨갛게 달아올라 주춤주춤 뒷걸음질을 쳤다.

"가만히 있어. 눈이 심하게 충혈됐다고. 따끔거리지는 않아?"

눈······.

그제야 온희는 안색까지 변하며 당황했다. 그가, 자신의 눈을 똑바로 들여다보려 하고 있었다.

"괘, 괜찮아요. 별로 아프지 않아요."

온희는 반사적으로 효석의 팔을 홱 뿌리치고 재빨리 왼눈이 보이지 않는 방향으로 몸을 틀었다. 머리칼을 매만지는 그녀의 손끝이 자그맣게 떨리고 있었다.

오른쪽 눈이 충혈됐는데 왼쪽은 멀쩡하면 누구나 이상하다고 생각할 것이다. 아무리 얼핏 보는 걸로는 분간할 수 없어도 자세히 살펴보면 가짜 눈이라는 것쯤 쉽게 알 수 있었다.

그제야 오른쪽 눈이 쓰리고 따끔 따끔거렸다. 틀림없이 껐다고 생각했는데 자외선램프를 켠 채로 실험을 하다니. 하나 남은 눈에 치명적인 짓을 저질렀다.

"제온희."

"죄송해요. 끈 줄 알았어요. 정말 죄송합니다."

그녀는 끝끝내 아무렇지도 않다며 고집을 부렸다. 마치 보여주면 큰일 나는 것처럼, 평소답지 않게 부자연스러운 반응이었다. 효석은 입을 다문 채 그런 온희를 잠시 쳐다보았다.

"무슨 일 있습니까?"

소란을 듣고 달려온 주성과 은관은 뭔가 냉기류가 흐르고 있는 두 사람을 보고 주춤 몸을 사렸다. 아직 켜진 채 있는 UV램프와 몸을 비스듬히 튼 채 서 있는 제온희. 그들은 금방 무슨 일이 있었는지 알아챘다.

실험을 하지 않을 때는 살균을 위해 켜두어야 하지만 실험을 시작하면 반드시 UV램프를 꺼야 한다. 살아 있는 균을 죽일 정도의 자외선이 인간이라고 봐주는 법은 없으니까. 실험실 안전사고는 민 교수가 가장 꺼리는 것 중 하나였다.

효석이 은관의 낭패 어린 얼굴을 싸늘한 시선으로 바라보았다.

"김은관. 자네에게 맡긴 일 같은데 이걸 왜 제온희가 하고 있나?"

"죄송합니다."

"저, 제가 해보고 싶다고 했어요. 형질전환 정도는 제가 할 수 있어서……."

"……."

기어들어가는 목소리로 변명하면서도 온희는 시선을 바닥에만 박고 있었다. 효석의 입에서 옅은 한숨이 새어나왔다.

"정리하게. 제온희, 자넨 짐 챙겨."

새하얀 가운 차림으로 그가 앞장선 곳은 부속병원 응급실이었다. 한사코 괜찮다고, 혼자 갈 수 있다고 몇 번이나 우겼지만 효석은 끝내 응급실 자동문 안으로 들어서고 있었다.

'제온희 씨. 망막모세포종(소아안구암) 투병 내력이 있네요. 왼쪽 안구 적출했고.'

'네…….'

'제온희 씨 같은 경우는 자외선이나 화학물질에 노출되면 돌연변이가 일어날 확률이 정상인보다 높아요. 다행히 크게 문제가 보이는 것

같진 않지만, 조심하셔야 돼요.'

정상인.

무심코 썼을 그 단어가 가슴 언저리를 짓눌렀다. 두려움보다 더한 감정의 찌꺼기가 발목을 감싼다. 남들에겐 별일 아닌 일이 그녀에겐 가슴 졸이는 족쇄가 되어 덜컥 심장을 옥죄어왔다. 문제가 없으니 다행이라는 생각이 들면서도 그녀의 기분은 좀처럼 나아지지 않았다.

"어……."

이것저것 치료를 받고 터덜터덜 나오던 그녀의 발걸음이 멈춰 섰다.

아직까지 효석이 기다리고 있었다. 밤 11시. 검사까지 받느라 두 시간이나 걸렸는데 그는 대기석에 앉아 조용히 맞은편 벽만 쳐다보고 있었다.

처음부터 같이 올 필요도 없는 일이었다. 여태껏 어느 교수도 학생을 위해 이렇게까지 했다는 얘길 들어본 적이 없었다. 바쁜 사람이니 적당히 대학원생 중 하나를 불러 교대해도 되었을 텐데…….

고맙기도 하고 미안하기도 해서 온희는 얼른 그의 곁으로 다가갔다.

"많이 기다리셨죠."

"뭐래?"

"괜찮대요. 조금 눈이 놀란 것뿐이래요."

의자에서 일어선 그가 손목시계를 들여다보았다.

"자네 집에 연락드렸어. 아버님이 받으시더군. 바로 오신다니 앉아서 기다리게."

"네? 네? 저, 저희 아빠한테 연락하셨다고요?"

온희는 펄쩍 뛸 듯이 놀라며 입술을 깨물었다.

감기만 걸려도 비상인 아빠다. 클린벤치의 UV램프 좀 쬐었다고 당장 어떻게 되지 않는다는 걸 누구보다 잘 아는 분이지만 눈 때문에 응급실에 왔다고 했다면 지금쯤 세상이 무너지는 줄로 아실 것이다.

"벼, 별일도 아닌데 뭐하러 집에 연락까지……."

"두 시간 이상 자외선에 노출된 걸 너무 가볍게 여기지 마."

"……그렇게까지 오래 있지는 않았는데요."

하지만 씨알도 먹히지 않을 대꾸였다. 층층이 쌓아둔 페트리 접시를 본 그를 어찌 속일 수 있을까. 온희는 냉랭한 그의 시선을 피해 딴청을 피웠다.

"전 그럼 수납하러 갈게요. 교수님은 먼저……."

"수납은 이미 했네."

발갛게 충혈된 그녀의 눈이 동그랗게 커졌다. 잠시 어색한 침묵이 흘렀다. 왠지 얼굴이 뜨끈하게 달아오르는 것 같았다.

온희는 입을 열었다가 말없이 꾸벅 고개를 숙였다.

"온희야아!"

먼저 돌아본 쪽은 효석이었다.

"아빠."

"어떻게 된 거야? 눈은? 괜찮아?"

원영은 사색이 되어서 딸의 얼굴을 붙들고 겨우 울음을 참고 있었다. 온희는 빤히 쏟아지는 효석의 시선을 느끼며 애써 태연하게 원영의 손을 잡았다.

"에이, 아무렇지도 않아. 멀쩡하대. 그냥 실수로 아주 잠깐 씐 것뿐이에요."

"어디 봐, 어디. 색깔 구별돼? 침침하거나 그러지 않아? 응?"

"안 그래요. 괜찮다니까."

온희는 아빠가 무심코 왼눈에 대해 말할까 봐 몹시도 불안했다. 아빠의 팔에 팔짱을 끼고 응급실 밖으로 나가려 끌어당겼지만 그는 딸의 속 타는 심정은 모르고 자꾸 눈만 살펴보려고 했다.

"아, 이쪽은 실험실 교수님이세요. 전에 얘기했죠? 민효석 교수님."

얼른 효석에 대한 소개로 화제를 돌리자 그제야 원영이 옆에 가만히 서 있던 키 큰 남자를 돌아보았다. 효석이 먼저 고개를 숙여 인사를 건넸다.

"민효석입니다."

"아, 예. 제원영입니다. 온희 아빠고요."

그런데 어째 효석을 보는 원영의 눈빛이 별로 곱지 못했다. 가만. 우리 딸을 그렇게 막 부려먹으며 괴롭히던 사람이 아직까지 왜? 하는 시선이었다.

온희는 아차 싶어서 황급히 가방을 추슬렀다.

"일부러 기다려 주시고 여러모로 정말 감사합니다, 교수님. 먼저 가봐도 될까요?"

이럴 땐 일단 자리를 뜨는 게 상책이다. 뭔가 궁금한 게 많은 아빠를 떠밀듯 재촉하며 병원 앞을 떠났다.

"진짜 괜찮아? 어디 보자니까."

"아, 쪼끔 빨개진 것뿐이라니까요. 의사가 아무렇지도 않다고 웃더라. 걱정 마요."

"어디? 뭐가 쪼끔 빨개져? 눈이 딸기가 됐구만."

"불빛이 어두워서 그러는 거야. 밝은 데서 보면 잠 좀 못 잔 수준이랑 똑같아요."

"그러게 조심 좀 하지. 많이 아팠어? 응?"

"아니이. 아프지도 않았어."

효석은 속상한 듯 어깨가 축 처진 아빠와 애교스럽게 팔에 엉겨 붙는 딸의 뒷모습을 우두커니 바라보았다.

원영이 몇 발자국 더 가다가 멈춰 서서 아까 본 눈을 이리 뒤집어 보고 저리 내려 보고 하면 온희가 이제 그만하고 집에 가자고 조르며 팔을 흔든다. 굉장히 생소하면서도 정겨운 풍경이었다.

"민효석 교수님!"

돌아서려는 그를 온희가 멀리서 불렀다. 아빠의 손을 잡은 채 그녀가 크게 손을 흔들었다.

"병원비 고맙습니다! 앞으로 더 많이 일 시켜주세요!"

그게 무슨 소리냐고 묻는 원영에게 온희가 가볍게 고개를 흔들었다. 아마 '그런 게 있어.' 쯤 되지 않을까.

후덥지근한 바람이 그의 하얀 가운 자락을 흔들었다. 멀어지는 두 사람을 조용히 지켜보던 그의 입가에도 한 자락 희미한 미소가 떠올랐다.

†

"나 학회 처음 가봐."

효석을 따라 고세균 실험실에 소속된 학생들 모두 부산에 가게 되었다. 국내외 저명한 미생물관련 석학들이 참여하는 대규모 학술대회에서 민 교수에게 첫 번째로 특별 강연을 부탁하는 것을 보며 그가 현재 얼마나 핫한 미생물학자인지 실감이 났다.

숙소는 바닷가 바로 앞에 위치한 고급 리조트였다. 1박 2일의 일정이기 때문에 효석과 학생들은 먼저 짐을 숙소에 두고 회의장으로 이동하기로 했다.

"교수님, 여기 객실 키요. 713호로 가시면 됩니다."

효석은 뒤쪽에 몰려선 제자들을 훑어보았다.

"자네들은?"

"저희는 방 두 개짜리 객실 잡았어요. 온희랑 여진이가 한방 쓰고 남자들끼리 한방 쓰기로 했어요."

"……"

효석은 객실 키를 도로 주성에게 돌려주었다.

자기 앞가림 정도는 충분히 할 수 있는 성인들인데다 제자들이 나쁜 짓을 할 거라고 생각하진 않지만 학생들끼리만 방을 쓰게 할 수는 없었다. 분명 학회가 끝나고 술자리를 가질 텐데, 혹시라도 술김에 실수라도 하면 큰일이었다.

"방 세 개짜리 객실로 다시 잡게."

"예? 하지만 교수님이 불편하실 텐데……."

"하루 이틀 정도 불편해도 상관없어."

주성은 지시대로 예약을 변경했다. 학회 때문에 천오백여 명이나 몰려들어 이 근방 숙소는 거의 만원이었지만 다행히 방 3개짜리 고급 객실은 몇 개 남아 있었다.

넓은 회의장 안은 사람들로 꽉 차 있었다. 온희를 비롯한 연구실 팀원들은 먼저 들어가 자리를 잡고 앉았다. 입구에 들어서는 사람들을 구경하던 온희의 눈에 저 멀리 효석과 머리가 새하얀 외국인이 들어왔다.

"주성 오빠. 저분, 피터 패틴슨 교수 아니야?"

온희의 손가락을 따라 눈을 돌린 주성이 고개를 끄덕였다.

"오, 이제 완전히 건강하신 것 같네."

"저분 지금도 대학에 계시나?"

"응. 간암 수술하고 5년 쉬었다가 별다른 이상이 없어서 교수직에 복귀했는데 한 4년쯤 영국 대학에 있다가 다시 원래 가르쳤던 학교로 되돌아갔다는 얘길 들었어."

"영국?"

"원래 영국 사람이거든. 아, 근데 그거 아냐? 민 교수님이 우리 학교 오시면서 패틴슨 교수도 석학교수 된 거."

처음 듣는 소리였다. 온희가 고개를 젓자 주성은 턱을 문지르며 나른하게 덧붙였다.

"민 교수님이 한국으로 옮긴다고 했을 때 패틴슨 교수님이 말렸다나 봐. 근데 교수님 할머님이 건강이 별로 좋지 못하시거든. 할머니가 원하시니까 패틴슨 교수님도 어쩔 수 없었던 거지. 솔직히 그런 이유 아니면 민 교수님이 우리나라에 왜 왔겠어? 자란 곳도 미국이고 지원해주는 연구 환경 자체가 비교도 안 되게 좋은데."

"그렇구나……."

패틴슨 교수는 그를 무척이나 아끼는 듯했다. 제자를 따라 일부러 한국 대학의 석학교수까지 함께 한다는 것이 쉬운 일이 아님을 안다. 아무리 자식처럼 키우며 가르쳤다 해도.

온희는 효석의 옆얼굴을 바라보았다. 복잡한 가운데에서도 그가 웃는 것만큼은 선명히 보인다. 적어도 그녀가 봐온 웃음 중에 가장 순수하고 편하다는 것도 느낄 수 있었다.

"그래서 그렇게 선을 보고 다니셨나? 할머님 때문에?"

"뭐, 그렇지 않을까. 야, 교수님 강연 시작한다."

하얀 조명이 강연단 위를 비추었다. 수천 개의 눈이 들뜬 어둠 속에서 그가 들려줄 흥미로운 이야기들을 기다리고 있다. 민효석 그 이름 하나에 집중하면서 옅은 미소 한 자락, 무선 레이저 포인터가 가리키는 작은 스침 하나 놓치지 않는다.

"……."

멀다. 사람들이 갖는 기대감은 온희가 앉아 있는 객석과 그가 서 있는 강연단까지의 거리만큼이나 높고 멀었다.

푸른색 셔츠 위에 입은 연회색 정장 조끼와 아름다운 비율을 자랑하는 검은색 정장은 효석의 큰 키와 지적인 외모를 더욱 돋보이게 한다. 새삼스럽게도 그녀에겐 그런 낯설음이 남의 것처럼 느껴졌다. 모르는 사람을 보는 것처럼 삐걱거리고 기우뚱 뒤틀리는 것만 같았다.

"정말 태산 같은 사람이었네……."

"뭐라고?"

"아니, 아무것도 아니야."

그의 강연은 치밀하고 빈틈이 없었다. 어느새 사람들이 모두 자리에서 일어서서 박수를 치고 있었다.

"평소에도 이 정도만 멋지면 좋을 텐데. 그치?"

여진이 속삭였다. 온희는 응, 대답하며 빙긋 웃었다.

"좋아."

눈앞에 잘 차려진 술상을 보고 주성이 짝짝 박수를 쳤다.

"우리의 지도교수님께서 같은 객실을 쓰시겠다고 하시는 바람에 한 차례 위기가 오기도 했으나 결국 우리는 우리만의 음주 리그를 즐길 수 있게 되었다."

효석은 홍 교수와 패틴슨 교수를 만나러 가고 없었다. 한 마디로 학생들에겐 자유라는 것이다.

"혹시 소주 한 잔이 주량인 사람?"

주성의 물음에 온희가 소심하게 손을 들었다.

"그래? 우리 실험실은 말이야, 절대로 못 먹는 술을 강요하지 않는다."

휴우.

속으로 안도의 숨을 쉬는 그녀의 어깨 위로 억센 팔이 홱 드리워졌다.

"그러나 먹을 수 있을 때까진 먹인다."

"앗싸, 아앗싸!"

합창처럼 터져 나온 추임새에 신이 나서 주성이 흥겹게 목소리를 높였다.

"하지만 운이 좋으면 한 잔도 안 먹을 수 있지! 마시고 싶어도 안 준다. 그러려면?"

"게임을 이긴다!"

"그렇지!"

아이 씨.

한 잔이 주량이라고 하면 마시지 말라고 하지 않을까, 인간적인 기대를 했던 온희는 암담한 눈으로 천장을 쏘아보았다. 한 잔만 마시면 된다며 지화자 지화자 거리는 주성의 입을 콱 찌르고 싶은 심정이었다.

그녀는 태어나서 한 번도 술을 마셔본 적이 없다. 당연히 주량이 얼마인지는커녕 술맛이 어떤지도 몰랐다. 그렇다고 한 잔도 못 마신다고 하는 건 너무 있을 수 없는 뻥 같아서 한 잔이 주량이라고 한 것뿐이었다.

어쩌지…….

오늘 밤 그녀는 반드시 깨어 있어야 했다. 사람들과 자기 위해 의안을 빼는 건 죽기보다도 싫었다. 그렇다고 빼지 않고 자면 염증이 생길 테고, 갑자기 눈이 왜 그러냐며 걱정할 것이다.

의안도 빼지 않고 염증도 생기지 않으려면 밤을 새우는 수밖에 없었다. 그런데 술을 마시게 되면, 혹시 취하기라도 하면…….

"왜 그렇게 표정이 떨떠름해? 뭐 문제라도 있어?"

"문제는 무슨. 그냥 술 마시는 거 자신 없어서 그래."

"괜찮아, 괜찮아! 오빠가 살살해준다니까?"

그들에게 조금이라도 의심의 빌미를 주고 싶지 않았다. 이보다 더한 위기 상황에서도 그녀는 들키지 않았다. 여태껏 해온 것처럼만 하면 된다.

그래. 설마하니 진짜 내 주량이 한 잔이겠어? 울 아빠가 얼마나 술고래인데.

도저히 안 되겠으면 적당히 눈치 봐서 술 취한 척 빠져나가면 될거다. 첫 잔은 슬쩍 맛만 보고 내려놓으며 온희는 정신을 바짝 차렸다.

눈치 하면 또 여자 제온희. 일단은 게임에서 모조리 이기는 거다!

온희는 입 안 여린 살을 짓씹으며 초조한 마음을 억눌렀다.

"아들아~ 지구를 부탁하노라~ 이얏하~."

몽롱한 정신으로 헤아려보니, 소주 석 잔에 완전히 맛이 간 듯싶다.

수저를 마이크 삼아 장렬하게 쥐어 잡고 어느새 노라조의 〈슈퍼맨〉에 맞춰 야무지게 춤을 추고 있는 사람은 분명 제온희 자신이었다. 무아지경으로 팔다리를 파닥거리며 앗싸앗싸 스텝을 밟자 이에 질세라 은관이 끼어들어 몸을 흐느적거렸다.

구성진 목소리에 주성이 벌떡 일어나 엉덩이를 실룩대었다. 선글라스 안에서 반쯤 풀린 온희의 눈이 희번덕거렸다.

"아이, 신나. 우리 온희, 완전 매력 터지는데 왜 남친이 없는 거냐?

엉? 난 도무지 이해를 못 하겠다."

"매력은 터지는 것 같은데 싫대애."

"뭐야? 누가? 어느 놈이 그랬어? 데리고 와봐!"

"왜? 오빠가 혼내주려구?"

"그러엄. 입을 쫙 찢어줄게!"

"히힛."

아, 혀 꼬인다.

이미 여진과 으뜸은 마시다 그 자리에서 잠들었고 은관은 꾸벅꾸벅 졸다가 옆으로 픽 쓰러지고 말았다. 온희는 히죽 웃으며 바닥에 드러누웠다.

"민 교수님은 안 들어오시나아?"

"안 들어오셨으면 좋겠다. 아흐, 정신적으로 너무 피곤해애."

"왜애? 민 교수님 그렇게 나쁜 사람 아니얏."

마지막까지 붙들고 있던 술잔을 땅 소리 나게 놓으며 주성이 씩씩거렸다.

"뭐야? 너 지금 민 교수님 편든 거야? 그런 거야?"

"왜? 그럼 좀 안 되냐?"

"으씨, 너, 배신이야."

그가 코를 훌쩍이며 널찍한 곳까지 엉금엉금 기어 불에 달군 개구리처럼 사지를 쭉 뻗고 엎드렸다. 드르렁드르렁 코 고는 소리에 온희도 가물가물해지려는 눈을 끔뻑였다.

으응……? 안 되는데. 자면 안 돼.

"근데 진짜…… 나쁜 사람 아닌데. 진짠데."

뭐, 물론 나도 처음엔 불만이 이따만큼 많았는데 말이야. 그래도…… 진짜 나쁜 사람 아니란 말이야. 은근히 따뜻한 면이 있는 사람이라구.

티는 정말 안 나긴 하는데, 그래 뭐 물론 안 믿기겠지만 말이야…….

반쯤 잠에 빠졌을 때 언뜻 문이 열리는 소리가 들린 것 같았다. 고개를 들 힘도 없어서, 그녀는 그냥 자신을 놔버린 채 아득한 수마에 빠지고 말았다.

「왜 그래? 아까부터 시계만 보고.」

자꾸 시계를 보는 효석을 보다 못해 홍 교수가 묻자 패틴슨 교수도 의아한 듯 쳐다보았다.

「아닙니다. 그냥 학생들끼리만 둔 게 마음에 걸려서요.」

효석의 대답에 패틴슨 교수가 두 눈을 치켜뜨며 웃었다.

「내가 지금 잘못 들은 건 아니겠지? 네가 그런 걱정을 다 하다니 놀랍구나.」

홍 교수도 의외였는지 헛웃음을 터뜨렸다.

「보면 놀라실 걸요. 한국 학생들 술 문화를 보면 없던 걱정도 생겨요.」

「처음 보면 문화 충격이긴 하지. 어때? 민 교수도 삼삼한 안주와 함께 소주 한 판?」

「됐습니다. 형님이나 많이 하세요.」

하지만 역시 신경이 쓰인다. 효석은 스승과 형님의 눈을 피해 몇 번이나 시간을 확인했다.

다른 건 별로 걱정이 되지 않지만 술 좋아하는 하주성과 김은관이 그 자리에 있으니 문제였다. 분명 가장 나이 많은 주성이 술자리를 주도하고 악동 기질이 다분한 은관이 해괴한 장난을 치고 있을 것이다.

결국 효석이 학생들 때문에 가봐야겠다고 하자 패틴슨 교수는 연신 놀라면서도 흔쾌히 보내주었다.

「솔직히 말이야, 칼.」

패틴슨 교수의 따스한 부름에 효석이 돌아보았다. 칼(Karl)은 패틴슨 교수가 자신의 미들네임을 효석에게 물려준 것이었다.

「네가 한국으로 가겠다고 했을 때 걱정 많이 했는데, 이제 보니 괜한 걱정이었다는 생각이 들어.」

「왜요?」

「뭔가…… 미국에 있을 때보다도 좋아 보이는구나 싶어서.」

「제가요?」

그가 고개를 저어도 패틴슨 교수는 끝까지 웃으며 손을 흔들어주었다. 뭔가를 더 물으려 입을 열었다가 효석도 손을 들어 인사를 보냈다.

자정이 훌쩍 넘은 시간인데도 해변에 사람들이 제법 많았다. 쌀쌀한 바닷바람에도 밤을 통째로 삼킨 것 같은 이 분위기가 그에겐 여전히 낯설고 어색하기만 하다.

술을 마시는 건 뇌에 독을 쏟아붓는 길이다. 더 좋게 만들어도 모자라는데 더 나쁘게 만들어서 어쩌자는 걸까. 효석은 아직도 한국인들의 술 문화를 이해하기 어려웠다. 너나 할 것 없이 뇌가 하얗게 탈색될 때까지 마시는 걸 즐긴다고 여기는 집념이 이상하기만 했다.

"……."

객실 문을 여니 술 냄새가 물큰 끼쳐왔다. 어디다가 엎지르기라도 했는지 발코니 문이 열려 있는데도 냄새가 빠지지 않는다.

효석은 바닥에 시체처럼 쓰러져 있는 학생들을 보고 잠시 할 말을 잃었다.

"하주성."

드르렁. 드르렁.

대답 대신 코 고는 소리가 민망할 정도로 크게 돌아왔다. 혹시 일부러 이러는 것 아닌가 싶어 슬쩍 고개를 가까이 가져갔다.

"커억. 컥."

별안간 숨넘어가는 소리를 내더니 푸우, 타액 섞인 숨을 토해낸다. 효석은 얼른 주성에게서 떨어지며 지독하게 찌르는 술 냄새에 고개를 저만치 치웠다.

어쩐다…….

남학생들이야 어디서 어떻게 자든 상관없어도 여학생 둘을 그냥 이대로 둘 수는 없었다.

여진 곁으로 다가가 슬쩍 손을 흔들어 보다가 효석은 몸을 동그랗게 말고 자는 온희를 빤히 내려다보았다. 잠결에도 절대 보일 수 없다는 듯, 그녀는 왼쪽 얼굴을 바닥에 파묻어 가린 채 곤히 잠들어 있었다.

'괘, 괜찮아요. 별로 아프지 않아요.'

몹시 당황하며 손끝까지 떨던 모습이 지금도 눈앞에 선하다. 그 두려움 어린 거부가 금방이라도 무너질 듯 안간힘을 쓰는 것 같아서 고집을 부리는 이 아일 더는 어쩌지 못했다. 제발 모른 척해달라는 애원을 그렇게 온몸으로 할 줄은 몰랐다.

"······눈 때문이었어."

온희는 언제나 누군가의 왼쪽에만 서곤 했다. 자주 고개를 숙였고 사람의 눈을 오래 쳐다보지도 않았다. 누군가와 시선이 마주치면 늘 먼저 피하는 것도 그녀였다.

처음 만났을 때 바닥에 떠밀었던 이유를 이제는 이해할 수 있었다. 아버지가 왔을 때에 혹시 무슨 말을 할까 봐 안절부절못하며 어떻게든 자리를 뜨고 싶어 했던 조바심 어린 태도도, 앞머리를 길게 내리고 다니는 이유도.

이 아인 들키고 싶지 않은 것이다. 필사적으로 지키고 싶은 마지막 자존심일 테니까.

"비밀을 지키려면 좀 더 뻔뻔해야지. 그렇게 매번 수상한 반응을 보이면 어떡하려고."

한쪽 눈으로 세상을 바라보면서 상처는 두 눈으로 보는 것보다도 많았겠지. 다르다는 것에 관대하지 않은 세상이니 어쩌면 웃음이라는 가면으로 스스로를 숨겨 왔는지도 모른다. 그렇게 가슴을 졸이며, 지금의 제온희는 진짜 제온희가 맞기는 한 걸까.

멀리서 파도가 뒤채는 소리가 들려왔다. 열린 발코니 문 사이로 흘러들어오는 달빛과 시원한 바람이 커튼 끝을 펄럭인다. 시퍼런 어둠의 잔상이 너울거리며 학생들이 뒤척일 때마다 그의 신경 끝도 함께 건드렸다. 효석은 하나씩 담요를 덮어주고 소파 위에 앉았다.

주성의 리드미컬한 코골이를 듣고 있자니 조금씩 피곤이 몰려오고 있었다. 앉은 그대로 효석은 조금씩 선잠에 빠져들었다.

그렇게 얼마나 잤을까. 아래에서 부스럭거리는 소리에 그는 금세 잠에서 깨어났다. 눈을 뜨고 내려다보니 온희가 꾸물꾸물 몸을 비틀며 상체를 일으키려고 하고 있었다. 바다 저 멀리서 동이 터오고 주위는 뿌옇게 밝아지고 있었다.

"엇, 엇⋯⋯."

팅기듯 일어나자마자 그녀는 허둥대었다. 아직 깜깜한 시야를 견디지 못하고 주변을 마구 더듬는다. 온희가 휴대전화를 찾아 쥐고 플래시를 켜 제 왼눈을 더듬거렸다.

금방이라도 흘러내려 사라져버릴 듯, 허연 불빛에 비친 얼굴이 울음을 터뜨릴 것만 같았다.

"⋯⋯?"

조급해 하면서도 자고 있는 팀원들을 깨우지 않게 조심스레 피해 간 온희는 곧장 화장실로 들어갔다. 효석은 시간을 확인하고 화장실 문을 가만히 주시했다.

몇 번이나 세면대에서 물 쓰는 소리가 나는데도 그녀는 나오지 않았다. 10분이 지나도, 20분이 지나도 화장실 안은 쥐죽은 듯 고요했다.

효석은 뭔가 잘못되었음을 느끼고 화장실 앞으로 다가갔다. 가볍게 노크를 하자 화들짝 놀란 듯 있어요, 대답하는 소리가 들려왔다.

"제온희."

신발 끄는 소리와 함께 그녀가 다급히 문 쪽으로 이동하기 시작했다. 효석은 반사적으로 문을 잠그지 못하도록 문고리를 돌려 잡았다.

"교, 교수님. 저 있어요."

"문 열어."

"……급하지 않으시면 이, 이따가……."

목소리가 희미하게 떨리고 있었다. 효석은 강하게 문을 붙들고 있는 온희를 나직하게 불렀다.

"괜찮으니까 문 열어봐."

"제발 가주세요. 제발요……."

그가 뭔가를 눈치챘다는 걸 알자 온희의 목소리에 울음이 묻어났다.

누군가에게, 그것도 실험실 사람들에게 들키게 된 것이 수치스러웠다. 창피하고 끔찍해서 견딜 수가 없었다. 또다시 동정과 혐오가 뒤범벅된 눈길을 받을 생각을 하니 발밑이 꺼질 듯 비참했다.

"아직 아무도 안 일어났어."

"……."

"문제가 있으면 병원에 가야 하잖아. 나한테는 괜찮으니까, 문 열어봐."

힘이 빠지고 천천히 문이 열렸다. 효석은 왼쪽 눈을 가리고 선 그녀를 보고 터져 나오던 한숨을 삼켰다. 꽉 누르고 있는 손바닥 사이로 물과 뒤섞여 피가 옅게 배어나오고 있었다.

물기 묻은 의안을 꼭 쥐고서 온희는 눈물을 참고 있었다. 핏기 없는 얼굴로 눈망울 가득 고인 눈물을 떨어뜨리지 않으려 안간힘을 쓰는 모습에 그의 목울대가 작게 흔들렸다.

"……모자 가지고 온 거 있어?"

그녀가 고개를 끄덕이자 효석은 곧장 방으로 들어갔다. 가방과 개인 물품까지 모조리 챙겨온 그는 남색의 야구모자를 깊게 씌우고 그녀의 손목을 잡았다.

"가자."

불행인지 다행인지, 지하주차장에 가는 동안 학회 사람이 아닌 몇 몇이 그들 곁을 지나갔다. 사람들이 멀어질 때까지, 왼편을 품에 묻어 숨겨 주는 따스한 손길에 그녀는 몇 번이나 왈칵 쏟아질 것 같은 울음을 참아내야 했다.

단단한 팔에 안겨, 온희는 그의 옷자락을 꾸욱 움켜쥐었다.

보통은 염증이 심해도 고름이 나오는 게 전부지만 20개월이나 된 의안이 문제였다. 어쩌다가 표면에 흠집이 난 건지 술 마신 채 아픔도 못 느끼고 자버린 탓에 결막낭에 상처가 나서 피가 난 것이었다.

의안을 좀 더 맞는 것으로 바꾸는 것이 좋겠다는 권유를 받고서 피고름이 난 속살을 치료 받고 나온 그녀에게 효석은 아무것도 묻지 않았다. 이번에도 그는 온희가 응급실에 있는 동안 수납을 끝내고 한 시간 넘게 대기석에 앉아 조용히 기다리고 있을 뿐이었다.

"홍 교수님도 아시나?"

온희가 작게 고개를 끄덕이자 효석은 별다른 말없이 차를 출발시

켰다. 곧장 서울로 올라가면서 홍 교수에게 전화를 걸었지만 연결이 되지 않았다.

"홍 교수님. 온희에게 문제가 좀 생겨서 먼저 서울에 데려갑니다. 하주성에겐 제가 알아서 이야기해 놓을 테니 저희 실험실 학생들 지도 좀 부탁드립니다."

홍 교수에게 음성메시지를 남겨놓은 후 그는 곧장 주성에게 전화를 걸었다. 아직 술이 덜 깨서 칙칙하게 가라앉은 목소리가 네에, 다 죽어가는 투로 대답했다.

"자네에게 두 가지 전달 사항이 있어. 잠이 덜 깼으면 이따 다시 걸겠네."

ㅡ예? 아니, 아닙니다. 말씀하세요.

"일단 제온희는 먼저 서울로 올라갔네. 집에 일이 생겨서 급히 가야 한다고 연락이 왔어.

ㅡ네……? 저한텐 아무 말도 없었는데요.

"자네들이 술 먹고 실신해서 아무도 못 일어나니 나한테 한 것 아닌가."

온희는 능숙하게 둘러대는 효석을 물끄러미 쳐다보았다. 시선을 느낀 그가 돌아본다. 나중에 어떻게 된 일이냐고 물어볼 수 있으니 제대로 들어 놓으라며 그가 오른쪽 눈썹을 슬쩍 치켜 올렸다.

"어쨌든 집안일 때문에 실험실에도 며칠 못 나올 것 같다고 하니 그렇게 알고."

ㅡ예.

"자네들 지도는 홍 교수님이 해주실 거야. 나는 학회 관련자와 연구

미팅을 하기로 해서 좀 일찍 나왔다네. 그러니 홍 교수님 팀에 합류해서 서울로 올라오게."

전화를 끊고도 그는 한 마디도 하지 않았다. 괜찮냐는 위로도, 어쩌다 그랬냐는 질문도 하지 않았다. 앞만 보고 운전하고 있지만 뭘 하든 돌아보지 않을 거라는 배려임을 느낄 수가 있었다.

완연히 해가 뜨고 푸른 하늘이 열리자 효석이 운전석 창문을 내렸다. 금빛 태양이 흩날리는 가루처럼 스며든다. 햇살이 왼눈을 덮은 하얀 붕대 위에도 점점이 쏟아졌다.

탄식이 나올 만큼 동화 같은 풍경에 콧날이 시큰 달아올라 온희는 고개를 창 쪽으로 돌리고 등받이에 머리를 기대었다.

아름다운 아침이다.

수많은 감정들이 뒤엉켜 엉망이 되어도 어둠이 물러간 바닷가는 반짝반짝 무척이나 눈이 부셨다. 마치 아까의 일이 모두 거짓인 것처럼.

한바탕의 꿈이었던 것처럼.

눈을 떴을 때는 익숙한 동네에 있었다. 흰해진 시야에 슬쩍 미간을 찌푸린 온희는 오후 3시에 가까워진 시간을 확인하고 깜짝 놀라 후다닥 옆을 돌아보았다.

효석이 반듯한 자세로 앉아 자고 있었다. 늦어도 정오에는 도착했을 텐데 일부러 깨우지 않은 것 같았다.

그는 UV램프를 쬐었을 때부터 눈치를 채고 있었을 것이다. 그래도 의안까지는 몰랐는지도 모른다. 아니, 알고도 모른 척해준 것일까.

온희는 복잡한 시선으로 그의 단정한 옆얼굴을 바라보았다. 연회색 정장 조끼와 물빛 푸른색 셔츠. 어제 차림 그대로인 가슴팍에 드문드문 핏자국이 옅게 묻어 있었다.

그녀를 안아주면서 스며든 흔적이었다. 새벽녘의 기억에 순간 온희의 뺨이 붉게 달아올랐다.

어제는 그렇게 멀게만 느껴졌었는데. 손 닿을 수 없는 사람처럼 낯설고 어려웠는데 또 이렇게 옆에 있는 게 신기했다. 괜찮으니 문 열라고, 온희야, 부르던 나직한 목소리가 떠올라 가슴 한끝이 뭉클 뜨거워졌다.

"지금 들어가면 어머니가 놀라실 텐데 괜찮아?"

눈 감은 채 그대로 그가 물었다. 빤히 들여다본 걸 들킨 것 같아 온희는 얼른 시선을 돌렸다.

"저 엄마 없어요."

"……."

"아빠는 좀 놀라시겠네요. 아니, 좀 많이요."

평소와 같은 목소리에 그가 눈을 떴다. 그녀는 창밖을 내다보며 아는 사람이 지나가는지 열심히 살피기 시작했다. 효석은 어쩐지 말문이 막혀서 평상심을 뒤집어쓴 온희를 가만히 쳐다보았다.

그렇게 주위의 눈을 걱정하고 아빠의 걱정을 염려하는 동안 잿더미가 되어가는 자신의 속은 얼마나 들여다보고 있을까. 억지로 웃을 필요도, 자신이 괜찮다는 걸 확인시킬 필요도 없는데 스스로를 억눌러가며 이 아이가 대체 뭘 지키고 싶어 하는지 도무지 알 수가 없었다.

"제온희."

"네."

"그렇게 애쓰지 않아도 돼."

"……네?"

허를 찔린 사람처럼 그녀가 말끝을 떨었다.

"그냥, 너무 애쓰는 것 같아 보여서."

"전…… 괜찮은데요."

그가 흐릿하게 웃는다. 그렇게까지 억지로 웃으면서 자네 속은 편한가? 그의 눈이 담담하게 묻고 있었다.

"그렇다면 다행이고."

온희는 차마 대꾸하지 못하고 시선을 떨구고 말았다. 그에게 찔린 마음이 시큰거렸다. 지금 자넨 마치 우는 것 같으니까, 라고 그가 미소처럼 중얼거렸다.

†

잠이 오지 않는다. 초저녁부터 몇 번이나 뒤척이며 누웠다 앉았다 부산스럽게 굴어도 도통 졸리지가 않았다.

"아……. 미치겠네. 약을 잘 못 먹었나."

엊그제부터 지금까지, 부산에서 돌아온 후부터 지금 이 순간까지 끊임없이 민 교수 생각만 난다. 붕대로 눈을 가린 그녀를 보고서 끝내 눈물을 보인 아빠에게 괜찮다고 말할 때도, 주성이 전화해서 무슨 안 좋은 일이 있는 거냐고 걱정해주는데도 온희의 신경은 온통 교수

연구실에 있을 그에게 쏠려 있었다.

"제정신이야? 미친 거냐고? 교수님이라고, 교수님."

온희는 베개를 껴안은 채 둥근 보름달이 뜬 하늘을 심란하게 바라보았다.

"내 지도교수……긴 한데."

진실이 아니면 쳐다보지도 않을 것 같은 그가 그녀를 위해 거짓말을 했다. 가장 안 좋을 때 옆에 있어준 사람도 그였다.

사람들의 시선에서 가려주던 부드러운 손길, 흉한 몰골을 보고도 흔들림 없던 시선, 우는 것 같아 보인다며 지나가는 듯이 말하던 목소리가 기억에 박혀 도무지 진정을 할 수가 없다.

왜 나를 감싸줬을까? 학생인 그녀에게 굳이 하지 않아도 될 선까지 나서준 이유가 뭘까? 불쌍해서? 글쎄……. 그가 그렇게 친절한 사람이었던가? UV램프 때문에 병원을 갔을 때에도, 의안을 끼고 자버린 엊그제도 그는 말없이 모든 걸 신경 써주었다. 가슴 떨리게, 자꾸 내게 왜 이런 시련을 주는 걸까?

급기야 베개를 얼굴에 둘러싸고 별일 아니다, 절대 아니다를 반복하며 발버둥을 쳤지만 그럴수록 뚜렷이 되살아나는 그의 단단한 품 때문에 속이 터져버릴 지경이었다.

"허……. 후……. 냉정한 게 다가 아니야. 절대 못 따라갈 사람이라니까. 거기다 교수님은 결혼할 여자도 있는데……."

그러네. 여자가 있잖아.

정신 차리려고 한 말에 도리어 온몸의 힘이 쭉 빠지고 말았다.

그가 좋아하는 1:1.3 비율의 미인 약혼녀와 눈 한쪽 없는 자신이

상대가 될 리 없다. 아직 자신은 학부 졸업도 못한 대학생이지만 미인 약혼녀는 사회인임에 틀림없었다. 그동안 효석에게 철딱서니 없는 어린애 모습만 보였던 제온희와 교양과 기품으로 중무장한 미인 약혼녀가 감히 비교 대상이나 되겠나.

"아, 힘 빠져."

침대에 벌렁 드러누워도 생각나는 건 민 교수뿐이다. 진짜 미쳤다. 얼굴 좀 되고 머리만 되면 다냐고 욕한 게 엊그제인데, 잘났으니 혼자 다 해먹으라고 발길질도 했는데 대체 이게 무슨 꼴이람…….

달님만 쳐다보며 멍하니 있는데 갑자기 휴대전화가 울리기 시작했다. '민 교수님'이라고 뜬 발신인에 가슴이 벌렁거리고 눈이 화등잔만 해졌다.

"여, 여보세요."

-자고 있었나?

"아뇨. 안 잤어요. 저어, 별일 없으시죠?"

무릎까지 꿇고 두 손으로 휴대전화를 부여잡은 그녀는 긴장한 목소리를 들키지 않으려 마음을 가다듬었다.

-별일은 없는데 조교들이 자네 없어서 귀찮은 일이 한두 가지가 아니라고 매일 불평하고 있지.

교수님은요? 라고 묻고 싶다. 해서는 안 될 질문이라는 걸 알면서도, 바보같이.

-열흘 전에 방사성 동위원소로 표시한 일산화탄소를 리키가 사는 환경에 주입한 걸 자네도 알고 있겠지? 전여진에게 방사선 경로 추적을 기록하라고 했는데, 그 데이터 정리를 자네한테 맡겼다고

하더군.

"아, 네. 근데 그게 공강 시간에도 하느라 강의동 사물함에 넣어놨는데……. 주성 오빠한테 찾아서 드리라고 할게요."

-조교들은 퇴근하고 없어. 사물함에 내가 봐서는 안 되는 게 있는 게 아니라면 지금 좀 찾아봤으면 하는데.

"네, 네. 괜찮아요."

사물함 번호와 자물쇠 비밀번호까지 알려주자 전화는 금방 끊어졌다. 아쉬운 마음에 핸드폰을 놓지 못하고 온희는 수심 어린 한숨을 길게 내쉬었다.

앞으로 이틀은 더 학교에 나가지 못하는데 마음은 지금이라도 뛰어가고 싶다. 가봤자 민 교수님은 반기지도 않을 테지만. 혹시라도 달라진 그녀의 마음을 알게 된다면 그도 곤란해할 것이다. 그것 때문에 곤혹스러워하는 얼굴은 정말로 보고 싶지 않은데…….

온희는 저려오는 다리를 쭉 풀고 다시 침대 위에 드러누웠다. 봄바람은 처녀 가슴을 살랑거리게 한다는데, 그 따스함에 도리어 가슴 한편이 시리듯 허전해졌다.

그때, 그가 애쓰지 않아도 된다고 했을 때 다른 대답을 했다면 어떤 반응을 보였을까?

사실은 저요, 언제 어디서 누구에게 애꾸눈인 걸 들킬까 전전긍긍하는 것도 싫고 하나 남은 눈에 이상 생길까 봐 벌벌 떠는 것도 신물 나요. 그래도 매일매일 참고 있는 거예요. 그렇게 말을 했다면.

뭐든 꿰뚫어 보는 것 같았던 효석의 시선을 떠올리며 온희는 또 한 번 깊은 한숨을 쉬었다.

제온희.

라는 명패가 붙은 사물함 문 앞에서 주위를 쭉 훑어보았다. 작게 어둠을 몰아낸 강의동 지하 복도에는 학생들이 쓰는 사물함이 일렬로 쭉 깔려 있었다. 학생 시절을 경험한 지도 12년이 넘어 재학생 사물함을 열려니 기분이 묘했다.

"하. 참……."

버튼식 자물쇠를 열고 천천히 문을 열어 안을 본 효석의 표정이 설풋 굳어졌다.

개판도 이런 개판이 따로 없었다. 책을 일렬로 꽂아놓긴 했으나 프린트물이 여기 쌓이고 저기 들어가 있어 정신이 없는 데다 실험복까지 돌돌 말린 채로 처박혀 바리케이드를 형성하고 있었다.

"……정말 볼수록 재밌어."

그냥 문 닫고 가고 싶은 기분을 누르고 효석은 차근차근 내용물을 꺼내기 시작했다. 일단 모든 것의 진로를 방해하고 있는 실험복을 걸어내자 책 위로 두툼하게 쌓인 프린트 군단이 천을 따라 와르르 바닥으로 쏟아져 내렸다.

효석은 픽 코웃음을 치곤 그대로 파일들을 뽑아 속을 확인했다. 세 번이나 허탕을 친 뒤에야 깔끔하게 정리된 데이터 자료들을 찾을 수 있었다.

"……."

이리저리 흩어진 프린트들을 줍던 그의 눈에 리포트 표지가 들어왔다. 날짜는 작년 2학기. 윤필중 교수가 담당했던 인간의 심리학 과제였던 듯 제목은 자서전 〈나의 이야기〉였다.

'제발 그만 가주세요. 제발요……'

절실하던 목소리가 아직도 생생하다. 때론 이해할 수 없을 정도로 씩씩하게 웃던 온희가 그토록 위태로이 흔들리던 모습은 효석에게 깊은 충격으로 남아 있었다. 그는 뚫어질 듯 리포트를 주시하다 사물함 안에 집어넣었다.

그가 관여할 일이 아니었다. 안 된 일이기는 하지만 누구든 아픈 곳 한 가지는 있기 마련이다. 함부로 열어봐서도, 침범해서도 안 되는 것이 누구에게든 있는 법이니까. 아무리 지도학생이라고 해도 이건 교수가 넘어선 안 될 선이었다.

자물쇠까지 잠그고 돌아서서 복도를 따라 걸었다. 학생들의 이야기가 담긴 사물함이 계속계속 이어지고 있었다. 무섭도록 정적에 싸인 복도는 여러 무게를 담아 숨 쉬고 있었다. 별안간 그렇게 느껴져서 효석은 우뚝 걸음을 멈추었다.

여태까지 그녀가 훌륭하게 숨겨온 탓에 의안이라는 왼눈을 자세히 본 적이 한 번도 없었다. 늘 괜찮은 척하느라 정말은 괜찮지 않을 제온희도 본 적이 없다. 앞으로도 괜찮지 않을 제온희를 보기는 힘들테지만 그도 굳이 그 아일 휘저을 생각이 없었다.

하지만.

다시 돌아서서 온희의 사물함 앞에 섰다. 자물쇠를 열고 자서전을 찾았다. 이것이 없어져도 전혀 눈치채지 못할 만큼 엉망이라 또 한번 웃음이 나왔다.

연구실로 돌아와 책상 앞에 앉자마자 효석은 온희의 자서전을 펴들었다. 막 겉표지를 넘기자 첫 장 맨 위의 글씨가 그의 시선을 붙들었다.

부제 '애꾸의 이야기'.

종이를 걸치고 있던 손가락이 조용히 책상 위로 내려앉았다.

6.

어머니,

보고 싶어요

아빠는 똑똑하다. 대학도 단번에 우리나라 최고 대학이라는 서울대에 붙었고 석박사과정도 우수하게 마쳤다고 했다. 그때는 석사가 뭔지 도무지 알지 못했지만, 어쨌든 똑똑하다는 걸 나는 알고 있었다.

엄마는 유치원 선생님이었는데 어린 내 눈에도 선녀처럼 곱고 예뻤다. 옆집 친구들이 우리 엄마는 천사 같다고, 자기네 뿔난 엄마와는 비교도 안 된다고 매일 부러워했다.

우리 아빠는 교수님이라고 자랑했지만 그건 내가 잘 몰라서 한 소리였고, 실은 대학의 시간 강사였다. 아빠는 포닥[3]을 하면서 대학 강단에 섰다. 대부분의 시간 강사 봉급이 그렇듯 맞벌이를 해도 빠듯한 살림이었지만 부모님 사이가 무척이나 좋아서 굉장히 화목했었다. 내 앞에서 아빠와 엄마는 수줍어하면서도 뽀뽀를 하는, 그런 사이였다.

....
3) 포닥 : 포스트닥터(post doctor)의 줄임말로, 박사학위를 받은 후의 전문연구 및 연수과정

그러다 5살 겨울, 내가 유독 왼쪽에 있는 물건들만 잘 보지 못하기 시작하면서 이상이 있다는 걸 알게 되었다.

망막모세포종. 5세 이하의 영유아에게 발생하는 소아안구암이었다.

다행히 전이가 된 것 같지는 않다고, 망막에서만 종양이 보이니 일단 항암치료를 해보자는 희망어린 진단이 나왔다.

처음에는 병원과 집을 오가며 치료를 받았기 때문에 매달 일주일 동안만 입원을 했고 퇴원한 후 3주간은 면역력이 높아질 때까지 집 안에만 있어야 했다. 어떻게든 안구를 지키기 위해 항암치료는 12차에 걸쳐 계속되었다.

면역력이 극도로 떨어진 나를 돌보기 위해 엄마는 유치원을 그만두어야 했다. 시간 강사 월급으로는 도저히 내 병원비를 다 댈 수 없었기에 빚이 늘어갔고 결국 아빠도 대학을 그만두어야 했다. 고되긴 하지만 그래도 벌이가 괜찮다는 야간 포장마차를 시작한 것도 그 무렵이었다.

부모님의 눈물. 생활의 어려움 때문이 아닌, 어린 자식이 그 독한 치료를 견디며 몇 번이나 죽을 고비를 넘기는 것을 지켜봐야 했던 심정이 어땠을지는 아직도 다 짐작이 가지 않는다. 그래도 조금만 참자고, 다 나을 수 있다는 희망이 있었기에 버텼다. 긴 주삿바늘이 척추 뼈 사이를 찌르고 척수액을 뽑는 그 끔찍한 고통도, 머리카락을 모조리 잃어버리는 슬픔도, 금방이라도 숨이 넘어갈 것처럼 열이 오르고 아팠던 그 지옥도 세 식구가 똘똘 뭉쳐 이겨낼 수 있었다.

"아무래도 수술을 해야 할 것 같습니다, 온희 어머님."

"네……?"

"백내장이 겹쳤습니다. 증상이 좋지 않아요. 먼저 수정체와 수정체주머니(수정체를 감싼 주머니)를 제거해야 한다는 게 저희 소견입니다."

"그럼 아이 시력은……."

"종양만 줄어든다면야 안구 자체는 보존할 수도 있겠습니다만 수정체를 제거하기 때문에 앞은 보이지 않을 겁니다."

차마 내 앞에서 울지 못하던 엄마의 얼굴. 망연자실하던 아빠의 어깨. 수정체가 뭔지, 백내장이 뭔지는 몰라도 처음보다 나빠졌다는 것만은 확실히 알 수 있었다.

울지도 못하고, 이상하게 울 생각도 못하고 나는 수술대에 올랐다. 6살 겨울, 첫눈이 온 날이었다.

하지만 불행은 끝내 나를 놓지 않았다. 이번엔 망막에서 자라고 있던 암세포가 말썽이었다. 힘겨운 항암요법에도 그것은 나빠지다 못해 점점 목숨까지 위협하기 시작했다.

"……조금도 줄어들지 않았단 말씀이세요?"

"종양이 시신경 바깥으로 퍼져 나갔어요. 안구를 적출하고 시신경을 침범한 종양은 항암치료를 해야 합니다. 이대로 두면 암이 다른 부위까지 전이될 겁니다."

끝내 엄마는 울음을 참지 못했다. 가는 어깨가 애처로이 떨리던 느낌이 지금도 잊히지 않는다.

"미안해. 엄마가 미안해……."

아픈 게 너무 지겨워서, 구토와 고열에 시달리는 게 너무나 힘들어서 그때 나는 엄마의 등을 마구 때렸다. 엄마가 미안하다고 하니까 정말 엄마 때문에 내가 아프다고 생각했었다. 그래서 엄마가 사과를 하는 거라고.

"엄마."

"응?"

안구 적출 수술을 받던 날 엄마의 등에 업혀서 창밖에서 펑펑 내리고 있는 하얀 눈을 멍하니 구경했다.

"눈이 한 개가 없는데 어떻게 살아?"

축 가라앉은 내 목소리에 엄마는 잠시 말이 없었다.

"눈을 빼내면 빨간 살만 남는대. 그럼 친구들이 괴물이라고 하면 어떡해?"

안 보이기는 마찬가지였지만 도저히 눈이 없을 때를 상상할 수 없었다. 적출 수술을 하기로 결정이 난 날부터 매일, 하루에도 수십 번 거울 앞에서 눈알 없는 나를 떠올려보곤 했지만 무섭고 징그럽기만 했다. 피도 철철 나고 그러면 더 괴물 같을 텐데.

"준형 오빠랑 지형이도 괴물이라고 안 놀아주면 어떡해?"

"우리 아기가 얼마나 예쁜데, 왜 그런 말을 할까?"

"그럼 나 언제 놀 수 있는데? 수술하고 열 밤 더 자면 돼?"

"음, 아마 백 밤은 있어야 할걸?"

"백 밤이나? 우. 나 아직 백까지 잘 못 센단 말이야."

간호사 언니가 와서 이제 들어가야 한다고 했다. 침대 위에 누워 들어가기 전에 손을 꼭 잡아주는 엄마에게 말했다. 어렸지만, 왠지 그때 꼭 해야 한다는 걸 느꼈던 것 같다.

"엄마. 엄마 때문에 아파도 나 엄마 안 미워해."

"······응?"

"아빠가 막 슬퍼한단 말이야. 셋이 사랑하기로 했으니까 그러면 안 된대. 근데 사실 나 엄마 하나도 안 미워하거든. 엄마 때문에 아픈 거 아니라는 것도 알아."

"······."

"나쁜 애들이 나를 막 괴롭혀서 그런 거라고 의사 선생님이 말해 줬어. 걔들이랑 내가 싸우는 건데 지금은 잠깐 작전상 후퇴해야 하는 거래. 근데 엄마. 작전상 후퇴가 뭐야?"

수술장 문이 닫히기 전에 언뜻 엄마가 두 손으로 얼굴을 가리는 걸 본 것 같다. 나는 눈을 꾹 감고 병원을 나가 백 밤이 지나고 나서 하고 싶은 일을 하나씩 생각했다.

"언니. 다 나으면요, 눈싸움해도 돼요?"

간호사 언니가 웃으며 이마를 매만져 주었다.

"그럼, 동물원에 가도 되고 놀이공원에도 갈 수 있어. 그러니까 좀만 힘내자."

준형 오빠와 지형이랑 눈사람도 만들고 싶고 양갱도 먹고 싶었다. 항암치료를 받기 전 마지막으로 먹은 연양갱이 자꾸 생각나서 수술 받고 다 나으면 양갱부터 먹을 거라고 몇 번이나 다짐했다.

매일매일 백 개씩 먹을 테다, 생각하며 새하얀 조명 아래에서 무서움을 꾹 눌렀다.

하루 종일 TV가 없으면 견디기 힘들었다. 6개월째 이어진 항암치료 때문에 면역력이 떨어져서 밖에 나갈 수가 없었다.

엄마는 집에서 나를 돌보며 목걸이를 조립하는 부업으로 생계를 도왔지만 난 알록달록 예쁜 목걸이들을 그냥 구경만 해야 했다. 안 익힌 것도 먹으면 안 된다, 밖에도 나가면 안 된다, 지저분하니 목걸이도 만지면 안 된다, 맨날 안 되는 것투성이였다. 내게는 병원에 가는 것이 곧 외출이었다.

그즈음 나는 점점 더 심술쟁이가 되어 가고 있었다. 거울만 보면 성질이 나서 참을 수가 없었다. 옛날에는 사람들이 나보고 눈이 참 예쁘다고 했는데, 이제는 눈이 없다. 머리카락도 없고 친구는 더 없다.

의사 선생님이 된다고 할 때까지 준형 오빠와 지형이도 오지 못했다. 곧 석규 아저씨를 따라 다들 미국에 간다고 했는데. 4년이 얼마나 긴 지는 잘 모르겠지만 아무튼 4년 동안 한국에 거의 못 온다고 했는데 오늘도 내일도 못 노는 게 너무 신경질이 났다. 여름이라 눈도 안 왔다.

"우리 온희, 어디 보자. 아주 잘 아물었네. 이제 의안해도 되겠다."

"의안이 뭐예요?"

"으응. 오른쪽 눈이랑 똑같이 생긴 눈을 만들어서 넣어주는 거야."

"그럼 왼쪽으로도 볼 수 있어요?"

진짜처럼 만들지만 볼 수는 없다는 말에 힘이 빠졌다. 그래도 없는 것보다는 나아서 금방 기분이 나아졌다. 그 끔찍한 항암치료도 참을 수 있을 만큼 신이 났다.

준형 오빠와 지형이도 집에 놀러 올 수 있게 되었다. 4살 많은 준형 오빠와 한 살 어린 지형이와는 아기 때부터 함께 놀았다. 하루 종일 끼고 살던 TV는 쳐다보지도 않고 꺅꺅거리며 뛰고 장난을 쳤다.

마구 우기고 졸라서 놀이터에 놀러 갔다. 물론 나는 그냥 구경만 해야 했다. 흙을 만지거나 기구를 탈 수도 없었다. 지형이가 그네를 타고 하늘 높이 발을 구르는 걸 부러운 듯 쳐다보는 게 전부였다.

그런데 지형이가 움직이고 있는 그네에서 떨어지고 말았다. 허공으로 붕 뜬 녀석이 순식간에 나를 덮쳐 세게 부딪혔다. 지형이는 별달리 다친 곳이 없었지만 나는 코피가 나고 흙바닥 위에 넘어졌다.

상처가 나거나 출혈이 일어나면 감염이 되어 아프고 열이 오른다. 그날 나는 정신을 잃고 열이 40도 가까이 올라 응급실로 실려 갔고, 그 일 이후 안타깝게도 지형이는 내게 찍소리 한 번 못한 채 아직까지도 완전히 잡혀 살고 있다.

그렇게 여러 번 고비를 넘기며 조금씩 나아졌다. 꼬박 1년간 항암치료를 받았을 때 나는 더 이상 항암주사가 싫다고 떼만 쓰는 아이가 아니었다. 의안을 끼면서 짙게 드리워져 있던 좌절의 그림자도 서서히 걷히고 있었다.

"지금 상태로 보면 앞으로 3개월 정도면 완전히 좋아질 겁니다. 아주 좋아지고 있어요."

의사 선생님의 말에 아빠와 엄마의 얼굴이 대번에 환해졌다.

"그럼 3개월 더 있으면 주사 더 안 맞아도 돼요?"

"온희가 지금처럼 주사 잘 맞고 조심하면. 좀 더 힘낼 수 있지?"

"네! 참을 수 있어요!"

투병을 시작한 지 2년이었다. 벼르고 벼르다 양갱을 먹어도 된다는 말을 듣게 된 날은 의사 선생님 앞에서 팔짝팔짝 뛰었다. 아빠의 다리에 매달려 얼른 양갱을 사오라고 떼를 썼다. 가는 길에 사서 먹자는 말에도 나는 양갱, 양갱, 노래를 부르며 지금 사오라고 마구 고집을 부렸다.

"원영 씨. 온희 데리고 수납하고 있어요. 내가 가서 사올게."

"추워. 내가 갔다 올 테니까 여기 있어."

"괜찮아. 요 앞인데 뭘."

엄마는 끝내 아빠와 나를 두고 병원 정문을 나섰다. 엄마가 그렇게 주장을 굽히는 건 드문 일이라 아빠도 고개를 끄덕였다.

감기에 걸릴까 봐 아빠와 나는 손을 꼭 잡고 문 안쪽에 선 채 맞은편 인도에 있는 가게에서 나오는 엄마를 보고 있었다.

"양갱이다, 양갱! 내가 저거 다 먹어도 돼?"

"아빠 한 입도 안 줄 거야?"

"응……? 아빠도 먹고 싶었어?"

"우리 아기가 못 먹으니까 아빠도 안 먹고 기다렸지."

"그래? 그럼, 한 입은 줄게!"

엄마는 신호등을 바로 건너지 않고 가로수 앞에 앉아 있는 할아버지에게 다가갔다. 리어카에서 팔고 있는 귤도 한 봉지 사서 받아들며 돈을 건네는 모습을 나는 초조하게 바라보고 있었다. 엄마가 들고 있는 연양갱 봉지에 몸이 폴짝폴짝 춤을 추려고 했다.

할아버지가 엄마에게 거스름돈을 건네는 순간, 사람들이 비명을 질렀다. 순식간에 승용차가 인도 위를 덮쳐들었다. 끽, 찢어지는 소리와 함께 리어카가 바닥에 굴렀다.

"지, 지연아⋯⋯!"

아빠가 나를 두고 미친 듯이 병원 밖으로 달려갔다. 귤이 쏟아져 데굴데굴 도로 위를 구르고 있었다. 뒤이어 오던 차들이 도로 귀퉁이에 삐죽 튀어나온 사고 현장을 지나가지 못하고 바닥에 나동그라진 귤들을 간단히 으스러뜨렸다. 위험하게 멈춰 서는 차 앞을 막아서며 도로를 건넌 아빠가 모여든 사람들 속을 정신없이 헤치고 있었다.

나는 투명한 유리문에 두 손을 대고 멍하니 밖을 바라보았다. 응급 베드가 도로 위를 굴러가는 소리가 눈 내리는 허공 속으로 날카롭게 파고들었다.

"야, 애꾸눈."

가방을 툭 치는 손길.

나는 입술을 깨물며 녀석을 노려보았다.

"비켜."

"그러니까 보여달라니까. 가짜 눈깔 빼봐!"

아무도 나와 가까이하려 하지 않았다. 초등학교 6년 동안 나는 또 다른 지옥을 맛봐야 했다.

그때의 의안은 지금처럼 정교한 수준까지 미치지 못했고 아이들은 순수하고 무지하기에 자신과 다른 동급생을 배려하는 법 따윈 알지 못했다. 어디서 그런 말을 들었는지 애꾸 애꾸 거리며 집요하게 괴롭히곤 했다.

"너 관심법도 하냐? 궁예처럼 하냐고?"

"이거 놔!"

"괴물 눈 빼보면 놔준다고, 이 바보병신아!"

머리카락을 잡아당기며 놀리는 아이들의 손길을 뿌리치고 달려서 집에 가는 길이 왜 그렇게 길게 느껴졌는지 모르겠다. 도저히 눈물을 참지 못할 때면 주차된 자동차 뒤에 숨어 울곤 했다. 다 울고 나면 눈물을 닦고, 애들이 잡아당겨서 헝클어진 머리를 다시 가지런히 묶고 씩 웃으며 집에 갔다.

"우리 아기, 잘 다녀왔어?"

현관문을 열면 늘 아빠가 환히 웃으며 반겨주신다. 매일매일 나는, 아빠를 슬프게 하지 않겠다는 다짐을 한다. 나 때문에 엄마도 죽고 뱃속에 있던 동생도 죽었는데, 오직 나만 바라보고 사는 아빠를 마음 아프게 하고 싶지 않았다.

"친구들이랑 잘 놀았고?"

"응. 근데 달리기 연습하다 넘어졌어."

"또 다쳤어? 어디, 어디?"

"무릎 쪼끔 까져서 피 나."

못된 녀석들을 피해 도망가다 넘어지는 것도 이제는 아무렇지 않다. 그런 바보에 말 함부로 하는 나쁜 애들이 괴롭히는 것 따위 얼마든지 참을 수 있었다.

하지만 아빠도 뭔가 이상함을 느끼기 시작한 것 같았다. 가끔 학교에 오셔서 학부형회의 같은 델 참석했을 때에도 묘하게 힐끔거리는 다른 엄마들의 시선에 짚이는 것이 있었는지, 그런 날은 꼭 나를 앞혀놓고 학교생활을 자세히 물으시곤 했다.

중학교 생활은 더욱 힘들었다. 우리 학교가 유난스러웠는지는 모르겠지만 소위 '노는 무리'가 생기기 시작했고 여자아이들 사이의 압력은 소름이 돋을 정도로 잔인했다.

나는 여전히 따돌림과 괴롭힘의 대상이었다. 입학하고 보낸 한 학기의 기억은 온통 이유 없이 툭툭 때리던 아이들의 손길과 혼자였던 시간들, 애꾸눈이라고 불린 별명뿐이었다.

그렇게 2학기가 되었을 때 나는 결국 폭발하고 말았다. 평소처럼 애꾸라고 부르는 거나 눈을 뒤집어 까보라는 등의 놀림만 했으면 나도 그러려니 했을 것이다.

"야, 애꾸눈. 네 눈은 원래 애꾸냐? 그럼 네 부모도 애꾸야?"

"……."

"어느 쪽이냐? 엄마냐, 아빠냐? 애꾸 가족은 어떻게 사냐? 엉? 나 같으면 셋 다 애꾸로 사느니 차라리 죽는 게 낫겠다."

죽는다. 죽는다. 죽는 게 낫다.

유독 나를 괴롭히는 걸 즐기던 김종현이란 녀석이 우리 부모님을 모욕하는 순간 더는 참을 수가 없었다.

고작 연양갱 때문에 동생과 함께 죽은 우리 엄마. 전도유망한 미래를 포기하고 혼자가 되어 힘들게 내 뒷바라지만을 하는 우리 아빠. 아픈 나 때문에 모든 걸 희생할 수밖에 없었던 우리 엄마 아빠를 욕하는 소리에 머리가 뜨끈해질 정도로 화가 치밀었다.

"악!"

"애꾸가 공격한다!"

이죽거리는 녀석의 콧잔등이에 주먹을 꽂고 교과서 모서리로 이마를 내리쳤다. 갑작스러운 공격에 나자빠진 녀석과 평소에도 나를 괴롭히던 날라리 여자애 몇이 독이 올라서 달려들었다. 하지만 몇 년 간 쌓인 설움과 울분에 사로잡힌 나는 괴력에 가까운 힘으로 분노를 표출했다.

그때의 나는 정말 이성을 잃었다. 여자애들의 머리채를 잡아 뜯고 발길질을 했다. 나도 꽤나 맞았지만 곱절로 때려주었다. '

주변 교실에서 모두 나와 싸움을 지켜보는 가운데 담임선생님이 달려와 겨우 그쳤지만 집에서 간식을 만들고 있던 우리 아빠와 나를 놀린 녀석들의 부모님 모두 학교에 불려 와야 했다.

"죄송합니다."

아빠는 엉망이 된 내 얼굴과 녀석들의 얼굴을 보더니 먼저 그 녀석들 부모님께 사과를 하며 용서를 빌었다. 아빠가 저런 놈들 부모 앞에서 고개를 숙이는 게 억울하고 분하고…… 너무나 미안했다. 아빠는 상황이 어땠든 내가 먼저 애들을 때렸다는 것에 몇 번이나 고개를 숙였다.

"대체 자식 교육을 어떻게 시키는 거예요? 우리 애 팔 좀 봐요! 애 팔을 물어뜯었다구요!"

"정말 죄송합니다. 뭐라 드릴 말씀이 없습니다."

"지금 죄송하다고만 하면 다예요? 우리 애 얼굴 허옇게 뜬 거 봐요! 기집애가 얼마나 드세면 애들 몇을 그렇게 쥐어 팰 수가 있어요? 나, 절대 이대로 못 넘어가요. 고소할 거라고요! 이런 것들은 콩밥 한 번 먹어봐야 정신을 차리지!"

삿대질까지 하며 앙칼지게 성질을 부리는 녀석 엄마에게 고개를 숙이고 있던 아빠가 별안간 그들을 똑바로 쳐다보았다. 겨우 화를 참는 듯 싸늘한 시선을 느꼈는지 그들은 조금 흠칫했다.

"고소?"

아빠는 웃을 때는 한없이 사람 좋아 보이지만 화가 나면 정말 무서웠다. 인상이 돌변하는 감이 있어서 위압감에 소름이 돋을 때가 있을 정도였다.

"할 테면 해봐. 하라고."

아빠가 한 걸음 앞으로 나가며 대답하자 녀석 엄마의 표정이 더더욱 굳어졌다. 멱살이라도 잡을 듯 험악한 분위기에 선생님이 말렸지만 나를 욕하는 것에 화가 뻗친 아빠에게 들릴 리가 없었다.

"그러는 당신은 자식 교육을 얼마나 잘 시켰으면 반 친구를 그런 식으로 괴롭힙니까? 고소해요. 학교 폭력으로 맞고소해줄 테니까. 방송국에도 연락하고 신문사에도 취재 오라고 할 테니까, 어디 전국에 얼굴 까고 끝까지 해보자고."

아빠의 무시무시한 포스에 겁을 먹은 건지, 아니면 행여 언론에 알려지는 게 두려웠던 건지 녀석들 엄마들에게서도 사죄를 받고 나서야 일은 마무리될 수 있었다. 하지만 아빠는 더 이상 이따위 학교에 나를 둘 수 없다며 그 길로 자퇴 수속을 밟았다.

"아빠."

"응?"

"미안……."

아빠는 나를 혼내는 말 같은 건 한 마디도 하지 않았다. 아무 말 없이 안아주는 아빠 품에서 그동안 참아왔던 눈물을 터뜨렸다.

아빠 등에 업혀서 돌아오는 동안 우리는 아무 말도 하지 않았다. 아마 똑같은 생각을 해서일 거라고, 서로에 대한 위로는 체온으로 충분했음을 지금은 느낄 수 있다.

중학교 자퇴 후 고등학교도 가지 않았다. 아빠와 함께 공부해서 검정고시와 대학 입시를 치렀다. 사실 심리학과와 철학과를 두고 고심했지만 결국 철학을 선택했다. 나는 왜 이러하게 되었나. 무엇이 나를 만드나. 어디에서 누가 이 모든 걸 결정하는가. 불행했던 우리 가족의 운명에 대해 그 해답을 찾고 싶었다.

명문으로 꼽히는 신려대학교는 자유로운 곳이었다. 오픈마인드가 되어 있는 곳. 하지만 나는 수치스럽게 의안을 들킬 바에야 차라리 죽는 게 낫겠다고 생각했다. 죽을힘을 다해 왼눈을 숨겼고 그럭저럭 시간을 잘 보낼 수 있었다.

그러다 조금씩 편견이 덜한 대학 문화에 익숙해져갔다. 친구도 생겼고 호감 가는 남자도 생겼다. 군대를 다녀온 복학생이었는데, 외모는 그리 잘나지 않았지만 생각도 깊고 성격도 친절한 사람이었다.

"온희 너는 이 길로 계속 가도 잘될 것 같다. 생각하는 방식이 남다른 사람이 결국 자기 분야에서 잘되더라고."

"이상형? 자기 일에 진지한 여자. 어, 그리고 보니 온희 너랑 비슷하네."

"온희 술 못 마셔. 왜 억지로 먹이려고 그래?"

이런 말들 때문에 처음에는 친하게 지내던 것이 조금 더 가까워지고 싶은 욕심이 되었고 짝사랑으로까지 발전하고 말았다.

그는 여자친구도 없었고 진지하게 철학 쪽으로 진로를 고민하고 있었다. 2학년이 끝나갈 무렵부터 철학이 내게 맞지 않는다는 걸 느끼고 있었는데도 그와 함께 할 수 있다면 이 길로 가도 괜찮다고 생각할 정도였다.

그는 늘 유독 내게 다정했고 그에 비례해 날마다 내 기대는 커져만 갔다. 결국 나는 3학년이 된 봄에 그에게 고백을 했다.

"어……."

그런데 그의 반응이 묘했다. 난처한 듯한 미소를 짓더니 미안하다고, 자기는 그런 뜻이 아니었다며 그냥 좋은 동생으로만 생각한다는 말로 거절을 고했다. 나는 몹시 상심했지만 웃었다.

"알겠어요. 근데 내가 고백했다고 서먹하게는 굴지 말아요. 지금까지처럼 친구로 지내요."

나는 정말 그걸로 족하다고 생각했다. 사실 마음 어딘가에선 알고 있었다. 잘될 리가 없다는 걸. 정말 지나친 기대였다는 걸 알고 있으면서도 대학이라는 분위기에 젖어 무모하게 말을 꺼낸 것이었다.

그도 그러겠다고 하고 2주일쯤 지났을 때였다. 평소 과에서 나와 별로 친하지 않은 이송은이 수업 끝나고 좀 보자고 했다. 모두 빠져나간 빈 강의실에서, 송은은 내게 그를 불편하게 하지 말라는 이야기를 들었다.

"너 일영 오빠가 얼마나 곤란해하는지 알아? 안 그래도 괜한 마음 갖게 했다고 미안해하는데 꼭 그렇게 밀어붙여야겠어?"

나는 처음에는 무슨 말인지 전혀 이해하지 못했다.

"뭘 밀어붙여?"

"너 일영 오빠한테 고백했다며. 오빠 너 눈 때문에 불쌍해서 잘해준 건데 그걸 그렇게 이용하면 어떡해? 네가 계속 오빠 주위에서 맴도니까 부담스러워한단 말이야. 오죽하면 내가 이야기해주겠다고 했겠어?"

눈.

내 눈 때문에 잘해준 거라고……? 이용?

언제 그에게 의안을 들켰는지 몰라 나는 당황했다. 심장이 뛰고 손끝마저 떨려서, 나는 잘 감췄다고 생각했는데 나도 모르는 사이 왼눈을 들켰다는 사실이 창피하고 수치스러워서 얼굴이 시뻘겋게 달아올랐다.

송은은 그런 내 표정을 보고 더 오해를 한 것 같았다.

"내 눈…… 누구누구 아는데?"

"알 만한 사람은 다 알아. 네 생각해서 아는 척 안 한 것뿐이야."

"……."

"다들 배려해준다고 네가 그런 식으로 나오면 이쪽은 뭐라 말도 못하고 불편하잖아. 앞으로는 조심해줘. 네가 무안해할까 봐 일부러 내게 부탁한 거야."

나는 그때 처음 알았다. 괴롭힘을 당하는 것도 견디기 힘들지만 배려라는 이름 아래에서 가해지는 은근한 차별이 또 다른 상처가 될 수 있다는 것을.

오해일지언정 그가 직접 이야기했다면 이렇게 참담하지는 않을 텐데. 나는 그런 뜻이 아니었다고, 그냥 전처럼 친하게 지냈으면 하는 마음뿐이라고 변명이라도 할 수 있을 텐데.

이미 철학과 맞지 않는 나를 아는데다 그와의 일도 터지고, 그 일 후로 계속 나를 빤히 바라보다 자기들끼리 웃으며 무언의 압박을 하는 동기들의 시선에 나는 점점 더 괴로워졌다. 뒤를 돌아보면 비웃고 있을 것만 같고 수군거리고 있을 것만 같았다.

터덜터덜 집에 돌아가면 곧 있을 엄마 제사 때문에 분주한 아빠를 봐야 했다. 나는 엄마가 돌아가신 그날 이후로 지금까지 엄마 제사상 앞에서 절을 해본 적이 없다. 산소에 간 적도, 심지어 제사에 참석한 일도 없었다. 한사코 거부하는 나를, 아빠도 뭐라 하지 않으셨다.

방에 틀어박혀 자정까지 나가지 않았다. 눈이나 펑펑 내렸으면 좋겠다. 봄이고 뭐고, 폭설이나 내렸으면 좋겠다. 나는 이렇게나 우울한데 세상은 활기차고 꽃도 피고, 생동감이 피어오르는 게 싫었다.

새벽 1시가 될 즈음에 방을 나갔다. 제사상은 깨끗이 치워져 있었다. 언제부턴가 내가 싫어해서 엄마 생일은 챙기지 않고 그냥 지나가지만 제삿날만 되면 가슴이 터져버릴 듯 답답했다. 허전함과 무거움이 지치지도 않고 숨통을 짓누르는 것만 같았다.

나만 아니었다면.

내가 아프지 않았더라면. 내가 양갱 사오라고 고집만 안 부렸어도. 그게 뭐라고, 양갱 따위가 뭐라고…….

깜깜한 거실 입구에서 우두커니 서 있다가 아빠 방으로 갔다. 주무시나 싶어서 조용히 방문을 열어본 나는 책장 앞에 서 있는 아빠를 보고 그대로 굳어버렸다.

벼락을 맞은 것 같았다. 어쩔 수 없이 접은 거라는 것도 알고, 그게

나 때문이라는 것도 알고, 그래서 늘 미안하고 속상했는데도 새삼 꼼짝할 수가 없었다.

아빠는 책장을 잘 관리하시면서도 절대 책은 꺼내보지 않았다. 대학 강사 일을 그만둔 후부터 지금까지 한 번도 미생물책을 쳐다보지 않으셨다. 그런 아빠가 전에 보던 책들을 펼쳐 보고 계셨다. 아주 그리운 듯, 아쉬운 듯한 슬픈 얼굴로.

그 순간 깊이 결심했다. 미생물학을 하자. 아빠의 못다 이룬 꿈을 내가 이루자. 내가 원하는 답을 거기서 찾아보자.

그리고 이제 다시는, 무슨 일이 있어도 방황하지 말자. 이제는 항상 웃자. 두 사람의 목숨을 희생시키고 아빠의 인생을 억눌러 얻은 내 인생, 적어도 부끄럽게 살지는 말자, 라고.

그 길로 방에 돌아와 엄마를 잃은 후 처음으로 사진을 꺼내보았다. 이제 엄마라고 부르는 것도 어색할 만큼 많은 세월이 지났지만 사진 속 제온희 엄마는 여전히 곱고 예뻤다.

엄마는 선녀니까 하늘나라에 간 거라고, 너무 피곤해서 편히 쉬러 간 거라고 나는 그렇게 처음으로 하고 싶은 말을 입 밖으로 꺼내었다.

어머니.

보고 싶어요.

마지막 장을 덮은 그의 손이 자서전 위를 지그시 눌렀다.

새벽 3시. 정적에 잡아먹힌 사방 속에서 시곗바늘 소리만 째깍 째깍거렸다. 스탠드 불빛이 닿지 않는 구석의 어둠 속을 한참 동안 바라보던 효석이 책상 서랍을 열었다.

그동안 온희가 하나씩 쥐어주던 연양갱들이 포장 갑 그대로 들어가 있었다. 어머니의 목숨과 맞바꾼 양갱. 자책과 후회로 얼룩져 있을 그것들을 하루에도 몇 개씩 먹으며, 그 아이는 무슨 생각을 했을까.

단맛으로만 먹는 게 아니라며 웃던 온희의 얼굴이 생각나 그는 쓰게 미소 지었다.

연양갱 하나를 꺼내 포장을 뜯었다. 금빛 종이에 싸인 팥앙금은 무척이나 달았다. 목 아래가 시큰거릴 만큼 지독히도 단맛이었다.

"젊은 사람들이 왜 그렇게 멋이 없어? 아무리 바빠도 만나고 그래
야지."

말이 없는 효석의 어깨를 두드리며 유 교수는 미소를 지었다.

"자네 바쁜 걸 알아서 민영이에게 예비 신랑 너무 괴롭히지 말라
고 말은 했네만 지금이 조선시대도 아니고 말이야. 날씨도 좋은데 데
이트도 하고 그래."

그의 조모와 똑같은 레퍼토리였다. 효석이 민영과 잘 만나지 않는
다는 걸 양쪽 집안에서 모르는 사람이 없는 것 같았다.

"절 보자고 하신 이유가……."

"아, 그렇지, 참. 내 정신 좀 보게, 허허. 교수윤리교육 신청서를
자네만 안 냈거든. 무슨 일 있는 건가?"

"교육 일정이 제 개인 스케줄이랑 겹쳐서 조정을 하고 있습니다
만, 좀 시간이 걸릴 것 같습니다."

"중요한 일이야? 그렇다면 빼줄 수도 있는데."

효석은 유 교수를 빤히 쳐다보았다. 교수윤리교육과 동물윤리교육, 성교육은 절대 빠질 수 없는 연수 과정인데 유 교수는 그까짓쯤 안 하면 어떠냐며 넉살 좋게 웃었다.

"자네 인성이야 누구도 나무랄 데 없으니 윤리교육이라고 해봤자 아까운 시간만 죽이는 꼴이지. 걱정 말고 자네 일 보게. 민영이와 데이트도 좀 하고."

"아닙니다. 그런 수고를 끼칠 순 없죠. 이번 주 내로 조정해서 신청서를 내겠습니다."

"안 그래도 된다니까 그러네. 허허, 괜찮아, 괜찮아. 그건 내가 다 알아서 해주겠네."

유 교수의 방을 나와 복도를 걷던 효석이 쓴웃음을 지었다.

처음 이 학교에 왔을 때가 생각나 실소가 터졌다. 학교에서 너무 그를 떠받드는 태도를 취하는 것도, 머리 좋은 것 하나만 믿고 젊은 사람이 너무 건방지다며 공공연히 못마땅해 하던 유 교수가 어느 순간부터 조카딸과 한 번 만나보라며 자꾸만 얘기를 하더니 그 후로 전혀 다른 사람을 보는 것처럼 달라졌다. 민영이 배우자로 적당하지만 않았어도 유 교수는 여러모로 가까이 엮이고 싶지 않은 사람이었다.

Drrr.

[오늘 시간 되세요? 저녁 같이 먹고 싶은데. ―이민영 오전 10:22]

[미안합니다. 오늘은 곤란해요. 오전 10:28]

[그럼 언제 시간 되나요? 꼭 답장 주세요. ―이민영 오전 10:29]

만나고 싶다는 그녀의 연락을 바쁘다는 이유로 벌써 몇 번이나 거절했다. 이번마저 거절하면 다섯 번째였다. 잠시 생각에 잠긴 그는 할 수 없이 천천히 약속을 잡았다.

[나흘 후 저녁쯤 됩니다. 오전 10:33.]

[그럼 그때 같이 저녁 먹어요! 일 열심히 하시구요! 늘 응원하고 있어요^^ -이민영 오전 10:33]

시계를 확인한 효석의 입술 사이에서 희미한 한숨이 새어나왔다.

"후아. 호왓."

문 앞에 서서 심호흡하는 게 또 벌써 몇 번째인지 모른다. 처음 만나던 날처럼 떨렸다. 지금까지 수백 번은 드나든 곳인데.

온희는 거울을 꺼내 얼굴을 살폈다. 오랜만에 다듬은 단발머리가 목 언저리에서 예쁘게 찰랑거리고 홍 교수님이 선물해준 조그만 하트 모양 귀걸이도 달았다.

똑똑.

소리가 너무 작았나 싶어 다시 두드려 봐도 아무런 반응이 없다. 그제야 온희는 자석판에 붙은 부재중 표시를 보고 미간을 팍 찌푸렸다.

"아, 나는 왜 맨날 이걸 먼저 안 봐. 아이, 진짜."

어쩐지 바보 같아져서 복도 한편에 놓인 간이소파 위에 털썩 내려앉았다. 교수 연구실이 모여 있는 4층은 쥐죽은 듯 조용했다. 처음 민 교수를 만나러 왔을 때도 이렇게 조용했던 게 생각나 온희는 킥 웃음을 터뜨렸다.

그녀에게 떠밀려 복도에 주저앉아 있던 그의 표정이 지금도 생생히 떠오른다. 그때는 별로 동요하지 않은 줄 알았는데 그를 조금이나마 안 지금엔 그게 상당히 어이없어하는 표정이었다는 걸 알 수 있다.

그래. 생각해보니 그때 웃은 것도 복수의 웃음이었어.

"엄청 짓궂었었지."

그러고 보니 그가 출퇴근을 하는 모습을 한 번도 보지 못한 것 같다. 대체 얼마나 늦게 집에 가고 일찍 학교에 오는지는 모르겠지만 평범한 그녀가 짐작도 못할 만큼 빠듯하게 살고 있는 건 확실하다. 운동도 딱히 시간을 정해두고 하는 게 아니라 두뇌를 활성화시킬 필요가 있을 때면 몸을 움직이는 것 같고.

"저기, 혹시 민효석 교수 학생인가요?"

부드러운 미성에 고개를 드니 목소리만큼이나 인상 좋은 남자가 자그맣게 미소 짓고 있었다. 온희는 얼른 자리에서 일어났다.

"예. 그런데 지금 교수님이 안 계시는데요."

"아……. 그렇군요."

남자는 손목시계를 들여다보더니 아쉬운 듯 코를 찡긋거렸다. 고급 정장에 비싼 구두를 신은 그는 30대 후반 정도 되어 보였다.

민 교수를 찾아오는 손님은 많았지만 깔끔한 무테안경 너머에서 눈을 빛내는 이 남자에게선 범상치 않은 분위기가 느껴졌다. 본능적으로 껄끄러운 기분이 들어 온희는 슬며시 뒷목을 긁적였다.

"오랜만에 만나는 거라 연락도 없이 왔더니, 길이 엇갈렸나보네요."

"지금은 주로 운동하시는 시간이거든요. 두 시간 정도면 오실 것 같기는 한데……."

"어쩔 수 없죠. 나중에 다시 오겠습니다."

그는 능숙하게 악수를 청했다. 이런 걸 할 만큼 긴 이야기를 한 것도 아닌데, 찝찝해하면서도 온희는 남자의 손을 마주 잡았다.

"아, 그런데 누구시라고 전해드릴까요?"

"동창이요."

온희는 동그래진 눈으로 남자를 바라보았다 박사학위를 받았을 때 효석은 스무 살이었다. 남자도 기껏해야 그보다 너덧 살 정도밖에 많아 보이지 않는데 동창이라니. 역시 천재는 천재끼리 어울리나 싶어 그녀는 잠시 할 말을 잃었다.

"이런, 명함을 놓고 왔네요. 문경서가 왔었다고 하면 알아들을 거예요."

"네에……."

"그럼 만나서 반가웠어요."

단정한 걸음으로 멀어지는 남자의 뒷모습을 바라보던 온희의 눈꼬리가 축 내려앉았다.

왠지 따라갈 수 없는 세계인 것만 같았다. 분명 미생물이라는 같은 영역 안에 있음에도 효석에겐 좀처럼 가까워질 수가 없다.

"오셨어요?"

운동을 하지 않았는지 머리칼이 말라 있었다. 효석은 별다른 대꾸 없이 고개만 끄덕이곤 연구실 문을 열었다.

오늘도 역시 멋지다. 연회색 셔츠에 그보다 짙은 잿빛 정장을 입은 그에게서 희미한 향기가 났다. 햇살과 바람의 향이 뒤섞여 머리가 멍해진다.

"무슨 볼 일이라도?"

반쯤 문을 연 채 그가 비스듬히 내려다보고 있었다. 온희는 씩 웃으며 들고 있던 쇼핑백을 높이 들어 올렸다.

"잘됐네. 안 그래도 채점 끝난 논문, 자네만 안 찾아갔거든. 받아가."

일주일 만에 다시 보면서도 그는 지난 일에 대해 아무 말도 하지 않았다. 조용히 커피를 뽑아 돌아오는 그의 앞에 온희가 조심스레 쇼핑백을 올려놓았다.

"지난번 일은 정말 감사했어요. 별것 아니구요, 아주 약소한 거예요."

백화점 로고가 박힌 쇼핑백을 빤히 쳐다보다 효석이 커피 잔을 들었다.

"아무리 그래도 자네 점수는 B+야."

"엑. 저 B+ 주셨어요?"

좌절하는 반응이 마음에 안 들었는지 그가 가볍게 고개를 흔들었다.

"뇌물의 의미였다면 거절하겠네."

"아니에요, 아니에요. 어차피 채점 끝났잖아요."

"……."

"믿으셔도 된다니까요. 그리고 저 그렇게 비겁하지 않거든요?"

그녀의 성화에 못 이겨 쇼핑백을 열었다. 아기자기한 쿠키와 눈이 어지러울 정도로 복잡한 3차원 그림이 그려져 있는 퍼즐을 효석이 한참이나 쳐다보았다.

"도저히 의미를 모르겠는데."

"아니이, 교수님이 너무 좌뇌만 쓰는 것 같아서요. 그렇게 한쪽만 쓰면 해로우니까. 뭐든 균형이 중요하잖아요. 하하."

조각 크기가 손가락 마디 반도 안 되는 작은 퍼즐은 그녀가 정말 고심하고 또 고민해서 고른 것이었다. 학교가 아닌 민 교수의 사적인 공간에 자신의 흔적을 두고 싶은, 아주 작은 소망이었다. 적어도 퍼즐을 맞추는 동안에는 제온희를 잊을 수 없을 테니까.

퍼즐에 달린 설명서에는 '효과적인 우뇌 활성을 위한 퍼즐. 왼손을 이용해서 퍼즐을 맞추면 효과가 더욱 좋습니다. 난이도 최상'이라는 문구가 프린트되어 있었다.

"받은 게 있으면 주는 것도 있어야 하겠지만, 내가 줄 건 이것뿐이야."

그가 건네는 논문엔 겉장에 커다랗게 B+ 점수가 매겨져 있었다. 온희는 묘하게 쓰린 속을 감추며 그것을 가방 속에 우겨넣었다.

"하고 싶은 말이 많은 건 알겠는데 두서없이 횡설수설해. 그렇게 논문 쓰는 법을 가르쳤는데 앞에서 했던 말을 몇 번이나 반복해서 또 하는 거야? 하여튼 자네한테는 보람이 없어."

으으윽.

여전히 그의 평가는 가차 없었다. 전 같으면 똑같은 말도 어쩜 저렇게 매정하게 할 수 있냐 싶었겠지만, 그가 그렇다면 그런 것이다. 자꾸 기대하면 안 되는 데도 씁쓸해지는 마음은 어쩔 수가 없었다.

"죄송해요……."

조금 시무룩해진 그녀를 보고 효석이 슬쩍 미간을 찌푸렸다. 지적

몇 마디 한다고 제온희가 울거나 하지 않는다는 걸 알면서도 당혹스러운 기분이 가시지 않았다.

그걸 읽는 게 아니었어.

그는 전에 없이 곤혹스러워하고 있었다. 몇 번이나 다시 입술을 열었지만 답답함에 결국 쓴 한숨만 삼켜야 했다. 거짓말처럼 그의 목소리가 잠잠해지자 온희가 슬쩍 고개를 들어 그를 쳐다보았다.

"……다음에는 좀 더 잘해오게."

"네에. 노력할게요."

그리고 잠시 찾아온 정적.

서로 말 없이 커피만 홀짝거리는 순간이 미치도록 어색했다. 금방이라도 무언가가 끊어질 것만 같아, 옆구리를 간질이는 듯 아슬아슬한 기분에 온희의 눈동자가 초조하게 굴러갔다.

"근데요……. 그…… 엑스맨의 울버린 같은 손을 가질 순 없을까요? 이론으로라도 안 돼요?"

갑자기 무슨 뜬금없는 소리인가 싶어 효석이 슬쩍 눈썹을 치켜 올렸다.

"절대로 불가능하네. 애초에 마음대로 칼날을 신체 내에 넣고 빼는 게 가능할 리가 없지."

"아아……. 아쉽네요."

"그런 손은 가져서 뭐하게?"

온희는 테이블 위에 놓인 신문을 손가락으로 가리켰다. 지하철에서 여성들 치마 속을 도촬하고 성추행하는 일이 빈번하다는 기사였다.

"그냥…… 다음에 또 그런 일 있으면 빛의 속도로 갈겨버리려고요. 아니면 뱀파이어의 이를 가져서 확 물어뜯어버리든가요. 걸레짝을 만들어버리게."

전에 성추행 당한 일이 생각나는지 그녀는 몸을 부르르 떨며 입맛을 다셨다. 어린애처럼 단순하고 저돌적인 게 너무나 온희다워서, 효석은 그만 피식 웃음을 터뜨리고 말았다.

어, 웃었다.

그의 입꼬리가 곡선을 그리는 걸 보며 온희는 멋대로 실룩거리려는 얼굴 근육을 무던히도 달래야 했다.

분명히 괴로운데, 떨쳐버리고 싶은데도 놓을 수가 없다. 아주 기분 좋은 꿈을 꾸는 것처럼 훔쳐보는 게 다일 뿐인 이 시간이 견딜 수 없이 좋았다.

"참, 아까 손님이 오셨었는데요."

"누구라고 하던가?"

"문경서 씨라고, 교수님 동창이시라던데요. 나중에 다시 오겠다고 하시더라구요."

순간 그가 온희를 똑바로 바라보았다.

"문경서?"

온희는 뭘 잘못 했나 싶어 조금 긴장했다.

"왜요……? 동창 아니세요? 다음에 또 오면 적당히 돌려보낼까요?"

"아니야. 마지막으로 본 지 10년도 넘었는데, 조금 뜻밖이라서."

이런 적이 전에도 있었다. 그가 녹음한 논문 내용을 듣고 타이핑을 할 때 유출되지 않게 조심하라고 말하던 싸늘한 눈빛이 떠올랐다. 표

정은 크게 달라지지 않았지만 그가 별로 달가워하지 않는다는 것만
큼은 분명히 느낄 수 있었다.

"저어……."

"이제 그만 놀고 아래에 코멘트 달아준 대로 논문 다시 써오게. 두
번째는 더 가차 없다는 거 알고 있지?"

뭔가 더 묻고 싶었지만 그는 피하듯 몸을 일으켰다. 온희는 정오의
햇살이 효석의 등에 내려앉는 모습을 말없이 바라보다 연구실을 나
올 수밖에 없었다.

†

"어, 어, 없다."

손끝에 아무것도 걸리지 않자 온희는 펄쩍 뛰듯이 놀랐다. 뎅뎅뎅
뎅 하는 소리와 함께 지하철이 들어오고 있었지만 당황한 그녀는 허
둥지둥 주머니를 까뒤집고 있었다.

"아씨. 어떡하지……."

오랜만에 귀걸이를 하느라 아물어 있던 귓불을 억지로 꿰뚫었더
니 오늘 하루 종일 귀 끝이 간질 간질거렸다. 저녁에 오른쪽만 빼서
주머니에 넣어놨는데, 그것을 어디에서 흘렸는지 주머니 안이 텅 비
어 있었다.

온희는 빠르게 역을 빠져 나갔다. 혹시 몰라 왔던 길을 뚫어지게
쳐다보며 실험실까지 되돌아갔다. 만약 잃어버린 걸 홍 교수님이 알
게 되면…….

"삐쳐서 한 달은 간다."

예전에 홍 교수님이 선물한 백설공주 머리띠를 깔고 앉아 반으로 똑 부러뜨렸을 때 한 달 동안 삐쳐서 입이 동구 밖까지 나간 적이 있었다. 인어공주 원피스에 감물이 들었을 땐 보름쯤 갔었지, 아마.

실험실에는 여전히 불이 켜져 있었다. 조교들이 퇴근하고 난 후에도 민 교수님 홀로 남아 실험을 계속하는 것이다.

그가 가장 집중하는 시간이기도 하기 때문에 방해하고 싶지 않았다. 아주 조용히, 최대한 눈치채지 못하도록 귀걸이만 찾아서 나갈 생각이었다.

"호오……. 민효석 교수가 한국에 온다니까 난리가 났다고 하더니 진짜였네. 투자를 엄청 해줬잖아."

어디서 들어본 목소린데……?

바닥에 납작 엎드려 기다시피 돌아다니던 그녀는 익숙하면서도 낯선 목소리에 귀를 쫑긋 세웠다.

실험실 안을 이리저리 둘러보며 신기한 듯 웃는 경서를 효석은 말없이 쳐다보고만 있었다.

"아, 미안. 대학 실험실에 와본 게 워낙 오랜만이라 말이야."

"……."

"여전하네, 자넨. 가운도 여전히 잘 어울리고. 십 년도 더 지났는데 그때 그대로야. 무슨 비법이라도 있는 거야?"

"자네야말로 십 년도 더 지났는데 갑자기 날 찾아온 이유가 뭐야?"

그제야 효석이 자신을 반가워하지 않는다는 걸 눈치챘다는 듯 경서가 과장되게 입술을 늘였다.

"어이, 그렇게 경계할 필요 없어. 알잖아. 이제 자네와 나는 연구하는 분야도 다르다구."

"……."

"그냥 한국에 일이 있어서 잠깐 온 김에 자네 생각이 나서 얼굴 한 번 보려고 와본 것뿐이야. 그때 이후로 자네와 얘기 한 번 못 해본 게 늘 마음에 걸렸지 뭐야. 오늘밤에 시간이 없어서 온 것뿐이고. 그게 다야."

"자네도 여전한 것 같군. 언변이 쓸데없이 화려한 것도 전혀 변하지 않았어."

"물론 칭찬이겠지?"

효석은 히죽 웃는 얼굴에서 시선을 돌렸다. 경서는 시시하다는 듯한 그의 반응을 금방 알아차렸다.

다른 사람은 다 알아차리지 못해도, 민효석이 따분하게 여기는 태도 같은 건 누구보다 잘 알고 있었다. 그를 넘어서기 위해 죽을힘을 다해왔으니까. 민효석의 그림자에 가려 2인자 따위는 되지 않겠다는 생각으로 여기까지 온 그였다.

"그래서, 고매한 학자 놀이는 재미있어? 과학자의 윤리와 책임감에 얽매여 연구 가치를 논하던 애송이에서 아직도 별로 나아진 것 없어 보이는데 말이야."

"돈만이 연구 가치를 평가한다고 여기는 사람에게 이해를 받으려 애쓴 적 없어. 애쓸 필요도 없고. 더구나 여기엔 자네가 관심을 가질 만한 건 하나도 없어."

담담한 대구에 경서는 입귀를 비틀었다.

"여전히 자넨 재미가 없어."

"적어도 동료의 연구를 훔치는 짓 따윌 재미있다고 여기진 않으니까."

아무리 비웃어도 그는 흔들림이 없었다. 자존심이 상한 경서는 표정을 일그러뜨렸다. 대학을 떠나고도 민효석이라는 존재를 이길 수 없었던, 비웃듯 자신을 무력화시키던 악트리아가 떠올라 별안간 숨결이 거칠어졌다.

"그래봤자 그 대단한 윤리는 아무것도 해줄 수 없어. 과학에 정도 正道가 어디 있나? 과학자의 윤리? 책임감? 그래서 그것들이 얼마나 자신을 알아주는데?"

"……"

"기껏해야 과학의 과자도 모르는 것들에게 연구비를 타내기 위해서 밤새워 실험 계획을 짜고 그것들 앞에서 설명해야 해. 당장 과학이 없으면 한 시간도 살아낼 수 없는 놈들 앞에서 쓸데없이 비굴해져야 한다고. 자네도 잘 알잖아."

경서는 자리에서 일어나 천천히 소파 뒤를 걸었다. 솟구쳐 오른 화를 참으려는 듯, 어느새 그의 말투는 다시 점잖고 부드럽게 가라앉아 있었다.

"정당한 대우를 받을 수 있는 곳으로 가는 게 뭐가 나빠? 어차피 세계 평화를 부르짖어도, 당장 윤리와 책임감 때문에 내가 하지 않아도 누군가는 만들어 낸다구. 어차피 막을 수 없는데, 내가 좀 하면 어때? 안 그래?"

효석은 싱긋 미소 짓는 옛 친구를 물끄러미 쳐다보았다. 그의 침묵 앞에서 다시금 경서의 얼굴이 굳어지고 있었다.

부정도 긍정도 하고 있지 않지만 민효석은 틀림없이 비웃고 있었다. 나 문경서를, 문경서의 연구와 모든 선택을.

효석은 한참 만에 읊조리듯 입을 열었다.

"그 후로 나는 자네의 동향에 주목했어. 하지만 결국 실패했겠지. 대규모 배양까지는 갔지만 그것이 갑자기 독소를 잃고 돌연변이를 일으켰을 거야."

"!"

"온도, 습도, 압력, 영양물질. 그래, 그렇게 모두 맞춰서 악트리아가 자네 뜻대로 움직여주던가?"

경서는 눈을 부릅떴다. 그의 고뇌와 실패를 손바닥 들여다보듯 읊는 말들이 비수가 되어 가슴 속을 난도질하고 있었다. 민효석은 역시 모든 것을 알고 있었다.

"설마…… 설마 알고 있는 거냐?"

"……."

"어떻게 하면 되는지 알고 있는 거냐고?"

처음에는 그냥 막연하게 분노하며 마음 한구석에서만 생각하던 일이었다. 차라리 생물학 무기를 만들어도 이보다는 낫겠다, 돈도 명예도 심지어 빛도 보지 못하고 묻힐지 모르는 논문에 매달려 인생을 허비하느니 차라리 일신의 광영이나 볼 길을 찾는 게 낫지 않을까.

그 무렵 경서는 경제적으로 몹시 쪼들렸고 민효석이라는 거대한 천재에 가로막혀 주목을 받지도 못했다. 도무지 그를 넘어설 수가 없었다.

하지만 부글부글 끓는 속을 절대 내보이지 않았다. 그러한 울분과 억누름이 결국 과학자의 길을 포기하게 만들었는지도 모른다.

그래서 악트리아균의 위험성을 발견했다는 이야기를 들었을 때, 효석이 더 이상 연구를 하고 싶지 않다는 마음을 털어놓았을 때 망설임 없이 그의 연구 내용을 훔쳤다. 용의 꼬리가 되느니 뱀의 머리가 되겠다고 생각했다.

"과학에 정도가 없다, 라."

효석이 웃었다.

"인간에게 이성이 없다는 말과 다를 게 없는 말이군. 역시 자네는 유감스럽게도 전혀 변하지 않았어."

경서는 자신의 선택을 한 번도 후회해본 적이 없었다. 악트리아를 상용화하는 데는 실패했지만 그로 인해 스카우트되었고 지금까지 보통 사람이 상상도 하지 못할 부를 누리고 있었다. 문경서도 두뇌로는 부족함 없는 인재였으니까.

그런데 효석은 알고 있었다. 악트리아를 생물학 무기로 이용하는 데 실패할 거라는 것을. 왜 그런지, 어떻게 하면 그런 난제를 풀 수 있는지도 이미 알고 있었다.

누구도 풀지 못한 숙제를 알면서도 하지 않은 것뿐이었다. 문경서는 못 하는 것을, 자신은 절대 알아낼 수 없는 것을, 민효석은…….

떨쳐버렸다고 생각했던 좌절이 가슴에 짙게 드리워졌다. 경서의 눈에 지독한 패배감이 넘실거렸다.

"말해봐. 어떻게 하면 돼? 뭐가 문제냐고?"

떨리는 목소리를 억누르지 못하고 잔뜩 충혈된 눈을 빛내며 속삭였지만 효석은 똑바로 쳐다보기만 했다. 이를 악물었다 웃었다를 반복하던 경서가 와락 달려들어 효석의 멱살을 틀어쥐었다.

"어떻게 하면 악트리아를 살릴 수 있는 거야? 응? 넌 알고 있잖아."

"……."

"말하란 말이야! 어떻게 해야 악트리아를 살릴 수 있냐고! 말을 하라고!"

급기야 미친 사람처럼 악에 받치기 시작한 경서를 내려다보고 있던 효석의 눈이 온희의 시선과 마주쳤다. 멍하니 바라보고 있는 온희의 모습에 표정 하나 변하지 않던 그의 얼굴이 굳어졌다.

인기척을 느낀 경서도 그녀를 발견하고는 손아귀에서 힘을 풀었다. 기묘한 정적 속에서 경서의 거친 숨소리만 간간이 오르락내리락했다. 일그러진 얼굴로 서 있던 그는 말 한 마디 없이 실험실을 휙 나가버렸다.

"……퇴근했던 거 아니었나?"

효석은 피곤한 기색을 숨기며 구겨진 앞섶을 가지런히 폈다. 온희가 천천히 다가오고 있었다. 그녀의 눈에 어린 걱정에 조금 화가 치밀었다.

들키고 싶지 않은 장면이었다. 믿었던 친구에게 배신을 당하고 이용당한 기억 따위, 누구에게도 보이고 싶지 않았다.

"무슨 일인지 여쭤봐도 돼요……?"

"별일 아니야. 아까 본 건 잊어버리게."

안경을 벗어 가운 주머니에 넣으며 그가 자리에서 일어섰다. 더 보이고 싶지 않다는 노골적인 대답이었다.

"하지만 그분이 또 교수님한테 해를 입힐지도 모르고…… 물론 제가 알아도 큰 도움은 안 되겠지만, 그래도 혹시 저분이 무슨 짓이라도 하면 제가 뭔가 도울 수 있는 일이 있을지도 모르잖아요."

"아무 일도 아니라고 했잖아. 신경 쓰지 말게."

"정말 그분은 느낌이 안 좋았단 말이에요. 전처럼 교수님이 곤란하게 되면……."

"그렇다고 해도 자네와 상관없는 일이야."

나와는 상관없는 일…….

선을 긋는 그 냉정한 거부가 예리한 칼날이 되어 가슴 한복판을 헤집는다. 하지만 금방이라도 어둠 속으로 사라져버릴 것 같은 그를 그냥 둘 수가 없었다. 그의 어깨가 너무 힘들고 외로워 보여서 왈칵 눈물이 쏟아질 것만 같았다.

"……교수님이 그런 얼굴 하시는 거 못 보겠어요."

"……."

"교수님은 그냥, 늘 자신 있는 모습이 어울리는데 그렇게 지친 얼굴 하시면…… 마음이 너무 아프고 답답해요. 걱정된다구요."

"그래서 나더러 어쩌라는 건가?"

한 번도 들어본 적 없는 차가운 목소리가 가슴을 찔렀다. 피가 얼어붙는 느낌에 온희는 멍하니 효석을 바라보았다.

"홍 교수님에게 무슨 소리를 들었는지 몰라도 자네가 관여할 일이 아니야. 애초에 자네가 걱정할 일도 아니고 내가 자네 기분을 맞춰줘야 할 이유도 없어."

착각이라고 해도, 아직도 까마득히 멀기만 해도 그가 힘이 되어준 것처럼 자신도 그러고 싶었다. 하지만 조금이라도 가까워졌다고 생각한 건 그녀의 바람일 뿐이었다.

"……그럼 교수님은 절 왜 그렇게 많이 도와주셨어요?"

효석이 굳은 얼굴로 온희를 향해 돌아섰다.

"그냥 지나칠 수 있는 일이었잖아요. 굳이 신경 안 쓰고 내버려 둬도 전혀 교수님이 비난 받지 않을 상황이었다고요. 그래도요, 저 그때 교수님 아니었으면 정말 많이 곤란하고 힘들었을 거예요. 교수님 그런 얼굴 하는 거 처음 보는데, 어떻게 걱정을 안 해요?"

"……."

"혹시라도 그분 때문에 곤란해지시거든 저를 대서도 괜찮아요. 증인이든 뭐든…… 할 테니까요."

기대할 수 있는 자리 같은 거 처음부터 없다는 걸 알면서도 쓸데없이 들떠 있었나보다. 나는, 제온희는 민효석에게 어떤 의미의 존재도 될 수 없다는 것. 그녀는 그렇게 그와의 거리를 실감했다.

"미안하지만 그만 가주게. 지금은 혼자 있고 싶네."

그는 더 이상 그녀를 보지 않았다. 이렇게 단호히 나올 때에는 누가 어떤 말을 해도 소용이 없었다. 차오른 눈물을 겨우 삼키며 온희는 아프게 입술을 깨물었다.

"……죄송해요. 그만 가보겠습니다."

그녀가 문을 닫고 나가자 효석은 얼굴을 쓸어내리며 한숨을 쉬었다. 닫힌 문에 가 닿은 시선이 복잡하게 엉켜들었다. 가슴 속에서 무언가가 치밀어 올라 답답하게 조여든다.

"하필……."

눈을 덮은 손아래에서 그의 미간이 괴롭게 일그러졌다.

8.

너를
생각하며

"안녕하세요."

"어, 어, 엇, 민 교수님과 약혼하신……. 안녕하세요."

조교들이 주춤주춤 일어나 민영에게 꾸벅 인사했다. 오늘도 그녀의 손은 가득 차 있었다. 고운 얼굴만큼이나 마음씨마저 고운 그녀는 저녁시간 전에 찾아와 고급 한정식 음식에 비견될 맛깔스러운 음식을 그들에게 풍성히 베풀어주었다.

"이야, 매번 고맙습니다. 정말 잘 먹겠습니다."

아무리 봐도 조교들 눈에는 저 아름다운 여인이 민 교수님을 더 좋아하는 것 같아 보였다. 정작 민 교수는 자기 약혼녀를 봐도 시큰둥한데 민영은 그 앞에서 매번 긴장하고 수줍어한다. 정말이지 재수 없는 유대훈 교수의 조카라는 게 믿기지가 않을 정도로 여자가 아까워서 안타까울 지경이었다.

"교수님은 안쪽에…… 아, 교수님. 예비 싸모님 오셨는데요."

효석의 얼굴에 잠시 곤란한 빛이 스쳤다. 민영은 그런 그의 반응을 알아차리고 아차 싶었다.

"죄송해요. 학생분들이 함께 고생하는 것 같아서……."

"아닙니다. 나가죠."

그의 눈이 학생들을 빠르게 훑었다.

김은관, 하주성, 전여진, 배으뜸. 모두 있는데 제온희만 없다. 벌써 며칠째 그 아이가 자꾸 시야에서 보이지 않는다. 마치 작정하고 벗어나는 것처럼.

"효석 씨?"

조교들을 바라본 채 생각에 잠긴 그를 민영이 조심스레 불렀다. 그제야 효석은 몸을 돌려 민영과 함께 학교를 나섰다.

그는 평소보다도 더 말이 없었다. 이른 저녁 식사를 하는 내내 거의 한 마디도 하지 않았다. 그의 눈치를 살피던 민영이 어떻게든 분위기를 끌어올리기 위해 갖은 이야기를 꺼냈지만 별 소용이 없었다. 그녀는 애꿎은 포크 손잡이만 만지작거리다 애써 화제를 돌렸다.

"제자분들이 굉장히 쾌활한 것 같아요. 그런데 한 분이 더 있었던 것 같은데……."

"그 아이는 대학원생이 아닙니다."

"아아, 아직 학부생이군요."

학생들에 대해 묻자 조금이나마 답이 돌아왔다. 민영은 다행으로 여기며 이제는 말끔한 그의 오른손을 눈여겨보았다.

"이제 손목은 다 나으신 건가요?"

"괜찮아진 지 좀 됐습니다."

"그거 아세요? 저랑 효석 씨가 마지막으로 만난 때가 부상 중이었다는 거요."

엄연히 결혼하게 될 사이인데 만남이 너무 띄엄띄엄하다는 걸 돌려 말한 것이었다. 첫눈에 반한 것도 그녀 쪽이고 결혼에 적극적이었던 것도 그녀였지만 그의 무관심에 조금 서운해질 때가 있었다.

"그러고 보니 묻지도 못했었네요. 그때 손목은 어쩌다 다치신 거예요?"

처음 보는 그의 미소에 민영은 얼굴을 붉혔다.

"왜요? 재밌는 일이라도 있으셨어요?"

"누가 밀어서 넘어졌었죠. 못 볼 걸 본 것처럼 소리를 지르며 발길질까지 하려고 하더군요."

"네?"

바르르 떨며 시근덕거리던 온희가 생각나 효석은 옅은 웃음을 흘렸다.

의자 위에 놓인 책이 홍 교수에게 빌려준 그의 것임을 알아보고 몇 번이나 기척을 냈지만 온희는 노래를 듣느라 전혀 알아차리지 못했다. 졸고 있나 살피는데 그녀가 갑자기 깊이 감동 받은 얼굴로 코를 슬쩍 벌름거렸다.

인상 깊다는 말로는 다 설명할 수 없는 기억이다. 어지간한 그조차 견딜 수 없이 웃겨서, 그래서 자그마한 장난을 친 것뿐이었다. 지금도 코끝을 찡긋거리며 코를 벌름거리던 그 아이의 모습을 떠올리면 저절로 웃음이 나왔다.

그 후로 제법 많은 일들이 있었다. 천방지축인 온희를 데리고 일을 하면서 답답하기도 했고 한심하기도 했다. 사람을 3초 이상 똑바로 쳐다보지도 못하면서 지지 않고 대답은 어찌나 따박따박 잘하는지.

"누가 밀었는지 물어봐도 되나요?"

결코 쉽지 않은 이 남자에게 소리를 지르고 발길질까지 하려 한 사람은 대체 누굴까. 마음속에선 제발 여자만 아니기를 바라면서도 부러움과 쓸쓸함이 서리처럼 내려앉았다.

민영의 질문에 효석의 입가에서 서서히 미소가 사라졌다. 그렇게 씩씩하고 명랑한 온희가 울 것 같은 표정으로 바라보던 기억이 떠올랐다. 걱정해주는 그 아이에게 매몰차게 상처를 준 것 같아 자꾸만 마음 한쪽이 불편하게 짓눌렸다.

그렇게까지 말할 생각은 아니었는데.

꼭 숨죽인 복도 한가운데에 우두커니 서 있는 기분이었다. 늦은 밤 온희의 사물함 앞에 서 있을 때처럼 낯설고 무거웠다. 차갑고 생소한 죄책감에 그의 입술이 굳게 다물려졌다.

"효석 씨?"

"……미안합니다만, 다음부터 학교에 찾아오는 것은 조금 조심해 줬으면 합니다."

역시 말해주기 싫은 건가.

더 깊이 물을 수 없었다. 늘 이렇게 거리를 두는 그에게 질투 같은 건 꿈도 꿀 수 없었다. 좀 더 가까워졌으면 하는 건 그녀만의 바람인 것 같아 못내 속상하고 힘이 빠졌다.

"방해할 생각은 아니었어요. 정말 미안해요. 하지만 효석 씨가 너무 바빠서 할머님이 애가 타신 모양이에요."

"그랬군요."

"저어, 효석 씨 생각은 어떠세요? 저희 결혼 말이에요. 저는 좀 서둘렀으면 하는데."

그는 잠시 말이 없었다. 빤히 바라보는 시선에 볼이 달아오르면서도 어떤 대답을 할지 어렴풋이 알 것 같아 내심 불안해졌다.

어쩌면 평생 그의 뒷모습을 보고 살아야 할 각오를 해야 할지도 모르겠다. 그건 정말 싫은데. 사랑하고, 사랑받는 부부가 되었으면 하는데 그가 너무 차갑다.

"솔직히 말씀드리자면 저는 아직 결혼 생각이 없습니다."

"……."

"할머니는 연세 때문에 서두르시지만 조만간 찾아뵙고 좀 더 생각해보겠다고 말씀드리겠습니다. 유 교수님께는 제가 잘 말씀드리겠습니다. 미안합니다."

"제가 별로…… 마음에 안 드시는 건가요?"

민영의 눈에 실망감이 깃들어 있었다. 난감해진 효석은 목 아래에서 한숨을 삼키며 조용히 대답했다.

"더 늦기 전에 좀 더 신중해야겠다고 생각한 것뿐입니다. 저나 민영 씨 인생을 위해서도 쉽게 결정할 수 있는 일이 아니니까요."

민영을 보내고 효석은 곧장 학교로 돌아왔다. 휴게실에는 실험이 끝난 조교들이 한데 모여 민영이 준 도시락으로 늦은 저녁을 먹고 있었다.

김은관, 하주성, 전여진, 배으뜸, 그리고 이번엔 제온희도 함께 있었다.

"교수님, 이제 오세요? 식사는 맛있게 하셨고요?"

해맑은 은관의 목소리에 모두들 문 안으로 들어서는 효석을 돌아보았다. 그의 시선을 느꼈을 텐데도 온희는 고개를 돌리지 않았다.

역시 피하고 있던 건가……

은관이 우스갯소리를 하자 온희가 미소를 짓고 가벼운 대꾸를 했다. 동료들이 음식 먹는 모습을 보면서 팔짱을 낀다.

효석은 평소와 하나도 다를 것 없는 온희의 모습을 하나씩 헤아리고 있었다. 자연스러운 대답마저 그의 곤두선 신경을 긁었다.

"근데, 온희 너 그거 했어?"

"뭘?"

"유대훈 교수님이 부탁했던 거 말이야. 오늘 오전 중으로 전해드리라고 했잖아."

"흐악."

까맣고 잊고 있었는지 그녀가 벌떡 일어섰다. 유대훈 교수는 시간 관념이 철저한데다 신경질적으로 까다롭고 무서워서 학생들이 늘 몸을 사리곤 했다.

"나 먼저 갈게. 더 늦기 전에 갖다 드려야지."

"살아서 돌아와라."

"그게 할 말이야? 겁난단 말이야. 으씨."

빠르게 걸어오지만 여전히 그녀는 그를 쳐다보지 않았다. 옆을 지나며 가볍게 고개를 꾸벅 숙이는 게 전부였다. 효석은 우뚝 선 채로 옆을 스쳐 지나간 온희의 뒷모습을 조용히 바라보았다.

그의 정신을 일깨우듯 탁, 문이 열리고 닫혔다. 순간 느껴지는 낯선 기분에 효석의 얼굴이 미묘하게 굳었다.

"……제온희는 왜 함께 안 먹나?"

"속이 좀 안 좋다고 하더라고요. 체한 건 아닌 것 같은데 안 좋은 가 봐요."

저 아이가, 먹을 것을 마다했다고?

자판기에 동전이 들어가며 달각거리는 소리가 그의 심기를 흐트 러뜨렸다. 뭐라 말할 수 없는 답답함과 무거운 감정이 목 언저리에 걸려 내려가지를 않았다.

"교수님, 방에 있는 커피 머신 고장 난 거예요?"

"커피가…… 없는 것 같네."

"네?"

나도 정말 어딘가 비틀려 있는지도 모르겠어.

알싸한 이 느낌을 지울 수가 없다. 이건 허기 때문인가. 굳게 닫 혀 있던 입술 사이로 옅은 한숨이 흘러나왔다. 낯설고 당혹스러운 이 기분을 어떻게 해야 할지 몰라 효석은 애꿎은 문만 한참을 쳐다 보았다.

"하아……."

어차피 안 될 마음이고 이대로 접어야 한다는 걸 알면서도 쉽지가 않다. 약혼녀가 또 왔다는 이야기에, 민 교수님과 함께 나갔다는 말 을 듣는 순간 그 좋던 입맛이 싹 달아나고 말았다.

"날씨는 끝내주네."

복도를 터덜터덜 걸으며 온희는 힘없이 중얼거렸다.

학생으로라도 곁에 있고 싶은 마음과 멀어지고 싶은 마음이 복잡하게 얽힌다. 불투명한 앞날에 대한 불안감과 뒤섞여 미칠 노릇이다.

대체 어느새 그 까칠하고 메마른 남자를 이렇게나 좋아하게 된 걸까. 젠장. 이런 바보. 멍청이.

"속은 또 왜 이렇게 안 좋아……."

둘러댄 말이 씨가 됐는지 먹은 것도 없는데 속이 안 좋다. 명치 부근을 두드리며 교수실에 도착했지만 아무도 없었다. 할 수 없이 유교수 실험실 조교들에게 자료를 맡겨놓으려 온희는 발걸음을 틀었다.

"야, 너 마침 잘 왔다."

"왜 그래?"

"글쎄, 나가서 얘기하자."

유 교수 실험실에 들어가 있는 친구 유정이었다. 그녀는 샤워실로 들어가 안에 누가 없는지 일일이 확인하고서야 문을 꼭 닫았다.

"왜? 무슨 일 있어?"

"내가 얼마 전에 유 교수님 방에 갔다가 얼핏 들었는데 아무리 생각해도 민 교수님 큰일 난 거 같아."

"뭐?"

"혹시 얼마 전에 민 교수님이 좀 수상한 남자랑 만나지 않았어?"

"수상한 남자?"

"대충 들으니까 학교에 찾아와서 민 교수님이랑 만난 것 같더라고. 그 사람, 미국 정부에서 뒤쫓고 있는 사람이래."

학교로 찾아와 민효석과 만난 남자. 미국 정부에서 뒤쫓고 있다는 말에 머리끝에서부터 찬물을 뒤집어쓴 것 같았다.

"시리아인가 아랍 어디 과격 이슬람단체에 생물학 무기를 팔려고 접촉한 것 때문에 미국 정부에서 뒤쫓고 있는 것 같아. 한국에 왔다가 이란으로 빠져나갔대."

"그, 그래서 지금 민 교수님도 의심을 받는단 말이야?"

"그건 나도 잘 몰라. 근데 민 교수님과 접촉한 정황은 확실하나 봐. 미국 측에서 학교에 CCTV를 요구해서 받아갔대."

온희의 눈동자가 불안하게 흔들렸다. 뇌리에 떠오르는 사람은 단 한 명뿐이었다.

분명 문경서가 온 데는 이유가 있을 것이다. 악트리아균을 언급하자 돌변하여 미치광이처럼 달려들던 모습이 눈앞에 선했다. 중동으로 가기 전에 지푸라기라도 잡을 심정으로 민 교수를 찾아왔는지도 모른다. 정말이지, 끝까지 비겁하고 교활한 인간이다.

일단은 유 교수가 알아서 무마시키려 안간힘을 쓰겠지만 아무리 천하의 민효석 교수라도 이 일이 알려지면 곤란해질 수밖에 없었다. 이미 전에도 한 번 문경서와 오를뢰비 교수 때문에 스캔들에 휘말렸는데 또다시 그와 엮인다면…….

"유 교수님은 어디 가셨어?"

"몰라. 퇴근하신 것 같아. 그 일 때문인지는 모르겠는데 좀 일찍 나가셨거든."

입술 안을 짓씹던 온희가 재빨리 유정에게 자료를 안기고 샤워실 문을 열었다. 뒤에서 뭐라고 부른 것 같았지만 달리는 그녀의 귀에는 아무것도 들리지 않았다.

효석의 연구실 문고리를 잡아당겼지만 그곳도 이미 비어 있었다. 잠긴 문고리를 하릴없이 돌리며 온희는 초조한 한숨을 삼켰다.

실험실 안에도, 테니스장 어디에도 효석은 없었다. 그가 갈 만한 곳을 모두 뒤지고 주차장을 일일이 돌아 아직 학교 내 어딘가에 있다는 건 확인했지만 어찌 된 일인지 휴대전화도 받지 않았다. 가슴이 덜컥 내려앉는 것 같아 온희는 멍하니 어두운 하늘만 쳐다보았다.

"제온희 씨."

돌아본 곳에는 이과대 행정실 조교 언니가 서 있었다. 온희는 어색하게 웃어 보였지만 낯선 배지를 보여주고 차에 탈 것을 권하는 차분한 위화감에 덜컥 할 말을 잃고 말았다.

효석은 동요하고 있었다. 스스로도 분명히 느낄 수 있었다. 달라진 그 아이 때문에 마음이 이리저리 뒤척거렸다.

온희는 전처럼 까불거리지 않았다. 딱 제 할 일을 하고 성실하게 움직인다. 이성과 논리는 이제야 좀 봐줄 만하다고 말하고 있는데 마음은 조금도 만족스럽지가 않았다.

그렇게 말하는 게 아니었어.

벌써 며칠이 지나고 있었다. 그동안 그는 그 아이를 계속 신경 쓰고 있었다. 빤히 쳐다봐도 온희는 돌아보지 않았다. 일부러 모른 척한다는 걸 알고 있으면서도 구겨진 기분이 시시때때로 그를 괴롭혔다.

특수배양실 안에 들어선 효석의 시선이 테이블 위에 머물렀다. 온희의 노트와 필통이 얌전히 놓여 있었다. 연분홍색 스프링 노트는 그도 몇 번 보았던 것이었다.

별생각 없이 그것을 들춰본 효석의 눈썹이 순간 꿈틀거리며 굳게 닫혀 있던 입술이 살짝 벌어졌다.

9월 19일. 리키 배양 방법 24.

림프종 암세포와 리키를 융합시켜 암세포의 무한 분열 능력을 이용해본다.

→결과 : 리키와 융합된 순간 암세포는 증식하지 않는다.

9월 28일. 리키 배양 방법 26.

역전사효소(DNA를 합성하는 효소)를 이용한다.

→결과 : 리키 RNA가 역전사효소를 거부한다.--- cDNA⁴⁾가 전혀 합성이 되지 않는다. 이유는 아직 알 수 없지만 부분(intron)이 리키의 생존에 어떠한 중요한 역할을 하는 것 같다........ㄱㅜㅜㅜㅜ....

10월 16일. 리키 배양 방법 30.

다이노코커스 라디오듀란스 균⁵⁾을 이용한다. 다이노코커스 라디오듀란스의 DNA를 파괴시키고 리키의 유전자를 삽입해 변형시킨다. 유전체 복사본도 함께 조작한다. DNA 전부를 구획하여 순차적으로 모두 바꾸어본다.

---

4) cDNA : 전령RNA(mRNA)로부터 합성한 DNA로, 단백질로 번역될 때 필요하지 않은 부분(intron)을 제외한 필요한 부분(exon)으로만 구성되어 있어 핵심 정보만 담고 있다.
5) 다이노코커스 라디오듀란스(Deinococcus radiodurans) : 체르노빌 원전 사고 지역에서도 살아남은 균으로 파괴된 DNA를 신속하게 복구할 수 있다.

→결과 : 유전체 복사본을 모두 파괴하기 어렵고 이상하게 외부 유전자가 도입되면 망간 합성이 줄어든다고 한다. 이 때문에 단백질 파괴가 계속되어 라디오듀란스마저 죽을 가능성이 높은 것 같다. 그래도 가장 고려해볼 만한 균인 것 같다.

"다이노코커스 라디오듀란스 균이라⋯⋯."

어느 것도 그가 하지 않은 방법이었다. 틈틈이 그 아이 나름대로 방법을 연구해본 것 같았다. 애초에 말도 안 되는 것도 있었고 이용하려는 균이나 바이러스가 리키와는 맞지 않는 것들도 많았지만 참신한 시도도 꽤나 있었다.

허를 찔린 사람처럼 우두커니 서 있던 효석이 천천히 몸을 돌렸다. 외부로 길게 난 철제 계단에 나가 난간에 비스듬히 기대서서 고개를 숙였다.

'기준에 한참 모자라는 것도 아닌데 조금 감안을 해주시는 것도 안 되나 싶어서 여쭤보는 거예요. 노력도 평가의 한 기준이 될 수 있는 거 잖아요.'

그때 그는 결과 없는 노력에 과한 평가를 바라는 건 변명에 불과하다고 대답했었다. 그런 논리로 따지면 세상에 봐주지 못할 사람 없고 도리어 정당한 실력을 갖춘 사람이 불이익을 받게 될 수도 있다고, 그러니까 나는 틀리지 않았다고 생각했었다.

"역시 나는 어딘가 비틀려 있었던 모양이야."

나도 모르게 같은 잘못을 저지르고 있던 건 아닐까. 감정과 이성의 충돌 같은 건 불필요하다고 했지만, 정작 학생들을 제대로 보지 않은 건 자신이었는지도 모른다.

"교수님."

퍼뜩 정신을 차린 효석이 돌아보자 철제 계단을 마저 올라온 윤찬이 고개를 꾸벅 숙였다.

"마지막으로 부탁드리겠습니다, 교수님. 한 번만 더 기회를 주시면 안 되나요?"

"……."

윤찬은 졸업을 목전에 두고 마지막으로 부탁한다며 매달렸다. 효석은 작게 한숨 쉬고는 진지하게 그를 바라보았다.

"지난번엔 공부가 부족했다고 생각해서 더 열심히 했어요. 제발 부탁드립니다. 이제 졸업인데 이 기회, 놓치고 싶지 않습니다."

여기서 왜 그 아이가 떠오르는 걸까. 그렇게 부탁하는데 학생이 불쌍하지도 않으세요, 하는 온희의 목소리가 들리는 것 같았다.

"자네, 왜 그렇게 S&P바이오벡스에 들어가려고 하나?"

"네……?"

"바이오회사가 거기 하나뿐인 것도 아니고 다른 곳도 갈 수 있을 텐데 왜 그렇게까지 거기만 고집을 하느냔 말이야."

사정이 어떻든 무조건 안 된다고만 하던 민 교수가 뜻밖에도 정말 궁금하다는 표정을 짓고 있자 윤찬의 얼굴에 놀라움이 번졌다.

"저, 에이즈 연구를 해보고 싶어요. 에이즈에 있어서 가장 혁신적인 곳이 거기잖아요."

윤찬은 조금 망설이다가 사실대로 털어놓았다.

"실은…… 저희 형이 HIV 보균자[6]예요. 어려서 수혈을 받다가 감염이 됐는데, 먹고 있는 치료제가 제약이 많고 바이러스가 완전히 제거되는 것도 아니라서 어려움이 많아요. 다행히 아직 에이즈 징후는 나타나지 않지만…… 그래서 아주 옛날부터 HIV 제거 방법을 공부하고 싶었어요."

조금은 후련하면서도 복잡한 심정이 얼굴에 고스란히 드러났다. 깍지를 낀 윤찬의 손이 초조하게 엉키고 있었다.

"그렇다고는 해도 최소 석사까지 하지 않으면 자네가 하고 싶어 하는 연구는 하기 힘들 거야. 학사로는 영업만 하게 될 테니 대학원에서 좀 더 공부하고 가는 게 더 나을 거라고 보는데."

"지금 당장은 공부만 하기 힘든 상황이라서요. 몇 년 일하면서 익숙해지고 형편이 좀 나아지면 그때 하려고요. 그리고 이번에 운 좋게 학사 연구원 자리가 났거든요."

윤찬은 멋쩍게 웃으면서도 거듭 부탁드린다며 고개를 숙였다. 효석은 한참이나 물끄러미 윤찬을 바라보았다.

"……이번이 정말 마지막 기회야."

"교수님!"

감격스러운 표정으로 그의 얼굴이 활짝 폈다.

"자네 입으로 더 열심히 준비해왔다고 했으니 기대해볼 거야. 전보다 훨씬 어려울 거라는 걸 잊지 말게."

"네. 정말 감사합니다. 고맙습니다, 교수님."

---

6) HIV 보균자라도 치료 및 관리를 통해 면역력이 정상이면 에이즈(AIDS)에 걸리지 않을 수 있다.

두 시간 후에 시험을 보기로 하고 연구실로 돌아와 문제를 내는데 어쩐지 씁쓸하기도 하고 좋은 것도 같아서, 처음으로 느낀 묘한 기분에 효석은 희미하게 웃고 말았다.

온희가 이 소식을 듣는다면 정말 좋은 일한 거라고, 불쌍한 학생 인생을 구해준 거라고 할지도 모르겠다. 분명 자기 일처럼 기뻐할 거다, 그 아이는.

"시험 시간은 한 시간. 역시 65점이 최저점이야."

"예."

한 시간이면 리키를 배양할 수 있는 방법을 82가지쯤 생각해볼 수 있는 시간이지만 효석은 직접 감독을 했다. 넓은 강의실에서 때때로 머리를 쥐어뜯고 한숨도 쉬어가며 문제와 씨름하는 윤찬을 보고 있자니 가만히 앉아 구경하는 것도 그리 나쁘지 않았다.

내가 너무 내 중심으로 생각을 했던 건가.

고개를 갸웃하게 만들던 생각이 금방 히죽 웃는 온희의 얼굴로 옮겨 붙었다. 녹음해둔 논문 내용을 듣고 타이핑을 해오라고 했더니 새로운 언어 체계를 만들어온 때가 떠오른다. 너무 평균을 높게 잡지 말고 제발 자기를 좀 과소평가해달라고 투덜거리던 목소리가 귓가에 선하게 되살아났다.

"곤란해⋯⋯."

이러지 말자 하면서도 어느새 또 제온희를 생각하고 있다. 같이 있어도 외면하듯 굳은 태도에 기분이 가라앉는 것도, 그런 사소한 일에 얽매여 심란해지는 것도 도저히 통제가 되지 않는다.

"한 시간 다 됐네."

손목시계를 들여다보고서 침묵을 깨자 긴장으로 뻣뻣하게 굳은 윤찬이 시험지를 가지고 나왔다. 그가 동그라미를 칠 때마다 마른침이 꿀꺽 넘어가는 소리가 들리고 감점 표시를 할 때면 세상이 끝날 것처럼 바싹 얼어붙곤 했다.

효석은 시험지 위에 총점을 적었다.

"64점."

"아……."

"그래도 이번엔 제대로 공부를 했군."

마지막 기회마저 잡지 못한 윤찬은 깊이 실망하여 어깨를 내려뜨렸다. 잠도 줄여가면서 대학원생들만큼이나 공부를 했지만 민 교수의 기준은 역시 넘기 어려웠다. 또 1점 차로 안 된다니, 이제는 눈물이 날 정도로 억울하기까지 했다.

"추천서, 써 주겠네."

"예에. 네에?"

믿기지 않는지 윤찬이 얼떨떨한 얼굴로 말끝을 흐렸다.

"하, 하지만 최저점을 못 넘었는데……."

"내키지 않으면 그만두고."

효석의 입가에 어린 장난스러운 미소를 보고 윤찬은 펄쩍 뛰었다.

"아니, 아니, 아닙니다! 감사합니다. 정말, 고맙습니다, 교수님."

"그냥이 아니야. 언젠가 나를 깜짝 놀라게 해달라는 말이네. 그래서 지금 내가 자네에게 준 예외가 잘한 일이라는 걸 확인시켜 주게."

"예. 정말 열심히 하겠습니다."

노력도 평가의 기준이 될 수 있다는 생각을 시험해보고 싶었다. 그래서 예고했던 것보다도 훨씬 어렵게 문제를 냈고 큰 기대도 하지 않았다. 석사과정에 있는 학생들도 반타작이나 하면 다행인 난이도지만, 과연 오윤찬은 어디까지 할 수 있을까.

하지만 결국 인정하지 않을 수가 없었다. 윤찬의 가능성을 자를 수도, 키울 수도 있는 자신의 위치를 실감하며 효석은 또 한 번 온희를 떠올리고 있었다.

실험실에서 클린벤치 앞에 앉으려던 그는 저 아래에서 금빛의 작은 무언가가 반짝이는 것을 발견했다. 자그마한 하트 모양의 귀걸이. 며칠 전에 온희가 하고 왔던 것임을 금방 알아보았다.

효석은 연구실에 돌아와 우유를 미지근하게 데우고 그 안에 귀걸이를 넣은 채 가만히 들여다보았다.

아무래도 불러서 달래줘야겠지.

기분 상하게 하려는 뜻은 아니었다고 하면 될까. 별로 하고 싶지 않은 얘기라서 말이 좀 심했었다고 하면 마음을 풀지 않을까.

「민 교수님.」

「?」

연구실 문이 열리는 소리도 듣지 못했는데 이 어두운 시간에 반갑지 않은 방문객이 찾아들었다. 얼마 전 미국에서 교환학생으로 온 크리스 힐스턴이라는 학생이었다.

효석은 낮게 실소를 머금으며 귀걸이를 꺼내 물로 헹구고 손수건으로 닦아내었다.

「……학생이 아닐 거라고 짐작은 했네만, 생각보다는 늦게 왔군.」

「…….」

「군 출신이 장악한 정보기관 요원 특징에 무기 거래를 전담하니…… CIA(미국중앙정보국)보다는 국방성 산하의 DIA(미국국방정보국) 언더커버(위장요원)이겠군.」

「그렇다면 제 임무가 뭔지도 눈치채셨을 테죠.」

「내가 문경서와 만난 일 때문이겠지.」

담담히 대꾸하는 그를 향해 크리스가 나직이 속삭였다.

「쉽게 간파당할 수 있다는 걸 알고는 있었지만 조금 당혹스럽네요. 여태까지 알면서 모른 척한 이유도 들어보고 싶군요.」

「아는 모든 걸 겉으로 표현할 필요는 없지. 그게 뭐가 됐든.」

「마치 문경서와 만나는 걸 보여주고 싶었다는 것처럼 들리네요. 왜죠? 결백하다는 걸 증명하고 싶었나요? 아니면 눈속임?」

「사람은 자신이 겪은 걸 그렇게 쉽게 잊지 않아. 특히, 정보국에서 몇 달 동안 신문 받고 감시당했던 독특한 경험이라면 더욱 그렇지. 그 경험을 충분히 응용한 것뿐이네.」

「그렇다면 그 일에 관해 알고 있는 사람이 교수님만이 아니라는 것도 잊지 않으셨겠네요.」

「…….」

「따르시죠. 한 명이 더 기다리고 있거든요.」

효석의 얼굴이 굳어졌다. 그제야 크리스를 돌아보는 그의 시선이 날카롭게 빛나고 있었다.

9.

서툴지만
화해

이곳이 어딘지는 모른다. 하지만 칠이 조금 벗겨진 앤티크한 탁자와 여러 가지 색으로 페인트칠한 벽들을 보니 겁을 주려는 목적은 아닌 것 같았다.

온희는 가느다랗게 떨리는 손을 마주 잡았다.

"민 교수님은 문경서와 아무런 관련도 없으세요. 문경서라는 사람, 열등감으로 똘똘 뭉쳐서 악만 가득했어요. 민 교수님보다 못한 자기 능력에 화를 내고 간 게 다였으니까요."

"제온희 씨가 곁에 있었기 때문에 겉으로는 그랬을지도 몰라요. 하지만 그 후로 사적으로 만나지 않았다는 법은 없어요."

"그때 제가 그 자리에 함께 있었다는 것까지 알아낼 정보력이면 그 후로 그럴 일이 있었는지 없었는지는 더 잘 아실 거라고 보는데요."

온희에게 그날 일을 캐묻는 여자는 그녀를 여기까지 데려온 행정조교 언니였다. 영화에서나 일어나는 일인 줄 알았지, 이렇게 위장

임무니 잠입이니 하는 일에 휘말려 요원이라는 사람들과 마주하게 될 줄은 몰랐다. 그것도 이런 신문실 같은 곳에서.

"문경서는 위험한 사람이에요. 수천수만 명의 목숨이 걸린 일이라고요. 게다가 문경서가 중동에 팔아넘긴 생물학 무기가 역이용되면 피해는 전 세계로 확대될 수 있어요. 민 교수를 감싸는 게 중요한 게 아니에요."

"민 교수님은 피해자세요. 십 여 년 전에도 결론이 난 일이잖아요."

"그때는 문경서에게 힘이 없었어요. 고작 갓 불법 군수회사에 스카우트된 풋내기일 뿐이었죠. 하지만 지금은 달라요. 그때는 단순히 민효석 교수의 연구를 훔치는 데에 그쳤지만 지금은 막강한 자금을 등에 업고 무슨 짓을 벌일지 모르는 사람이 됐다고요."

"……"

"이런 위험하고 은밀한 일을 할 땐 공모자들은 자주 접촉하지 않죠. 문경서가 고작 그런 입씨름이나 하자고 위험을 무릅쓰고 여기까지 민 교수를 찾아왔다니, 말이 안 돼요."

"……조교 언니. 민 교수님이 어떤 분인지 전혀 모르는군요."

놀랍도록 차분한 목소리에 상대가 바짝 숙였던 상체를 천천히 세웠다.

"벌써 메일이며 교수님 휴대전화까지 뒤졌을 거 아니에요. 아무것도 안 나왔죠? 나올 리가 없어요. 그런 분이니까요. 길이 아니면 절대로 가지 않는 분이에요."

늘 친절하던 조교 언니의 눈매가 슬쩍 가늘어지자 온희는 긴장되는 마음을 숨기며 그녀를 똑바로 쳐다보았다. 가슴이 무섭게 박동하는 느낌에 뒷머리가 찌릿찌릿할 정도로 어지러웠다.

효석에게 힘이 되고 싶은 마음은 변함이 없다. 그가 절대 알지 못한다 해도 상관없었다. 불현듯 자각한 이 감정의 깊이가 마치 검은 우물 속을 들여다보는 것처럼 맹목적이어서, 그녀 스스로가 두렵게 느껴질 정도였다.

"처음부터 재구성을 해보죠. 그러니까 오전 10시 20분경에 제온희 씨가 민효석 교수 연구실 앞에서 출타 중인 민 교수를 기다리고 있었고 그때 문경서가 처음 동창이라고 찾아왔다는 거죠?"

"네. 약속하고 온 건 아니라고 했어요."

"명함을 두고 왔다고 했고요."

"네."

요원들이 두어 차례 들어온 후 조교 언니는 다시 들어와 효석에 관한 모든 걸 꼬치꼬치 캐묻곤 했다.

시간이 얼마나 지났는지 모르겠다. 오늘 안에 집에 갈 수 있는 걸까 조금 걱정이 되는데, 조교 언니가 다시 들어오더니 압수하듯 가져갔던 온희의 휴대전화를 돌려주었다.

"집에 데려다 줄게요. 협조해 주셔서 감사합니다. 놀라게 해서 미안하고요."

"끝난 거예요……?"

"하지만 뭔가 다른 게 생각나거나 또다시 수상한 만남을 알게 되면 꼭 알려주세요. 언제든요."

"네에."

"밖에 민효석 교수가 있어요. 함께 집까지 안전하게 모실 겁니다."

"아⋯⋯."

그가 있다는 소리에 뺨 안쪽 근육이 작게 떨렸다.

굳게 닫혀 있던 문을 나서자 외국인과 함께 서 있던 효석이 무서운 얼굴을 한 채 성큼성큼 다가왔다. 그는 시야를 차단하듯 온희의 앞을 막아서며 조교 언니를 향해 차갑게 입을 열었다.

"두말하지 않겠습니다. 차는 학교 주차장에서 알아서 찾아가세요. 더 할 말 있습니까?"

크리스가 무슨 말을 하려다 그만두고 조교 언니를 슬쩍 쳐다보았다. 그녀는 별수 없다는 듯 주머니에서 차키를 꺼내어 건넸다. 그것을 낚아챈 효석은 온희의 손을 잡고 그곳을 벗어났다. 그를 졸졸 따라가면서 온희는 꽉 잡힌 자신의 손과 앞서 걷는 효석의 너른 등을 당혹스레 바라보았다.

차 안에서 그는 한 마디도 하지 않았다. 온희도 그냥 창밖만 쳐다보았다. 창에 비치는 그의 옆모습과 아직도 손에 남아 있는 듯한 강한 힘에 목 안쪽이 마르는 것 같았다.

"⋯⋯여기서 좀 만 올라가면 집이에요."

넉넉지 못한 살림들이 모여 있는 조그마한 다세대 주택가 입구부터는 차가 들어갈 수가 없었다.

"아버님은?"

"아빠는 가게에 나가셨어요."

"언제 들어오시는데?"

"가게 문 닫으면요. 새벽 6시쯤 들어오세요."

"……."

"……."

시선을 무릎에 박은 채 앉아 있는 온희와 앞만 바라보고 있는 효석 사이에 한동안 미묘한 침묵이 감돌았다. 이러다 숨이 터지지 싶어서 그녀는 눈을 질끈 감았다 떴다.

"저기……."

"……끝말잇기 할 줄 알지?"

당황한 눈동자가 힐끔 그에게 와 닿았다. 갑자기 뜬금없이 웬 끝말 잇기? 하는 표정이다. 효석은 헛기침을 삼키며 변명하듯 덧붙였다.

"끝말잇기는 우뇌의 전두전야와 좌뇌의 언어영역을 자극하는 좋은 게임이야. 뭐든…… 균형이 중요하니까."

"……?"

효석은 얼른 시선을 돌리며 턱 끝으로 시작 단어를 양보했다. 조금 어이가 없어서 그녀는 작게 헛웃음을 내뱉었다.

"두음법칙 돼요?"

"되는 걸로 해도 상관없네."

"외래어는요?"

"하고 싶은 대로 해."

"첫 번부터 센 거 할 수도 있는데요."

그러자 그가 돌렸던 고개를 똑바로 가져오며 살짝 미간을 찌푸렸다. 지금 끝말잇기를 왜 하는지 모르냐는 다소 항의 어린 눈빛이었다.

순간 그가 너무 귀여워 보여서, 온희는 저도 모르게 빙그레 웃고 말았다.

"그럼…… 아집."

"집념."

"염주."

"주량."

"양산."

말을 뱉고 나서 온희는 곧바로 후회했다. 아우 씨. 산기슭이라는 어퍼컷이 있는데, 이런 젠장.

불안한 눈으로 바라보는 의미를 알아챘는지 효석이 슬쩍 코웃음을 흘렸다.

"산……사."

어어?

이런 거에서 봐주고 그런 사람이 아닌 걸 아는데, 웬일인지 효석은 산기슭을 하지 않고 다른 단어를 댔다. 일부러 넘어가준 거다. 이런 한국계 미국인에게 끝말잇기에서도 못 따라가나 싶어 갑자기 열불이 치솟았다.

"사정."

"정수."

핫. 걸렸구나.

온희는 사악하게 웃으며 냉정하게 내뱉었다.

"수산화나트륨."

"……"

제아무리 민효석이라 해도 '륨'으로 시작하는 단어가 있을 리 없다. 의기양양한 미소를 짓는 온희를 보다 효석도 픽 웃고 말았다.

"룸본드."

"룸본드? 그게 뭐예요?"

"바닥 장판용 본드."

"에이, 그런 게 어디 있어요?"

"외래어 된다고 규칙 정했잖아."

기가 막혀서 입만 뻐끔뻐끔 거리는 온희를 향해 얼른 하라며 그가 고갯짓을 했다. 열 받아. 뭔지는 모르겠는데 정말 열 받아.

"드라마."

"마부."

"부……. 아, 부엌!"

"……."

"으흥, 으흥흥흐. 제가 이겼죠? 으흥흐흐."

이번에야말로 진짜 이긴 온희는 입을 가리고 웃었다. 신이 나서 눈 꼬리까지 접고 환히 웃는 그녀를 보다 효석이 씁쓸한 미소를 지었다.

온희의 입가에서도 웃음이 사그라지고 다시금 둘 사이에 알싸한 침묵이 찾아왔다.

"자네는 누군가를 미워해본 적이 있나?"

"네……?"

"보고만 있어도 뼛속까지 증오심이 차오르는 그런 경험이 있냔 말이야."

"아뇨."

"내게는 문경서가 그런 존재였어."

온희는 긴장 어린 눈으로 그의 얼굴을 마주보았다.

"단순히 논문 내용을 훔쳐서 그러는 게 아니야. 어차피 악트리아 연구를 그만둘 생각이었고 미련도 없었으니까."

그녀는 차게 식은 두 손을 맞잡았다.

"역시 생물학 무기로…… 이용하려던 것 때문인가요?"

"그래. 문경서가 내게서 훔쳐낸 악트리아균 연구 내용으로 오를뤼비 교수님과 생물학 병기를 만들고 있다는 사실이 드러났을 때 내게도 같이 가담한 게 아니냐는 의심이 쏟아졌어. 물론 그럴 만했지. 내가 준비하던 논문이었고 내가 악트리아를 다루고 있다는 걸 학교에서 알 만한 사람은 다 알고 있었으니까."

그토록 꺼내기 싫어했던 이야기다. 아무리 담담하려 노력해도 그가 지금 얼마나 어렵게 괴로웠던 기억을 꺼내고 있는지 느낄 수가 있었다.

"당시 문경서는 오를뤼비 교수가 강권하여 어쩔 수 없었다고 모든 증거를 뒤집어씌우고 책임에서 겨우 벗어났어. 미국 국방부에 걸려드는 순간 그의 야망은 물거품이 될 테니까. 물론 학교에서는 쫓겨났지만 그는 금방 군수회사에 스카우트되었지. 하지만 나는 주도한 쪽이 문경서고 오를뤼비 교수는 동조한 것뿐이라는 걸 알고 있었어. 악트리아가 대량 살상 무기로 사용되면 인류의 절반을 멸망시킬 수 있다고 말한 건 나였으니까. 내가 문경서에게…… 그렇게 말을 했었어."

"교수님……."

"실수로라도 언급한 내용이, 친구니까 말해도 괜찮겠지 쉽게 생각했던 결과가 생물학 무기에 바탕이 될 줄은 몰랐어. 내 부주의가 돌이킬 수 없는 재앙을 초래할 뻔했다는 생각에 한동안 잠을 이룰 수가 없었지. 내가 대체 무슨 짓을 했던가, 싶더군."

효석이 자조적으로 웃었다. 누구도 탓을 하지 않지만 그는 괴로워했다. 길이 아니면 가지 않는다는 말이 실감이 난다. 과학에서 실수는 용납될 수 없다, 그것은 세상에 돌이킬 수 없는 손실을 입힐 수 있다는 말을 하면서 그는 또 얼마나 큰 자괴감에 시달렸을까.

자꾸만 목 안이 울컥거려서 온희는 입술을 꾹 깨물었다.

"그때는 내가 너무 감정적이었어. 자네한테 화풀이할 생각은 아니었네."

머뭇거리는 얼굴과 순간 스친 눈빛에 자꾸만 바보처럼 눈물이 차오를 것 같았다.

평생을 바쳐 이룬 연구가 악의 도구로 쓰이고 있음을 알았을 때 그것을 깨끗이 놓아버릴 수 있는 학자는 없다. 숨기고 회피하고, 때론 남에게 책임을 미룬다.

그런 면에서 효석은 순수했다. 그런 순수한 천재성이 그를 더욱 고독하게 몰아간다. 누군가는 그를 건방지고 지나치게 자신만만하다고 말하지만 그는 잘못된 길은 곁눈질조차 하지 않는 사람이었다. 숱하게 괴로워하고 고뇌하는, 그래서 더 올곧은 사람.

"괜찮아요. 그러실 수 있는 상황이었잖아요."

그저 그가 힘들어하지 않았으면 좋겠다. 그가 괴로워하는 모습을 보고 싶지 않았다.

"저요, 그때 문경서 씨 보면서 되게 기분 복잡했어요. 저런 사람들 때문에 과학이 욕을 먹는구나 싶고, 저렇게 책임감이 없으니까 세상이 점점 망가져 가는구나 싶고…… 근데 교수님을 보면 그래도 아직 세상이 끝나지는 않겠구나 싶었어요."

"자네야말로 나를 너무 과대평가하고 있는데."

"교수님은 왜 학생들을 과소평가 안 하고 본인을 과소평가하고 계세요?"

벌떡 몸을 틀어 목소리를 높이자 그가 물끄러미 온희를 응시했다.

"결국엔 사람들 전부 알게 될 거예요. 저도 엄청 존경하고 있구요. 그러니까…… 그러니까 이제 그 일 때문에 힘들지 않으셨으면 좋겠어요."

"그래……. 자네라면 그렇게 말해줄 것 같았어."

온희는 싱긋 미소 짓는 효석을 멍하니 바라보았다. 창 너머로 비쳐 드는 노란 가로등 빛이 그의 어깨 위로 쏟아져 눈을 어지럽힌다.

"나와 문경서의 일을 변호해준 것, 고맙게 생각해. 그리고…… 험한 일을 겪게 해서 정말 미안해."

"어…… 네에, 뭐……."

곧잘 치켜 올리는 눈썹도, 남자치고는 곱지만 테니스와 온갖 운동으로 다져져 다부진 손도, 점잖게 정장이 가리고 있는 탄탄한 몸도 마치 그림처럼 아름답다. 그 순간 온희는 샘솟는 기쁨에 활짝 얼굴을 폈다.

"어쨌든 저 교수님한테 도움이 된 거네요? 그렇죠? 그렇다니까요. 이래 봬도 꽤 쓸모가 있다구요."

거봐요, 거봐. 그때 나 없으면 어쩔 뻔했어? 하는 듯한 말투가 마치 어린애 같아서 푹 웃고 말았다. 그가 손을 뻗어 온희의 머리를 형

클헝클 문질렀다.

"애도 아니고……."

그의 손가락이 머리카락 사이를 훑고 지나간다. 간질간질한 느낌
이 전신을 꿰뚫는 것만 같았다. 온희는 묘한 기분에 얼어붙어 멍청하
게 그를 쳐다보았다.

민효석이 웃는다. 단정한 입술이 또 한 번 고맙다고 말을 한다. 그
의 손이 몇 번이나 머릿속을 부드럽게 헤집고 토닥거렸다. 얼굴이 터
질 것처럼 뜨끈뜨끈해지고 심장이 입 밖으로 튀어나올 것만 같아 그
녀는 나무토막처럼 뻣뻣해졌다.

"자네……."

"이, 이, 이, 이만 가보겠습니다. 조심히 돌아가세요."

드물게 당황하는 그를 뒤로 하고 후다닥 도망을 쳤다. 쾅 소리 나
게 문을 닫고 전력으로 달렸다. 현관문에 다급히 기대서서 온희는 두
손으로 달아오른 뺨을 감쌌다.

"흐, 흐, 흐아아……."

만, 만, 만졌어.

민 교수님이 머, 머리를…… 그러니까 내 머리카락을 이렇게…….

난생처음 느껴본 그 이질적인 느낌. 간지럽기도 하고 마치, 섬세
한 무언가를 다루는 것 같은 그런 손길.

새빨개진 얼굴과 잔뜩 흐트러진 표정이 실룩실룩 요동을 쳤다. 가
슴 속으로 뻗어 드는 그 촉감들에 그녀는 쓰러지듯 자리에 푹 주저앉
고 말았다.

랩 미팅이 끝난 후 은관과 으뜸, 여진이 점심을 사러 나가고 온희와 주성만 휴게실에서 팔자 좋게 밥을 기다리고 있었다. 멍하니 있는 온희를 살피다 주성이 큼, 헛기침을 했다.

"너 요즘 무슨 일 있냐?"

"아니. 왜?"

"너 안 같아. 아니 그러니까 내 말은, 평소의 네가 아닌 것 같다는 거야. 어디 아파?"

"멀쩡해."

"근데 왜 이렇게 자꾸 정신을 놔? 실연이라도 당했냐?"

온희는 픽 웃으며 나른한 얼굴로 기지개를 폈다.

"실연은 무슨. 주제 파악을 했다가 꿈 좀 꿨다가 하는 거지, 뭐."

"뭐?"

"그런 게 있다. 오빠는 그분한테나 신경 쓰셔."

주성은 요즘 잘되고 있는 소개팅 상대 이야기가 나오자 표정부터 달라졌다. 살랑살랑 봄바람 불고 좋겠다, 하는 생각이 들어 온희는 피식 웃었다.

"그러고 보니 요즘 예비 싸모님이 도통 소식이 없네. 진짜 무르는 건가?"

"물러? 뭘……?"

"민 교수님 결혼 말이야. 은관이가 연구실에 갔는데, 유 교수님이 빡 돌아서 민 교수님한테 쳐들어와 있더래. 훔쳐 들으니까 민 교수님이 예비 싸모님한테 결혼 무르자고 한 모양이야. 김칫국을 사발로 들이마시고 있다가 도로 뱉어 내게 됐으니까 유 교수님이 몸 달아서 쫓아온 거지."

반사적으로 가슴이 뛰었다. 방금까지 확실히 주제 파악 끝냈다고 생각했는데, 막상 그가 결혼하지 않는다고 하니 온몸의 혈관이 두근두근 팽창하는 것만 같았다.

"왜? 왜 무르자고 했는데?"

"그거야 모르지. 아직 결혼 생각이 없는 것 같긴 한데 의외로 그 여자분이 민 교수님 취향이 아닐지도 모르잖아. 만나보니 예쁜 걸로는 안 되겠나 싶었나보지, 뭐."

온희는 애써 태연한 얼굴로 고개를 끄덕였다. 어금니 안쪽이 근질근질 거린다. 기분이 조금 좋아졌다.

"애초부터 민 교수님이 한 여자의 남편이 된다는 것 자체가 상상 불가다. 아휴, 좋은 유전자를 생각하면 자손을 낳아야 하지만 보기엔 그냥 혼자로 남아주시는 게 더 어울리지 않냐?"

"응, 뭐……."

"민 교수님이 여자한테 홀딱 빠져서 목매는 것도 볼만은 하겠지만 말이야."

진짜 바보 같다. 그래서 뭐, 기대해서 어쩌려고?

아니, 기대하는 게 아니다. 민효석이 여자한테 목매는 건 절대 있을 수 없는 일이니까 차라리 안심할 수 있었다. 그저 그녀만의 유치한 질투였다.

뭐, 그 정도 감정은 내 마음대로 해도 되잖아.

"자, 자, 밥이 왔습니다. 밥이 왔어요웅."

"왜 이렇게 늦었어? 민 교수님은?"

"리키한테 메탄 넣어주고 지금 올라오시지잉."

"이야, 맛있겠당."

어쩌다 보니 효석과 마주 보고 앉게 된 온희는 괜스레 도시락에만 시선을 박은 채 젓가락을 들었다. 아까보다 밥맛도 되살아나는 것 같았다.

막 젓가락을 목표 지점에 꽂으려던 그녀는 이내 떨떠름한 얼굴로 힐끔 은관을 쳐다보았다.

"은관아."

"왜?"

히죽 웃고는 온희가 슬금슬금 팔을 뻗었다.

"왜 이래?"

"네겐 언제나 고마워하고 있어. 도움도 많이 주고 실험 참가도 잘 시켜주고. 그래서 이 오이를 줄게."

익숙한 일인지 은관은 인상을 쓰면서도 온희가 오이를 덜게 내버려두었다.

"뭐가 그러니까야. 이 편식쟁이가."

"흥. 바람둥이한테 그런 말 듣고 싶지 않은데."

"뭐라고? 도로 오이를 가져가겠다고?"

"제가 실언을 했습니다, 은관 님. 김은관 짱."

그런 둘의 모습을 은근히 번갈아보던 효석은 실실 웃던 온희와 시선이 맞부딪히자 순간 미간을 찌푸릴 뻔했다.

"편식쟁이."

툭 던지듯 그 한 마디를 남기고 그는 다시 단정히 젓가락질하는 데 집중했다. 온희와 은관은 한 대 얻어맞은 것처럼 멍청한 얼굴로 효석을 쳐다보았다.

편식쟁이.

편식쟁이.

편식쟁이……라니.

뭔가 민 교수님 엄청 귀여워!

온희는 딱 굳은 얼굴로 눈을 내리깔고 있는 효석을 슬쩍슬쩍 훔쳐보다 마른침을 삼켰다.

사람들이 함께 있다는 게 신경 쓰여서 정말 미쳐버릴 노릇이었다. 아니, 사실은 함께 있어줘서 얼마나 다행인지 모른다. 효석과 둘만 남겨지면 떨리다 못해 분명 기절해버릴 거다.

"교, 교수님. 지금 뭐라고…… 편식하지 말게, 를 잘못 발음하신 건 아닌지……요?"

은관의 눈에 그랬을 리가 없다는 확신이 활활 타오르고 있었다. 민 교수의 입에서 '편식쟁이' 따위의 유치한 단어가 나오다니, 절대 있을 수 없는 일이다.

"오이나 먹게."

"네에……."

한심하다는 듯 또박또박 힘주어 대답하는 싸늘함에 눌려 은관은 조용히 오이를 씹어 먹었다. 한동안 숨 막힐 것 같은 정적 속에서 와삭와삭 생오이 씹히는 소리만 흘렀다.

뭘까? 이 느낌은. 다른 사람에게 민 교수의 이런 모습을 보이고 싶지 않다. 나는 대체 그의 뭘 독점하고 싶은 걸까? 상대가 그를 어려워하는 '남자'라 해도 자신에게만 다른 모습을 보여주는 민효석을 빼앗긴, 그런 기분이었다.

"어흠! 어흐흠! 어흐흐흐흠!"

온희는 불순한 생각을 떨쳐버리려 부자연스럽게 헛기침을 했다. 하필 이런 때 머리칼을 쓰다듬어주던 효석의 손길이 생각나 귓가가 새빨갛게 달아올랐다.

"사레냐? 더럽게. 야, 저쪽 보고 물 마셔."

물컵을 밀어주는 은관의 손을 따라 효석의 시선도 느리게 움직였다. 입을 막고 고개를 돌렸지만 심장소리는 귓전까지 울릴 정도로 날뛰고 있었다. 온희는 따갑게 와 박히는 민 교수의 눈빛을 느끼고는 부르르 떨고 말았다.

뭔가 이상하다. 날이 서 있는 것처럼 느껴지는 건 내 착각일까……

"엇흠! 콜록, 콜록! 어흠흠!"

착각이야! 꿈이 지나쳐. 김칫국을 사발로 들이마셔도 정도가 있지!

좌절하며 절망했다가 이상한 기대감으로 설레었다가, 온희는 고개를 떨군 채 울상을 지었다.

"아, 너 귀걸이는 찾았어?"

"아니. 떨어뜨렸을 만한 데는 다 찾아봤는데 결국 못 찾았어."

시무룩해진 그녀를 효석이 힐끗 쳐다보았다. 막 입을 열려는데 은관이 낄낄 경박스럽게 웃으며 이죽거렸다.

"홍 교수님한테 일러바쳐야지. 잃어버렸대요, 덜렁이가 어디다가

낼름 버리고 왔대요옹."

"약 올리냐, 지금?"

도전적인 온희의 말투에 은관이 핫, 소리 나게 비웃었다.

"오이 도로 가져갈래? 두 개 남았는데."

"······죄송합니다, 은관 님. 김은관 짱짱."

의기양양하게 오이를 찍어 입에 넣던 은관은 옆에서 빤히 느껴지는 민 교수의 시선에 눈꺼풀을 빠르게 깜빡였다.

"왜, 왜요, 교수님?"

"진작부터 말하고 싶었네만, 제온희 자네는 편식이 너무 심해."

"네······?"

"지난번에는 아보카도를 하주성에게 떠넘기고, 이번엔 오이를 떠넘기고. 아보카도는 비타민 B2, C, E가 많아 영양가가 높은 과일이네. 게다가 베타카로틴 성분이 높아서 항암효과에도 좋아. 오이도 마찬가지야. 알칼로이드 성분과 베타카로틴이 암세포 증식을 억제하고 꼭지 부분에 함유된 쿠쿠르비타신이 강력한 항종양 작용을 하네. 수분이 많아 노폐물 배출에도 좋고 나트륨을 배출하는 데에도 효과적이지. 딱히 못 먹는 이유가 있는 게 아니라면 편식하지 말고······."

"어, 저기, 교수님. 얘 오이랑 아보카도에 알러지가 있는데요."

"······."

입에 젓가락을 물고 있던 은관이 민 교수의 말을 끊었다. 그 가볍고 산뜻함에, 효석의 찌를 듯 서늘한 시선이 똑바로 날아오자 은관은 그제야 합죽이처럼 입을 다물었다.

"······그럼 남에게 굳이 먹어달라 하지 말고 그냥 골라내게. 누가 보면 빚이라도 진 줄 알겠어."

"죄, 죄송······."

"나는 먼저 가볼 테니 마저 식사하게."

자라목처럼 짜부라져 있던 은관은 효석이 차가운 바람을 내며 사라지자 헉 소리를 내며 호들갑을 떨었다.

"헐, 헐, 형, 봤어? 교수님이 저승사자 형상을 하고 있었어."

"끔찍해. 어흐웅, 싫어."

갑자기 심기가 불편해진 이유를 모르겠다. 음식 투정하는 걸 싫어하는 건가? 사람들에게 뭐 먹어달라고 하는 모양새가 거슬렸나? 그래서 설마 정떨어진 건 아니겠지? 이러저러한 이유들을 떠올려볼수록 온희의 얼굴에 그늘이 졌다.

"야, 너무 기죽지 마. 민 교수님 저러는 거 한두 번도 아니고······. 원래 까다로운 사람이잖아. 다음부터 조심하면 되지, 뭐."

어지간한 은관도 침울해진 그녀가 안 되어 보였는지 위로를 건넸다. 얼굴이 굳어지는 것을 감추려 억지로 웃어 보였지만 온희의 가슴에는 알싸한 통증이 스미고 있었다.

10.
위기의
남자

뭘 그런 사소한 일에 일일이 화를 내고 있는 거야, 나는.

복도를 걷던 효석이 우뚝 멈춰 섰다.

화? 내가 화를 내고 있던 건가?

모르겠다. 여태까지 모르는 게 있어도 늘 모르는 채로는 내버려 두지 않고 살았는데 이번에는 정말 알 수가 없다. 명확한 이유도 없고 형체도 알지 못한다. 그냥 짜증이 난다.

"오이 알러지. 아보카도 알러지란 말이지⋯⋯."

이런 말도 안 되는 기분에 휘둘리는 스스로가 당혹스럽다. 낯설고 불편해서 더 화가 났다.

스케줄을 확인한 효석은 그 길로 사범대 뒤쪽에 위치한 테니스장으로 향했다. 땀을 흘려 운동을 하고 머릿속을 정리할 필요가 있었다.

"민 교수, 오늘은 왜 그래? 컨디션 안 좋아?"

무언가 이상함을 느꼈는지 상대해주던 양종화 교수가 효석의 안색을 살폈다. 벤치 위해 앉아 흐르는 땀을 단정하게 닦아내면서도 그의 기분은 여전히 엉망이었다.

"별일이네. 민 교수가 이렇게 집중 못 하는 건 처음 보는데. 무슨 일 있는 거야?"

"아닙니다. 그저 잠깐 다른 생각이 나서요."

"그래? 그렇다면 다행이지만. 난 또 무슨 고민이 있나 했지."

"……그렇게 보였나요?"

벌써 몇 개월을 가까이에서 그 아이를 봐왔는데, 밥을 함께 먹은 적이 그렇게 많은데도 그는 몰랐다. 아마 실험실 식구들은 다 알 것이다.

지도학생이 어떤 알러지를 앓는지 모르는 것 정도는 아무것도 아니지만 그것은 적지 않게 효석의 심기를 긁었다. 대부분의 사람은 모를, 어쩌면 평가를 위해 자서전을 읽었을 윤필중 교수 말고는 아무도 알지 못할 진짜 제온희가 손아귀에 쥔 모래처럼 슬그머니 빠져나간 것만 같았다.

아직 나아지지 않은 기분 그대로 돌아오는데 저만치서 온희의 목소리가 들렸다. 그녀는 다가오는 검은색 승용차에 손을 흔들며 몸까지 들썩거리고 있었다.

"밥은 먹었어?"

"응. 오빠는?"

"진즉 먹었지, 인마."

효석은 차에서 내린 그가 누구인지 금방 알아보았다.

홍준형. 홍 교수님의 큰아들이다. 미국에 있을 때에도 몇 번 본 적이 있었다.

"헤헤. 오프 때 부려먹어서 미안. 그러니까 지형이한테 시켜도 됐는데."

"지형이 놈은 지금 졸업전시회 때문에 정신없잖아. 그렇게 탱자탱자 놀더니 발등에 불 떨어지고 지금 난리 법석이다."

"아휴, 고소해라. 그렇게 세월아 네월아 하더니. 히힛."

준형이 온희에게 파일을 건넨다. 아마 집에다 놓고 허둥지둥 SOS를 쳤을, 리키의 황화수소 서식 결과에 대한 데이터일 것이다. 효석은 두 손으로 난간을 짚고 가만히 상체를 기울였다.

몇 번이나 자서전에 등장하던 준형 오빠가 그녀의 머리를 쓰담쓰담 문질렀다. 온희는 강아지처럼 웃으며 무척이나 자연스럽게 그의 손길을 받고 서 있었다.

당황하며 뿌리치듯 도망가던 온희가 생각나 효석의 얼굴이 슬며시 굳었다. 그 후로 또 묘하게 피하는 것 같은 태도도, 어쩌면 이와 무관하지 않을지도 모른다.

온희가 준형과 헤어져 이과대 건물 안으로 완전히 들어갈 때까지 효석은 그 자리에 서 있었다.

지금은 별로 마주치고 싶지 않다. 방긋방긋 웃을 때는 그나마 나았지만 그녀는 요즘 그와 눈만 마주쳐도 어색해서 쭈뼛거리곤 했다. 불편하다는 티가 너무 적나라해서 그도 괜히 더 화가 날 것만 같았다.

내가 왜 이렇게 제온희에게 휩쓸리는 거야…….

마른세수를 하는 얼굴에 짙은 피로감이 내려앉았다. 요즘 들어

심란함이 끊이지를 않는다. 자꾸 감당할 수 없는 범위에서 괴롭혀 와 가슴을 짓눌렀다.

이번엔 실험실 앞에서 윤찬과 마주보고 선 온희가 보였다. 멈칫 선 효석은 가운 주머니에 두 손을 찔러 넣고 벽에 기대어 섰다.

"정말? 정말 민 교수님이 추천서를 써줬다고요?"

"그래. 마지막 테스트에서도 통과 못 했는데 노력 많이 했다고 써 주셨어."

"우와! 정말 잘됐네요. 그럼 결과는 언제 나오는 거예요?"

"음, 아마 졸업 직전에나 나올 것 같아. 그래도 면접 갔을 때 민 교 수님 추천서 보고 회사 측에서 깜짝 놀라더라. 잘될 것 같아."

그러고 보니 윤찬은 온희에게 있어 특별하다면 특별한 사람이었 다. 지하철에서 성추행을 당할 때 도와준 사람. 그래서인지 둘은 많 이 친해 보였다.

"졸업하기 전에 민 교수님한테 세 번 절하고 가요, 오빠."

"정말 만수무강하시라고 큰절이라도 할까 봐. 하아, 진짜 그때만 생각하면 아직도 가슴이 벌렁벌렁해."

"그것 봐요. 민 교수님, 그렇게 매정한 분 아니라고 했잖아요. 은 근히 마음 여려요."

"아니, 그것까지는 잘 모르겠는데……."

"이, 이런 배은망덕한! 그럴 땐 잘 모르겠어도 맞장구 쳐줘야죠!"

하하하, 웃는 소리가 노랫소리 같다. 자꾸만 저런 광경이 눈에 들 어오는 이유를 모르겠다. 자신에 대해 좋은 말만 골라 하고 있는 온 희의 목소리가 계속될 때마다 스스로가 너무도 한심하게 느껴졌다.

"꼴사나워……."

나는 지금 뭘 하는 거야. 학생을 상대로 대체 왜 이러느냔 말이다. 누군가 이런 자신을 보고 그게 무슨 꼴이냐며 비웃어도 할 말이 없었다.

문득 주머니 구석에서 조그만 이물감이 잡혔다. 온희의 귀걸이. 자그맣고 맑게 빛나는 그것을 손 안에 꽉 쥔 채 효석은 자조적으로 웃고 말았다.

"진짜 민 교수님한테 말씀 안 드렸단 말이야?"

"민 교수님은 이런 자리 싫어하셔."

심드렁하게 대꾸하는 주성이 그렇게 미워 보일 수가 없었다.

"그래도 말은 해봤어야지. 나중에 아셔봐. 섭섭한 게 사람 마음이라구."

"다른 사람 다 그래도 민 교수님은 안 그래. 아무렇지도 않을걸."

"뭐 민 교수님은 사람도 아닌가?"

온희는 코스모스졸업을 하고 바로 후기 대학원으로 석사과정을 시작했다. 리키 배양에 조금씩 가능성이 보이면서 고세균도 더 재미있어졌고 실험실 식구로서나마 민 교수와 함께 할 수 있는 프리미엄 옵션도 달려 있으니 바빠지는 것도 마냥 좋았다. 그래서 환영파티를 한다기에 잔뜩 기대하고 있었는데……

"야, 너 뭐 잘못한 거 있냐? 민 교수님한테 또 흠 잡혔어?"

자꾸 효석을 펀드는 온희가 수상한지 주성이 눈을 가늘게 떴다.

"뭐?"

"부려먹는 수준이 아니라 굴려먹는다고 얼마나 싫어했었냐, 네가. 갑자기 왜 이렇게 팬이 된 거야?"

온희는 뜨끔했지만 태연한 척 눈을 흘겼다. 요새는 그가 근처에만 있어도 진정을 할 수가 없어서 특히 조심하고 있었는데 서운한 마음에 너무 티를 냈나보다.

"……내가 뭐 언제는 안 잡힌 적이 있었나."

"뭐, 그렇긴 하지. 이모님, 여기 동동주 네 항아리요! 파전이랑요!"

실험실 동료들은 금세 화제를 돌려 신나게 수다를 떨기 시작했다. 다행이라는 생각이 들면서도 한편으로는 언짢아졌다.

그는 그냥 서툰 것뿐인데, 실수하지 않으려 여유를 누리지 못하는 것뿐인데 아무도 그의 진심을 알아주지 않는다. 효석을 보고 싶은 마음과 그를 외떨어진 생물체처럼 보는 시선들이 섭섭해서 온희는 조금 울적해졌다.

"야, 야! 조용, 조용! 민 교수님 전화다!"

동동주에 살짝 혀만 담갔다 빼던 그녀는 눈을 번쩍 빛냈다. 주성이 떨떠름하게 액정을 바라보다 한숨처럼 중얼거렸다.

"내가 진짜 룸으로 잡기를 잘했지…… 흠흠. 여보세요? 네, 교수님."

안 들린다, 안 들려. 에이 씨. 옆에 앉으면 옴팡 먹일 것 같아서 일부러 건너편에 앉았는데 아쉬워 죽을 지경이다.

온희는 점점 더 기묘하게 일그러지는 주성의 얼굴을 힐끗힐끗 훔쳐보았다.

"네, 뭐…… 학교 근처이긴 합니다만…… 아뇨, 아뇨! 그런데 한 30분, 아니 40분은 걸릴 것 같은데요. 네."

전화를 끊자마자 주성은 갑자기 돌변해서 술병을 낚아챘다. 엉덩이가 들썩거리는 폼이 아쉬워서 죽을 지경의 형상이다.

"왜 그래?"

"필요한 게 있으시단다. 집에 올 때 좀 가져다 달라시네."

"지금? 뭔데?"

"리키 증식데이터. 메탄, 황화수소, 일산화탄소 넣었던 거 다."

은관의 얼굴이 뜨악하게 변했다.

"악. 그게 지금 왜 필요한데? 집이라면서?"

"답답한 소리 하고 있네. 천재랑 범인의 일상이 같겠냐? 분명 쉬는 시간에도 데이터 분석할 거라는 데 만 원 건다."

주성의 집은 효석의 집과 가까웠다. 온희가 내심 부러워한 것 중의 하나다. 그녀의 집은 효석의 집과 정반대 방향인데다 왔다 갔다 1시간이 넘게 걸렸다. 우연히 지나가는 것 따위의 변명은 쓸 수도 없어 얼마나 가슴이 쓰렸는지.

"그럼…… 내가 갔다 올까?"

학교 밖에서 만나는 그는 어떤 모습일까. 궁금하고 보고 싶다.

"엉?"

"요즘 소개팅녀 때문에 술 자제하고 있어서 엄청 괴로워했었잖아. 불쌍해서 자비 좀 베풀려고 그런다."

"고맙긴 한데…… 이건 널 위해 마련한 자리인데……."

말은 그렇게 하면서도 주성은 이미 몸까지 배배 꼬고 있었다. 다른 동료들도 이 좋은 술자리까지 박차고 나가 민 교수에게 자료를 갖다 주고 싶지는 않은지 전부 모르쇠 딴청만 피웠다.

"그냥 전해드리고 다시 와. 오늘 오빠가 2차 쏜다."

"오, 정말? 알았으. 그렇다면 바람처럼 다녀오겠으."

"파일은 알지? 두 번째 서랍 속에 있다."

"넵."

온희가 가방을 챙겨 손인사를 하고 돌아서는데 의외라는 듯한 여진의 목소리가 들렸다.

"그런데 별일이네. 민 교수님이 뭘 깜빡 잊고 안 가져가시는 일도 있네. 한 번도 그런 적 없었잖아."

"뭐, 천재도 그런 가벼운 실수쯤은 할 수 있는 거 아니겠어?"

"뭐야. 아까는 천재와 범인은 다르다며?"

그러게. 무슨 일이 있는 건가.

괜히 걱정이 된다. 요즘 묘하게 피로해보이던 그의 얼굴이 떠올라 마음이 급해졌다.

지나가는 말처럼 물어봐야지. 별일 아니라고 대답할 게 뻔하지만 또 한 번 더 물어보면 흘리듯 몇 마디쯤은 언급을 해줄지도 모른다. 그렇게 생각하며 온희는 버스에 올라탔다.

"아……."

설렘과 긴장 어린 발걸음이 빌라 근처에 다다라 덜컥 멈춰 섰다. 아직도 불이 켜진 한적한 카페의 커다란 통유리 안쪽에 효석과 민영이 마주 앉아 있는 모습이 보였다.

그는 늘 가슴 떨리게 잘 어울리던 검은 셔츠를 입고 평소보다 가벼운 차림으로 단아하고 아름다운 여자와 이야기를 하고 있었다.

"바보 같아."

거절 비슷하게 물렀다는 말에 안심해서 까맣게 잊고 있었다. 멀리서 바라보는 것조차 언제까지고 지속될 수 없다는 걸. 제온희의 자리는 딱 이 정도라는 것을.

냉각된 관계가 풀렸다고 해서 짝사랑까지 허락받은 건 아니다. 나와 상관없다는 말은 아마 그에게 있어서 진심이었을 것이다. 나는 말로만 알고 있다고 하면서 여전히 착각하고 있었다. 민효석이 다른 모습을 보이는 건 나뿐일 거라고. 속마음도 나에게만 말한 거라고. 그래서 나도 모르게 헛된 기대를 계속하고 있었던 거다.

온희는 한참 동안 창에 어린 그들을 물끄러미 지켜보다 걸음을 돌렸다. 이상하게도, 그녀 스스로도 이해할 수 없을 정도로 담담하리만치 가슴 속이 차분해졌다. 9월의 서늘한 바람이 볼을 할퀴고 지나간다.

"그러게 꿈 깨라니까……."

멍하니 웃다 눈물이 고였다. 벌써 두 번째 버스가 그녀 앞을 지나고 있었다.

효석은 소파에 앉아 발치에 놓인 것들을 심각하게 노려보고 있었다. 집에 배달된 여러 채소들과 연양갱 한 박스. 기분은 더더욱 바닥으로 치달았다.

"하아……."

그저 기분 전환을 위해 요리를 하려고 했던 것뿐이었다. 양갱만 사지 않아도 완벽한 장보기가 될 수 있었는데 나는 어쩌자고 이걸 박스째로 사온 걸까. 심지어 어떤 경위로, 무슨 생각을 하며 샀는지도 기억이 나지 않았다.

한참이나 우두커니 앉아 있던 그가 테이프로 봉해진 양갱 박스를 열었다. 볼수록 어처구니가 없고 기가 막혀서 그는 또 얼마간 그것을 조용히 노려보듯 쳐다보았다.

그래. 솔직히 기쁘다.

온희가 대학원에 진학한다는 이야기를 들었을 때 그는 내심 안도했다. 처음 과학자와는 어울리지 않는다고 생각했지만 꽤 실험실과 잘 맞는 면을 볼 때마다 이대로 취직하러 나가는 건 조금 아깝다고 생각도 했다. 그리고 그 아이가 계속 그의 영역 안에 있게 되었다는 것이 기뻤다. 그렇게 묘하게 들떠서 이렇게 점점 이상한 짓을 계속하고 있다.

양갱갑으로 쌓아 만든 피라미드를 손으로 쓸어 우르르 무너뜨렸다. 100개의 연양갱을 다 써서 입체 타워를 세웠다가 엎드려서 각도를 재고, 앉아서 무릎 위에 팔꿈치를 대고 고민했다가, 내가 지금 뭐하고 있는 거지? 반문하는 데 정말이지 한심하기 짝이 없었다.

한동안 허공을 응시하다 양갱들을 도로 박스에 쓸어 넣었다. 그는 다시 양갱으로 가득 찬 박스를 안고 엘리베이터를 탔다. 관리인 아저씨가 눈이 휘둥그레져서 효석을 쳐다보았다.

"별것 아니고…… 혹시 좋아하시는지요."

"어이구, 이렇게나 많이요. 고맙습니다, 교수님. 잘 먹을게요."

곧장 집으로 들어와 책상에 앉았다. 일산화탄소에서 배양에 실패한 리키는 뜻밖에도 메탄에서는 제법 버텨주고 있다. 하루라도 빨리 그 녀석을 키워내지 못하면 또 한 번 시료를 채취하러 남태평양으로 가야 할지도 모른다.

"……."

서류 가방을 연 효석의 얼굴이 조금 일그러졌다. 가져와야지 했던 것을 놓고 왔다. 도대체 요즘 뭘 하고 사는 건가 싶어 그의 입에서 한숨이 새어나왔다.

-여보세요?

"지금 학교인가?"

-네, 뭐…… 학교 근처이긴 합니다만…….

조교들에게 개인적으로 심부름을 시키는 걸 잘 하지 않는 터라 마음이 불편해졌다.

"미안하네만, 집에 올 때 내게 리키 메탄 증식 데이터 자료 좀 가져다줄 수 있나? 아, 혹시 다른 일이 있다면…….

-아뇨, 아뇨! 그런데 한 30분, 아니 40분은 걸릴 것 같은데요.

"괜찮아. 그럼 도착할 때쯤 연락 주게."

-네.

지친 얼굴로 효석은 소파에 길게 누웠다. 열어놓은 발코니창으로 서늘한 기운이 스며든다. 지금의 그는 머리를 좀 식혀야 할 필요가 있었다.

Drrrr-

까맣게 잊고 있었던 존재에 그의 미간이 또 한 번 찌푸려졌다. 엊그제 할머니에게도 이민영에 대해 잔소리를 들었던 것까지 잊고 있었다. 그녀가 무슨 말을 할지는 짐작할 수 있었지만 그도 이제는 확실히 매듭을 짓고 싶었다.

효석은 주성이 도착할 때까지 여유가 있음을 확인하고 집을 나섰다. 담판을 짓기 위해 집 근처에 와서 전화를 건 민영은 이미 빌라 앞 카페에 앉아 그를 기다리고 있었다.

"오랜만입니다."

무뚝뚝한 인사에도 민영은 선한 눈매를 접으며 미소를 건넸다.

"늦은 시간에 죄송해요. 하지만 늘 학교에 계시니까, 이렇게라도 하지 않으면 이야기를 할 수 없을 것 같았어요."

"괜찮습니다."

"결혼 생각이 없으시다는 말씀, 곰곰이 생각해봤어요. 그건 아직 연구에만 집중하고 싶다는 뜻인가요?"

"……."

"그렇다면 저는 기다릴 수 있어요. 할머님은 제가 설득할게요. 그리고 결혼한다 해도 저, 효석 씨 연구를 방해한다거나 하지 않을 거예요. 바가지 긁는 부인은 되고 싶지 않거든요."

대답이 없는 게 불안했는지 민영은 평소보다도 말이 많았다.

"그러니까 효석 씨도 다시 생각해 주셨으면 해요. 제가 마음에 안 드시는 게 아니라면, 물론 급하게 결정된 약혼이었고 몇 번 만나지도 못했으니까 편하지 않을 거라는 거 알아요. 하지만 평생을 같이 살아도 모르는 게 부부잖아요. 이제부터라도 부담 없이 서로를 알아가면서……."

자각은 한순간에 찾아왔다. 남자와 여자가 끌리는 순간은, 좋아하고 사랑하게 되는 경계는 생각보다 단순하고 본능적일지도 모른다.

한때 결혼을 결심했던 여자를 마주보며 효석은 왠지 분명히 알 수 있었다.

"민영 씨."

효석의 나직한 부름에 민영의 얼굴에 홍조가 어렸다. 그 모습을 보면서도 그는 덤덤했다. 분명 좋은 여자이고 결혼해도 그를 편하게 해 줄 사람이라는 걸 알지만 그것이 다였다.

"미안합니다."

"네……?"

"잘 알고 모르고의 문제가 아닙니다. 제가…… 다른 누군가의 배우자가 될 수가 없어요."

습관적으로 사람의 왼쪽에 서는 온희. 왼눈을 잘 가리고 있으면서도 자주 고개를 숙이는 그 아이를 볼 때마다, 살며시 숙여진 그 가느다란 목덜미를 만지고 싶다고 느낀 적이 있었다. 히죽 웃으며 아이처럼 떠들 때면 머리를 쓰다듬어주고 싶고 헝클어뜨리며 안아주고 싶을 때가 있었다. 그래, 그 아이가 내게 의지해오면 마음 한구석 어디에선가 기뻐하고 안심하는 내가 있었다.

"그 말씀은…… 마음에 두고 있는 분이 생겼다는 건가요?"

떨리는 목소리가 평상심을 유지하려 애쓰고 있었다. 효석은 긍정도 부정도 하지 않은 채 조용히 덧붙였다.

"파혼의 원인이 제게 있으니 민영 씨에게 피해가 가지 않도록 할머님과 민영 씨 집안에 제가 다시 한 번 말씀드리고 사죄하겠습니다."

"……."

"정말 미안합니다."

한 번도 경험해본 적 없는 감정의 충돌이 그의 걸음을 무겁게 만들었다. 후련하고도 답답한 무게가 점점 싸늘해지는 바람을 타고 느껴졌다.

자, 이제는 깨달았다. 그래서 앞으로 어쩔 작정이냐. 고백이라도 한다면 그 아인 분명 곤란해진다. 지도교수이니 딱 잘라 거절한다는 것도 어려울 것이다. 아마 제온희라면 더욱더 그럴 테지.

생각에 잠긴 효석이 빌라 안으로 막 들어오는데 관리인 아저씨가 기다렸다는 듯 문을 슥 열고 반갑게 외쳤다.

"잠깐만요, 교수님!"

열린 문틈으로 그가 주었던 양갱을 벌써 몇 개나 먹은 흔적이 보였다.

"아, 양갱 아주 잘 먹고 있습니다. 그런데 뭘 저리 많이 사셨어요?"

이제야 그것이 혼란스러운 감정에 대한 고뇌였음을 깨닫고 효석은 희미하게 웃었다.

"외출하신 동안 여학생이 다녀갔는데요. 돌아오시는 길에 꼭 좀 전해드리라고요. 여기……."

"여학생이요?"

"네에. 키는 한 요정도 되고 단발머리에 앞머리가 좀 길어서 이만큼 오는 귀엽게 생긴 여학생이 왔었어요."

순간 효석의 안색에서 핏기가 가셨다.

"언제 돌아갔습니까?"

"얼마 안 됐는데요. 한 10분쯤?"

그의 빌라에 오려면 카페를 지나치지 않으면 안 된다.

"죄송합니다. 다시 찾으러 올게요."

"네? 아니, 교수님?"

민영과 함께 있는 모습을 봤을 거라는 생각에 마음이 급해졌다. 어리둥절하게 부르는 관리인을 뒤로 하고 그는 버스정류장을 향해 달렸다. 만나서 어쩌려는 생각 같은 것도 하지 못하고 무작정 달려갔다.

"하아……."

사람 한 명 없는 빈 정류장에서 땀에 젖은 머리를 쓸어 올리며 효석은 허공을 향해 짙은 숨을 토해내었다.

11.
제 2법칙:
되돌릴 수
없는 마음

"뭐하냐? 잉? 르네상스 기획전?"

온희의 머리 위로 불쑥 고개를 들이민 은관은 떨떠름한 얼굴로 제 눈을 비볐다. 르네상스? 제온희가 르네사앙스?

"가끔 넌 진짜 안 어울리는 취미생활을 하더라. 르네상스가 뭐냐, 르네상스가."

"교양이라고는 생쥐 눈물만큼도 없는 김은관한테 그런 소리 듣고 싶지 않다."

휘휘 손을 저으며 상종을 못하겠다는 반응에 은관이 황소처럼 발끈했다.

"헛, 허엇, 너 지금 말 다했냐?"

"응. 다했어. 네가 위대한 미켈란젤로의 다비드상을 아냐? 그 팽팽한 목의 핏줄과 그 아름다운 근육을 너의 그 하향 평준화된 눈이 볼 줄이나 알아?"

"누굴 바보로 알고 있어. 왜 몰라! 당연히 알지."

"그럼 다비드상 키가 얼마야?"

기습을 받은 은관의 눈썹이 순간 멈칫했다.

"그거야…… 나만 하지 않나?"

"무식하긴. 5미터가 넘는다, 이 왕무식아."

"야! 그거야 다비드상이 네 취향이니까 잘 아는 거 아니야!"

발끈해서 항의하는 그를 온희가 키득키득 비웃었다.

"그러는 넌 36-24-34 몸매가 취향 아니냐? 그런 여자가 앞에 지나간다, 그럼 안 쳐다볼 거냐고?"

"틀렸어. 내 취향은 36-24-36이다."

"퍽도 자랑이다. 저리 비켜."

온희는 작품전 티켓을 두 장 예매하고 창을 껐다. 은관의 얼굴은 어라? 하는 표정으로 음흉한 웃음을 흘렸다.

"누구랑 가는데?"

"……"

"엉? 누구랑 가는데? 설마, 남자?"

"노코멘트."

"으흥? 이것 봐라? 진짜 남자랑 가나본데?"

깐족거리며 주변을 뱅뱅 도는 그를 향해 온희가 혀를 쏙 내밀었다.

"무식한 인간은 몰라도 돼. 다쳐."

"어쭈. 이게."

"으헤헤헤헤, 으아악."

헤드락을 건 은관이 손가락 마디를 세워 머리통을 비볐다. 온희는 김은관이 사람 잡는다며 발버둥을 쳤다. 허리를 반으로 꺾으며 바보처럼 웃는 순간 문가에 서 있는 효석과 정통으로 눈이 마주쳤다.

"야, 야, 놔봐."

"이게 어디서 꼼수를 부려? 엉?"

"아니, 그게…… 교수님, 교수님!"

"뭐?"

그제야 은관이 후다닥 온희에게서 떨어졌다. 표정 없이 서 있던 효석이 그런 둘을 가만히 바라보았다. 은관은 뭔가에 찔린 사람처럼 꾸벅 인사를 하고 후다닥 효석의 옆을 지나쳐 실험실을 나갔다.

잠시 숨 막힐 것 같은 정적이 흘렀다. 실험실에서 장난을 친 것이 불쾌했나 싶어서 온희는 슬쩍 눈치를 살폈다. 효석은 온희를 가만히 쳐다보다 천천히 입을 열었다.

"……어제는 고마웠네."

"네? 뭘요……?"

"자료. 일부러 와준 거잖아."

"아아, 당연한 건데요, 뭘."

눈만 마주쳐도 어색해서 어쩔 줄을 모르던 그녀가 아무렇지도 않게 마주보고 있었다. 그 눈빛이 너무도 맑고 담담해서 문득 가슴 한 구석이 서늘해졌다.

"그런데요 교수님. 조금 이해가 안 되는 게 있는데요. 리키를 채취한 곳에는 메탄이 없다고 하지 않으셨어요? 살던 곳은 일산화탄소랑 황화수소 가스 속인데 정작 살아봐라 하면 왜 죽는 걸까요?"

"……글쎄. 그게 아마 우리 연구의 가장 난제가 아닐까 싶은데."

거리를 두고 싶어 하는 거다. 어쩔 줄 몰라 하며 피하는 듯해도 그동안 그녀는 늘 그 자리에 있었다. 이렇게 뒷걸음질 치는 제온희는 상상조차 해본 적이 없었다.

"아, 그리고 이거요. 대구 학회에 가려고 끊은 티켓 영수증이랑 호텔 예약 내용 사본이에요. 이번 주 금요일까지 사인하셔서 행정실에 제출해야 한대요."

"그래."

상대마저 웃게 만들던 그녀가 모르는 사람처럼 멀다. 얼굴이 굳어지는 느낌이 너무도 생생해서, 효석은 단정한 미간에 힘을 주어 억지로 버텼다.

"매번 고맙네."

"저희가 할 일인데요. 그럼 일 보세요."

이래 봬도 꽤 쓸모가 있다고, 도움이 돼서 기쁘다는 표현을 온몸으로 하던 온희가 자로 재단이라도 한 듯 제 할 일만 하고 돌아섰다.

"지난번에 준 그 퍼즐 말인데."

"네? 아, 해보셨어요?"

"우뇌 활성화가 되는지는 잘 모르겠지만 어쨌든 해봤어."

"네에."

전 같으면 아니다, 꾸준히 하면 분명 효과가 있을 거다, 종알종알 떠들었을 텐데 그녀는 짧은 대꾸로 대화를 끝내버렸다.

"그런데 그게……."

"네?"

어쩐지 초조해져서 자신도 모르게 입을 열었다가 그만 허탈해지고 말았다.

"······아니, 아무것도 아니야. 일 보게."

괴롭다는 감정. 걷잡을 수 없이 동요하는 이 복잡한 기분들. 반복되는 상투적인 대답과 피부로 느껴지는 거리감에 그의 머릿속이 엉켜들고 있었다. 더 내딛지 못하고 연구실로 돌아온 효석은 비식 실소를 흘렸다.

내게 평소처럼 웃고 평소처럼 말하게 하면 그걸로 된 거냐? 상실감이 과연 그런 걸로 채워지겠느냔 말이다.

가만히 모니터를 응시하던 그가 천천히 손을 움직여 검색창을 채워 넣었다. 새하얀 대리석으로 만들어진 젊고 강인한 다비드의 육체가 그의 심기를 비틀었다.

"이런 비현실적인 몸이 취향이라고······."

오른손이 몸에 비해 유난히 거대하다. 발가락도 실제보다 크게 표현되었고 아름답다고 평해지는 몸의 곡선도 엉덩이와 어깨를 반대로 향하게 해서 두드러지게 보이도록 한 것이었다.

미쳤다. 정상이 아니야.

위대한 조각 작품을 보며 쓸데없는 흠을 찾아내고 말도 안 되는 비판을 하는 이 꼴이 얼마나 기가 막힌지 누구보다 잘 알고 있다. 제온희를 생각하며 시간을 보내는 것도, 가슴 한쪽이 무겁고 짓눌리는 것도 떨쳐버리고 싶은데 뜻대로 되지 않는다. 그럴수록 공허한 감정이 번져들고 있음을 그는 점점 더 깨닫고 있었다.

옆에서 실험 결과들을 정리하던 주성이 의아한 눈으로 그를 훔쳐보았다. 심각한 얼굴로, 고뇌와 피로감이 뒤엉킨 안색을 하고 효석이 빈 종이를 응시하고 있었다. 리키에 관한 여러 경로들과 수식 아래로 그가 천천히 펜을 움직였다.

"교수님."

"……."

"교수님……?"

퍼뜩 정신을 차린 효석은 걱정 어린 주성의 얼굴을 보고 허리를 곧추세웠다. 언제부터 보고 있었는지 그는 어디 안 좋은 것이냐는 시선으로 살펴보고 있었다.

"……왜, 무슨 할 말 있나?"

"아닙니다. 혹시 어디 불편하신가 해서요."

벌써 두 시간이 지나 있었다. 효석은 머리가 지끈거리는 느낌에 안경을 벗으려다 자신이 쓰다 만 글자를 보고 멈칫했다.

이쪽을 쳐다보는 주성의 시선이 느껴진다. 그는 고뇌가 가득 들어찬 '제' 자 뒤로 '2법칙'을 대충 휘갈겨 써넣었다.

발밑이 패어드는 것 같다. 그것은 그를 삼켜와 점점 더 한심하기 짝이 없게 만들고 있었다. 감당할 수 없이 계속, 계속.

연구실을 나가버리는 효석의 뒤로 주성이 뜬금없이 등장한 제2법칙을 어리둥절하게 읽어보고 있었다.

"무슨 제2법칙? 열역학? 뉴턴? 광화학? 도대체 뭐냐고?"

천재라서 그런가, 하여튼 도통 이해할 수가 없다고 그는 투덜거리듯 중얼거렸다.

학교 분위기가 어수선해지고 있었다. 예술대학에서 흘러나온 소문은 조금씩 덩치가 커져 학교 전체에 걷잡을 수 없이 퍼지기 시작했다.

학점과 개인 교습을 대가로 부적절한 관계를 맺은 시각디자인과 이용학 교수와 3학년 A양.

급기야 두 사람의 추문을 뒷받침할 만한 증거와 목격자들이 나오기 시작하면서 교내 곳곳에 진상 규명을 촉구하는 대자보가 붙었다.

"예술대학 학생들은 이용학 교수와 최다원은 작년 9월경부터 부적절한 관계를 맺기 시작했다고 주장하고 있다. 조별 과제에서도 최양이 특별히 눈에 띄는 활동을 하거나 하지 않았음에도 높은 점수가 주어졌으며 자주 이 교수의 방을 드나드는 것이 목격되었다……. 으휴, 더럽다. 더러워."

이과대 앞에서 나눠준 유인물을 보다 으뜸이 쯧쯧 혀를 찼다.

"작년 9월부터 그랬으면 오래됐네. 젊은 여자애한테 빠져서 이 교수도 정신이 나갔지."

"누가 먼저 꼬셨을까? 아무래도 최다원 쪽이겠지?"

"뭐, 교수가 먼저 그랬을 수도 있지. 학교에선 교수가 왕이잖아. 처음부터 딴 마음 먹고 있다가 학점을 대가로 그 짓거리하는 교수들, 솔직히 여태까지 까발려진 것만 해도 꽤 되니까 말이야."

이용학 교수와 A양 최다원을 두고 저마다 말들이 많았다. 저런 인간을 교수로 둬선 안 된다고, 학교 창피하니 당장 자르고 최다원도 퇴학시켜야 한다는 게 학생들의 의견이었다.

"근데 이용학 교수는 독신이라며. 대가가 오간 관계가 아니라고 한다는데?"

"에이, 그걸 누가 믿냐?"

조심스런 온희의 질문에 모두가 콧방귀를 뀌었다. 그들을 곱게 봐주는 시선은 어디에도 없었다.

가슴이 철렁 내려앉는 것 같아 온희는 입술을 잘근잘근 짓이겼다. 새삼 교수와 학생 사이를 부정적으로 바라보는 주위의 시선이 무섭게 실감이 났다.

이 무거운 감정에 쓸려 허덕이느라 쓸데없는 오해를 살 수도 있다는 걸, 그로 인해 효석의 앞길에 오점으로 남을 수 있다는 걸 한 번도 생각해보지 않았다.

"제온희."

"네, 네?"

효석의 부름에 멍하니 생각에 잠겨 있던 온희는 화들짝 놀랐다.

"무슨 일 있나?"

"아니, 아니에요. 잠깐 딴생각을 좀……."

시선이 마주쳤지만 얼른 피했다. 그의 눈 속에 어린 걱정에 또 한 번 가슴이 덜컥 내려앉았다.

"교환학생 건은 거절하기로 했네. 이 사유서를 교수지원센터에……."

온희는 말을 하다 말고 입을 다문 효석을 슬며시 올려다보았다. 그가 책상 위에 놓인 진상 규명 유인물을 물끄러미 쳐다보고 있었다.

묘한 침묵이 피부 끝을 감돌았다. 그제야 피로가 짙게 어린 그의 얼굴이 보인다.

"저어……."

"이걸 교수지원센터에 내주게. 오늘 5시까지는 내야 할 거야."

문을 닫고 복도를 걸었다. 학생들 몇이 지나가며 인사를 건넸지만 그는 아무것도 들리지 않는 사람처럼 천천히 그들을 지나쳤다.

교원징계위원회 소집 안내

최근 불거진 예술대학 성추문 진상 규명과 시각디자인학과 이용학 교수에 대한 징계 여부를 결정하기 위한 징계위원회가 2주 후에 열립니다. 민효석 교수님은 교수협의회에 의해 징계위원회 교수위원으로 선정되었으니 반드시 회의에 참석해주시기 바랍니다.

일시 201*년 11월 3일 오후 5시
장소 새서을 금나래기념관 2층 교수회관

어둠이 짙게 깔린 늦가을의 달빛이 거울 앞에 놓인 듯 반짝였다. 그 아래에서 온희의 귀걸이를 공문 위에 올려놓고 효석은 한참 동안 앉아 있었다.

모든 건 제자리에 있다. 아무것도 변한 것이 없다. 변한 것은 민효석 자신뿐이었다.

"어지간히 나도 답 없는 인간이야……."

새벽이 비쳐드는 창가에 서서 오랫동안 어스름한 사위를 바라보았다. 어쩌자고 그 아일 좋아해서 돌아설 수도 없게 돼버린 건지 그 시작을 찾는 것도 막막하다.

차라리 자각을 하지 않았으면 좋았을 텐데.

탄식과도 같은 숨결 끝에 착잡한 미소가 섞여들었다. 새하얀 보름달 아래에서 찌륵찌륵, 귀뚜라미가 마지막 울음을 토해냈다.

†

-어디가 어떻게 마음에 안 드는 게야?

"……."

-인물도 괜찮고 집안도 좋고, 결혼하고 나서도 신랑 성가시게 할 아이 아니다. 그만하면 된 거야. 처음엔 괜찮다고 하더니 왜 마음이 바뀌는지 도무지 모르겠구나.

"실망시켜 드려서 죄송해요."

-죄송하면 다시 생각해봐. 죽기 전에 증손주는 봐야 할 것 아니냐?

효석은 곤란한 얼굴로 의자 등받이에 등을 기대었다.

-아니면 다른 사람이라도 생긴 게냐? 따로 마음에 둔 여자가 있어?

"그렇다면 좀 봐주시게요?"

-이 녀석이……. 인석아, 따로 여자가 있으면 그렇다고 얘길 해야 나도 그쪽에 사죄를 할 것 아니야. 정말 그런 거야?

제2법칙으로 둔갑해버린 제온희의 이름이 시선 끝에 닿았다.

'교수님은 감정과 이성의 충돌 같은 거, 별로 느껴본 적 없으시죠?'

길이 아니면 가지 않는다고 대답했었다. 교수라는 입장. 쉽게 거절하지 못하게 만드는 강자의 위치. 벌 받은 것인지도 모른다. 지나치게 자신만만했던 대가라고 해도 할 말이 없다.

"……아니에요. 아직 결혼하고 싶지 않은 것뿐이에요. 죄송합니다, 할머니. 중요한 회의가 있어서 가봐야 해요. 나중에 다시 연락드릴게요."

징계위원회에 참석하기 위해 연구실을 나선 효석은 타이밍 좋게 방을 나오고 있는 유대훈 교수를 보고 가볍게 고개를 숙였다. 유 교수는 환히 미소 지으며 다가왔다.

"아, 징계위원회에 가는 길이구만."

"예."

얼마 전 연구실까지 찾아와서 갑자기 무슨 파혼이냐며 화를 내던 사람이 오늘은 아무 일도 없었던 것처럼 웃고 있었다.

"자네, 위원이 되는 건 좋은 기회야. 부총장에 이사들까지 두루 친분을 만들 수 있는 손쉬운 기회거든."

유 교수는 즐거운 듯 연신 웃었다. 학교 내에서 권력을 가지는 것이 얼마나 좋은지를 이야기하면서 효석의 어깨를 여유롭게 두드렸다.

"내가 교수회에서 자네를 위원으로 강력히 추천했는데 다들 민 교수 선정에는 이의가 없더란 말이야. 하하하하. 아주 잘하고 있어. 앞으로도 그렇게만 하면 되네."

"……그럼 가보겠습니다."

권력이라는 걸로 회유하려는 건가.

효석의 얼굴에 씁쓸한 미소가 스치는지도 모르고 그는 당당한 걸음걸이로 멀어져 갔다.

안건이 교수 전체와 학교의 위신에 먹칠을 할 수 있는 성추문이기에 교수회관에는 대부분 학교 실세들이라고 알려진 교수들이 이미 와 있었다. 징계위원회는 부총장을 위원장으로 하여 이사 3명과 효석을 포함한 교수 4명으로 구성되었다.

하지만 비난 여론과는 달리 감사팀이 확보한 증거들은 대가성이 오갔다고 단정 짓기에 애매한 부분이 있는데다 이용학 교수도 혐의를 부인하는 꽤 그럴 듯한 자료들을 제출했다.

"교수라는 교육자의 입장에 있지만 기본적으로 저는 결혼하지 않은 남자입니다. 일부 오해를 받을 수 있는 일들이 있었다는 건 인정합니다만, 최다원 학생과는 그 어떤 대가성도 오간 적 없이 사귀는 사이입니다. 교수와 제자라는 타이틀만 있을 뿐 미혼 남녀의 교제 그 이상도 그 이하도 아닙니다."

"그렇다면 최다원 학생을 평가할 때에 조금의 사심도 없이 공정하게 처리를 했다는 겁니까? 이건 교육자의 양심을 두고 하는 질문입니다."

교수위원 최 교수가 심각하게 지켜보고 있는 효석을 향해 슬쩍 고개를 기울이고는 조용히 속삭였다.

"민 교수는 어떻게 생각합니까? 대학교수와 제자와의 로맨스."

"……개인적으로 뭐 어떠냐는 쪽이지만, 잠깐의 소란으로 그치기엔 따지는 것도 많고 말도 많은 곳이니까요."

"다 큰 성인들끼리 연애한다는데 뭐가 어떻다고 자르네 마네 이 난리인지. 그냥 확 튀어버리고 싶네요."

효석은 잠시 멈칫했다가 최 교수를 빤히 쳐다보았다.

"한국에선 좀 더 민감한 문제인 줄로 알았는데요. 형평성을 많이 따지는 곳이니까요."

"그렇다고 서로 좋다는 사람들 만나지도 말라고 할 순 없잖아요. 적당히만 해준다면야 누가 뭐라고 합니까."

"……."

"솔직히 자기 잘못한 건 생각도 안 하고 성적에 불만을 품는 애들이 한둘이어야 말이죠. 에효, 아무리 이렇게 아니라고 해도 이 교수, 쉽게 벗어나긴 힘들 거예요."

효석은 쓴 미소를 지으며 이용학 교수 해임 반대에 투표를 했다.

결과는 해임 찬성 5인, 반대 2인. 또 다른 스캔들의 주인공인 최다원은 학생징계위원회에 퇴교를 포함한 중징계 권고. 처음부터 끝이 예정된 사건이었다.

"들었어? 이용학 교수, 징계재심위에서도 퇴짜 먹고 학교에 소송건대."

은관의 말에 여진이 인상을 썼다.

"왜?"

"명확한 증거도 없이 문제 될 것 없는 사생활을 이유로 잘려서 억울하다 이거지 뭐야."

"뭐야. 자기 때문에 학교 명예가 훼손된 건 맞잖아. 이게 뭔 창피야. 9시 뉴스에까지 나고."

온희는 말없이 웃었다. 내심 일이 좋게 되길 바랐는데 결국 그들의 사랑은 파국으로 끝이 났다. 하지만 당연한 거다. 혹시라도 자신 때문에 그의 앞길을 망치는 일 같은 건 없게 돼서 차라리 다행이었다.

"근데 논란 좀 됐다고 막 자르고 그러는 건 좀 그렇지 않냐? 징계위에서도 딱히 부적절한 관계라고 밝히지는 못했다고 하던데."

"확실한 거야?"

"그랬으니까 이 교수가 명확한 증거도 없이 잘랐다고 억울하다고 했겠지."

"그런가⋯⋯."

자신의 정보를 믿지 못하고 기연가미연가한 반응에 열 받은 은관은 실험실에 들어온 효석에게 바로 돌진했다.

"교수님. 얼마 전에 징계위원회에 다녀오셨죠?"

뭔가에 썬 듯 결의 맺힌 눈동자가 부담스러워서 효석은 슬쩍 몸을 빼내며 고개를 끄덕였다.

"감사팀에서 제출한 증거가 부정확했다는데 정말이었어요?"

"그래. 징계위 내에서도 말이 많았네."

"그것 봐! 사람 말을 괜히 안 믿고 말이야. 쯧."

쳐다보지 않는 온희를 스치듯 보던 효석의 시선이 주성에게 닿았다. 이런 때에 지지 않고 떠들고 있어야 할 그가 어두운 표정으로 앉아 있다. 책을 펴놓고 우두커니 있는 모양새가 공부를 하고 있는 것 같지는 않았다.

"하주성, 무슨 일 있나?"

"아, 그게⋯⋯."

으뜸이 팔꿈치로 어깨를 툭 치자 그제야 멍하니 있던 주성이 벌떡 일어나 효석을 맞았다. 어색하게 웃고 있지만 얼굴 가득 그늘이 져 있었다. 그런 주성을 보다 못해 은관이 대신 속삭이듯 대답했다.

"그게, 소개팅녀한테 차인 모양이에요. 주성 형네 집이 형편이 별로 안 좋은데 여자 쪽에서 그걸 알고 마다했대요."

시큰둥하게 그러냐는 반응이 나올 줄 알기 때문에 대답한 것뿐이었다. 남녀 간의 일에 흥미를 보이거나 간섭을 하지 않는 걸 아니까 정말 예의상, 일 더하기 일은 이라는 답을 말하는 것처럼.

효석은 물끄러미 주성을 바라보다 입을 열었다.

"하주성, 저녁에 일 있나?"

"예? 아뇨……. 별일은 없습니다만."

이야, 이 지독한 인간. 사람이 실연을 했다는데 일 시켜 먹으려는 거구나. 은관은 지긋지긋해서 고개를 돌려버렸다.

"내가 한 잔 사겠네. 끝나고 교수실로 와."

"……네? 네?"

모두들 놀라 효석을 멍하니 쳐다보았다. 온희마저도 휘둥그레진 눈으로 그를 돌아보았다.

그 냉정하고 무심하던 민효석 교수가, 술이라면 딱 잘라 정색부터 하고 보던 사람이 실연당해서 우울하다는 제자에게 먼저 술을 사겠다고 나서다니…….

"교수님……. 혹시 무슨 일 있으세요?"

은관이 무례한 질문을 하는데도 효석은 흐릿하게 웃기만 했다. 온희는 그런 그의 뒷모습을 걱정 어린 눈으로 좇았다.

묻고 싶다. 그냥 이야기만이라도 들어주고 힘내라고, 너무 고민하지 말고 마음 편히 가지라고 말 한 마디 건네고 싶다. 설령 다른 여자 문제라고 해도 그의 옆에 설 수만 있다면 좋을 텐데.

리포트를 쓰는 동안 손이 자꾸만 덜컥덜컥 멈춰 섰다. 시간이 갈수록, 주성이 퇴근을 하고 그의 교수실로 향할 때부터 밤이 깊어질수록 어지러운 마음이 점점 사방으로 뻗어갔다.

이제 자정인데 아직도 마시고 있을까? 아니면 헤어져서 집에 돌아갔을까…….

"아……. 이건 또 왜 생각이 안 나. 이 멍충아."

아무리 머리를 쥐어뜯어도 미토콘드리아의 세포호흡 회로가 상세하게 생각이 안 난다. 효석을 떠올리며 새하얗게 비워졌다가 억지로 기억을 되돌렸다가를 반복하느라 손은 더디기만 했다. 온희는 결국 사물함에 넣어둔 생화학책을 찾으러 비척비척 실험실을 나섰다.

"워, 캄캄해."

휴대전화로 플래시를 켜고 깜깜한 복도를 걷느라 등 뒤가 오싹오싹했다. 차게 식은 콘크리트의 냉기가 마음속까지 파고드는 것만 같다. 자박자박 울리는 제 발소리가 더 무서워서 온희는 발끝에 힘을 주고 조용히 걸음을 옮겼다.

사물함이 모인 복도에 다다라 너무 놀라서 숨을 들이 삼켰다. 어스름한 플래시 빛 너머로 키 큰 누군가가 서 있었다. 비명조차 지르지 못하고 질겁을 한 그녀는 남자의 익숙한 실루엣을 보고 숨이 멎은 듯 굳어버렸다.

"교수님……."

자신의 사물함 앞에 서 있는 사람은 민효석, 그였다.

"그렇게 불편해하지 않아도 돼. 지금은 자네 편하라고 만든 자리니까."

"예."

학교 근처의 조개구이집에 마주앉아 효석이 주성의 잔에 소주를 따라 주었다. 주성은 쭈뼛쭈뼛 잔을 받고서 효석의 잔도 채워주었다.

하지만 지도교수라고 해도 3살 차이밖에 나지 않았고 민 교수도 평소처럼 딱딱하게 굴지 않자 주성은 조금씩 긴장하던 것을 내려놓기 시작했다.

별다른 대화 없이 소주 두 병을 비웠을 때, 주성은 속상한 속내를 이야기했다.

"제가 말입니다, 교수님. 못생기고 가진 것도 없고, 그래도 믿을 건 공부 하나뿐이라서 여태까지 그런대로 살아왔거든요. 혼자 열심히 벌어서 학교도 졸업했고…… 물론 연애 한 번 못해봤지만 비전 있는 놈이 되면 언젠가 여자친구도 생길 거라고 여겼어요."

"그래. 그런 것 같더군."

"그런데요. 비전은 아직도 먼일인 것 같아요. 박사과정이라고 하니까 교수 될 거라고 생각했는지 좋다고 해놓고는 어떻게 공부해왔는지, 앞으로 얼마나 공부해야 하는지, 결혼할 때 집에서 지원을 많이 못해준다는 이야기를 하니까 이제 와서 안 되겠대요. 좋아하는 마음이 안 생긴대요."

"……."

"교수님은…… 이해가 잘 안 가시죠? 이런 얘기."

입을 쩍쩍 벌린 조개가 불판 위에서 지글지글 거품을 내며 끓었다. 누구도 익다 못해 녹을 지경인 조개들에는 손을 대지 않았다. 술잔을 비우며 효석은 조용히 웃었다.

"자네가 보기에도 내가 감정 없는 기계 같겠지."

"기계라기보다는…… 사실 아직도 어떤 분인지 잘 모르겠어요. 가까이에 있는지도 꽤 되는데 교수님은 감정을 잘 보이시지 않으니까요."

"나는 감정이나 기분을 남에게 보여서 좋을 것이 없다고 생각해왔네. 불필요하고 소모적인 짓이라고 여겼어. 세상에는 그런 것들 때문에 서로 상처를 주고 얼굴 붉히는 일이 꽤나 많으니까 말이야."

"그래도 그런 표현들 때문에 세상이 이만큼 돌아가는 것 같아요. 좋다, 싫다, 미안하다, 고맙다, 그런 표현은 남에게 보이지 않으면 절대 알 수 없는 것들이잖아요."

"……."

효석은 잠시 말이 없었다.

"저, 가진 것 없어서 차인 게 정말 자존심 상하고 속상하긴 하지만요. 그렇다고 그렇게 비참한 기분만 드는 건 아니에요. 이 나이 먹도록 모태솔로라고 놀림만 받으면서 누구와 만나고 헤어지고, 그런 기분이 어떤 건지 정말 궁금했었는데 소원 성취했잖아요."

"자네, 방금까지 울 것 같은 얼굴 해놓고 말이야."

그가 픽 웃자 주성이 머쓱하게 귓가를 긁었다.

"그러게요. 조금 전까지는 진짜 속이 터져버릴 것처럼 답답하고 비참하고 그랬었는데 이상하게 교수님이랑 얘기하고 나니까 좀 괜찮아졌어요."

"다행이네."

"예."

서로 웃고 다시 잔을 나눴다. 주성은 효석이 잔을 비울 때까지 보고 있다가 조심스럽게 덧붙였다.

"약혼녀분이랑 잘 안 되신 건가요?"

"그렇게 됐네. 생애 처음으로 인연이 아니라는 게 뭔지 알게 됐어. 그건 어떤 법칙이나 경로도 해결이 안 되는 복잡한 것이더군."

"네에……."

"그렇다고 그 일로 상심하거나 한 건 아니야. 더 늦기 전에 바로잡을 수 있어서 잘된 일이니까."

"그런데 그렇게 후련한 것 같아 보이지 않는데요."

효석은 잠시 술잔을 만지작거리다 작게 한숨을 내쉬었다. 이런 때에도 그 아이를 보고 싶어 하는 스스로에게 회의가 일었다.

"나는…… 입 밖으로 꺼내면 안 되는 말을 어떻게 해야 할지 잘 모르겠어. 해서는 안 되는 걸 알면서도 뜻대로 잘 안 돼."

그에게서 느껴지는 허무함이 묘하도록 절박하게 느껴져서 주성은 순간 목 아래가 콱 막혀버린 것만 같았다. 망설이듯 털어놓는 속마음은 서투르기 짝이 없지만 어쩔 줄 몰라 하는 모습이 이상하게 어린애를 닮아 있었다. 늘 먼 사람이라고 생각했는데, 지금의 그는 자신과 다를 것 없는 평범한 남자일 뿐이었다.

아……. 그러니까 교수님도 짝사랑을 하고 있는 건가.

"제가 이런 말씀 드리면 되게 웃기긴 하겠지만요, 교수님. 혹시 유부녀 좋아하세요?"

"뭐?"

"아니면 피를 나눈 친척을 이성으로 좋아하거나 그러세요?"

"극단적이긴. 미치지 않고서야⋯⋯."

"짝사랑하는 상대가 남편이 있는 것도 아니고 근친도 아니고, 그럼 혹시, 그렇다면 남자를⋯⋯?"

"자네 취했나?"

"그럼 크게 문제 될 것도 없는데 해서는 안 된다는 건 누가 정한 건가요?"

한 대 얻어맞은 듯 굳은 민 교수의 표정에 주성이 담담히 웃었다.

"뭔가 걸리는 게 있으신 것 같은데 누구나 만날 때 그런 거 한둘씩은 있잖아요. 저 보세요. 돈이 걸리니까 차이는 거. 그래도 사귀자고 말하기 잘한 거 같아요. 안 한 것보다 훨씬 잘했다고 생각해요."

"⋯⋯."

"물론 평생, 그렇게 묻어서 죽을 때까지 후회 안 할 것 같으면 그대로 접는 게 낫겠지만요."

주성과 헤어지고 학교로 돌아왔다. 불빛이라고는 비상구의 녹색빛이 전부인 깜깜한 복도에서 효석은 온희의 사물함 앞에 섰다. 싸늘한 정적 속에서 그것을 노려보듯 응시했다.

깊은 밤과 함께 사물함들이 숨을 쉰다. 술김에 이상한 기분이 차오른다. 여전히 머릿속은 진정이 되지 않는데도 누구나 안고 있는 그런 것들 중 하나일 뿐이라는 주성의 말이 감당하기 힘들었던 제온희와의 관계를 제법 가볍게 만들었다.

어쩌면 끝내 돌아서지 못하고 자서전을 꺼냈을 때부터 이렇게 될 수밖에 없었는지도 모른다. 냉정하지 못하고 늘 그 아이의 웃음에 져버렸으니까.

"교수님……."

익숙한 목소리에 등줄기가 팽팽히 조여들었다. 굳은 얼굴로 바라보고 있는 온희를 본 순간 저절로 입가에 미소가 지어졌다.

"아직 있었나?"

미약한 플래시 빛이 꺼지자 서로의 숨소리만 어두운 복도를 메웠다. 벽에 기대서서 효석은 그녀의 사물함을 오래도록 응시하고 있었다.

"요즘 내가 미친 것 같아. 정신을 차리고 보면 자네 등만 쳐다보고 있어."

훗. 낮게 깔린 웃음소리에 그녀는 찬물을 뒤집어쓴 사람처럼 서 있었다. 두근두근 울리는 심장소리에 온희는 목 아래에서 걸리는 거친 호흡을 겨우 삼켜냈다.

그녀가 떨리는 손으로 다시 플래시를 켰을 때 효석은 당혹스러워하는 표정을 이미 알고 있다는 듯 여전히 사물함에만 시선을 박고 있었다.

"지금 무슨 말씀을……."

"자네가 내게서 냉정해진 시간 동안 나는 정말 많이 힘들었어. 바보 같을 정도로…… 아무것도 하지 못했어."

"……."

"이래서야 그동안 자네에게 잘난 듯 떠들었던 소리들이 전부 우습게 됐군."

그가 천천히 곁을 스쳐갔다. 희미하게 느껴지는 싸늘한 바람과 술의 향. 눈앞이 도는 것처럼 어지럽고 가슴이 뛰었다.

"그게 무슨 뜻이에요……?"

그가 멈춰 섰다. 온희는 돌아서서 그가 서 있는 곳을 떨리는 눈길로 쳐다보았다. 흐릿하게나마 비추던 플래시 빛이 다시 꺼지자 온희는 겨우 목소리를 짜내었다.

"교수님."

"하마터면 내가 자네 앞길에 먹구름을 드리울 뻔했다는 소리야. 이런 곳에서."

복도에 나지막이 울리는 발걸음 소리가 귓속에서 들려오는 것만 같았다. 온희는 비틀거리며 벽에 몸을 기댔다. 머리가 아찔해지면서 피가 몰리는 느낌이었다.

이건 꿈인가?

아침에 의안을 끼고 밤이 되면 빼내면서 보게 되는 흉한 광경. 들여다보며 몇 번이나 눈물이 났다. 효석을 좋아하면서도 현실은 언감생심이라고, 꿈같은 사람이라고 일깨워주곤 했다.

"어떡해……."

마음이 너무 아프다. 믿을 수 없을 만큼 기쁘고 벅차서 참아왔던 울음이 치밀었다.

온희는 멍하니 쭈그리고 앉아서 벌겋게 젖어든 눈으로 어둠에 가로막힌 자신의 사물함을 바라보고 있었다.

테이블 위에 세정제를 칙칙, 뿌리는 소리와 이따금 휴지를 뜯어내는 소리만 고요한 연구실 안을 채웠다. 등 뒤에 머물던 시선이 팔을 따라온다.

까치발을 들 때마다, 바닥 위로 몸을 숙일 때마다 그의 시선이 자신에게 머무른다는 걸 느낀다. 온희는 책꽂이 사이를 닦아내다가 조심스레 뒤를 돌아보았다.

그는 무언가를 열심히 쓰고 있었다. 곧은 자세와 단정한 눈매는 그녀를 향해 있지 않았다. 온희는 실망 어린 마음을 애써 감췄다.

아무것도 못했다면서. 많이 힘들었다고 해놓고…… 신경도 안 쓰네.

온희는 입술을 살짝 깨물며 세면대 위를 닦았다. 아침에 사용한 흔적이 남은 면도기에 심장이 쿵쿵 뛰었다.

벽에 붙은 거울 속에 연구에 몰두한 효석의 뒷모습이 보인다. 시간이 너무 늦어질 때, 간혹 낮에 잠시 눈을 붙일 때 사용하는 간이침대에 시선이 닿자 손끝이 바르르 떨렸다.

한두 번 본 것도 아닌데, 정말 바보 같아.

"그럼 가보겠습니다."

쓰레기봉투를 들고 나가는 뒷모습을 응시하던 효석은 문이 닫히자 손에 쥔 펜을 탁 소리 나게 내려놓았다.

가슴이 시리듯 허전해졌다. 후회가 일었다. 자신의 말에 휘둘리고 있는 온희를 보는 것도, 이 말도 안 되는 긴장감도, 덜컥 말부터 해놓고서 이렇게 뒤늦게 참고 있는 것도, 그리고 이렇게 아무 일도 없었던 것처럼 구는 것도.

"고세균은 일반적 환경에서는 살지 못하기 때문에 특징에 맞는 배지를 조성해줘야 하네. 하지만 그렇게 인위적으로 맞춰줘도 배양에 실패하는 경우가 많아. 기존에는 메타게놈 연구[7]를 통해 미생물을 분석했지만 최근 새로운 방법으로 미생물계 암흑물질을 밝혀내기 시작했네. 그 방법이 뭔지 아는 사람?"

"단일세포 시퀀싱이요."

온희가 대답하자 주성을 비롯한 대학원생들이 오오- 하는 장난스러운 환호를 했다. 순간 마주친 시선에 그녀가 움찔하는 사이 효석은 담담하게 고개를 끄덕이고는 금방 시선을 돌렸다.

"그래. DNA를 십억 배로 증폭해서 단 하나의 세포만으로 한 번에 수백 개의 유전체 시퀀스를 읽을 수 있네. 단일세포 시퀀싱을 이용하면 미생물 간의 관계와 다른 종種들과의 관계까지 밝혀낼 수 있지."

---

7) 메타게놈 연구(Metagenomics studies) : 일반적인 환경에 서식하는 미생물 집단을 통째로 분석하여 미생물을 밝히는 방법

자신에게만 특별대우를 해주길 바란 건 아니지만 그날 밤 일 같은 건 전혀 없던 것처럼 평온한 모습에 온희는 힘이 빠졌다.

그는 칠판 위에 실험 순서를 적고서 액체질소 탱크 입구 위에 손을 얹었다.

"이번에는 좀 더 자세한 배양 조건을 알기 위해 액체질소 내에서 리키를 파쇄해서 DNA를 단편화하고 증폭시켜 16S rRNA[8] 유전자를 정량 분석할 거네. 전여진."

"예."

"자네가 제온희를 가르치면서 정량 실험까지 해봐."

학부 때부터 졸업한 후 지금까지 온희의 사수는 은관이었다. 갑자기 은관을 건너뛰고 여진에게 온희를 가르치라고 하자 은관과 여진은 어리둥절해졌다. 여진은 여태까지 김은관을 가르쳐 놨는데 왜 내가 이 짬밥에 신입을 또 전담해야 하나 싶어 조금 떨떠름해졌다.

"그럼 저는요?"

"김은관은 배으뜸 자네가 맡아 바델120의 세포막 구성비 결정 실험을 하도록 해."

은관이 바델120의 연구에 참여하기엔 아직 이르지 않느냐는 주성의 의견에도 효석은 못 들은 척 덧붙였다.

"그리고 앞으로 내 연구실 청소도 그만두게. 방 청소 정도는 내가 할 수 있으니까."

---

8) 16S rRNA : 세균과 고세균의 특징적인 리보솜 RNA으로 진화적으로 잘 보존되어 있고 서열정보가 데이터화되어 있어 균의 동정에 이용된다.

"네? 갑자기 왜……."

"그런 불필요한 일에 학생들 시간을 뺏는 게 별로 유쾌하지 않아."

온희의 시선이 느껴진다. 물끄러미 바라보는 것 같은 눈빛에 가시를 삼킨 것만 같다. 그래서 더 가슴께에 차 있는 이 감정이라는 것이 추하게 느껴진다.

이렇게 자신을 유지할 수가 없어서 그토록 한사코 거부했었던 게 아닐까. 마음을 이야기하고 나면 좀 더 편해질 줄 알았는데.

연구실로 돌아와 대구 학회에 참석할 명단에 최종 사인을 하면서 그는 제온희 석 자를 오랫동안 응시했다. 많은 것을 담고 건너다보던 온희의 눈빛이 자꾸 눈앞을 맴돌아 효석은 피로한 두 눈을 지그시 눌렀다.

이번 대구 학회는 규모가 크지 않아 참석할 수 있는 대학원생 수가 최대 세 명으로 제한되었다. 공정하게 제비를 뽑아 은관과 온희가 가는 것으로 결론이 나자 자연스레 이동 수단도 효석의 차로 결정되었다.

1박 2일 학회는 오후에 끝이 났다. 효석이 이 길로 바로 올라가자고 앞장만 안 섰더라면 은관에게는 아주 쾌적한 주말이 될 수 있었을 것이다.

"아, 지금 학회라니까. 대구라고요, 대구. 뭐? 오라고? 안 된다니까요. 아 그 산골짜기까지 어느 세월에 가?"

아무리 소리 죽여 불가함을 외쳐도 아버지는 완강했다. 할아버지가 편찮으시다고 하는데, 그의 경험상 저건 다 자신을 오게끔 하려는 여러 레퍼토리 중 하나였다. 물론 조금은 안 좋으시겠지. 그것도 아주 조금!

"뭣? 아부지, 치사하게!"

룸미러 속에서 효석과 시선이 부딪히자 은관은 얼른 흥분한 목소리를 낮췄다. 지원을 끊어버리겠다는 협박에 정말 미치고 팔딱 요동을 칠 지경이었다.

"알았어, 알았다고요. 지금 간다니까요, 네."

차는 이제 막 안동을 지나고 있었다. 은관은 이마를 긁적거리다 다 죽어가는 목소리로 입을 열었다.

"교수님. 죄송한데 저는 제천에 가봐야 할 것 같아요. 할아버지가 편찮으시대서……. 저는 그냥 대구 터미널에서 따로 갈게요."

"가다가 내려주겠네. 어차피 올라가는 길이니까."

"네? 저야 그러면 감사하죠."

그럼 제천에서 서울까지는 단둘이…….

온희는 제천에서 서울까지 얼마나 걸리는지 알아보려 휴대전화를 켰다가 배터리가 나가자 당황하여 액정을 마구 눌렀다.

"이런 오지에 별장이 웬 말이냐. 진심 가기 싫어……."

까불이 은관에게 어울리지 않는 곳이긴 했다. 별장이 있는 곳은 자연 속에 폭 안겨 있는 조용한 마을이었다. 온희는 긴장해 있던 마음이 조금 풀리는 것 같아 창을 내리고 맑은 공기를 한껏 들이마셨다.

언제 내린 지 모를 비로 촉촉하게 젖은 산속에는 그들 말고는 오가는 차가 하나도 없었다. 갓길을 따라 산을 타고 올라가자 창밖으로 멋진 집들이 많이 보였다. 이따금씩 새가 우는 소리와 드문드문 언계곡 사이로 물이 흐르는 소리가 멀리서 졸졸졸, 호젓하게 들려오곤 했다.

"여기에서 내려주면 되나?"

"네에. 괜히 돌아가게 만들어서 죄송해요. 감사하고요."

터덜터덜 멀어지는 은관의 뒷모습이 웃겨서 풋풋 비웃어주다가 옆에서 쳐다보는 효석의 시선에 놀라 입을 합 다물었다. 귀밑이 흘러내리는 것처럼 긴장하여 그녀는 저도 모르게 고개를 떨구고 말았다.

왔던 길을 절반도 못 갔는데 비가 쏟아지고 포장 안 된 갓길에 차가 울퉁불퉁 흔들렸다. 용기 내어 훔쳐봐도 그는 옆에 그녀가 있다는 인식조차 없는 사람처럼 묵묵히 앞만 보며 운전을 하고 있었다. 마치 커다란 유리벽이 가로막고 있는 것 같은, 단상에 서 있는 그를 바라볼 때처럼 멀고 먼 그런 기분이었다.

끼이이익!

순간 차 앞으로 와락 달려오는 뭔가를 보고 그가 급히 브레이크를 밟았다. 안전벨트를 매고 있어도 앞으로 크게 튕길 정도여서, 온희는 놀란 가슴을 부여잡았다.

"치, 친 거예요?"

"아니. 친 것 같진 않아."

"방금 그건 뭐였어요?"

"……잠깐 기다리게."

온희는 효석이 덜컥 차를 세우고 밖으로 나가자 무릎 위에 손을 모으고 초조하게 기다렸다. 한참 만에 돌아온 그는 비를 제법 맞은 모습이었다.

"타이어에 문제가 생겼어. 우산 좀 받쳐주게."

"예, 예."

그는 트렁크에서 스페어타이어와 작은 공구상자를 들고 왔다.

"핸드폰에 플래시가 있으면 좀 켜주게."

"제 건 배터리가 없는데요……."

온희는 그가 건네주는 우산과 휴대전화를 얼른 받아들었다. 운전
석 앞바퀴 앞에 몸을 굽히고 앉은 그를 물끄러미 쳐다보던 그녀는 야
생동물이 후다닥 도망가는 소리에 깜짝 놀라 푹 한숨을 내쉬었다.

"좀 더 오른쪽을 비춰주게."

"이, 이렇게요?"

"그래."

뜬금없게도 차가운 빗속에서 타이어를 갈고 있는 그가 그렇게 멋
져 보일 수가 없었다. 온희는 늘 실험도구나 책을 끼고 살던 손이 렌
치를 들고 능숙하게 다루는 모습을 넋을 놓고 쳐다보았다.

기대하고 실망하고 눈치만 보는 이 관계가 왜 이렇게 포기가 안 되
는 걸까? 그의 말대로 인생에 먹구름이 또 찾아들 수도 있는데.

빗줄기가 조금씩 약해지고 있었다. 금세 어둠이 찾아온 산길과 둘
이서 의지하고 있는 우산 속이, 그와 그녀의 입술 사이로 흘러나오는
하얀 입김에 귓속이 울릴 정도로 심장이 쿵쾅거렸다.

"다 된 건가요?"

"음."

"으앗!"

그가 갑자기 몸을 일으키자 온희는 불에 덴 사람처럼 황급히 뒤로

물러섰다. 젖은 낙엽으로 덮인 돌길에 발밑이 움푹 꺾여 휘청거리자 거친 힘이 온희를 와락 잡아당겼다.

"교수님! 교수님 핸드폰이……."

"지금 그게 문제야!"

그의 휴대전화가 떨어져 언덕 저 아래로 사라졌다. 얼어붙은 두 사람 사이로 싸늘한 빗줄기가 흘러들었다. 온희는 그가 이끄는 대로 차 뒷좌석에 앉았다.

"발목 올려보게."

화가 난 듯 무뚝뚝한 음색이 서운했다. 그런데도 복사뼈를 누르는 손길은 너무도 조심스러워서, 그의 행동이나 말 하나하나에 기대했다가 우울해하는 게 너무나 바보 같아서 온희는 그냥 울고만 싶었다.

차가 출발하고 다시 덜컥 멈춰 섰다. 뒷바퀴에도 펑크가 났다는 걸 알기까지는 얼마 걸리지 않았다.

"하아……."

그는 창 너머로 시무룩하니 앉아 있는 온희를 물끄러미 바라보다 빗물에 젖은 머리칼을 쓸어 올렸다. 깜깜한 시야만큼이나 효석의 마음은 점점 더 어두워지고 있었다.

"업히게. 좀 걸어야겠지만 아까 지나친 곳에 펜션이 있는 걸 봤어. 사람을 불러야 해."

문이 열리고 그가 등을 보이고 앉았다.

"……."

"어서."

"……진짜 왜 이렇게 사람 헷갈리게 하세요?"

효석의 등이 굳었다. 그녀는 붉어진 눈시울을 삼키며 그의 등을 노려보듯 응시했다.

"혼자만 편하면 다죠? 제가 얼마나 힘들고 흔들리는지는 상관도 없죠? 사람 기대하게 만들어놓고…… 그러시는 거 아니에요."

끝내 목소리가 떨리고 말았다. 온희는 그를 내버려두고 차에서 내렸다. 복사뼈가 시큰시큰 아팠지만 절룩이며 젖은 길을 걸어갔다. 한기에 입술이 파르르 떨리고 발에 채는 돌들 때문에 다리가 더 아파왔다.

애초에 애꾸 주제에 민 교수 같은 남자를 좋아해서는 안 되는 거였다. 말이 좋아서 의안 끼면 괜찮다는 거지 자신조차 의안을 뺀 모습이 무서웠다. 징그럽고 끔찍한 그 짐을, 앞으로 더 유명해질 그에게, 민효석에게…….

우뚝 멈춰선 온희가 뒤를 돌았다. 그 자리 그대로 서 있던 효석이 그녀를 마주보았다.

"……죄송해요. 제가 잠깐 제정신이 아니었어요. 춥고 다리도 아프고 그래서 괜히 예민했었나 봐요."

어색하게 웃으며 애써 목소리를 끌어올렸다. 이 정도는 아무렇지도 않게 해낼 수 있다. 아무 일도 없던 것처럼 웃으며 넘겨야 하는 타이밍이라는 걸 그녀는 너무도 잘 알고 있었다.

"그러니까 아무것도 못 들은 걸로 해주세요. 정말 죄송해요."

다시 고집스레 걸어가는 온희의 뒷모습을 말없이 응시하던 효석의 눈빛이 점점 차가우리만치 또렷해졌다.

"거기 서, 제온희."

그가 성큼성큼 걸음을 옮겨 온희의 팔을 움켜잡았다.

"헷갈리게도 안 하고 억지로 웃게도 안 할 테니까 잘 들어."

하루를 어떻게 보내는지 모를 만큼 발버둥 쳐도 더는 스스로를 멈출 수가 없다. 문득문득 치솟던 감정, 수많은 갈등과 바닥으로 치닫던 기분을, 저렇게 떨고 있으면서도 억지로 웃는 온희를 보면서 더는 그것들을 억누를 수가 없었다.

"결코 편할 리 없는 관계가 되겠지만…… 자네 인생을 슬프게 할 것 같아서 수백 번 고민했지만, 그래도 나는 자네를 놓을 수가 없네. 신경이 쓰여서 견딜 수가 없어."

멍하니 그를 쳐다보는 온희의 오른쪽 눈이 조금씩 붉게 젖었다.

"지금부터 하는 모든 건 자네도 동의한 거라고 여길 거야. 이의가 있으면 지금 말하게. 단, 논리적이고 합당하지 않으면 받아들이지 않을 거야."

"지금 이게…… 논리적이고 합당하게 설명될 리가 없잖아요."

"그러니까 어떤 이유든 받아들이지 않……."

효석은 입을 다물었다. 그녀의 눈에서 눈물이 뚝뚝 떨어지고 있었다. 가만히 눈물을 닦아주는 손길이 너무 다정해서 이를 악물어도 흐느낌이 새어나왔다.

"이래 놓고 또 안 그런 척하면 진짜 용서 안 할 거예요. 폭탄 던져놓고 모른 척하는 거 보고 제가 얼마나…… 진짜 얼마나…… 으흐흑흑."

"그래."

그가 작게 흔들리는 몸을 천천히 껴안았다. 그제야 참았던 울음을 터뜨리는 그녀를 힘주어 안아주자 온희도 매달리듯 그의 허리를 꼭 안아왔다.

눈물을 흘리면서도 웃고 있는 모습에 그제야 그의 입가에도 희미한 미소가 떠올랐다. 왜 그랬는지, 왜 자꾸 눈물이 나는지 스스로도 알 수 없었다.

온희는 그토록 바라던 그의 어깨에 얼굴을 묻고 실컷 울고 말았다.

젊은 펜션 여주인은 여자를 등에 업고 한 시간이나 걸어온 남자를 보고 입을 떡 벌렸다. 흠뻑 젖은 정장 차림이며 묘한 분위기를 풍기는 수려한 얼굴은 이런 시골과 전혀 어울리지 않았다.

"비수기라 방은 있지만…… 어디 다쳤어요?"

"발목을 좀……."

"저런. 추운데 어서 들어와요."

펜션에 도착해서도 조그만 여자를 내려놓지 않은 남자는 안내 받은 방 안까지 여자를 데려주고 돌아와 보험회사에 전화를 걸었다. 수건을 빌려가는 뒷모습이 그의 분위기와 어울리지 않으면서도 어울려서, 여주인은 홀린 듯 파스도 공짜로 내주었다.

"먼저 씻게."

노란 실내등에 아른거리는 그녀의 머리카락이 방울방울 젖어 자그마한 얼굴에 달라붙어 있다. 시선을 마주치기 부끄러워진 온희는 수건을 받아들고 옷가지를 챙겨 도망치듯 욕실로 들어갔다.

그가 씻고 나올 때까지도 무슨 정신으로 있었는지도 잘 모르겠다. 연인들을 위해 꾸민 티가 역력한 내부가 너무도 어색해서 바닥에 앉아 있던 온희는 효석이 욕실에서 나오려는 기척에 재빨리 젖은 옷을 펼쳐 드라이기로 말리기 시작했다.

"교, 교수님 옷도 주세요."

2인용 침대와 커다란 창에 비치는 그의 모습에 얼굴이 뜨끈해졌다. 눈을 마주칠 수가 없다. 모든 걸 꿰뚫을 듯한 눈빛이 허둥거리는 마음을 모두 알아차릴 것만 같았다.

"이제 와서 없었던 일로 하고 싶은 거라면 나도 자넬 용서하지 않겠네."

효석이 그녀의 옆에 앉아 파스를 뜯었다. 거침없이 움직이지만 발목 위에 붙여주는 손길만큼은 아기를 다루듯 조심스러워서 온희의 입가가 부드럽게 휘었다. 시선이 마주치기라도 하면 급격히 표정이 어색해지기는 했지만 또다시 비식비식 웃음이 흘러나오고 있었다.

"저기, 걱정 안 되세요? 잊고 계신 거 같은데…… 저 애꾸예요, 교수님."

"……"

"아까는 덥석 좋다고 했지만 솔직히 자신은 없어요. 교수님은 학계가 주목하는 천재고 앞으로 엄청 더 유명해지실 텐데 제자에 애꾸인 저와 엮여서 교수님 발목을 잡으면 어쩌나, 겁도 나고 걱정도 돼요. 앞으로도 늘 두려울 거예요."

온희가 얼마나 애꾸라는 말을 싫어하는지 안다. 애꾸눈이라고, 궁예라고 놀림 받으며 살아온 상처를 제 손으로 내며 그녀는 담담히 웃었다.

"장애가 있는 걸 말하고 있는 거라면 나도 정상이 아니야. 여러모로."

"교수님."

"자네가 더 잘 알 테지. 내가 얼마나 비틀려 있는 인간인지. 실력, 평가, 그런 것들 외엔 관심도 없고 경계심도 많고, 그래서 늘 고립되어 있잖아."

"교수님이 그러시는 건 나쁜 게 아니에요. 말씀드렸잖아요."

"나한테도 자네 눈은 그래. 지금의 자네를 자네로 만든 일부에 지나지 않아."

순간 그녀는 할 말을 잃었다.

"자네 말대로 나는 한 번도 감정과 이성의 충돌 같은 건 느낀 적이 없었어. 그런데 자네를 만나고 나서는 한 번도 이성이 이겨본 적이 없네. 어떻게 해야 하는지, 무엇을 해야 하는지 정말 아무것도 모르겠더군."

나지막한 목소리에 온희의 눈이 또다시 붉게 젖어들었다. 이마에 부딪히는 숨결에 전율이 흘렀다. 몇 번이나 그가 망설이듯 다가오다 멈춰서는 걸 고스란히 느낄 수 있었다.

"그럼…… 녹음해도 돼요?"

"뭐?"

엉뚱한 물음에 그의 미간이 움찔 찌푸려졌다.

"이 말을 또 하라고?"

"그냥 좋아서……. 교수님이라면 토씨 하나 안 틀리고 할 수 있잖아요."

그가 웃었다. 그런 당연한 소리를 입 아프게 하느냐는 미소를 지으며 효석이 그녀를 향해 고개를 기울였다.

"전혀 생각 안 나."

"거짓말 마세요! 웃음이 엄청 수상해."

"수상해도 생각이 안 나."

접어지지 않는 마음이 힘겨웠고 뒷모습을 바라보는 것만으로도 좋았다. 그렇게 하루에 열두 번도 더 후회하면서도 좋아했다. 내 가짜 눈도 나의 일부에 지나지 않는다고 말해주는 이 남자를.

효석은 이마에 입을 맞추며 가만히 머리칼을 쓰다듬었다. 다시 빗줄기가 창문을 때리는 소리에, 어찌할 바를 모르면서도 얌전히 눈을 감는 온희의 모습에 가슴 안쪽이 자꾸만 조여들었다.

13.
그저,
두근두근

그와 특별한 사이가 되었다고 해서 크게 변한 건 없었다. 지도교수
로서의 그도 여전했고 실험실 일도 똑같았다. 다만 서로에게 좀 더
신경 쓰게 되었다는 것, 서로의 목소리만 들려도 평소보다 귀가 쫑긋
해지고 남몰래 웃는 일이 늘어났다는 것이 변화라면 변화였다.

"저기, 교수님. 혹시 내년 5월 20일 날 시간 되세요?"

우편물을 전해주러 온 온희가 몇 번이나 몸을 꼬며 뜸을 들이다 묻
자 효석이 피식 웃었다.

"그런 말을 왜 그렇게 어렵게 해?"

"아니, 그냥……. 그래서 되세요, 안 되세요?"

"아직 별다른 일정은 없는데. 왜?"

"아, 그러시구나. 아니에요. 좀 더 있다가 말씀드릴게요."

"뭔데?"

"비이밀."

사실 아직도 그와 이렇게 연인다운 대화를 하고 있는 게 실감이 나

지 않는다. 온희는 배시시 웃다가 교수실을 나섰다.

5월 20일은 매년 열리는 울트라콘서트에 그녀가 좋아하는 밴드 에로스가 내한 공연을 오기로 예정된 날이었다. 효석이 록 콘서트에 가서 손을 뻗고 뛸 것 같지는 않지만 그래도 꼭 함께 가고 싶었다.

"아주 쇼를 해요, 쇼를. 두 장? 뭐야, 이번에도 아빠하고 같이 가냐?"

티켓 오픈 시간을 조마조마하게 기다리며 대기 중인 온희 옆에서 은관이 깐족댔다. 아무리 같이 갈 남자가 없다고 그래, 아빠랑 르네상스 작품기획전을 같이 가질 않나 이번엔 그 험한 록 공연장에 함께 가겠다니 아주 천하의 불효녀가 따로 없었다.

"시끄러. 집중이 안 되잖아."

"얼씨구. 이런 집중력을 공부에 쏟아봐라. 꼭 공부 못하는 애들이 이런 일에 집중을……."

"왁, 열렸다, 열렸다!"

신나게 예매를 하는 그녀 곁에서 잔소리를 계속하는데 효석이 배양 결과를 살피러 들어왔다. 효석은 난리법석인 둘을 보다 툭 물었다.

"뭐하는 건가?"

"울트라콘서트 예매한다고 저 난리 중이에요. 에로스가 온다고 아주 입이 귀에 걸렸어요."

"에로스?"

그게 누구냐는 듯한 눈빛에 은관이 재빨리 덧붙였다.

"그게 영국 록 밴드인데요, 우리나라에서도 인기가 많아요."

내년 5월 20일에 시간이 있냐고 묻더니 록 콘서트에 같이 가자는 말이었을 줄이야. 허공에서 시선이 마주치자 온희가 장난스레 웃었다. 효석도 픽 따라 웃었다.

"점심들은 먹었나?"

"저는 먹었는데 제온희가 아직 안 먹었어요."

효석이 눈썹을 슬쩍 올리는 걸 눈치채지 못하고 은관이 수다스럽게 떠벌렸다.

"곧 티켓팅 시작이라고 대기 타야 해서 건너뛴다는 거예요. 단독 콘서트라고 해도 주최 쪽에서 절대 매진 안 시킨다고 아무리 말해도 눈이 이렇게 뒤집혀가지고……"

어이가 없어서 말이 안 나올 지경이었다. 그게 뭐라고 그렇게 먹는 걸 좋아하는 아이가 밥도 거르고 컴퓨터 앞에 붙어 있는 건지.

한술 더 떠서 온희는 에로스는 그럴 만한 가치가 있다며 역성을 들고 있었다.

"그냥 인터넷으로 동영상 찾아 들으면 되지."

"라이브로 들어야 제 맛이란 말이야. 너 같은 막귀가 음악을 알겠느냐마는."

"그게 그거지 뭐. 요즘 스피커 음질이 얼마나 좋은데 제 맛 타령이야?"

"진짜 대화가 안 된다, 너랑은. 됐으니까 저리 가. 방해돼."

티격태격하는 걸 가만히 보는데 어쩐지 조금 언짢아졌다. 김은관과 장난치는 건 많이 본 광경인데, 가수 누구쯤은 좋아할 수 있는 건데 어느 대목에서인가 기분이 묘해지고 말았다.

"교수님은 누구 좋아하세요? 가수라든가, 연주자라든가요."

평소에도 말이 없지만 안색이 별로라는 걸 눈치챈 온희가 달래듯 물었다.

"피아니스트 한이현의 리사이틀에 간 적이 있네."

"오, 한이현! 그럼 혹시 헨리 루이즈랑 한이현이랑 웨슬리 라일의 삼각관계도 아세요? 되게 유명한 얘긴데."

어떻게든 에로스에 대한 이야기를 들려주기 위해 노력하는 온희 옆에서 은관이 눈치 없이 끼어들었다.

"나는 아직도 이해가 좀 안 가는데. 그래서 한이현이 양다리를 걸친 거냐, 뭐냐?"

"아니야. 원래 루이즈랑 먼저 만났는데 웨슬리가 한이현한테 뻑 가서 쫓아다닌 거야."

"하긴. 내가 여자여도 루이즈랑 만나지 웨슬리 라일은 영……."

손사래를 치는 은관의 반응에 온희가 발끈했다.

"웨슬리가 어때서! 물론 루이즈가 키도 더 크고 더 잘생기고 완벽한 남편감이긴 하지만…… 그렇긴 하네. 전에 스캔들도 거의 없었고. 세상에 또 있을 것 같지 않은 사람이긴 하다."

효석은 헨리 루이즈에 대해 칭찬을 늘어놓는 여자친구를 지그시 보다가 고개를 돌렸다. 가히 기분이 좋지 않다. 질투를 하는 건 아니다. 그냥 좀 신경이 쓰이는 것뿐이었다.

"너 그렇게 에로스 빠순이 짓 하면 나중에 남친이 삐친다. 적당히 해."

"가수 좀 좋아한다고 삐치는 남자가 어디 있어?"

"얘가, 얘가. 하여튼 남자를 몰라도 너무 몰라요."

"으휴, 남자들이 너처럼 다 쪼잔하고 옹졸한 줄 알아? 뭐 눈엔 뭐만 보인다고 수준 낮기는."

칼날같이 날아온 말에 페트리 접시 뚜껑을 닫던 효석의 손이 멈칫했다.

지난번엔 다비드상이더니 이번엔 헨리 루이즈. 제온희가 약간 비현실적인 남자를 좋아하는 건가.

그가 아무 말 없이 실험실을 나가자 온희는 이마를 긁적였다.

갑자기 왜 그러지? 록 밴드 얘기가 재미없나? 역시 피아노 연주회 같은 델 가야 하나……?

도무지 신경이 쓰여서 가만히 있을 수가 없었다. 온희는 은관의 눈을 피해 조용히 효석의 교수실로 찾아갔다.

"혹시 화나셨어요?"

"……."

내 마음대로 정한 건 좀 너무하긴 했지.

"음, 그냥 클래식 연주회 갈까요?"

"아니야."

"그런데 왜 갑자기 저기압이 되신 건지……. 이야기가 재미없었어요?"

"뭐, 그 말 말인가. 쪼잔하고 옹졸하다고도 했지만 별로 신경 안 써."

"네?"

"수준이 낮아서 미안하게 됐군."

"네? 네에?"

방금 그 표정은 뭐였지? 그 묘한 침묵은? 응?

책에만 눈을 두고 입술만 움직여 불만을 말하는 그를 물끄러미 보다가 온희가 푹 웃음을 터뜨렸다. 소리까지 죽여 가며 웃는 그녀를 효석이 빤히 쳐다보았다.

"교수님, 지금 질투하시는 거예요?"

슬그머니 장난기가 생긴 그녀가 은근한 어투로 물었다. 그는 예의 그 도도한 얼굴로 그녀를 힐끗 쳐다보았다.

"왜 그렇게 생각하지?"

"그야 교수님이 지금 엄청 부자연스럽게 굴고 계시잖아요."

"부자연스러운 행동은 어떤 걸 말하는 건가? 조금 덜 웃은 걸 근거로 삼을 생각이면 심각한 오류를 저지르고 있는 거네. 나는 자네가 그 콘서트를 예매할 때 배양에 실패한 페트리 접시를 확인했고 그러니 아마 그것 때문에 기분이 좋지 않은 거라고 왜 생각하지 못하는지 모르겠군. 자신이 보고 싶은 대로 유리하게 해석하는 건 과학자에게 무척이나 좋지 않은 버릇이야."

계슴츠레한 눈빛에도 그는 고개를 돌리며 계속했다.

"남자와 장난치는 것도 못 봐줄 정도로 옹졸하진 않으니 걱정 말게."

치. 뭐야. 말이라도 질투한다고 해주면 어디가 덧나나?

왠지 토라지려는 기분을 안고 돌아서려는데 뭔가가 이상했다. 분명 같은 이야기를 하는 것 같은데 어딘가 어긋나고 있었다.

설마 은관이랑 장난치는 것도 싫었던 건가……?

"……그런데 굳이 접촉할 필요는 없지 않나?"

"네?"

"자그마치 여덟 번이더군."

"……."

겉으로 아무렇지도 않은 척하는 모습에 온희는 입을 벌리고 멍하니 그를 쳐다보았다.

"교수님. 전부터 생각한 건데, 뒤끝 되게 있으시네요."

단정한 눈썹이 치켜 올라간다. 눈을 뗄 수 없던 신비함이 오늘은 왜 이렇게 귀여워 보이는지 모르겠다.

"아니 뭐…… 그래서 좋다고요. 뒤끝 없었으면 처음부터 교수님이랑 이렇게 될 수도 없었을 거 아니에요. 교수님만의 표현이니까 전 좋아요."

엄청난 고백을 하고도 싱글벙글이었다. 효석은 작게 헛기침을 하며 시선을 돌렸다. 그녀는 아직도 자신의 말을 자각하지 못하고 뒷짐을 진 채 효석과 눈을 마주치려 애쓰고 있었다.

결국 그가 피식 웃게 만들고 나서야 허리를 폈다. 그러다 눈이 마주쳐서 또 웃고, 그녀가 웃는 걸 본 효석이 또 미소 짓고.

그렇게 웃던 온희는 슬며시 조금 전 했던 말을 떠올렸다. 슬슬 얼굴이 붉어지다가 그녀는 어쩔 줄 몰라 했다.

"어, 음…… 네, 그렇다구요. 음……."

"?"

"그럼 전 그만 가볼게요. 일 보세요."

"아니……."

"안녕히 계세요!"

그가 뭐라고 할 틈도 주지 않고 교수실에서 도망 나온 온희는 두 손으로 뜨끈해진 볼을 감쌌다.

난 몰라. 좋다는 말을 몇 번을 한 거야.

왠지 그가 등 뒤에서 웃은 것 같다. 그녀가 무척이나 좋아하는 미소를 머금고…….

"커흠. 어흐흠. 엇흠!"

부끄러우면서도 힘주어 감아 문 입술이 씩 휘었다. 그와 사귀는 것이 새삼 실감이 난다. 이대로 녹아 흐르는 것이 아닐까 싶을 정도로 좋아서 자꾸만 웃음이 나왔다.

겨울바람이 쌩쌩 부는 데도 뚝섬유원지는 바람을 쐬러 나온 사람들로 제법 북적북적 활기가 넘쳤다. 쓸려오는 물 내음을 맡으며 효석과 온희는 천천히 산책로를 걸었다.

"눈은 언제쯤 올까요?"

"글쎄."

"눈 오는 거 안 좋아하세요?"

"운전할 때 빼고는 괜찮아."

"다행이다. 저는 눈 엄청 좋아하거든요."

효석은 강바람에 흐트러지는 온희의 머리칼을 물끄러미 바라보았다. 그녀는 반사적으로 왼쪽 눈이 드러나지 않게 관자놀이 부근을 지그시 누르고 있었다.

한 번 마음에 걸리기 시작하자 양심의 가책은 끝도 없이 이어졌다.

어차피 말하지 않으면 끝까지 모를 테지만 그런 식으로 숨기고 싶지는 않았다.

"한 가지 고백할 게 있네."

"뭔데요?"

효석이 그답지 않게 말을 망설였다.

"왜요? 저한테 뭐 잘못한 거 있으세요?"

"그게, 응."

반농담으로 던진 말인데 그는 진지했다. 온희는 잠시 침묵을 지키다 밝은 어조로 덧붙였다.

"자. 5초 드릴게요. 자수하고 광명 찾으세요."

"······."

"좋아요. 따지지 않고 용서해 드릴게요."

"······뭐든?"

"뭐든요."

다짐을 받아놓고도 그는 쉽게 입을 열지 못했다. 곤란한 듯한 표정에 온희는 덩달아 긴장했다.

"작년에 부산 학회 후에 자네가 쉴 때 말이야. 방사선 경로 추적 결과가 필요해서 전화했던 것 기억해?"

"음······. 네."

별로 좋은 꼴을 못 보였던 그때가 떠올라 속으로 신음을 삼켰다. 할 수만 있다면 그에게서 가장 지워버리고 싶은 기억이었다.

"그때 자네 사물함에서 파일을 찾으면서······ 어쩌다가 그것도 찾게 됐어."

"그게 뭔데요?"

"자네 자서전."

"아아, 네. 네에?"

무심코 고개를 끄덕이던 온희가 펄쩍 뛰었다.

"자, 자서전이요? 그러니까 그, 인간과 교육, 윤필중 교수님 과제로 쓴 그거……."

"그래. 그거."

자서전에 썼던 내용이 하나둘씩 머릿속을 스쳐 지나갔다. 투병 내용, 놀림 받은 이야기들, 그리고 지금도 씁쓸한 첫사랑. 터질 것처럼 위태로웠던 상처들을 활자로 모조리 토했을 때의 그 기분이 뒷목을 서늘하게 훑었다.

"그래서 보셨다는 거예요?"

"……미안하네."

붉어진 얼굴로 시근덕거리는 그녀의 날카로운 시선을 피하며 효석이 먼 산을 쳐다보았다.

"그건 일기장이나 마찬가지라구요! 교수님…… 진짜 악취미네요."

그는 변명하지 않았다. 이제 와서 따져 물어도 다시 물릴 수 없는 일이기에 온희는 한숨만 푹 쉬었다.

아무리 내보이기 싫은 속내라 해도 학점을 위해 거짓으로 둘러대고 싶지는 않았다. 진짜 과거마저도 더럽히는 것 같아 차마 그럴 수가 없었다. 하지만 글로 옮기는 일은 직접 말하는 것만큼이나 많은 용기를 필요로 했다. 한 문장 한 문장을 쓰면서 얼마나 많이 울었던가.

그런데 다른 사람도 아닌 그가 그 적나라한 서러움들을 봤다니, 마치 치부를 보인 것만 같아 어떻게 해야 할지 갈피가 잡히지 않았다.

두 사람 사이에 어색한 정적이 흘렀다. 길이 좁아 이따금씩 손이 스치듯 부딪힌다. 신경이 곤두섰다. 묘한 감각이 온통 손으로 쓸려 숨도 편히 쉴 수가 없었다.

"함부로 봐선 안 된다고 생각했는데도 도무지 못 본 것처럼 갈 수가 없었어."

"……"

"그때 이미 선을 넘었는지도 모르겠어. 여태까지…… 그런 감정을 느껴본 적이 없었으니까."

비겁하다. 이렇게 나오면 나쁘다고 더 말할 수가 없잖아.

따스한 기운이 손을 감싸왔다. 크고 단단한 그의 손이 지그시 힘을 준다. 얼굴이 다시 달아오르고 저릿저릿한 기분이 피부를 타고 흘렀다.

"……인기 많으셨을 것 같은데, 왜 여자를 안 만나셨어요?"

"그런 감정이 생기지 않아서."

쑥스러운지 그는 좋아한다는 말을 직접적으로 하지 않았다. 그런데도 무게가 느껴진다. 덩달아 쑥스러워진 온희는 짓궂게 덧붙였다.

"그럼 제 얼굴은요? 그런 감정에 제 외모도 포함돼요?"

"무슨 소리야?"

"제가 어디로 보나 1:1.3 비율의 미인은 아니라서요."

킥킥 웃는 그녀를 어이없이 보다 효석도 지지 않고 대꾸했다.

"자네는 그런 점이 꽤 괜찮아. 환상 속에 살지 않는 것."

"……"

"아닌 걸 맞다고 할 순 없잖나."

"그럼 제가 왜 좋은데요!"

그가 씩 웃었다.

"굳이 말하자면…… 자네 적외선?"

"뭐라고요?"

온희가 발끈하며 노려보는데도 효석은 뭐가 잘못됐냐는 듯 말을 계속했다.

"한국에 오기 전에 옛 동료가 개발한 소형 적외선쌍안경을 선물 받았거든. 나는 여태까지 자네만큼 적외선 모양이 완벽하게 아름다운 사람을 본 적이 없네."

"……"

"물론 농담이야."

싱긋 올라가는 입꼬리를 보다 그녀도 픽 웃었다. 조금은 바보 같고 유치한 이 시간을 민효석과 보내고 있다는 게 놀랍도록 신기했다.

"그래서 용서해 주는 거지?"

"뭘요?"

"그거, 자서전."

"하루쯤은 생각할 시간을 좀 주세요."

"이야기가 다르잖아."

"그러게 왜 허락도 없이 제 인생을 훔쳐보고 그래요?"

"……"

"반성하시는 모습 보고 결정할래요."

큰소리치는 입장도 나쁘지 않은데?

사람은 무릇 신용이 있어야 하는 거라는 불만어린 말을 들으며 온희는 히죽 웃었다.

문교은 교수가 모친상을 당하자 각 실험실에서 지도교수를 중심으로 대학원생들 대부분이 전주로 문상을 갔다. 주성이 나눠주는 표를 받고 KTX에 올라타던 온희는 어깨를 툭 미는 힘에 고개를 돌렸다.

효석이 슬쩍 옆으로 턱짓을 했다. 옆에 앉으라는 뜻이다. 온희는 곤란한 표정을 지으며 괜히 이상해 보일 것 같다고 눈짓하자 그가 빤히 쳐다본다.

할 수 없이 효석의 옆에 앉아 맨 끝에 따라온 주성에게 좌석을 잘못 봤다는 둥, 귀찮은데 그냥 앉으라는 둥의 말로 꿋꿋이 자리를 지켜냈다.

"교수님, 자리 돌릴까요?"

"……역방향인데 멀미하지 않겠나?"

"아, 괜찮아요. 저희는 원래 멀미 안 하거든요."

은관이 해맑은 얼굴로 좌석을 돌렸다. 원래 온희가 앉아야 했을 자리에 주성이 앉으면서 넷은 마주보는 형상이 되고 말았다. 표정 없이 있어도 효석이 달가워하지 않은 것이 느껴져서 온희는 힘겹게 웃음을 참았다.

"어, 눈이다. 첫눈이다."

주성의 목소리에 모두 창밖으로 시선을 돌렸다. 약하던 눈발이 조금씩 커지고 있었다. 포근한 느낌이 좋아 하염없이 바라보는데 무드라곤 없는 은관의 목소리가 쩝쩝 입맛을 다셨다.

"눈 보니까 회 먹고 싶다. 일본 갔을 때 먹은 스시는 정말 환상이었는데."

"오오, 어디로 갔는데?"

"오사카 쪽. 홋카이도에 다시 한 번 가려다가 시간이 안 맞아서 그냥 안 갔어."

일본 라멘이 어떻고 오니기리가 어떻고 하는 말에 온희가 부러운 듯 한 마디 내뱉었다.

"좋겠다. 재밌었겠다."

"너 외국 한 번도 안 가봤어?"

"응. 돈 얼마나 들었어?"

"일본이나 중국은 가까우니까 항공비는 좀 적게 들어. 나는 한……."

간간이 나오는 홋카이도, 쇄빙선, 다다미방 같은 단어들을 들으며 효석은 온희를 물끄러미 바라보았다. 아쉬워하기도 하고 신기해하기도 하면서 그녀는 한 번도 접해보지 못한 다른 나라 이야기를 경청하고 있었다.

집으로 돌아가는 척하며 화장실에 숨어 있다 되돌아온 온희를 만나면서도 효석은 내내 그것이 신경 쓰였다. 하고 싶은 것을 해보기보다 늘 기약도 없는 나중만 기다릴 마음이 안쓰러웠다. 분명 투정 한 번 부려본 적이 없을 테니까.

벌써 자정이 다 된 시간이었다. 모 대학가 근처에서 조그마한 술집을 운영하고 계시다는 그녀의 아버지는 오후 4시쯤 가게 문을 열러 나갔다가 새벽 6시가 돼서야 귀가를 한다고 했다. 그러니까 지금 들어가도 온희는 혼자 있는 것이다.

낡은 연립주택 입구는 어둑어둑했고 건물들이 너무 다닥다닥 붙어 있어서 커튼을 치지 않으면 저 너머에서 생활 전부를 볼 수 있을 것만 같았다.

어두워지는 효석의 표정을 보지 못하고 온희가 배시시 웃었다.

"고마워요. 근데 굳이 매번 여기까지 데려다 주지 않으셔도 돼요. 교수님 시간 너무 뺏는 것 같아서 죄송하기도 하고……."

"그런데 언제까지 매번 그럴 건가?"

"뭘요?"

"매번 교수님 소리 하는 것 말이야. 자네와 내 나이가 얼마 차이 안 난다는 걸 알 텐데."

뜻밖의 말이었는지 온희가 눈을 깜빡깜빡 거리며 쳐다보기만 했다.

"하지만 지식의 차이는 엄청나니까요."

"내가 지금 자네에게 지식을 전달하고 있는 건 아니잖아."

"으음, 교수님이 저한테 자네라고 하는 한 힘들지 않을까 싶은데요."

한 방 먹었다는 얼굴로 그가 헛웃음을 내뱉자 온희도 키득키득 웃었다.

"교수님이 싫으시면…… 음, 선생님 어때요?"

"싫네."

"그렇다고 이름을 부를 수는 없잖아요."

"뭐, 나쁘지 않다고 생각해."

"이, 이름으로 부르는 걸요?"

"응."

딱 잘라 괜찮다고 말하자 더 말하기 부끄럽다. 4살 차이밖에 안 나는데 그는 너무나 성숙한 남자처럼 느껴진다. 효석 씨라니. 볼이 화끈 달아올랐다.

"효, 효……."

효석은 첫 글자에서 더듬고 있는 그녀를 귀엽다는 눈으로 지켜보았다. 그녀는 마른침을 몇 번이나 삼키다가 용감하게 목소리를 높였다.

"민효석 씨!"

"……."

눈이 마주쳤다. 웃음기 없는 시선에 온희는 황급히 시선을 돌렸다.

"그럼 안녕히 가세요!"

당황한 얼굴로 허리를 꾸벅 숙이고 뛰어가려는 그녀를 강한 힘이 붙들었다. 허리를 받치고 있던 손을 들어 온희의 턱을 부드럽게 감쌌다.

달다. 안타깝게 속살거리는 향기를 찾아 효석의 입술이 조금 격렬하게 온희를 삼켰다.

"일본, 같이 갈래?"

품 안에 안겨 있던 온희가 발갛게 달아오른 얼굴로 빼꼼히 시선을 들었다.

"홋카이도 놀러 가자고."

"어, 언제요?"

"3주 후 주말쯤에."

얼떨떨하게 보던 그녀가 환히 웃는다. 팔딱거리며 조그맣게 박동하는 맥의 움직임처럼 민효석 씨, 하는 그 한 마디가 귓전에 들러붙어 사라지질 않는다. 손아귀에 잡을 수 있을 것 같은 기분이 시선을 옭아매는 듯했다.

뻐근한 느낌이 심해졌다. 아무리 생각해도 그는 중병에 걸린 게 틀림없었다.

14.

겨울 섬
사랑

"그래서, 정말 이대로 끝을 내겠다는 건가?"

"죄송합니다, 유 교수님."

"아무리 요즘 시대가 변했다고 해도 여자한테 파혼이라는 건 흠이 될 수 있어. 거기다 민영이는 여전히 받아들이지 못하고 있네. 충격도 받은 거 같고…… 요즘 많이 우울해하고 있어."

그 부분에 대해서는 그도 미안할 따름이었다. 대답이 없자 유 교수는 최대한 언짢은 기색을 누르고 다시 한 번 효석을 설득하려 애썼다.

"차분히 다시 생각해보게. 내 조카라서 하는 말이 아니라, 알잖나. 우리 같은 사람들은 내조도 중요하다는 거. 그만한 아이가 없을 거야."

"이미 수없이 고민한 끝에 내린 결정입니다. 죄송합니다."

"이건 너무 일방적이지 않나! 우리가 납득할 수 있는 이유도 없다, 민영이에게 흠이 있는 것도 아니다, 그런데 이제 와서 단순히 자네 기분이 변했다고 한 여자한테 이렇게까지 상처를 줄 수 있나? 결혼은 집안끼리의 결합인데, 남의 집안에 이렇게 먹칠을 할 수 있느냐는 말이야!"

"……죄송합니다. 뭐라 드릴 말씀이 없습니다. 민영 씨와 부모님께는 다시 한 번 찾아뵙고 사죄하겠습니다."

거듭된 거절에 유 교수의 얼굴이 싸늘히 굳었다.

"자네 정말…… 끝까지 이렇게 실망시킬 건가?"

"……."

"정말 어이가 없고 기가 차서 말이 안 나오는군."

앙심을 품는다고 해도 할 말은 없었다. 당연히 화를 낼 일이고 비난받을 일이다. 연구에 지장만 주지 않으면 누구도 상관없다고 여겼던 어리석음, 하지만 그럼에도 돌아서지 않는 마음 때문에 지금 그는 다른 무엇을 생각할 겨를이 없었다.

효석은 유 교수의 방을 나와 바깥으로 난 철제 비상계단으로 향했다. 잠시 찬바람을 쐬고 가운 앞섶을 반듯이 폈다.

"자, 다시 가볼까."

코앞으로 다가온 온희와의 여행을 위해 할 일을 마저 끝내놓지 않으면 안 되었다. 조금 무리를 하더라도 그 시간만큼은 방해받고 싶지 않았다. 하루에도 몇 번이나 알고 있는 날짜를 확인할 만큼 많이 기다리고 있으니까.

펑펑 내린 눈 때문에 삿포로는 설경 그 자체였다. 설국 한복판에 있다는 것이 뼛속까지 실감 나는 풍경이었다. 붓끝에서 번져버린 다

홍색 물감 같은 석양도, 따스한 가로등 아래 호젓한 길을 열어보인 눈 덮인 공원은 더없이 평화로웠다.

하얗게 번지는 입김 사이로 온희는 삿포로 텔레비전 타워를 멍하니 구경했다. 크리스마스 분위기가 물씬 나는 스스키노거리. 화려한 불빛과 새하얀 눈 속에서 그가 옆에 있다.

"와, 선생님 일본어 잘하시네요."

"미국 연구소 포닥이 일본인이었거든."

"보통 포닥이 외국인이라고 지도교수가 포닥 모국어까지 잘하진 않거든요?"

"그런가."

"그 포닥, 여자였어요, 남자였어요?"

"남자."

"……이상하네. 여자일 줄 알았는데."

"여자였으면 왜? 무슨 사이였을까 싶어서?"

"아니 그냥……. 뭐 그럴 수도 있지 않을까 싶어서요."

삿포로에서 가장 유명하다는 양고기집에 마주 앉아 있지만 온희는 그를 똑바로 쳐다보지 못했다. 난생처음 외국 한복판에 있다는 것만큼이나 단둘이, 이 많은 외국인들 속에 있다는 것이 꿈만 같았다.

그는 지금 어떤 표정을 하고 있을까?

효석이 빤히 바라볼 때면 그대로 삼켜질 것만 같았다. 조용하고 진지한 눈길 속에서 때때로 낯선 빛깔을 느낀다. 그것이 무엇을 뜻하는지 알 것 같아 온희는 어쩔 줄 몰랐다.

방이 하나겠지? 그럼 오늘…… 역시 남녀가 단둘이 여행을 오면 당연한 거겠지?

지난번엔 얼떨결에 펜션에서 같은 방을 쓰긴 했지만 이마 뽀뽀만 했을 뿐 순수하게 손만 잡고 잤다. 눈을 떴을 때 그가 빤히 쳐다보고 있어서 얼마나 놀랐는지.

밤에 방 안에 둘이 있으면서 어떻게 굴어야 어색하지 않고 적당히 세련될지 도무지 모르겠다. 너무 긴장한 나머지 그녀는 계속 사케를 마셨다. 소주 넉 잔이라는 알량한 주량 따위는 까맣게 잊었다. 그가 너무도 좋아서 도무지 진정할 수가 없다.

호텔에 가야 할 시간이 다가올수록 고삐 풀린 망아지처럼 쭉쭉 들이켜는 온희를 보며 효석은 그저 웃기만 했다. 어느 순간부터 비장한 얼굴이 됐다가, 부끄러워하기도 했다가 갈팡질팡하는 표정이 귀여워서 굳이 말리지 않았다.

"온희야."

테이블 위에 고개를 박고 잠이 든 온희는 역시나 깨어나지 못했다. 효석은 이미 쭉 뻗어버린 그녀를 업고 호텔로 향했다. 로비에 있던 사람들이 쳐다보는 시선이 느껴졌지만 그는 신경 쓰지 않았다.

"바보."

온희가 잠결에 인상을 찌푸렸다. 색색 내뱉는 숨결에서 술 냄새가 향긋하게 새어나온다. 조용히 미소 짓던 그가 천천히 상체를 기울였다.

내가 그렇게 여유 없는 티를 냈었나.

살며시 볼에 입술을 대었다. 부드럽고 매끈한 감촉이 입술 위를 덮었다. 그 느낌은 금방이라도 사라져버릴 듯 여리고 안타까워서 조금씩 조급해졌다. 조금만 더, 이대로 미끄러져 갈 수 있다면…….

가느다란 목덜미에 다다르기 전 가까스로 입술을 떼어낸 그가 벌떡 몸을 일으켰다.

처음부터 여유 같은 건 없었다. 하지만 어찌할 바 모르고 갈등하게 하면서까지 마음대로 하고 싶지는 않다. 조금 거칠어진 호흡을 내뱉으며 효석은 온희를 내려다보았다.

취해 잠이 들면서도 기어이 왼쪽 눈을 가리고 누워 있다. 그 모습이 또 가슴 한구석을 건드린다. 이대로 재우고 싶지만 그럴 수가 없는 것이 안쓰러웠다.

"제온희."

"으음…….”

"일어나. 씻고 자게."

"알았어요…….”

"얼른."

단호한 목소리를 자장가 삼아 이리저리 구르던 그녀가 별안간 푸드득 몸을 곧게 세웠다. 협탁 위에 손목시계를 풀어놓는 효석의 뒷모습을 멍하니 보다가 저만치 떨어져 있는 침대로 시선이 굴러갔다.

아, 트윈룸이었구나.

그는 그럴 생각이 없었는데 혼자 북 치고 장구 치다 못해 무드 없이 양껏 술 마시고 뻗어버리다니. 게다가 단둘이 밤을 보내는 것에만 정신이 팔려서 의안을 빼고 자야 한다는 것도 까맣게 잊어버리고. 이 멍청이. 바보 멍청아.

안대를 낀 왼쪽 얼굴을 앞머리로 최대한 가리면서 살금살금 욕실을 나왔다. 먼저 씻고 효석은 벌써 잠이 든 것 같았다. 온희는 침대 모서리에 걸터앉아 멀기도 먼 그와의 간격을 원망스레 쳐다보았다.

다행이라고 생각하면서도 허탈했다. 정확히 뭐가 서운한지도 모르면서, 온희는 작게 한숨을 쉬었다.

눈으로 뒤덮인 새하얀 홋카이도. 경이로우리만치 깨끗한 설국의 정경.

홋카이도 횡단열차를 타고 삿포로를 출발한 효석과 온희는 오호츠크해를 끼고 있는 북동부 아바시리로 이동하는 중이었다. 새벽부터 내리기 시작한 눈은 그림 같은 풍경 위로 소복소복 쌓여들어 아침 햇살과 함께 눈부시게 빛나고 있었다.

"제가 왜 아바시리 가보고 싶다고 한지 아세요?"

"글쎄. 왜?"

"몇 년 전에 예능 프로그램에서 오호츠크해에 돌고래가 있는지 없는지 확인하러 아바시리에 가더라고요. 그때 TV로 본 풍경이 너무 좋아보였어요. 꼭 가보고 싶다 생각했거든요."

의안은 습기 많은 장마철을 좋아하지만 그녀는 펑펑 눈이 내리는 겨울이 좋았다. 안구암의 완치와 엄마의 죽음이 맞닿은 계절. 겨울의 한가운데에서 온희는 자신의 의미를 그렇게 자꾸만 되짚을 수가 있었다.

"음…… 거기서 게임을 하는 것도 있었는데요. 해보실래요?"

"뭔데?"

"손가락 물기 게임이요."

"뭐?"

효석이 어이없다는 눈으로 웃었다. 그런 바보 같은 짓을 게임이라 지칭하는 것을 도통 이해하지 못하겠다는 뜻이었다.

"얼른요. 진짜 해보고 싶었단 말이에요."

검지를 코앞에 들이밀고 보채기 시작하자 효석도 순순히 손가락을 내어주었다. 여전히 '왜 이런 바보짓을······' 하는 표정이었지만 서로의 손가락을 잇새에 꼈다.

"머은저 소흘 배는 사야미 지은 거에여(먼저 손을 빼는 사람이 지는 거예요)."

그가 고개를 끄덕이자 온희는 나머지 손을 들어 하나, 둘, 셋을 셌다. 꽉 힘을 주어 물었다.

"윽."

2초도 버티지 못하고 그가 손을 거두어들였다. 승리의 기쁨으로 활짝 웃으려던 온희는 불현듯 밀어닥친 낯설고도 묘한 감각에 흠칫 굳었다.

"뭐, 뭐, 뭐······."

손가락에 느껴지는 뜨거운 것은 효석의 혀끝이었다. 짓궂게 미소 지으면서도 한없이 깊은 시선으로 그가 입 안에 문 손가락을 핥았다. 새빨개진 얼굴로 멍하니 넋을 잃었다가 온희는 끙끙대며 효석을 노려보았다.

"진짜 왜 그러세요? 음탕해."

"이성에 대한 탐닉은 인간의 본능이야."

"사람도 많은데…… 이런 공공장소에서 하는 탐닉은 정상이 아니에요!"

"그럼 비정상하면 되지."

"우씨……."

담백하게 인정해버리자 더 열이 받는다.

스읍. 하. 스으읍.

온희는 점잖게 웃는 효석을 노려보며 조용히 심호흡했다. 손가락을 핥던 혀의 감촉이 떠올라 자꾸만 심장이 벌렁 벌렁거렸다.

유치한 실랑이를 하다 보니 어느새 종착역에 가까워져 있었다. 유빙의 도시 아바시리. 여행의 마지막 날에서 만난 오호츠크해는 시베리아에서 떠내려 온 거대한 얼음조각들로 뒤덮여 은백색으로 빛나고 있었다.

쇄빙선 오로라호는 유빙을 경쾌하게 부수면서 유유히 나아갔다. 유빙이 뱃전에 부딪히며 배 전체를 흔들 때면 온희는 아이같이 웃으며 좋아했다. 뱃전에서 떠날 줄을 모르는 그녀 때문에 몇 번이나 가슴 철렁한 효석은 스릴 넘친다고 좋아하는 철없는 연인을 티 안 나게 붙잡느라 애를 먹어야 했다.

한 번 돌아보는 법도 없이 아까도 실컷 본 바다만 쳐다보고 있는 그녀에게 조금 심술이 나서, 효석은 대놓고 빤히 온희를 쳐다보았다.

"……왜요?"

"애 같긴."

찌릿 째려보자 이번엔 그가 창 너머만 바라본다.

"선생님은 꼬마 때도 이랬죠? 이게 왜 논리적으로 말이 안 되는지

막 정색하면서 말하고, 그랬죠?"

"부정하진 않겠네."

"내가 그랬으면 울 아빠는 꺼이꺼이 울었을 거예요. 얘가 어디 아픈가보다고요."

해안선을 따라 달리는 유빙 노롯코호에서도 온희는 창에 코를 박고 오호츠크해에만 온통 시선을 두었다. 그들은 낡은 무인역과 새하얀 설원, 그리고 마른 갈대들이 이루는 장엄한 풍경에 완전히 압도되어 있었다.

이런 거대한 평화를 느껴본 적이 있었던가. 효석과 온희는 잠시 각자의 생각에 빠져들었다.

기타하마역에서 장시간 정차를 하면서 인근 전망대에 올랐다. 검푸른 오호츠크해와 저 멀리 펼쳐진 시레토코 제일의 명산 라우스다케를 보고 있자니 가슴 속이 시원해진다.

"선생……."

얼어붙은 나뭇가지 위에 얹혀 있던 눈들이 바람에 휩쓸려 은가루처럼 흩뿌려졌다.

그가 그 광경을 바라보던 그 순간을 온희는 언제까지고 잊을 수 없을 것 같았다. 자신을 보며 살짝 미소 짓던 순간도, 그 위로 흩날리는 새하얀 꽃잎 같은 눈송이들도.

새빨개진 온희의 귓가를 본 그가 웃음을 흘렸다.

"이거 보세요. 4년 전에 붙인 쪽지예요."

무인역사 안에는 여행객들이 붙여놓은 명함과 쪽지로 사방이 가득 메워져 있었다. 천장까지 붙어 있는 사진과 한국어로 남겨진 쪽지들을 한참 구경하다가 온희가 가방을 뒤적였다. 뚝 떨어져 앉아 종이를 가리는 모습에 효석의 몸이 슬쩍 기울었다.

"앗, 훔쳐보지 말고 선생님 거 쓰세요."

"보면 안 돼?"

"안 돼요."

"남들이 보는 건 괜찮고?"

"그 사람들은 제가 누군지 모르잖아요."

몇 번이나 그녀가 쓰는 내용을 보려고 했지만 온몸을 던진 철벽 방어 때문에 번번이 실패하고 말았다. 온희는 그가 다 써서 붙일 때까지 손 안에 꽁꽁 숨겨두었다가 열차가 출발할 때가 돼서야 남의 쪽지들 사이에 제 것을 붙여 놓았다.

"언젠가 찾아볼 거야."

"이상한 데 집착하지 말구요."

"뭐라고 썼는지 알려주면."

"……나중에 직접 와서 보세요."

"이럴 때는 영리하단 말이야."

이렇게 장난도 치고 잘 웃으면서도 그는 일정거리 이상 다가오지 않았다. 순간순간 느껴지는 거리감에 온희는 문득문득 가슴 한편이 서늘해졌다. 손가락 끝에 남아 있는 혀의 온도, 그 부드러움과 농밀함이 오늘 하루 동안 그와 닿은 전부였다.

일정을 모두 마치고 여관에 돌아왔을 때는 미치기 직전이었다. 다다미가 깔린 전통 일본식 여관방에서 목욕을 하고 유카타로 갈아입고 나오자 온희는 어색해서 괜히 벽만 쳐다봤다.

"어…… 음, 차 맛이 좋네요."

"옥로玉露라고 하네. 찻잎이 나올 무렵에 차나무에 그늘을 만들어 싹이 햇볕을 덜 받게 재배해서 만든 차야."

"그렇구나……. 그렇게 만들면 뭐가 다르나요?"

"빛을 덜 받아서 각종 대사가 원활하지 못해 찻잎에 아미노산이 증가하고 폴리페놀이 감소하게 돼. 감칠맛이 강한 고급 차라고 하더군."

"차를 좋아하시나 봐요."

"그 일본인 포닥과 많이 마시긴 했지."

"……."

간간이 이어지던 대화가 끊어지자 온희는 찻잔만 만지작거렸다. 커다란 창문 너머로 보이는 검푸른 바다가 스산하게 뒤챈다. 밤이라서 유빙은 모두 떠내려가고 남은 것은 그녀의 마음처럼 뒤숭숭한 물결뿐이었다.

그가 어쩔 줄 몰라 하는 온희를 훑기 시작했다. 제법 길어서 어깨를 넘기고 있는 까만 머리카락. 갸름한 얼굴. 고집스레 끼고 있는 의안과 그 위에 드리워진 긴 앞머리. 쌍꺼풀 없는 큰 눈매와 오른쪽 눈꼬리 아래 찍힌 작은 점은 20대 후반임에도 그녀를 밝고 깨끗한 소녀처럼 보이게 했다.

"저기, 저…… 집에 전화 좀 하고 올게요. 한 번도 안 해서 걱정하실 것 같아요."

"아버지한테 뭐라고 말씀드리고 왔어?"

"그냥…… 일본 학회요."

"불효녀."

"치."

코를 찡긋하며 막 문을 열려는데 몸이 기우뚱 흔들렸다. 온희는 비명을 지르며 주저앉아 벽을 짚으려 팔을 허우적거렸다.

"선생님! 꺄아악!"

바닥에 떨어진 휴대전화가 딱딱거리는 소리를 내며 튀어 오르고 찻잔에 남아 있던 물이 출렁거리기 시작했다. 탁자가 요란하게 덜커덕거리고 다기들이 서로 부딪혀 날카로운 파열음을 토해냈다.

순식간에 발아래가 흔들리자 공포에 질린 온희가 다급히 효석을 돌아보았다. 등 밑이 꾸깃꾸깃 구겨지면서 진동이 머리끝까지 치고 올라오는 것 같았다. 짧은 순간 스쳐 지나가는 온갖 상상에 몸이 말을 듣지 않았다.

"어, 엄마⋯⋯. 아악!"

효석은 두려움에 사로잡힌 그녀를 끌어당겨 날뛰는 진동을 차단하듯 여린 등을 받쳐 품에 안았다.

"괜찮아, 온희야. 진정해."

"지, 지진이⋯⋯! 선생님, 빨리 나가야 해요. 무너지면 어떻게 해요? 저 이대로 죽기 싫어요. 죽고 싶지 않아요."

울먹이는 목소리가 덜덜 떨렸다.

"내가 감싸고 있잖아. 넌 절대 안 죽을 거야."

"선생님이 죽는 건 더 싫어요! 나가요! 우리 제발 여기서 나가요!"

"조금 있으면 잦아들 거야. 걱정하지 마."

효석은 눈물로 흥건하게 젖은 얼굴에 조심스레 입을 맞추며 그녀가 기댈 수 있게 몸을 숙여주었다. 소름 끼치는 감각을 떨치지 못한 온희는 그의 유카타 옷깃을 필사적으로 움켜쥐었다.

"봐. 이제 괜찮아."

방문 밖에서 여관 여주인이 괜찮으냐고, 큰 지진은 아니었지만 다친 곳은 없느냐고 나붓이 물어왔다. 하염없이 눈물만 흘리는 모습이 가슴 아파서 효석은 젖은 눈가에 입술을 눌렀다.

"선생님은…… 흡, 어떻게 큰 지진이 아닌지 아셨어요? 흡."

"이보다 더 큰 지진이 난 곳에 여러 번 가봤거든. 일본인들은 다 알아. 이 정도 지진은 견딜 만하다는 걸."

효석은 발갛게 달아오른 눈과 코에 천천히 입을 맞춰 주었다. 그녀도 얌전히 젖은 눈을 감고 입술 위로 내려앉는 그의 감촉을 받아들였다. 미친 듯이 뛰던 가슴이 조금씩 진정되고 있었다.

데일 것처럼 선명하게 전해져오는 초조함과 욕망. 부드럽게 아랫입술을 훑던 혀가 이내 격정적으로 밀려온다. 맨다리 사이로 그의 단단한 다리가 느껴졌다. 그들이 하고 있는 건 어른의 사랑이다. 새삼 그것이 또렷이 실감 났다.

온희는 목덜미에 입술을 비비는 느낌에 전율하듯 긴장하며 그의 곤색 유카타 자락을 꼭 움켜잡았다.

"훗……."

이렇게 흐트러진 모습은 처음이었다. 늘 단정하고 빈틈없던 민효석이 반쯤 젖혀진 유카타 사이로 단단한 가슴팍과 복근을 고스란히 드러낸 채 골반에 얹힌 오비(유카타 허리 부분에 매는 띠)로 하체를 아슬아슬하게 가리고 있었다.

드러난 온희의 어깨를 뜨거운 혀가 훑는다. 끈이 옆으로 밀리고 그의 입술이 여린 살을 물었다. 내내 둘 사이를 숨 막히게 조이던 긴장감이 실은 서로를 원하는 마음 때문이었다는 걸 이제는 알 수 있었다.

브래지어 컵을 젖히고 맨가슴을 시선에 담은 효석이 천천히 그 끝을 훑았다.

"흐……."

울고 싶다. 좋은데, 그가 좋아 미칠 것 같은데 닿는 곳마다 녹아내릴 것 같은 감각은 감당할 수가 없다. 금방이라도 몸이 터져버릴 것 같아서, 온희는 효석의 팔을 꾸욱 감싸 안았다.

"아직 가르쳐야 할 게 너무 많아. 하루 이틀로 될 일이 아니니 큰일인데."

"이런 거…… 누구한테 가르쳐 본 적 있으세요?"

그가 흐리게 웃었다.

"있을 리가 없잖아."

"그럼 비슷비슷한 거잖아요."

"정말 그렇게 생각해?"

"……아니요."

정갈하게 깔린 이불 위에 그녀를 내려놓고 옅은 등만 남긴 채 불을 껐다. 희고 매끄러운 살굿빛 살결에 심장이 선득해졌다. 차마 마음대로 만질 수 없어 안타까운 마음이, 쿵쿵 울리는 심장소리가 서로에게 들릴 만큼 커다랬다.

실은 내내 이러고 싶었으니까. 수줍은 소녀 같은 온희를, 자신의 아래에서 엉망으로, 은은히 도드라진 피부 위에 흔적을 남기고 몰아붙여서 결국엔 매달려 울게 하고 싶었다. 아파서 울든 좋아서 울든 상관하지 않을 것만 같았다.

울컥 치밀어 오른 음탕하고 난폭한 욕망 앞에서 그는 용케도 고삐를 당겼다.

"왜요? 생각보다…… 별로라서 그래요?"

"그런 거 아니야. 부탁이니까 그냥 묻지 말게."

"그럼 왜요? 왜 안 하시는……."

그가 손바닥을 들어 온희의 입을 막았다. 그녀는 가만히 누워 흐트러진 매무새를 다시 여며주는 손길을 느끼곤 고개를 빼꼼히 내밀었다.

"읍, 그러니까 왜 그만두냐니까요?"

"나는 끝까지 사람이고 싶어."

"네? 그게 무슨 말이에요?"

천천히 하자고 생각했는데 마음대로 되지 않는다. 효석은 온희의 어깨에 고개를 묻고 눈을 감았다.

아무것도 모른 채 안아주는 보드라움에 달콤한 냄새가 배어, 몽롱하게 만드는 홋카이도의 마지막 밤이었다.

15.

그 마음의
온도

[수고 많으셨어요~ 음…… 한동안 못 만나서 그런지 쪼끔… 보고 싶네요… 헤헤♡ - 온희 02/25 오후 3:52]

효석의 입매가 부드럽게 휘었다. 부끄러워서 얼굴을 마주보고선 절대로 보고 싶다는 말은 하지 않지만 휴대전화를 중간에 끼워주면 가끔은 이렇게 솔직해진다.

광섬유를 자르던 가위를 내려놓고 그가 한 자 한 자를 힘주어 입력했다.

[저녁 같이 먹을래? 우리 집에_]

느긋한 시간을 방해하는 도어벨 소리에 문자는 채 끝을 맺지 못했다. 효석은 인터폰 화면에 뜬 할머니의 얼굴을 보고 벌떡 몸을 일으켰다.

"할머니. 연락도 없이 어쩐 일로……."

"연락을 하면 뭐해? 이 핑계 저 핑계 대면서 빠져나가기만 하는데."

강릉에서 바로 올라온 영임은 힘든 기색 하나 없이 양손에 가득 들고 온 짐을 식탁 위에 올려놓았다.

"미국에 가 있었다는 말 들었다. 그만큼 시간을 줬으니 이번엔 날 제대로 설득시켜야 할 게야. 아직 결혼하고 싶지 않다는 말 같은 걸로 넘어가지 말고."

"넘어간 게 아니라 정말 아직 결혼 생각이 없어요."

"내가 널 모르니? 네가 말 번복하는 아이가 아니란 것쯤은 누구보다 내가 잘 안다. 다른 일도 아니고 혼사를."

"……."

"말해봐. 갑자기 결혼 생각이 없어진 이유가 대체 뭐야?"

일찍 남편을 잃고 혼자 일하며 아들 손자를 미국에서 공부시킬 정도로 그녀는 강단 있는 사람이었다. 민영이 상심한 얼굴로 효석의 마음을 잡아달라고 부탁을 하기는 했지만 만약 손자가 다른 사람이 좋다고 하면 얼마든지 그 뜻을 존중해줄 작정이었다.

"정말 다른 누가 있는 게야? 그래서 그래?"

"예."

지난번 지나가는 말처럼 흘린 말도 한몫했겠지만 눈썰미가 보통이 아닌 할머니가 묘하게 달라진 자신을 못 알아채실 리가 없었다. 효석이 순순히 인정하자 영임은 맥이 풀린 듯 푸, 한숨을 쉬었다.

"어떤 아가씨인데? 몇 살이야?"

"저보다 4살 어려요. 밝고 속도 깊고 효녀예요."

"4살……. 뭐, 궁합은 안 봐도 되겠구나. 예쁘냐?"

"예뻐요."

"쯧쯧. 냉큼 예쁘다고 하긴. 안 물어봤으면 서운했겠다."

말은 그렇게 하면서도 영임의 얼굴에는 미소가 가득했다.

싫은 것은 죽어도 거부하는 저 성격에 예쁘다는 말을 한 것이 내심 놀라웠다. 남다른 아이였고 상처도 많아 늘 자신만의 세계에서 살던 손자가 저렇게 웃을 수도 있구나 싶어서 그녀의 마음이 한결 흐뭇해졌다.

"뭐하는 아가씨냐?"

"……제 학생이에요."

"뭐?"

"제 연구실에서 석사과정하고 있는 아이예요."

영임의 안색이 굳어졌다.

"애야."

"할머니. 저희도 어렵게 내린 결정이었어요. 고민도 많이 했고……. 그런데 안 되겠더라고요."

영임은 아무 말도 하지 않고 고개만 끄덕였다. 말로만 듣던 지도교수와 학생 관계가 집안일로 닥치자 머릿속이 하얘졌다. 몇 번이나 무슨 말이든 하려 입을 열었다가도 끝내 침묵을 지킨 채 돌아갔다.

그리고 효석은 그날 밤 내내 생각했다. 언젠가는 온희의 눈에 대해 알려야 한다는 걸. 하지만 그 아이가 상처받게 되는 것이 싫었다. 세상의 눈. 그 세상의 눈에서 크게 벗어나지 않을 할머니의 시선. 마음 편히 울지도 못하던 온희의 얼굴이 떠올라 기분이 착잡해졌다.

"자네, 왜 말을 안 했나?"

점심까지 같이 잘 먹어놓고 갑자기 나무라는 그의 말투에 온희는 죄지은 것도 없이 움찔했다.

"제, 제가 뭘요?"

"자네 생일. 2주일 후더군."

"아아……."

맥이 탁 풀려서 그녀가 실없이 웃었다.

"말 안 해주면 모르잖아."

같은 공간에서 웃으며 얼굴을 볼 수 있다는 것 자체로도 좋은데 자기 생일도 신경 쓰지 않는 사람에게 그런 소소한 일로 부담을 주고 싶지 않았다. 지나치게 욕심을 부리면 대가가 따르는 것이 세상 이치라는데.

"제 인사기록부에 다 나와 있는데요."

"그래서 알고 싶으면 앞으로도 인사기록부로 확인하라는 건가?"

"아니, 뭐……."

지난 번 효석의 생일은 실험실 식구들과 함께 챙겼다. 연구실에만 틀어박혀 있는 그를 조르고 졸라 케이크를 자르게 하고 조촐하게나마 뒤풀이 자리도 가졌다. 그게 당연한 모습임에도 그는 정색을 했었다. 하여간에 서툴기는.

"이제 아셨으면 됐네요, 뭐. 차마 제 입으로 말은 못하고 있었는데 알아주셔서 고마워요."

장난스럽게 되받는 온희를 보고 그가 희미하게 웃었다. 고마우면서도 어쩐지 마음이 편치만은 않았다.

"어제 할머니가 오셨어."

온희는 그 말이 뜻하는 바가 뭔지 대충 눈치챘다.

"자넬 얘길 했어."

"뭐라고 하셨는데요?"

"일단은 실험실 제자라고만. 아무래도 말씀드려야 할 것 같아."

입 안이 마른다. 실망하실 게 뻔했고 반대하셔도 할 말이 없다. 모든 면에서 흠 잡을 데 없어 보이던 전 약혼녀가 지금처럼 부러웠던 적이 없었다.

"조금 더 있다가 말씀드리면 안 돼요……?"

"……."

"그러니까, 어, 제가 아직 마음의 준비가 안 돼서요."

효석은 아무렇지도 않다는 듯 웃어 보이는 그녀에게 다른 말을 할 수 없었다. 마주 웃어주는 것 말고는 상처를 주지 않겠다는 약속을 해줄 수가 없었다.

"그래. 그렇게 하자."

"감사해요. 그동안 방패막이 잘 부탁드리고요."

"공짜로?"

"……세상에. 한국 사람 다 됐어. 소름 돋았어요."

"누구한테 배운 거라고 생각하는 거야?"

"저, 저란 말씀이세요?"

"……."

"음, 생각해보니 그러네요. 제가 잘못했네요."

장난치고 웃으면서도 마음이 편하지 않았다.

만나 뵈면 어떻게 이야기를 해야 할까. 지금은 건강하다는 걸 어떻게 설명할 수 있을까. 그에게 언젠가 힘이 되어줄 존재가 되겠다는 포부를 어떤 식으로 보여드려야 할지 온갖 생각들이 정신없이 겹쳐 왔다.

그러나 그런 가슴에 고인 고민들을 채 해결해보기도 전에, 만남은 너무도 빨리 찾아왔다.

그의 조모가 찾아온 건 점심 무렵이었다. 효석은 홍 교수와 함께 자리를 비우고 없었다. 혼자서 1층 야외 기둥 옆에 앉아 커피를 마시던 온희에게 영임이 다가왔다.

이미 다 알고 왔는지 노부인은 낮에 찾아와서 미안하다고 사과부터 했다.

"아, 아닙니다. 괜찮습니다."

"지금 이야기를 하자고 하는 건 실례인 것 같으니 이따 저녁에 만나지 않을래요? 천천히 보고 싶은데."

효석에게 말하지 말라고 한 것도 아닌데 온희는 차마 말을 할 수가 없었다. 일단 분위기로는 제자라는 것에 크게 반대하실 것 같지는 않았지만 자신의 흠은 그것뿐이 아니었다. 사실을 이야기했을 때 영임의 표정이 변할 것이 두려웠다.

저녁을 같이 먹자는 효석에게 선약이 있다는 말로 둘러대고 근처 찻집으로 향했다. 먼저 와서 기다리는 영임을 보고 온희는 긴장된 숨을 억눌렀다.

"안녕하세요. 제온희라고 합니다."

꾸벅 허리를 숙여 인사하자 영임이 부드럽게 미소 지었다.

"정말 들은 대로 예쁘네요. 앉아요."

"네. 말씀 편하게 하세요."

"좀 더 편해지면 그때 할게요."

여든이 훌쩍 넘은 그의 조모는 머리도 하얗게 세고 얼굴에 주름도 많지만 단정한 분위기하며 강단 있게 빛나는 눈빛이 여느 노인과는 달라 보였다.

영임은 긴장한 티가 역력한 온희를 찬찬히 살펴보다 입을 열었다.

"갑자기 찾아와서 놀랐죠? 효석이 이 녀석이 실험실 제자라고만 하고 다른 건 절대 말을 안 해주지 뭐예요. 아가씨도 보다시피 나는 이만큼 늙고 몸도 아파서 오늘 내일 하는데 도저히 궁금해서 앉아 있을 수가 있어야지."

손자 며느릿감으로 손색이 없던 민영이 내심 아깝기도 했지만 손자가 좋다고 하는 여자면 틀림없이 괜찮을 거라고 믿었다. 제자라는 점이 조금 걸리긴 해도 세상 아래 처음 있는 일도 아니고 유명한 교수들 누구누구도 제자와 결혼해서 행복하게 잘 산다고 하니, 뭐가 어떠랴 싶었다. 그래서 웬만하면 직접 만나서 어떤 아이인지 보고 싶었다.

따스한 봄빛을 받으며 이과대학 주변을 걷다가 효석과 하얀 가운을 입은 학생 무리를 봤을 때는 솔직히 어리둥절했다. 그중 여자는 한 명뿐이었는데 노안으로 봐도 효석은 그 아이에게 어떠한 특별한 눈빛도 보이지 않았다.

저 아이가 아니구나 생각하는데, 뒤늦게 건물에서 달려 나오는 온희를 보고 대번에 알아보았다. 미묘하게 달라지는 손자의 시선. 부드러워진 안색. 그런 둘의 모습이 왜 그렇게 귀여워 보였는지 모르겠다.

"부모님은 모두 살아 계시고?"

"어머니는 제가 어렸을 때 돌아가시고 아버지와 둘이서 살고 있습니다."

"이런. 마음고생이 많았겠네."

"그저 아버지께 감사할 따름입니다."

아버지가 홍 교수님과 대학교 동창이고 지금은 따로 가게를 운영하신다는 대답에 영임은 고개를 끄덕였다. 홍 교수와 둘도 없는 친구라니 사돈 될 사람 됨됨이도 괜찮겠구나 짐작할 수 있었다.

"나는 말이에요, 온희 양. 누가 우리 손자와 짝이 되든 효석이를 아끼고 존중해줄 수 있는 아가씨였으면 좋겠다고 생각했어요. 죽은 제 부모는 서로 자기주장이 너무 강했거든."

"예……."

"그게 결국 본인들 인생뿐만 아니라 효석이까지 불행하게 만들었어요. 아들 내외만 그런 게 아니에요. 그 아일 있는 그대로 존중해준 사람이 많지가 않았어요. 그래서 교제하는 사람만큼은 손자 녀석을 잘 감싸고 이해해줄 수 있는 사람이었으면 했어요."

늘 어딘가 경직된 것처럼 사는 효석이 안타까웠다. 학문적으로 대단하다며 떠받드는 사람들에게 염증을 느끼는 것도, 사람에게 일정 거리 이상을 허락하지 않는 것도 할머니에겐 모두 가슴 아픈 일이었다.

"온희 양은…… 그냥 그렇게 느껴져요. 나이 먹은 게 이럴 때 좋은 건지는 몰라도 우리 손자를 보통 사람처럼 살 수 있게 해줄 수 있을 것 같아."

"……."

온희는 진심으로 고마워하는 그의 조모를 똑바로 바라볼 수가 없었다. 침묵은 아무것도 바꿔주지 않는다. 입을 다물고 사실을 감춘 채 언젠가 들키지 않을까, 언젠가는 말해야 하지 않을까 마음 졸이며 괴로워하고 싶지 않았다. 아픈 마음까지 솔직히 털어놓으며 손자를 부탁하는 순수한 진심 앞에서 차마 거짓을 말할 수가 없었다.

"저기, 말씀드릴 것이 있습니다."

"뭔데요?"

"제가…… 문제가 좀 있습니다."

"문제라니, 무슨……?"

이대로 이야기하지 않고 일어선다면. 감사하다고, 더 노력하겠다고 대답하고 앞으로 더 조심한다면…….

영원히 알리고 싶지 않은 마음에 온희는 떨리는 두 손을 맞잡았다.

"제가 소아안구암…… 투병 내력이 있습니다. 왼쪽 눈은 의안이고요."

"……"

충격 받은 표정에 온희는 시선을 떨어뜨렸다. 머릿속이 아득해져서 연습했던 말들을 훌륭히 표현해낼 수가 없었다. 한동안 둘 사이에는 아무 말도 오가지 않았다.

"지금은 건강합니다. 어려서 아픈 이후로 여태까지 아픈 적도 없고요. 하지만 솔직히 말씀드려야 하는 일이라고 생각해서……."

"……그렇군요."

문제라고 해봤자 공부 때문에 당장 결혼은 어렵다든가 하는 정도로만 생각했던 영임은 무슨 말을 어떻게 해야 할지 몰라 망연히 찻잔을 바라보았다.

소아암 투병에, 장애라니. 그것만큼은 쉽게 받아들일 수가 없었다. 눈 이야기를 꺼내느라 힘들었을 마음을 짐작하면서도 영임은 몇 번이나 한숨을 쉬다가 천천히 속내를 털어놓았다.

"온희 양이 아직 미혼이라 잘 이해를 못 할 수도 있지만…… 부모 마음이라는 게 그래요. 우리 집 식구가 될 사람은 최대한 흠이 없었으면 하는 거. 건강 문제라면 특히 더 그래요."

"예……."

"그런 점에서 나도 여느 부모들과 다르지 않아요."

"……."

"정말…… 안타깝고 미안해요, 온희 양."

처음부터 각오한 일인데도 아프다. 미안하다는 그 말이 바보처럼 두렵고 아파서, 온희는 싸늘해진 빈자리를 우두커니 보고만 있었다.

"쉽게 될 인연 아니잖아. 알고 있었는데, 뭐. 괜찮아……."

조그맣게 문자가 오는 소리에 핸드폰을 확인했다. 온희의 입가에 천천히 미소가 떠올랐다.

[우리 예쁜 공주야. 어제 먹고 싶다고 했던 낚지볶음 해놨당. 냉장고에 안 넣어놨으니까 와서 맛있게 먹어! 문단속 꼭 하고! 쪽쪽~ -오후 7:02 아빠♡]

뜨끈해진 눈을 눌러 닦고 씩씩하게 자리에서 일어섰다.

세상에는 마음만으로는 곤란한 관계가 많다. 그러니까 이건 당연한 거다. 민효석은 제온희와는 다르니까. 너무도 아깝고 대단한 사람이니까.

저녁 식사를 함께 하자며 할머니가 부른 곳은 아담한 한정식집이었다. 효석이 열린 방 안으로 들어섰을 때 영임은 먼저 와서 기다리고 있었다.

미닫이 장지문이 닫히고 그가 앉는 동안 영임은 조용히 지켜보고 있었다.

"효석아. 할미 말을 곡해하지 말고 들어라."

말을 꺼내는 순간에도 마음이 편하지 않았다. 한눈에 온희가 맑고 좋은 아이라는 걸 알아보았다. 속도 깊고 정도 많아 메마르게만 살아온 손자를 따뜻하게 보듬어줄 수 있을 거라고 안도했었다.

그래서 아픈 곳 없이 신체 건강하기만 했다면 얼마나 좋을까 하는 미련이 여전히 가슴을 저민다. 그런 흠만 없었다면. 그 장애만 없었더라면.

"네가 만난다는 그 제자 아이와 결혼이라도 하고 싶은 게야?"

묵묵히 있던 효석이 진지한 표정으로 할머니를 응시했다.

"대답해봐. 거기까지 생각하고 있는 것이야?"

"그게 제 생각만으로 되는 건 아니니까요."

돌려 말하고 있지만 그 뜻은 분명했다. 온희만 좋다면, 이라는 전제를 깔고 있는 손자의 대답에 영임은 한숨을 삼켰다.

"애야. 죽기 전에 네가 결혼하고 안정적으로 가정을 꾸리는 모습을 보고 싶어서 서둘렀던 할미의 잘못이 크다. 하지만…… 다시 생각해줄 순 없니?"

"할머니."

"내가 이렇게 부탁하마. 대단한 여자를 데려오라는 게 아니야. 건강한 손자며느리를 보고 싶은 것이 지나친 욕심은 아니지 않니."

그의 얼굴이 굳어졌다. 어제도 오늘도 평소와 다름없이 까불 까불거리던 그 아이의 밝은 미소가 떠올라 가슴에 싸늘한 바람이 내려앉았다.

"어렸을 적에 아픈 건 누구나 겪는 일이에요. 그 아이는 그저 그 과정을 좀 혹독하게 치렀을 뿐이고요."

"눈 한쪽이 없는 게 어떻게 누구나 겪는 일이야? 아프고 마는 거랑 장애가 남은 게 어떻게 같을 수가 있겠니?"

"저는 한 번도 온희가 장애가 있다고 생각해본 적이 없습니다."

차갑게 얼어붙은 목소리가 간절한 영임의 부탁을 잘라냈다. 할 말을 잃고 쳐다보는 할머니를 그가 똑바로 마주보았다.

"한 눈으로 세상을 보면서도 원망하지 않는 아이입니다. 사람들은 그걸 장애라고 하지만 저는 온희의 눈으로 저를 보곤 해요."

"……."

"그 아이 아닌 다른 사람과는 만나지 못할 것 같습니다. 죄송해요, 할머니."

설마 이렇게까지 마음을 열었을 줄은 몰랐다. 영임은 얼굴이 굳어지는 것을 가까스로 참으며 차분히 대꾸했다.

"만난 지 얼마 안 되었으니 맹목적이 될 수 있어. 하지만 하루라도 더 빨리 인연을 끊어내는 게 나은 방법일 게야."

"할머니."

"실험실 사람들이 알게 되기 전에 정리해라. 아무리 세상이 변하고 둘 다 성인이어도 제자와 그런 사이라는 건 어쨌거나 좋아 보이지 않아."

밖에서 나직이 식사가 준비되었음을 알려왔다. 손님 오셨다는 덧붙임과 함께 장지문 사이로 연분홍빛 원피스를 곱게 차려입은 민영이 모습을 드러냈다.

할머니의 속내를 읽은 효석은 굳게 입술을 다물었다.

"민영 양이 너와 이야기를 하고 싶다고 해서 겸사겸사 불렀다. 나는 몸이 좋지 않아 이만 가보련다."

마음이 아파 더는 앉아 있을 수가 없다. 원망하지 않는 온희를 통해 스스로를 본다는 말이 슬펐다. 저가 좋다는 대로 두고 싶은 마음과 그래도 장애 때문에 안 된다는 마음이 그녀를 무겁게 짓눌렀다. 죄인처럼 고개를 숙이고 차마 들지 못하던 여린 모습이 눈앞에 스쳐 지나갔다.

얌전히 인사를 하는 민영에게 고개를 끄덕이고 서둘러 자리에서 일어섰다. 효석이 민영을 좋아해주기만 하면 더 바랄 것이 없었다. 제발 민영이 손자의 마음을 돌려주기를 바랄 뿐이었다.

"오랜만이네요, 효석 씨."

"미안하지만, 결혼 이야기는 그때 모두 끝이 났다고 생각했는데요."

한 번도 들어본 적 없는 냉랭한 음성이었다. 여태껏 그가 늘 무심하고 차갑다고 여긴 것은 아무것도 아니었다.

"그건 효석 씨가 일방적으로 통보한 거니까요."

"결혼은 두 사람이 하는 겁니다. 둘 중 하나가 틀어도 이뤄질 수 없는 거죠. 아닙니까?"

민영은 입술을 깨물었다. 파혼 통보를 받아도 그녀는 희망을 놓지 않았다. 혼자 있는 것이 익숙한 남자이니 충분히 그럴 수 있다고 생각했다. 무뚝뚝해도 할머니에게는 약한 걸 알고 영임의 마음에 들기 위해 노력도 많이 했다.

하지만 모든 것을 알아버린 순간 그를 좋아하는 마음은 충격과 함께 무너져 내렸다. 몇 번이나 장지문 너머로 들려오는 온희라는 이름.

누군지는 알고 있었다. 처음 자신에게서 음식을 받아든 효석의 제자였다.

민영도 효석이 그녀와 단둘이 걷거나 무언가를 이야기하는 것을 여러 번 보았다. 온희라는 아이가 뭐라고 대꾸하면 마지막엔 꼭 피식 웃고 말던 그의 모습도.

귓가에서 찰랑거리는 단발머리가 무척이나 상큼하고 귀여운 데다 통통 튀는 그녀의 성격이 부러운 적도 있었다. 그뿐일 거라 생각했던 그 아이와 그런 관계로 만나고 있을 줄은 정말 꿈에서도 상상하지 못했다.

"할머님 말씀대로 다시 생각해 주세요. 부탁드릴게요."

"이민영 씨."

"효석 씨는 지금보다 더 크게 될 분이에요. 그래야 하고 분명 그럴 거예요. 하지만 효석 씨가 한국에 있는 한 제자와의 사사로운 관계는 족쇄가 될 수 있어요."

그제야 효석이 시선을 맞추었다. 말없이 쳐다보는 어두운 눈빛에 민영은 흠칫 놀랐다. 동시에 초조한 기분이 가슴을 짓눌렀다. 되돌릴 수 없다는 것을 느꼈지만 그녀는 강하게 부정했다.

"당신이 유명한 만큼 그런 가십은 하나도 좋을 게 없어요. 효석 씨 연구 인생에 오점으로 남을 수도 있고 이야기가 나쁘게라도 돌면 더 걷잡을 수가 없을 거예요. 알고 계시잖아요."

"……."

"결혼했다고 해서 효석 씨 생활에 방해가 되는 건 하나도 없을 거예요. 달라지는 건 없어요. 혼자일 때보다 더 편하게, 하고 싶은 것들 마음껏 하게 해드릴 수 있어요. 그러니…… 다시 한 번만 더 생각해 주세요."

가슴이 세차게 두근거렸다. 다정한 것도 아니고 여자에게 좋은 남자도 아닌데 왜 이렇게 포기가 안 되는지 모르겠다. 자존심 같은 건 아무래도 좋았다. 지금은 그저 이 남자를 잡아둬야 한다는 것 말고는 아무것도 생각할 수가 없었다.

"이상하네요. 민영 씨가 말하는 내 생활이 어떤 것이었는지, 순간 기억이 안 나더군요. 내가 혼자일 때가 편했었던가 싶습니다."

그가 엷게 웃는다. 민영은 숨을 멈추고 효석을 멍하니 바라보았다.

"그 아인…… 애초부터 과학과는 어울리지 않는다고 생각했습니다. 차라리 국문학 같은 걸 하는 게 나았을 거라고 생각했어요. 하지만 이젠 그 아이가 과학을 해서 다행이라는 생각뿐입니다."

그래서 내게 와주었으니 정말 다행이었다, 는 말이 미소 끝에 맴돌았다.

햇빛 한 줌 들지 않는 바다 저 깊은 곳, 마그마로 인해 뜨거워진 물이 분출되는 열수구9)에도, 도저히 무언가가 살 수 없을 것 같은 곳에서도 생물은 산다. 청산가리보다 강한 독성물질이 뿜어져 나오는데도 심해 다른 어떤 곳보다 더 많은 생물이 산다. 그 경이로운 모습은 마치 온희와도 같았다.

숱한 상처와 고통을 받으면서도 누구보다 사랑이 많고 아름다운 아이. 감정에 휘둘리는 일은 불필요하다고만 생각해왔던 그조차 돌아보게 만드는 온희의 얼굴들. 철부지처럼 깔깔대다가도 깊이를 가늠할 수 없는 어둠에 휩싸였고 모든 이의 행복한 제자리를 흐트러뜨리지 않으려 스스로를 불태운다.

그녀는 아무렇지도 않게 웃는데 어느 순간부터 예리한 무언가가 그의 가슴을 찔러왔다. 영혼까지 찌르는 듯, 깊숙이 헤집듯 아파왔다.

그러면서도 함께 있으면 즐겁다. 살아갈 의미라고는 미생물밖에 없던 그에게, 고세균을 제외하고는 어떠한 아름다움을 느껴본 적도 없던 효석에게 제온희는 특별함 그 자체였다. 이제는 무엇으로도 되돌릴 수가 없었다.

"내가 살고 싶은 삶에 그 아이가 없다면 의미가 없습니다. 그뿐이에요."

담담한 고백 앞에서 민영의 볼이 경련했다. 효석은 자리에서 일어나 감정 없는 목소리로 덧붙였다.

---

9) 열수구 : 바다 밑 지각 틈새로 스며든 바닷물이 마그마에 의해 뜨거워져 지구 내부 물질과 함께 분출되는 곳. 온도는 약 200-400℃이다.

"그러니 이민영 씨도 더 이상 인연이 아닌 일에 매이지 않길 바랍니다. 당신과 만나는 건 이번이 마지막이었으면 좋겠군요."

그녀는 치맛자락을 움켜쥐고 또다시 무너지는 희망을 지켜봐야 했다.

그는 연구 생활에 오점이 될 수도 있다는 말에도 눈 한 번 깜빡하지 않았다. 같은 길을 걸어 다행이라는 그에게 더 무슨 말을 할 수 있을까.

그녀의 눈에 눈물이 고였다. 그의 약혼녀로 반년을 넘게 지내는 동안 외롭고 쓸쓸해도 늘 다음을 기약할 수가 있었다. 하지만 이제는 무엇으로도 그를 잡을 수가 없었다.

16.
미련한
사랑

오늘은 온희의 생일이었다. 만나고 나서 단둘이 함께 하는 날이
다.

그녀는 자신의 생일을 수도 없이 원망했다고 했다. 아직도 자책을
가슴 속 깊숙이 묻어두고 많은 날들 중의 평범한 하루처럼 지나가려
고 했지만 그는 기어이 그녀를 붙들었다.

효석은 선물상자를 다시 한 번 물끄러미 응시하다 시계를 확인
했다.

"선생님."

원피스를 입은 것이 어색한지 온희가 치맛자락을 자꾸 매만졌다.
엷게 화장까지 했다. 능숙하지 못한 화장술이 귀여워서 웃음이 나왔
다.

"웃지 마세요."

그녀가 볼을 붉히며 툴툴거렸다. 신경 써서 꾸미고 나오기는 했지
만 모든 게 따로 놀고 있다는 걸 자신도 잘 알고 있었다.

"자네, 진심으로 연구자의 길로 갔으면 좋겠어."

"제가요?"

"보통 실험실에 틀어박힌 연구자들과 똑같아. 아무리 신경 써도 남의 옷을 입은 것 같아 보이거든. 자질이 보여."

이 남자가 진짜······.

그녀가 슬며시 째려보자 효석이 흠흠, 헛기침을 했다. 조용한 고급 레스토랑 안에서 우리는 어떻게 비춰질까 하는 생각에 온희가 흐릿하게 웃었다.

"생일 선물."

생일 축하해, 라는 말을 하고 싶었지만 그냥 삼켰다. 실은 그도 긴장하고 있었다. 어느 시점에 어떤 말로 어떤 표정을 지으며 건네야 하는지 몇 번이나 망설였다.

"저 주시는 거예요? 이 큰 거를?"

그녀는 어쩔 줄 몰라 눈만 깜빡거렸다. 웃지도 않고 평소와 똑같은 얼굴을 한 그를 보던 온희의 볼이 슬며시 달아올랐다.

한 번도 좋아하는 남자에게 선물 같은 걸 받아본 적이 없어서 어떤 말을 해야 할지 잘 모르겠다. 리본 끈을 푸는 손은 자꾸만 미끄러졌다.

"이건······."

"리키의 고향이야. 노스 트룰리나."

형형색색의 광섬유를 접고 자르고 묶어서 만든 것은 리키가 사는 열수구 노스 트룰리나의 광경을 그대로 재현한 화려하고 예쁜 조명이었다. 사람의 움직임을 감지하면 색이 변하는 센서를 부착해서 마치 물속에서 일렁이는 듯한 착각이 들었다.

괴로운 마음도 티끌 한 점처럼 만들어버리던 그 장엄한 바다 속. 소름이 끼칠 정도로 하얗고 빨갛고 파랗던 광물질 첨탑과 그를 휘돌아 흐르던 물결의 향연. 노스 트룰리나 지역은 수압이 기압의 500배에 달해 400℃ 고온에도 불구하고 물이 끓지 않는다.

생명의 기원지로 여겨지는 해저열수구를 만드는 내내 효석은 온희의 가슴 속이 이렇지 않을까 생각해 보았다. 이것을 보고 웃어주길 바라면서 며칠 밤을 집중했는지 모른다.

"리키는 내가 직접 심해잠수정을 타고 내려가서 채취한 퇴적물 속에서 나왔어. 대개 초고온성 열수구 고세균들은 온도가 낮아지거나 산소가 공급되면 죽기 때문에 바델120 때에도 꽤나 까다로웠는데 리키는 꿋꿋이 버텨내더군."

"그런데도 배양은 안 되는 거 보면 참 알 수가 없네요."

직접 손으로 만들었다고는 생각할 수 없을 만큼 정교하고 아름다웠다. 멍하니 노스 트룰리나 조명을 바라보다 조심스레 열 기둥을 매만지는 온희를 향해 효석이 나직이 입을 열었다.

"할머니를 만났다고 들었어. 무슨 이야기를 했을지 알아. 앞으로 반대가 없을 거라고 말해주지 못해서 정말 미안하게 생각해."

그녀의 얼굴에 당혹감이 피어올랐다. 뒤늦게 미소를 지었지만 끝이 어색하게 일그러지고 말았다.

"확실히 말해줄 수 있는 건 내가…… 나는 다시는 자네 이외의 사람에게 이런 감정을 가지지 못할 거라는 거야."

"선생님……."

"이제야 겨우 여기까지 왔는데 없던 일로 할 수는 없어. 나는 지금 이게 내 길이라고 믿어 의심치 않으니까."

"……."

"그러니까 조금만 봐달라고, 같이 이겨나가자고 말하고 싶었네."

밤에 잠을 자다가도 그를 떠올리면 한없이 설레고 또 불안해지곤 했다. 이 관계가 결국 그에게 상처를 남길지도 모른다는 불안함 때문에, 절대로, 그에게 짐이 되는 건 죽어도 싫었다.

하지만 태어나서 이렇게 행복한 적이 없었다. 이렇게 벅찰 만큼 기쁜 것도 처음이었다. 목이 메는 걸 참으며 온희는 환하게 웃었다.

"그런데요, 선생님. 우리 아빠는 까먹고 계시죠? 처음부터 선생님, 울 아빠한테 엄청 찍혔는데."

"뭐?"

"어떡하냐. 선생님 할머님도 태산인데 울 아빠도 알게 되시면 선생님 반대 엄청 하실 걸요."

잠시 말이 없던 그가 후우, 한숨을 내쉬었다.

"……자네, 집에서 대체 나에 대해 뭐라고 말을 한 거야?"

"뭐라고 하긴요. 앉지도 못하게 들들 볶는 악덕 교수라고 했지. 막말로 선생님이 날 얼마나 괴롭혔게요. 뭐 좀 모른다고 막말했죠, 구박도 했죠, 사람들 다 있는 데서 모른다고 완전 망신도 주고."

"그건……. 큰일이잖아."

"하하하하하."

비가 추적추적 내리기 시작했다. 빗방울이 하늘하늘 떨어지고 어디선가 흙 내음이 실려 왔다. 깊은 한숨을 쉬며 영임이 어둠에 휩싸인 하늘을 물끄러미 응시했다.

전화해서 답을 하겠노라 불러내더니 이런 식으로 입을 막아버릴 줄은 몰랐다. 누군가에게 부탁이라는 걸 해본 적 없는 녀석이, 제 입으로 저렇게까지…….

"정말 어쩔 수 없나."

노인의 중얼거림이 빗속에 파묻혔다. 단호할 정도로 온희를 감싸고 도는 손자를 이겨 먹으며 떼어놓기엔 영임은 너무 늙고 지쳐 있었다.

"세상천지에 자식만큼 애먹이는 건 없다더니……."

개나리가 노랗게 피어난 화단을 서늘한 바람이 스치고 지나갔다. 그녀는 우두커니 비를 내다보며 힘없이 웃고 말았다.

강릉으로 내려가기 전에 영임은 다시 한 번 온희를 만났다. 긴장으로 얼어 있는 얼굴이 안쓰럽고 가여웠다.

"죄송합니다. 하지만 할머니. 조금만 기회를 주시면 안 되나요?"

떨리는 목소리로 매달리는 온희를 가만히 바라보았다. 단단히 마음먹고 왔는지 숨조차 떨고 있으면서도 물러서지 않았다.

"선생님에 비해서 많이 부족하다는 것 잘 압니다. 제자라는 것도 그렇고 장애도 있고……. 하지만 지금은 건강해요. 그때 이후로 감기 한 번 걸려본 적도 없어요."

"……."

"지금은 제자이긴 하지만 같은 길을 걷고 있으니 분명히 서로 도움이 될 수 있을 거라고 생각합니다. 같은 길을 걷는 것이 선생님을 좀 더 잘 이해할 수도 있고 또⋯⋯."

열심히, 정말 보고 있는 사람마저 가슴 아플 만큼 절박하게 설명을 하는 모습에 영임은 천천히 미소를 지었다. 아마 손자도 이런 모습에 마음이 움직이지 않았을까.

"효석이를 선생님이라고 부르나요?"

"아⋯⋯."

붉어지는 볼이 잘 익은 복숭아처럼 귀여웠다.

"네. 혹시라도 실험실에서 말실수할까 봐서요."

"세상에 비밀은 없는 법이에요. 언젠가는 실험실도, 학교도 알게 될 텐데. 아직까지 우리나라는 여자에게 더 가혹한 거 모르지 않잖아요."

"각오하고 있습니다."

영임은 여태까지 효석에게 간섭 같은 것을 해본 적이 없었다. 누구보다 바르고 총명하기에 손자가 하는 결정을 믿어왔다. 가끔은 너무나 냉정하고 합리적이어서 걱정이 될 때도 있었지만 지금처럼 맹목적인 모습도 그리 나쁘지는 않았다. 늘 그랬듯 그녀는 효석을 지켜볼 생각이었다.

"오늘 만나자고 한 건 부탁이 있어서예요. 나는 더 이상 말릴 힘이 없거든. 다 늙어서 언제까지 손자한테 이래라저래라 할 수는 없는 노릇이고 내 말을 고분고분 들을 녀석도 아니니까. 서운타 생각하지 말고 그냥 늙은 할머니의 걱정이었다고 생각해줬으면 좋겠어요."

"예⋯⋯."

"둘이 좋아서 만나는 건 나도 뭐라 하지 않을게요. 결혼하겠다고 오면…… 그래야겠지. 다만."

마주보는 온희의 눈동자가 흔들리고 있었다. 한참 어른이 되어서 이런 이기적이고 못된 부탁을 하는 것이 미안하고 부끄러웠다. 영임은 흐르는 땀을 손수건으로 찍어내었다.

"혹시라도 문제가 생긴다면, 물론 그런 일은 없길 바라지만 정말 만에 하나라도 다시 건강에 이상이 생긴다면, 그땐 정말 헤어져줘요. 이것만은 내 바람을 따라줬으면 좋겠어요. 이해해 달라는 말은 하지 않을게요. 그저 어리석은 부모의 마음이라고 그렇게 여겨줘요."

그런 다짐이라도 받아놓으면 좀 더 편해질 수 있을 것 같았다. 누군가가 손가락질을 해도 좋다.

"약속해 줄 수 있죠?"

"예. 그렇게 할게요."

하지만 온희는 허락을 받은 것만으로도 감격스러웠다. 그저 이 약속이 현실이 되지 않길 바랄 뿐이었다.

"정말 감사합니다, 할머니. 저, 잘할게요."

더듬어 되새길수록 민망하고 부끄러운 시간이었다. 하지만 세상 모든 부모의 마음은 똑같은 거라고, 노인은 변명처럼 두 손을 꼭 쥐었다.

구김 없는 온희의 환한 얼굴에 영임의 미소 어린 한숨은 깊어져갔다.

†

"정말 면목이 없게 됐어요."

미련을 버리지 못하는 민영을 끝끝내 붙들고 있던 건 자신이었다. 한때 약혼까지 했던 사이이니 괜찮을 거라고 생각했지만 그것은 헛된 욕심이었다.

"할머님."

"민영 양에게 파혼이라는 상처를 주게 돼서 정말 미안하게 생각해요."

민영은 충격 어린 얼굴로 영임을 쳐다보았다.

효석이 아무리 버틴들 결국 연로한 할머니 앞에서 결국 뜻을 꺾을 거라고 여겼다. 지난번 한식집에서 만나기로 했을 때까지도 장애 있는 여자를 받아들일 여지 같은 건 전혀 없어보였는데…….

"하지만 결혼은 두 사람이 하는 거잖아요. 효석이가 끝내 마음을 굽힐 것 같지가 않아요. 저렇게까지 단호한 모습은 나조차도 처음 봐요. 도저히 그 아이 고집을 꺾을 수가 없네요."

"할머니. 다시 한 번만……."

"인연이 아니었다고 생각해요, 우리. 그동안 손자여서 말은 못했지만, 그 녀석 그리 좋은 신랑감이 못 돼요. 아마 민영 양을 평생 외롭게만 할 거야."

창백하게 질린 민영의 눈에 눈물이 고였다. 직접 두 눈으로 효석과 온희가 연애하는 걸 확인하고도 기어이 참아냈던 눈물이 봇물 터지듯 솟아올랐다.

온희가 효석의 팔에 팔짱을 낄 때까지만 해도 냉정을 유지했었다. 까치발을 들어 그에게 입을 맞추는 온희를 보기 전까지는.

아무리 그래도 괜찮을 거라며 애써 자신을 위로했던 모든 것들이 결국 물거품이 되고 말았다. 그렁그렁한 눈을 보면서 영임은 뜻대로 되지 않는 인연에 한숨이 새어나왔다.

"정말 미안해요. 미안해요, 민영 양."

민영은 허탈한 얼굴로 시선을 떨구었다. 유리창에 비친 자신의 모습을 우두커니 앉아서 보면서 뒤죽박죽 섞여버린 모든 일을 처음부터 생각해보았다.

삼촌의 성화가 대단한 건 사실이었지만 선을 볼 때에도, 결혼에서도 더 적극적인 쪽은 효석의 조모였다. 그는 무심하고 냉담했지만 할머니의 뜻을 순순히 따랐다. 결혼 생각이 없으니 연구 생활에 지장만 없으면 누구라도 상관없었는지도 모른다.

하지만 그녀는 효석이 좋았다. 아니, 좋아졌다는 말이 맞겠다. 농담이라곤 절대 하지 않을 것 같은 무뚝뚝함도, 빈틈 같은 건 조금도 허용치 않을 단정함도 좋았다. 이 남자라면 평생 함께 해도 좋을 것 같은 믿음이 있었다.

그래서 먼저 연락하거나 음식을 가지고 찾아가는 것에도 스스럼이 없었다. 자신이 그렇게 혼자 들떠서 애쓰는 동안 그는 제자 아이와 함께 있었는데. 일 때문이 아닌, 연구 때문에도 아닌 남녀 사이로 함께 있었는데 자신은 그와 만날 구실을 찾으려 바보처럼 고민하며 몸부림을 치고 있었다.

"뭐가 이래……. 뭐가 이러냐구."

깊은 허탈감이 어깨를 짓눌렀다. 화가 나고 실망스러웠다. 자신의 남자를 고작 애꾸인 여자애에게 빼앗겼다는 사실이 민영을 비참하게 했다. 그녀에게 남은 것은 파혼했다는 초라한 딱지와 좋아하는 남자에게 선택받지 못한 상처뿐이었다.

'민 교수가 뜨뜻미지근하면 너라도 적극적으로 나갔어야지. 확 휘어 잡지 않고서 마냥 우물쭈물…… 쯧쯧.'

'그 쪽에서 파혼하겠다고 하는 걸 우리 쪽에서 매달리는 것도 좀 그렇고……인력으로 안 되는 일이니 그냥 마음을 정리해라, 민영아.'

다 된 밥상이 엎어졌다며 언짢아하는 삼촌 유대훈 교수의 못마땅한 표정이, 착잡한 표정을 숨기지 못하던 부모님의 위로가 하나둘씩 스쳐 지나갔다.

민영은 원피스 치맛자락을 조용히 구겨 잡았다. 아름답게 수놓은 노란 장미가 손아귀 안에서 이지러졌다. 그녀의 손등 위로 투둑 투둑, 눈물이 떨어졌다.

완연한 봄이 찾아온 4월의 첫 주 월요일에 한 통의 전화가 서울대학교 교무팀으로 걸려왔다. 전화번호는 학교 홈페이지에서 손쉽게 알아낼 수 있었다.

'그러니까 교수와 학생이 부적절한 관계라는 걸 직접 목격하셨다는 거죠?'

'네. 조교인 것 같았어요.'

'교수가 이 학교 교수라는 걸 어떻게 아셨나요?'

'유명한 분이잖아요. 미국에 있던 분이었는데 서울대학교로 자리를 옮기면서 뉴스에도 많이 나오고 그래서 알아볼 수 있었어요.'

'그 교수가 민효석 교수라는 말입니까?'

'처음엔 확신할 수 없었는데 홈페이지에서 찾아보니 맞더군요. 학생은 실험실 제자 같았어요. 선생님이라고 부르더라고요. 까만 단발머리에 키가 160쯤 되는 것 같았구요.'

'정확히 어떤 정황을 보신 거죠? 부적절한 관계라고 생각되는 부분 말이에요.'

'여학생이 민 교수에게 입을 맞추는 모습이었습니다. 교수 쪽은 가만히 있었는데 여학생 쪽이 홀리려고 하는 것 같기도 하고, 아무튼 그러면서 뭔가 실험과 관련된 걸 얘기하는 것 같더군요. 아무리 성인이라고 하지만 학생과 교수의 관계는 이유를 막론하고 부적절한 게 아니겠어요?'

'글쎄요……. 요즘은 교수 학생 간에 결혼한 케이스도 꽤 있으니까 당장은 부적절한 관계라고 단정 지을 수는 없습니다만…….'

'혹시 몰라서 수소문을 해보니 민효석 교수는 따로 약혼녀도 있어서 결혼을 앞두고 있다고 하더라고요. 작년에도 비슷한 일이 있어서 결국 학교 측에서는 부적절한 관계였다고 결론을 내렸다고 들었는데, 아닌가요?'

'아, 그때는 정황이나 증거상 대가가 오갔다고 판단해서 그런 거였는데 이번에는 그런 증거가 없으니까요.'

'대가가 있는지 없는지는 조사를 해보면 알겠죠. 그런데 왠지 민효석 교수가 유명한 사람이라고 자꾸 일을 축소시키려는 듯한 느낌을 지울 수가 없네요. 역시 팔은 안으로 굽는다는 건가요?'

'그런 것이 아니라 섣부른 판단을 하지 않으려는 겁니다. 한쪽 이야기만 들어서는 사실관계를 명확히 알 수 없으니까요.'

'여하튼 불쾌한 마음에 전화 드렸습니다. 두 사람 때문에 그 누구도 피해를 입어서는 안 되잖아요. 학교 측에서 엄중히 조사해주길 바랍니다. 아, 그리고.'

'……?'

'그 학생, 눈이 좀 불편한 것 같았어요. 눈동자 움직임이 좀 부자연스럽더군요. 마치…… 가짜 눈처럼요.'

교무팀에서 제보 전화 내용을 비밀로 부쳤지만 소문은 은밀히 돌기 시작했다. 이미 한 번 떠들썩하게 몸살을 앓고 나서 잊히기도 전이었다. 이름은 거론되지 않은 채 이과대 교수와 지도학생이라는 말이 무성하게 번졌다.

"설마, 설마 유부남 교수는 아니겠지?"

"모르지……. 진짜 왜 자꾸 이런 일이 우리 학교에서 일어나는 거야?"

실험실 내에서도 그 이야기뿐이었다. 먼 예술대학의 일이었을 때는 마냥 떠들면 그만이었지만 그들의 홈그라운드에서 추문이 시작되자 모두들 예민해지고 있었다.

"무슨 일 있어요?"

"있지. 대형 스캔들이 또 터졌다."

띄엄띄엄 이어지는 침묵과 한숨소리에 온희도 덩달아 긴장했다.

"하여튼 세상에 반이 남자고 여잔데 왜 자꾸 학교 내에서 만나고 그런지 몰라. 나가면 많은데, 왜 하필!"

"아이, 진짜. 그래서 무슨 일인데요?"

"말했잖아. 스캔들이라고. 교수랑 제자랑 또 스캔들 터졌다."

"근데 진짜 어딜까? 물리과? 수학과? 헐, 설마 우리 과인가?"

"조만간 알게 되겠지, 뭐. 에휴, 만약 우리 과 교수님이면 유 교수님이 가만히 있지 않을 텐데 큰일이다."

온희는 퍼렇게 굳었다. 뒤숭숭한 분위기 속에서 숙덕이는 학생들과 혹시라도 자신의 지도교수가 연루되었을까 봐 근심하는 대학원생들의 얼굴에 가슴이 덜컥 내려앉았다.

본능적으로 학교 측에 그녀와 효석의 관계가 알려졌다는 걸 직감했다. 온희의 얼굴에 초조한 기색이 어렸다.

조그마한 문소리에도, 문밖에서 두런거리는 소리에도 그녀는 깜짝 깜짝 놀랐다. 금방이라도 민 교수님과 네가 정말 그런 사이냐고 확인받으러 올 것만 같았다.

"이건 정말 말도 안 되는 이야기인데 말이야."

칸막이 뒤편에서 소곤거리는 소리가 들린다. 실험실에 누가 들어왔는지도 모른 채 여진은 열심히 휴대전화 자판을 찍고 있는 으뜸에게 몇 번이나 망설임 섞인 말을 토해냈다.

"있잖아. 설마 민 교수님은 아니겠지?"

"뭐? 뭔 소리야?"

"여제자랑 눈 맞았다는 교수 말이야. 민 교수님일 리는 없겠지?"

온희는 숨을 죽였다. 맹렬하게 치솟은 심장소리가 밖에까지 들릴까 봐 손끝까지 떨려왔다.

"걱정도 팔자다. 민 교수님이 어디 그럴 사람이냐? 실험실 제자라며. 여기에 여자라곤 너랑 온희뿐인데…… 야, 야, 절대 아냐."

"그렇다면 다행이긴 한데……."

영 찜찜한 얼굴로 여진이 말끝을 흐리자 으뜸이 한심하다는 얼굴로 피식 웃음을 흘렸다.

"내가 민 교수님 같았어도 우리 실험실 여자들은 절대 여자로 안 본다. 그래서 너 민 교수님이랑 그런 사이야?"

"미쳤어? 절대 아냐!"

"그렇다고 온희가 민 교수님이랑……? 쳇, 차라리 김은관이랑 너랑 눈 맞는 쪽이 더 빠를걸."

"죽을래? 어디다 김은관을 갖다 대?"

"그러니까요. 민 교수님 입장이 딱 이럴 거라는 거야, 이 멍충아. 하물며 그 민 교수가 어떤 민 교수인데? 걱정도 가지가지 하고 있다."

"실험실 제자라는 건 오보인 거 아닐까? 아무튼 민 교수님은 아니어야 할 텐데."

"하여튼 여자들은 알 수가 없어. 이러니저러니 해도 눈 가는 건 번드르르한 민 교수님이다 이거지?"

"뭐…… 누가 그렇댔나?"

의자가 굴러가는 소리에 퍼뜩 정신을 차린 온희는 재빨리 실험실 밖으로 나갔다. 도망치듯 화장실로 들어가 문을 닫고 푹 주저앉았다.

이미 그도 알고 있을 것이다. 어쩌면 소문보다 더 빨리, 교수들 사이에서 먼저 서로에 대해 조사를 들어갔는지도 모른다. 온희는 차게 식은 두 손을 비비다가 조심히 효석의 연구실을 찾아갔다.

"이미 각오한 일이야."

잠시 미간을 찌푸렸을 뿐 효석은 담담했다. 이런 일이 일어날 줄 미리 알고 있던 사람인 것처럼 너무나 차분해서 도리어 그녀만 더 조급해졌다.

"이런 식은 아니었잖아요. 지금 우리가…… 무슨 영화 속 주인공처럼 아름다운 로맨스로 인정받고 있는 게 아니라고요."

그가 모니터에 박고 있던 시선을 들어 그녀를 응시했다.

"처음부터 이 정도도 생각 안 하고 결정을 한 게 아니야. 오히려 조용히 넘어가는 게 이상한 일이야. 이 나라에선."

"하지만 너무 갑작스럽고……."

그의 조모에게 모든 걸 각오하고 있다고, 충분히 감당할 수 있다고 말했지만 막상 코앞의 일로 닥치자 더럭 겁이 났다.

예상했던 것보다도 거센 부정적인 분위기와 불편하게 왜곡된 소문들. 민효석은 그녀와 웃으며 데이트를 즐기는 존재만이 아니라는 차가운 현실.

그동안 무의식적으로 외면해왔던 그의 위치가 무섭도록 크게 느껴졌다. 이제 둘만의 문제를 넘어섰다는 것도, 그에게 향할 수군거림과 손가락질도 모두.

"이제 어떡하면 좋죠……?"

"무서워?"

나직한 목소리에 온희의 표정이 흔들렸다.

"후회하는 것 같은데."

"후회는 안 해요."

"그럼 다시 시간을 되돌려도 같은 선택을 할 건가?"

그런 바보 같은 가정을 절대 하지 않는 사람이다. 기습과도 같은 질문에 온희는 잠시 말문이 막히고 말았다.

"나는 확신이 없었다면 처음부터 여기까지 오지도 않았어. 말했잖아. 지금 이게 내 길이라고 믿어 의심치 않는다고."

"……."

"그러니까 너무 걱정하지 마. 나도 걱정하지 않으니까."

수면 아래에서 부글거리는 듯 며칠이 지나가는 동안 온희의 가슴은 새카맣게 타들어갔다. 이렇다 할 새로운 말들은 더 이상 나오지 않았지만 집에 있을 때에도 휴대전화를 예의 주시하며 긴장을 늦추지 않았다.

하필 그날은 주말이었다. 한 달에 한 번 있는 정기휴일이라 아침부터 딸에게 맛있는 것을 해준다며 분주하던 원영이 대뜸 욕실에서 나오는 딸을 불렀다.

"딸. 여기 좀 앉아봐라."

삼십 분 전과 분위기가 사뭇 달라서 온희는 조금 긴장했다. 아빠가 저런 표정을 지을 때는 정말 심각할 때다.

불길한 예감이 틀리기를 바라며 머뭇머뭇 원영의 맞은편에 앉았다.

"너, 사귀는 사람 있니?"

"네?"

"만나는 남자 있느냐고."

뭔가를 알고 묻는 것은 뉘앙스부터가 다르다. 아빠가 어디까지 알고 계신지는 몰라도 지금 거짓을 말하면 아빠를 몹시 실망시킬 것 같았다.

"……네."

"그 남자가 민효석 교수고?"

"네?"

화들짝 놀라는 온희 앞에 원영이 그녀의 휴대전화를 내려놓았다.

"멋대로 봐서 미안하긴 하다만, 아빠가 전에 찍어 달라고 부탁한 간판 사진이 급하게 필요했거든. 생각해보니 네 휴대전화에 있었던 것 같아서 잠시 봤다."

그때 효석에게서 문자가 온 것이다. 아침 인사를 보낸 그녀에게 잘 잤다고, 너는 어떠냐고 되묻는 다정한 답장은 보통 지도교수가 제자에게 보낼 수 있는 것이 아니었다.

온희는 목 아래에서 조용히 한숨을 삼켰다.

"언제부터 만난 거야?"

"……오래는 안 됐어요. 반년쯤……."

"요즘 학교 내에 그런 얘기가 돈다는데, 혹시 너랑 민 교수 얘기냐?"

당황하는 딸의 얼굴을 보며 원영의 표정이 어두워졌다.

"아빠는…… 걱정스럽다. 지도교수라는 것만으로도 입방아에 오를 일인데 민 교수는 평범한 사람이 아니지 않니. 약혼녀도 있던 사람이고. 지난겨울에도 학교에 이런 일이 있었다니 잘 알 것 아니니."

"……."

"결코 좋은 소리를 못 들을 거다. 너와 민 교수가 얼마나 순수하게 만나 왔든 그런 건 중요하지 않을 거야. 거기다 유대훈 교수까지……."

유대훈 교수는 홍 교수와 원영의 대학 선배였다. 성격이 급하고 괄괄한 탓에 앞에서는 아무도 뭐라고 하지 못했지만 선배고 후배고 좋아하는 사람이 아무도 없을 만큼 제멋대로에 교활한 면이 있는 사람이었다.

조카딸 문제로 심기가 편할 리 없는 그가 민 교수에게 앙심을 품지 않았을 리가 없다. 과연 온희가 교수들의 그 서슬 퍼런 틈바구니에서 무사할지도 알 수 없었다.

게다가 그는 여태까지 딸에게서 민 교수에 대한 칭찬은 한 번도 들어보지 못했다. 처음 효석을 다치게 했을 때부터 지금까지 효석은 딸을 부려먹고 구박하고 주눅 들게만 한 재수 밥맛인 존재였다. 그런데 어느 틈에, 대체 어느 대목에서 일이 그렇게 됐는지 정말 알 수가 없는 노릇이었다.

"알아요. 어쩌면 소문이 좋게 끝나지 않을 수 있다는 것도요."

"그런데 그런 사람을 왜 만나. 그래, 남다른 두뇌를 가지고 있으니 동경하는 마음이 생길 수밖에 없겠지. 선망의 대상이 될 수 있어. 민 교수의 지능과 멀끔한 겉모습에 잠시 헷갈린 거라면 냉정히 다시 생각해보렴."

말을 하면서도 입 안이 썼다.

뛰어난 머리에 호감이 가는 외모, 멀쑥하니 보기 좋은 허우대. 남녀노소를 불문하고 관심이 가지 않는 게 도리어 이상한 조건들이다. 가끔 홍 교수가 역성을 들 때면 진정한 과학자라고, 그만큼 제대로 된 사람이 없다고 하는데 그것이 사실이면 딸애는 더없이 좋은 남자를 만난 것이다. 그놈의 지도교수만 아니라면. 정말이지 면접번에 스캔들만 나지만 않았어도.

"……민 교수는 뭐라고 하니?"

"걱정하지 말래요. 이미 각오한 일이고 한 번은 겪어야 하는 일이라고. 알면서도 시작한 거라고요."

뭐, 그건 좀 마음에 드네.

못마땅한 가운데에서도 요즘 꽃이 핀 것마냥 더 예뻐지던 온희의 모습이 생각나 기분이 착잡해졌다.

"저도 어떻게 해야 할지 잘 모르겠어요. 솔직히 겁도 나고 저 때문에 민 교수님 발목 잡을까 봐 걱정도 되고요."

"발목을 잡다니! 네가 뭐가……."

"아빠 눈에야 있을 수 없는 일이겠지만, 사실이잖아요."

"……."

"저는요, 아빠. 만에 하나라도, 물론 그런 일은 절대 없겠지만 제가 민 교수님한테 짐이 된다고 생각되면, 누가 봐도 제가 옆에 있으면 안 되는 상황이 오면 저는 교수님이랑 헤어질 거예요."

이상한 일이다. 분명 조금 전까지만 해도 불안하고 무서웠는데 어쩐지 마음이 차분하게 가라앉았다. 실체 없이 떠다니던 막연한 결심들이 일제히 정렬하며 가슴 깊이 박혀드는 것 같았다.

"그런 일이 닥치기 전까지는 견뎌보려고요. 미리 겁먹고 놔버리면 정말 많이 후회할 것 같아요. 이제 겨우 시작일 뿐이잖아요."

절대 그의 앞길에 걸림돌이 되지는 않을 것이다. 그게 무슨 이유가 되었든, 자신이 어떠한 대가를 치르든 반드시 그럴 것이었다.

그녀는 아무 말 없이 생각에 잠긴 아빠를 두고 방으로 되돌아왔다.

휴대전화가 징– 하고 울렸다.

[^—^ ?? –민 교수님 04/08 오전 11:13]

핏 웃음이 터졌다.

"정말 안 어울린다니까……."

하루가 지나고 이틀이 지날수록 좋아하는 마음은 깊어져간다. 그녀가 삐치기라도 하면 당황하며 흔들리는 그 서툰 표정들이, 실험하는 동안 진지하게 빛나는 눈빛이, 부드럽게 미소 지을 때면 살며시 올라가는 미려한 입가도, 제온희를 있는 그대로 보아주는 순수한 가슴에 깊이깊이 빠져들었다.

그런 그의 모든 것을 지켜주고 싶다. 지금처럼 아름다운 남자로 있을 수 있도록. 언제까지나 민효석이 민효석의 길을 갈 수 있도록.

17.

나의

여름

생명과학과 4월 전체 회의

생명과학과 교수부터 대학원생까지 모두 모인 자리는 그야말로 폭풍전야 같았다. 교수들만 모이던 자리에 처음으로 소집된 대학원생들은 머리털이 쭈뼛 설 정도로 들어찬 긴장감에 연신 눈치만 보고 있었다.

심지어 사람 좋고 유머러스한 홍 교수마저 입을 굳게 다물고 있어서 모두가 조마조마한 심장을 붙들고 숨소리도 내지 않았다.

왜 이렇게 뻑뻑하지…….

온희는 눈을 깜빡거리며 최대한 조용히 안약을 넣으려 애썼다. 오늘은 중국발 미세먼지 농도가 정점에 달한 날이었다. 혹시나 해서 식염수를 챙겨오긴 했지만 이상하게 아무리 안약을 넣어도 이물감이 사라지지 않았다.

의안 바꾼 지 일 년밖에 안 됐는데 왜 이렇게 불편한 거야?

"지금부터 생명과학과 전체 회의를 시작하겠습니다. 먼저 요사이

돌고 있는 스캔들에 관한 조사 내용을 발표하도록 하겠습니다."

불안하게 두근거리는 가슴을 누르며 고개를 푹 숙인 채 아래 눈꺼풀을 이리저리 잡아당겼다. 모래 한 알이 굴러다니는 것만 같아서 미칠 노릇이었다.

"생명과 교수 회의에서 몇 주에 걸쳐 조사한 결과 학교 내에 떠도는 불미스러운 소문은 사실이 아닌 것으로 판명이 났습니다. 단순한 오해에서 비롯된 해프닝이라는 것이 교수진들의 결론입니다."

"!"

"다행히 별일 아닌 것으로 드러났지만 오늘 이 자리에서 모든 교수님들 및 대학원생들에게 당부를 드리고 싶습니다."

심장소리가 귓가에서 폭발하기 직전 너무나 예상 밖의 발표가 들려와 온희는 그대로 얼어붙었다. 효석을 힐끗 보자 그도 조금 굳어 있었다.

"우리 과의 특성상 교수와 대학원생 사이에 끈끈한 유대감이 생길 수 있습니다. 식구처럼 가깝게 지내기도 하지요. 그런 것들이 분명 실험 성과를 내는 데 도움이 되긴 하지만 너무 지나치지는 않아야 합니다. 실험실을 위해서도 도가 지나친 친밀감은 서로가 자제를 해주세요."

그다음은 어떤 말들이 오갔는지 기억이 나질 않았다. 회의가 끝나고 홍 교수가 말을 걸 때까지 그녀는 갑작스러운 전개에 당혹스러워하고 있었다.

"앞으로는 정말 조심해야 한다."

"교수님……."

"유 교수가 너희 둘 좋으라고 한발 물러선 게 아니야. 자기 조카딸이 민 교수에게 파혼 당했다는 얘기가 떠돌까 봐 쪽팔려서 묻은 것뿐이지."

"……."

"다음번엔 절대 이렇게 넘어갈 수 없을 거야. 두 번은 없다는 거, 알지?"

멀어지는 홍 교수의 뒷모습을 복잡한 시선으로 바라보았다. 큰일 없이 넘어가서 너무나 다행이라고 생각하면서도 가슴 한구석에 싸늘한 바람이 드나드는 것만 같았다.

"너 왜 그래? 무슨 일 있어?"

"응……?"

"왜 울고 그래?"

"어?"

황급히 손을 들어 눈가를 훔치자 눈물이 묻어났다. 온희는 놀란 표정을 가까스로 숨기며 멋쩍은 웃음을 지었다.

"아까 염산을 고농도로 좀 썼더니 눈이 매워서 그래. 따끔따끔하네."

"으휴, 그러니까 눈깔을 저만치 치우고 넣었어야지."

은관이 싱겁게 대꾸하고 지나간 후에도 눈물은 자꾸만 나왔다. 대수롭지 않게 몇 번 닦아냈지만 기침만 해도 이물감 섞인 눈물이 계속해서 나왔다.

그 다음 날도, 이틀 뒤에도 지속되자 그녀는 점점 뭔가 잘못되고 있다는 걸 깨달았다. 이상이 생겼다는 걸 확인시켜주는 정보들을 읽으며 온희는 파들파들 떨리는 가슴을 부여잡았다.

〈안녕하세요. 엔젤메디 안과 전문의 이상엽입니다. 의안을 낀 눈이 정상 눈보다 눈물이 조금 더 나는 것은 정상입니다. 하지만 눈물이 많이 나거나 누런 눈곱이 낀다면 반드시 빠른 시일 내에 안과에 가셔서 진료를 받으셔야 합니다. nover 의사 답변 04/25〉

　—……왜 진작 말하지 않은 거야? 이상한 것 같으면 바로 말하라고 했잖아.

　준형 오빠가 나무랐다. 그 안에 담긴 불안과 염려에 정신이 아득해졌다.

　"나, 나 이상 있는 거야? 그래?"

　—증상은 염증 같아 보이긴 하다만, 자세한 건 검사를 해보자.

　"……."

　—일단 내일 병원으로 와. 접수처에 미리 말해 놓을게. 꼭 와야 해. 알았지?

　실험실에는 집에 일이 생겼다고 거짓말을 했다. 효석이 무슨 일인지 알고 싶어 하는 눈치였지만 웃음으로 얼버무렸다. 나중에 말해주겠다는 대답에도 다행히 그는 더 이상 묻지 않았다.

　정신없이 오가는 의사들. 초췌한 몰골의 환자들. 병원 특유의 싸한 냄새를 맡으며 온희는 대기석에 멍하니 앉아 있었다.

　지하에서 접수처 근처에 놓인 그랜드피아노 앞에 앉아 누군가가 감미로운 연주를 하고 있었다. 가슴 선득하게 만드는 병원 오후의 풍경이었다.

"왜 이렇게 풀이 죽어 있어?"

준형이 부드럽게 웃으며 머리를 문질러 주었다. 다시 한 번 와락 두려움이 밀려들었다.

"잠깐 보자."

안대를 들추고 그 안에 숨겨진 벌건 속살을 이리저리 살펴보는 짧은 시간 동안 옷자락을 움켜쥐고 있는 두 손에 땀이 가득 찼다.

온희는 이상한 기미라도 생길까 봐 숨까지 참고 죽은 듯 가만히 있었다.

"오빠가 보기엔 가벼운 염증 같다만…… 이왕 온 김에 검사 받고 가."

"가벼운 염증 같은 걸로도 정밀 검사를 하고 그래?"

"그냥 확인차 해보자는 거야. 하고 나서 아무 일 없다는 말 듣고 가면 마음 편할 거 아냐."

"정말 괜찮은 것 같아? 응?"

"왜, 겁나냐?"

장난스럽게 대꾸하는 데도 무척이나 애쓰고 있다는 걸 느낄 수 있었다. 어쩌면 준형 오빠도 의사로서의 예감을 무시하고 아무 일이 없기만을 바라고 있는지도 몰랐다.

안에서 간호사가 나와 그를 불렀다. '전문의 지유란'이라는 명패가 달린 방으로 준형이 들어갔다. 복도에 놓인 의자에 빼곡히 앉아 있는 대기자들을 보자 온희는 순간 왈칵 울고 싶어졌다.

"제온희 씨, 들어오세요."

이십 년 만에 다시 들어온 진찰실에선 소독약 냄새 대신 향긋한 커피 내음이 감돌았다. 친절한 여의사가 웃으며 온희에게 인사를 건네었다.

"전에도 눈물이 많이 난 적이 있나요?"

"있긴 했는데 그때는 의안 문제라고 해서 바꿨어요."

"의안을 바꾼 지 얼마나 됐죠?"

"일 년 정도요."

"다른 증상은 없었고요?"

"없었던 것 같은데……."

"어디 봅시다."

지유란 교수가 세극등 현미경[10]으로 온희의 눈을 훑어보고 의안도 살펴보았다. 의안에는 별문제가 없지만 광작업[11]을 한 번 해야 한다고 덧붙였다. 그리고 고개를 갸웃하더니 준형을 돌아보았다.

"홍 치프, 제온희 씨 안저검사 준비해."

준형의 표정이 굳었다. 온희는 가슴이 철렁하여 다급히 물었다.

"저…… 문제가 있는 건가요?"

"왼쪽 눈에서 눈물이 나오고 이물감 느끼는 건 가벼운 염증이 생겨서 그래요. 미세먼지에 자극을 받은 것뿐이고."

"그런데 왜 안저검사를……."

"온희야."

준형이 그녀를 제지하고는 어깨를 가볍게 두드렸다.

---

10) 세극등 현미경 : 고배율의 현미경 장비로 눈을 최대 40배까지 확대하여 전안부 질환을 진단할 수 있다.
11) 광작업 : 일 년에 한 번 정도 사용하면서 의안에 생겼을 미세한 상처들을 없애기 위해 겉표면을 다시 처리하는 과정

하지만 오른쪽 눈에 산동제(동공 확대제)를 넣고 안저검사를 진행할수록 그의 얼굴은 더욱 어두워졌다. 얼어붙은 오빠의 표정에 온몸의 피가 미친 듯이 날뛰기 시작했다.

"여기 조그마한 거 보이죠? 동그랗게 색이 다른 부분."

"예······."

"황반변성이 진행되고 있어요."

"황, 황반변성이라면······."

"황반에 변성이 일어나서 시력장애가 일어나는 병이에요. 방치하거나 너무 늦게 발견하면 실명할 수 있어요."

어긋난 쳇바퀴 소리가 귓가를 떠나지 않는다. 지유란 교수와 준형의 모습이 이상하리만치 선명하게 보였다가 또 이상하리만치 흐릿해져 갔다.

"최근 이상한 점 없었어요? 글자나 사물이 잘 안 보인다거나, 흔들리거나 찌그러져 보인다거나."

"······딱히 없었어요."

"황반변성은 초기에 발견하기가 어려워요. 염증이 생긴 게 오히려 다행인 거예요. 습성황반변성은 무조건 일찍 발견하는 게 중요하거든요."

다행. 다행.

아. 다행인 거구나.

실명이라는 두 글자가 너무나 남의 것만 같았다. 이미 눈 한쪽을 잃었는데, 남은 오른 눈마저 잃을 수 있다는데도 도무지 실감이 나지 않는다.

"선생님. 황반변성은…… 왜 생기는 건가요?"

"제온희 씨처럼 한 번 안구암을 앓았던 환자의 경우 안질환이 발병할 가능성이 일반인에 비해 훨씬 높아요. 혹시 근래에 화학물질이나 강한 자외선에 노출되거나 한 적 있어요?"

온희의 얼굴에서 핏기가 가셨다.

바델120. 그것을 PCR 해보겠다고 UV램프를 켠 클린벤치 아래에서 몇 시간 동안 실험했던 때가 떠올랐다.

'제온희 씨 같은 경우는 자외선이나 화학물질에 노출되면 돌연변이가 일어날 확률이 정상인보다 높아요. 다행히 크게 문제가 보이는 것 같진 않지만, 조심하셔야 돼요.'

"최대한 빨리 치료를 시작해야 해요. 하루라도 빨라야 조금이라도 시력을 보존할 수 있어요. 그나마 다행인 건 지금 제온희 씨는 초기 단계로 보여요. 이제 막 신생혈관이 망막을 뚫고 자라나고 있어서……."

무슨 얘기를 듣고 있는지조차 자각이 안 될 만큼 머릿속이 엉망이었다. 분명한 건 지금 제온희의 눈에 문제가 생겼다는 것. 그리고 그건 아마도 UV램프로 인한 돌연변이 때문이라는 것이었다. 입가에 경련이 일며 코끝이 시려왔다.

치료 시작 날짜를 잡고 주의사항이라는 것을 들었다. 흡연하지 말고 외출 시 선글라스를 착용해라, 근거리 작업을 피해라, 항산화제를 먹는 것도 치료에 도움이 된다는 말들이 엉킨 실타래처럼 귓속으로 흘러들어왔다.

"택시 타고 가."

아무 말도 못하고 병원 입구까지 함께 나온 준형 오빠가 꺼낸 첫 말이었다.

"오빠."

온희는 멍하니 서 있다가 택시를 잡는 준형을 속삭이듯 불렀다.

"아빠한테는 말하지 마."

"……."

"나 아직 정리가 안 돼서…… 아빠한테는 나중에 말할 테니까, 치료 시작하기 전에…… 그러니까 한 낼모레쯤에……."

"알았어, 인마."

그가 다시 머리를 쓰다듬었다.

아까와 비슷한 느낌이다. 역시 나쁜 예감은 항상 틀리지 않는다. 전에도 그랬던 것처럼 이번에도 그랬다. 준형이 온희를 품에 안고 등을 토닥였다.

"바로 집으로 가."

"아니…… 의안소에 가서 광작업 좀 하고 갈게."

"알았어. 집에 도착하면 연락하고. 응?"

택시 안에 가득 찬 에어컨 바람의 냄새가 역하다. 멀미를 하는 것처럼 속이 울렁거렸다.

창문을 내리자 더운 바람이 훅 달려들었다. 택시 기사 아저씨가 힐끗 보는데 그 눈매가 자못 불만스러워 보인다. 안대 위를 가리고 있던 앞머리가 바람에 흩날려 이마와 코끝을 쓸고 지나갔다. 그 느낌이란, 뭐라 형용할 수 없을 정도로 서늘했다.

의안소에 의안을 맡기고 멍하니 서서 다양한 견본 의안들을 보던 온희가 안대로 가린 자신의 왼눈을 더듬더듬 만져보았다.

하나같이 박제된 것처럼 진짜 같은 가짜들. 자신의 일부분으로 받아들이는데 얼마나 아프고 방황했던가.

하지만 너무나 배부른 투정이었다. 도리어 감사하고 다행으로 여겼어야 했다. 후회는 이렇게도 항상 늦고 아프다.

"빌어먹을……. 어떻게 이래……."

이제야 겨우 행복한데, 살맛나는 기분이 어떤 건지 이제야 막 알기 시작했는데 왜 내게 또 이런 일이 생긴 걸까? 도대체 왜 내게만…….

무언가 바닥으로 후두둑 떨어졌다. 카펫 위를 방울방울 얼룩지는 물방울 위로 소리 없는 오열이 쏟아졌다.

"아빠, 영양제 같은 거 있어요?"

"응?"

"비타민제 같은 거요."

"왜? 요즘 실험 때문에 힘들어? 그러게 전부터 먹으라고 하니까 아빠 말 그렇게 안 듣더니."

그러게요.

진작 좀 들을걸. 먹으라고 할 때 말 좀 들을걸. 귀찮아도 좀 먹어볼걸.

"잘 다녀와! 실험 잘하고!"

원영이 꺼내 준 항산화제를 입에 털어 넣고 점심 저녁용까지 챙겼다. 선글라스를 쓰고 모자도 썼다. 담배를 피우며 걸어가는 사람들 주변에서 멀찌감치 떨어지며 온희는 한강변을 천천히 걸었다.

부재중 전화 민 교수님 46통

부재중 전화 김은관 8통

부재중 전화 전여진 4통

부재중 전화 하주성 5통

부재중 전화 배으뜸 4통

부재중 전화 실험실 5통

결근을 했다. 며칠 못 나가게 됐다고, 정말 죄송하다는 문자를 효석에게 보낸 이후 휴대전화가 불이 날 지경이었지만 무음으로 돌려놓고 가방 속에 집어넣었다.

이제 어떡해야 할지 모르겠다. 아빠에게 어떻게 이야기를 해야 하는지, 오른쪽 눈에 또 문제가 생겼다는 걸 어떤 식으로 털어놔야 할지 아무것도 떠오르지 않았다. 아빠가 나 때문에 울게 되는 건 정말 싫은데.

'혹시라도 문제가 생긴다면, 물론 그런 일은 없길 바라지만 정말 만에 하나라도 다시 건강에 이상이 생긴다면, 그땐 정말 헤어져줘요. 이것만은 내 바람을 따라줬으면 좋겠어요.'

어느새 못 박힌 듯 멈춰 선 그녀 옆으로 사람들이 지나갔다. 산책을 나온 다수의 평화로움이 꿈결인 것만 같다. 부쩍 뜨거워진 태양빛에 현기증이 났다. 눈시울이 뜨거워지는 것을 느끼며 온희는 가슴팍을 힘껏 눌렀다.

실험실 일은 가까이에서 하는 일투성이다. 현미경도 들여다봐야 하고 막에 조그맣게 나타난 항체 반응 결과도 봐야 하고 책도 봐야 하고, 민 교수님 얼굴도 가까이에서 봐야 하는데…….

'저는요, 아빠. 제가 민 교수님한테 짐이 된다고 생각되면, 누가 봐도 제가 옆에 있으면 안 되는 상황이 오면 저는 교수님이랑 헤어질 거예요.'

그럴 일이 없을 줄 알았다. 이래서 함부로 말을 내뱉으면 안 되나 보다. 그에게는 눈 한쪽 없는 여자도 어울리지 않는데 앞을 못 보는 여자라니. 있을 수도, 있어서도 안 되는 일이었다.

헤어지는 게 맞는 거다.

억울하다. 아프고 슬프고 원통했다. 엄마를 잃고 아빠의 꿈마저 뺏은 걸로도 모자라 이제는 사랑하는 남자마저 놓아 보내야 했다.

왜 매번 내가 어찌할 수 없는 일들 때문에 남들 다 누리는 것들을 하나도 가질 수 없는 걸까. 반쪽짜리 세상이나마 즐겁게 살고 싶었는데. 이제는 정말 그럴 수 있는데.

"이런 젠장…… 내가 연애 좀 해보겠다는데 이놈의 눈이 협조를 안 해주네……"

철벅거리는 강물을 하루 종일 들여다보면서 울었다. 폭포처럼 세차게 쏟아지는 물소리 사이로 온희는 몇 번이나 몸부림치며 소리 내어 울고 말았다.

가방 안에서는 아직도 휴대전화가 오랫동안 울리고 있었다.

✝

원영은 퍼렇게 질린 얼굴로 멍하니 딸을 바라보았다.

담담하게 말을 잇고 있지만 온희의 눈자위는 이미 벌겋게 젖어 있었다. 벌써 진행이 시작되었다는 말이, 재수 없게도 실명 가능성이 높은 군으로 보인다는 진단이, 하루라도 빨리 치료를 시작해야 한다는 내용들이 그를 망연자실하게 했다.

"죄송해요……."

비타민제며 토마토를 찾을 때 알아차렸어야 했다. 말도 못하고 혼자 속을 끓이며 괴로워했을 딸에게 너무나 미안했다.

"초기라면서. 더 늦지 않게 발견해서 다행이다. 괜찮을 거다. 이보다 더한 세상도 이겨냈잖니. 이번에도 치료만 받으면 될 거야. 괜찮아."

불쌍한 내 새끼.

바델120이 얼마나 신기한 녀석인지, 리키라는 놈이 얼마나 속을 썩이고 있는지 조잘조잘 즐겁게도 얘기했는데. 만개한 꽃처럼 예쁘게 연애하며 미래를 꿈꾸던 것이 이렇게 다시 좌절되다니. 원영은 떨리는 목소리로 딸을 말없이 안아주었다.

온희는 다음날 일부러 새벽 일찍 실험실에 가서 아무도 없을 때 짐을 정리했다. 아빠가 한 박스가 넘는 짐을 차에 싣고 기다리는 동안 그녀는 효석의 연구실을 찾아갔다.

벌써부터 매미가 맴맴 소리를 내며 신경을 거슬리게 한다. 아무도 관심을 가지지 않는데 줄기차게 울어대었다. 짧은 생을 마감하고 빗자루에 쓸려 먼지와 한데 뒤엉키면 그냥 그렇게 사라진다. 그 끝에 이르는 과정은 절대로 벗어날 수 없는 법칙과도 같은 것이다. 별안간 울컥 화가 나서 온희는 턱 끝에 힘을 주어 거친 숨을 참아냈다.

땅 위에 처박듯 고정시킨 시선이 잿빛의 거칠고 탁한 바닥 위의 세상을 담는다. 그리고, 그 위에 견고하게 서 있는 남자의 두 다리. 익숙하면서도 설레는 그의 구두코를 그녀는 한없이 바라보았다.

가슴이 두근두근 뛰었다. 세 발자국 떨어진 그는 미동 없이 서 있기만 했다. 그와의 거리를 좁히고 싶어 열병을 앓듯 괴로워했던 어리석음이 미치도록 그립다. 돌아올 수 없는 길이라는 걸 그녀는 잘 알고 있었다.

"왜 전화 안 받았나?"

깊은 목소리에 왈칵 눈물이 날 것만 같았다.

누군가에게 이렇게 모진 소리를 하고 싶지 않은데. 민 교수님한테는 더더욱 할 수가 없는데.

"자네가 날 피하고 있다고 보는데, 내 생각이 틀렸나?"

"그동안 너무 부족한 저를 도와주셔서 정말 감사했어요. 하지만 더 이상 계속하는 건 시간낭비인 것 같아요. 저는 이 공부를 그만하기로 했습니다."

"……."

"죄송합니다."

효석의 시선이 그녀의 얼굴에 박혀 떨어지지 않았다. 온희는 한 번도 눈을 마주치지 않은 채 일방적으로 말하고 있었다. 이 실험실도, 그와의 관계도 모두 그만두고 싶다고, 정말 죄송하다는 말만 반복하고 있었다.

"갑자기…… 왜 그런 결정을 내렸는지 모르겠어."

실감이 나지 않는지 그가 침묵했다. 목 아래에서 울컥 무언가가 치받아 왔지만 온희는 침착하게 대꾸했다.

"갑자기는 아닙니다. 사실 학교에 알려졌을 때부터 많이 고민했어요. 예술대에서 한 번 이런 일이 있어서 겁도 났고요."

"알고도 시작한 거잖아. 새삼 왜 그 일이 문제가 되는 거야?"

"그때는 극복할 수 있을 줄 알았어요. 하지만 막상 코앞으로 닥치고 보니 제가 감당하기엔 너무 버거웠어요."

"……."

"단순한 해프닝으로 무마되었을 때 끝내는 게 좋다고 생각했습니다. 사실 교수님들은 다 알고 계세요. 교수님이랑 제게 기회를 준 것뿐이에요. 정리할 수 있는 기회요."

"……."

"그리고 역시 미생물은 제게 맞지 않는 것 같습니다. 즐겁다는 느낌보다는 할수록 벅차고 힘이 들어요. 이건 제 길이 아닌 것 같아서 아예 다른 길을 찾아볼 생각입니다."

얼굴 위로 쏟아지는 그의 시선이 무겁다. 눈을 맞추는 순간 눈물이 쏟아질 것 같아 온희는 절대 그를 마주보지 않았다.

"고세균이 자네에게 맞지 않는다면, 그래서 실험실을 옮기고 싶은 거라면 그렇게 해도 좋아. 지도교수가 바뀐다면 지탄도 덜해질 거네. 지금보다는 훨씬……."

"아니요. 이대로 헤어지고 싶습니다. 진심으로요."

그의 얼굴에 일순 파란이 일었다. 연락이 되지 않을 때에도 한 번도 이렇게 되리라는 건 생각해보지 않았다. 불안해하기는 했어도 그건 강제로 헤어지게 될까 봐 걱정하는 그런 종류의 것이었다.

"온희야."

"교수님. 제가 너무 쉽게 생각했었나 봐요."

그녀의 단호한 표정에 효석은 할 말을 잃고 말았다.

"부탁드릴게요. 그냥…… 헤어져주세요."

스스로도 놀라울 정도로 냉정한 목소리가 술술 나왔다.

그가 보는 내 모습은 어떨까. 정말 정나미 떨어지는 얼굴을 하고 있겠지.

"……그게 내 확신에 대한 자네의 대답인가?"

가방끈을 움켜쥔 온희의 손이 하얗게 질렸다. 길지 않은 손톱이 손바닥을 파고들었다. 무겁게 가라앉은 그의 목소리가, 쓸쓸한 그 공백에 숨이 막힐 것만 같았다.

제발 여기서 멈춰줬으면. 이대로 돌아서줬으면.

"교수님."

굳은 결심을 한 온희가 고개를 들어 그를 마주보았다.

"교수님은 학계가 주목하는 천재고 더 유명해지실 텐데 솔직히 자신 없다고 했잖아요. 늘 두려울 거라고도 했던 거, 기억하고 계시잖아요."

"……"

"상관없을 거라고 믿었던 거예요. 그냥 그렇게 믿고 싶었던 것뿐이었어요. 하지만 제가 질 수 있는 짐은 아니었어요."

말을 계속할수록 스스로가 어디론가 흩어져버릴 것 같았다. 내가 아닌 느낌. 내가 아니어야 하는 느낌이 소름 끼치게 두려웠다.

발밑이 꺼져버릴 것만 같아 온희는 더 이상 효석과 마주보고 서 있을 수가 없었다.

"교수님께는 정말 죄송하게 생각해요. 혼란스럽게 해드려서, 정말 죄송합니다."

황급히 꾸벅 허리를 숙여 인사를 하고 돌아섰다. 더 늦기 전에 멈출 수 있어서 다행이라고, 희미하게 떨리는 손으로 가방끈을 꽉 잡으며 두 다리를 밀듯이 힘을 주었다.

"……그렇게 가지 마."

그녀의 몸이 싸늘하게 얼어붙었다. 못 박힌 듯 서 있던 그가 멈춰 선 온희의 등 뒤로 다가왔다.

"그렇게 내게 등 보이면서 멀어지지 말란 말이네."

반쪽의 세상. 그 안에 온전히 선 민효석. 그는 온희에게 꿈같은 사람이었다. 꿈으로 멈춰야 할, 그런 사람이다.

"그래서 자네는 이렇게 어긋나고 나서 후회하지 않을 자신 있나?"

"……."

"나는 없어. 이대로 가슴에 묻을 수가 없어."

"……."

"나도 내가 미쳤다고밖에 생각이 되질 않아. 차라리 몰랐던 때라면 상관없어. 하지만 자네가 알게 했잖아. 나를 더 이상 나로 있을 수 없게 만들어놓은 건 너잖아, 제온희."

벼락을 맞은 것처럼 뻣뻣해진 그녀의 등을 그가 껴안았다. 심장이 덜컥 내려앉았다. 이토록 절박할 만큼 충동적인 모습을 그녀는 단 한 번도 본 적이 없었다.

"그렇게 힘이 든다면 같은 마음이길 강요하지 않겠네. 신경 쓰지 않아도 좋아. 그저…… 지켜볼 수 있는 곳에만 있으면 돼."

아아……. 처음부터 시작하지 말걸.

온희는 뜨거워지려는 눈시울을 삼켰다. 귓속이 아프도록 울음을 참느라 목 안을 메운 핏줄들이 올올이 곤두섰다.

숨 쉬기가 버거울 정도로 세게 안겨 있는 그의 품이 새삼 넓고 편안하다는 걸 깨닫는다. 평생 홀로 가슴 속 깊이 간직하는 것만으로도 좋은 사람임을, 온희는 또 한 번 뼈저리게 느꼈다.

"선생님."

다시 돌아온 호칭에 효석이 한층 세게 껴안았다. 온희는 그의 팔을 부드럽게 감싸며 담담한 목소리로 덧붙였다.

"부탁드릴게요. 절 위해서…… 이대로 헤어져주세요."

눈을 닮은 사람.

떨어지는 눈 속에 서 있을 때면 한없이 슬퍼질 만큼 아름다운 사람. 그녀에게 각인된 그의 모습은 새하얀 설국에서 보았던, 눈을 뒤집어쓴 나무 아래에서 서 있던 때였다.

나뭇가지 위에 소복이 쌓인 눈들이 바람에 쓸려 은가루처럼 뿌려질 때, 그가 그 광경을 바라보던 그 순간을 언제까지고 잊을 수 없을 것이다. 그림처럼 다가오던 선생님과, 맑기만 하던 눈의 꽃.

일찍 밀어닥친 5월의 여름날, 제온희는 그렇게 민효석에게 이별을 고했다.

18.

나에게

넌

"교수님은?"

"아직 안 오셨어."

"아직도? 지금이 몇 신데 아직도 안 오셔?"

"몰라. 전화도 안 받으심."

"왜?"

"내가 어떻게 알아?"

"왜 성질은 내고 그런담."

휘둘러보던 은관의 시선이 깨끗하게 정리된 책상에 가닿았다.

"형, 근데 온희 자리는 왜 비었어?"

"온희…… 실험실 그만둔다더라."

"뭐?"

"벌써 학교에 자퇴서 냈어."

"뭐어?"

지나가는 말로도 그만둔다는 말을 들은 적이 없었다. 은관은 말까지 더듬으며 주성의 앞을 막아섰다.

"이유가 뭔데?"

"실험실이 안 맞는대."

"뭔 개떡 같은 소리야. 묘한 놈이 사람 겁나 재밌게 만든다고 했던 앤데."

"아, 나도 몰라! 나도 갑자기 통보 받았다고."

은관의 얼굴이 슬며시 굳었다.

"우리 학교 대학원 자퇴하려면 상당히 까다로운 걸로 알고 있는데."

"그러니까. 자퇴 처리가 되기 전까지는 아무리 싫어도 나와야 하는 것 아냐? 실험실 돌아가는 일정 뻔히 알면서 자퇴한다는 말 한 마디 달랑 남기고서 오도 가도 안 해. 솔직히 나 온희한테 실망했다. 이렇게 무책임한 애인 줄 몰랐어."

"……."

"내가 사람을 잘못 봤지. 에휴."

연락이 되지 않고 실험실에도 나오지 않은 민 교수님과 갑자기 대학원을 자퇴한 온희. 분명 둘 사이에 무슨 일이 있는 거다. 뭔가 좋지 않은 느낌이 들었다.

효석은 그날 오후가 돼서야 출근을 했다. 은관과 주성은 하루 만에 까칠해진 민 교수의 얼굴을 보고 말을 아꼈다. 은관의 예리한 직감은 더더욱 효석과 온희 사이에 묘한 기류가 오갔음을 확신하고 있었다.

"교수님. 이게 갑자기 무슨……."

효석이 주성에게 내민 건 일주일 휴가를 신청하는 서류였다. 그것을 받아들고 주성은 난감한 듯 한숨을 쉬었다.

"개인적인 사정 때문에 자리를 비우게 됐어. 자네 총괄하에 충분히 실험실을 이끌 수 있다고 보네."

그 한 마디를 남기고 효석은 정말로 일주일 동안 나오지 않았다. 실험실 사람들은 급작스럽게 닥친 변화에 저마다 눈치를 살피며 각자 제 할 일에 몰두했다.

그렇게 효석이 휴가를 낸 지 사흘째 되던 날, 학생회관 앞 게시판에 누군가 대자보를 붙였다. 수많은 학생들이 게시판 앞에 모여들었다. '이과대학 생명과학과 민효석 부교수와 고세균 실험실 소속 대학원생 제온희의 부적절한 관계를 폭로합니다. 제보를 받았음에도 덮은 서을대학교는 학생들에게 해명을 해주십시오', 로 시작하는 다소 자극적인 글이었다.

"헐……."

"소문의 주인공이 민 교수님이었어? 온희랑? 정말?"

학교가 술렁이기 시작한 것 이상으로 실험실 식구들은 당황스러웠다.

그 누구도 둘의 사이를 의심해본 적이 없었다. 그 민효석 교수가 스캔들의 주인공이 된 것도 믿기 어려웠지만 유독 실수 많고 혼도 많이 나던 제온희와 그런 사이였다는 건 더더욱 믿기지가 않았다.

"그래서 온희가 그만둔 건가? 처음 소문이 나니까 이건 아니다 싶었나?"

"아니, 둘이 당당하면 왜 그만둬? 요즘 세상에 교수랑 제자랑 만나는 게 뭐가 어떻다고?"

"그건 아니지. 아직 그렇게 환영받는 관계는 아니다."

"또, 또 곰팡내 나는 소리 하고 있네. 유명한 사람 중에 제자랑 결혼한 교수가 한둘이 아니거든? 무슨 지금 구한말 훈장님 얘기하는 줄 알아?"

갑론을박해도 사실 여부를 확인해줄 두 사람 모두 곁에 없으니 답답해 펄쩍 뛰는 건 남은 사람들이었다. 은관이 효석에게 전화를 걸었지만 전화기가 꺼져 있다는 음성사서함 응답만 들려올 뿐이었다.

"솔직히 놀랍고 당황스럽긴 한데…… 난 요즘 민 교수님 변한 거 정말 좋았어."

은관의 말에 실험실 식구들 모두 입을 다물었다.

"사람 같았잖아. 화도 안 내고 잘난 척도 안 하고 웃음도 많아지고 실수해도 타이르는 걸로 끝나고. 술이라면 질색하던 사람이 우리더러 먼저 술 먹자고 하고."

"……"

"그러니까 너무 야박하게 그러지들 마. 다 같이 한솥밥 먹던 사이 잖아."

교수님이 요즘 왜 저러시나 싶었지만 처음보다 많이 유해진 모습이 좋았다. 수척해진 얼굴을 떠올리자 왠지 진심이었음을 알 것 같아서, 많이 방황하고 있을 그 심정이 짐작이 가서 은관은 마음이 편치 않았다. 사람에 서툰 민 교수는 나름의 방식으로 최선을 다해 사랑을 했을 테니까.

[온희야. 지금 학교에 너랑 민 교수님 관계에 대해 폭로하는 대자보가 붙었어. 일단 알고는 있어야 할 것 같아서. 민 교수님은 연락이 안 된다. 전화 줘. 05/15 오전 10:47]

급히 문을 열고 가게 안으로 들어선 홍 교수는 구석 자리에 앉아 있는 효석을 보고 안도의 숨을 쉬었다.

영임이 손자와 연락이 되지 않아 서울까지 올라왔지만 효석은 벌써 며칠째 집을 비운 채였다. 발을 동동 구르다 연락한 노부인의 부탁에 홍 교수는 효석을 찾기 위해 고생이란 고생을 다 해야 했다.

"효석아."

효석은 보글보글 끓고 있는 어묵탕을 그저 지켜보고 있었다. 테이블 위에는 벌써 소주 4병이 비워져 있었다.

"제가 이렇게 술을 잘 마시는지 처음 알았어요. 그것도 이렇게 맛도 없는 소주를."

중얼거리듯 대답하는 그의 얼굴은 몹시도 상해 있었다.

"할머님이 걱정하신다. 애도 아니고 왜 이래?"

왠지 울고 싶어져서 홍 교수는 맞은편 의자 위로 털썩 주저앉았다. 소주잔에 술을 따르려는 효석을 제지하고 한 잔 가득 따라주었다. 지독히도 쓴맛이었다.

"온희 때문에 그래?"

효석의 손이 잠시 멈칫했다.

"정말 민효석답지 않다."

효석이 웃었다. 괴로움 섞인 미소를 차마 견디지 못하고 홍 교수는 눈을 감고 말았다.

"학교에…… 너와 온희의 관계가 알려졌어. 대자보가 붙었다."

그가 똑바로 홍 교수를 바라본다. 지나치게 담담한 눈길에 가슴이 철렁했다.

"다행이네요. 이제 와서 아무리 떠들어봤자 온희는 제 소속이 아닌데."

"너는 어쩌고? 사실이라고 판단되면 징계위원회가 열릴 거다. 유 교수가 이번엔 절대 그냥 넘어가지 않겠다고 벼르고 있어. 알잖아. 그 사람 성격에 정말 많이 참아준 거다."

"그랬겠죠······."

"효석아."

"상관없어요. 내가 걱정했던 건 그 아이였는데, 이제는 괜찮잖아요."

"온희가······ 그 아이가 그렇게도 좋은 거냐?"

귓가에 온희의 목소리가 떠돌았다. 깡총대는 것 같은 명랑함이, 토라질 때면 비쭉 나오던 입술이, 슬쩍 팔짱을 껴오던 수줍음이 어지럽게 맴돈다. 연양갱 100개로 탑을 쌓고 앉아 있을 때보다, 온희가 거리를 두며 멀어지려 할 때보다도 견디기 힘들었다.

동요하는 얼굴이 너무나 쓸쓸해서, 힘 빠진 어깨가 가여울 정도로 외로워 보여서 홍 교수는 입술을 잘근 깨물었다.

"형. 나다웠던 게 뭔가요?"

"······."

"나는 잘 모르겠어요."

그 말을 끝으로 소주 한 병을 더 비우고서 효석은 잠이 들었다. 12살 꼬마 때 처음 만난 이후로 지금까지 20년이 넘는 세월동안 홍 교수는 효석이 이토록 흐트러진 모습을 본 적이 없었다. 이렇게 괴로워하는 것도, 이만큼 바닥까지 무너지는 것도.

홍 교수의 눈이 뿌옇게 흐려졌다. 민 교수님에게 절대 말하지 말아 달라고 부탁한 온희의 마음이 먹먹하게 느껴졌다. 영문도 모르고 힘 들어하고 있는 효석이 가여웠다. 두 사람이 너무나 안타까워서 그는 조용히 술잔을 기울였다.

"아이고, 얘야!"

홍 교수가 엉망으로 취한 효석을 힘겹게 집에 데려가자 영임은 기 절할 듯이 놀랐다. 그녀는 금방이라도 울음을 터뜨릴 것처럼 손자를 얼싸안고 상해버린 얼굴을 쓰다듬었다.

"이게 무슨 꼴이니! 한 번도 속 썩이는 일 없던 애가…… 왜 다 커 서 할미를 이렇게 슬프게 하는 거야? 응……?"

영임도 효석이 온희와 헤어진 것을 들어서 알고 있었다. 그래서 더 속상했다. 이렇게 힘들어할 줄 알았다면 평범한 연애 같은 거 하기를 원하지 않았을 것이다. 그냥 저 하고 싶은 대로 살라고 그냥 놔둘 걸, 하는 후회에 가슴이 미어졌다.

"석규야. 혹시…… 둘이 왜 헤어졌는지 아니?"

효석을 눕히고 나온 홍 교수는 영임의 질문에 차마 시선을 맞추지 못했다.

"그 아이, 어디 아프거나 한 건 아니지? 그렇지?"

"할머님."

"내가 말이다. 온희에게 모진 약속을 해달라고 했었어. 내 새끼 앞 길이 깜깜해질까 봐서 그 애한테…… 혹시라도 몸에 문제가 생기면 헤어져 달라 부탁을 했어."

"아니, 그럼……."

홍 교수는 충격을 받아 할 말을 잃었다. 괜히 마음이 급해져서 영임은 연신 마른 입술을 축였다.

"그거 때문은 아니지? 응?"

"……."

"설마 정말 그것 때문인 거냐……?"

"민 교수 지금 많이 힘들 겁니다. 지금은 그저…… 지켜봐 주세요."

비틀거리는 그녀를 소파에 앉히고 홍 교수는 굳게 닫힌 방문을 돌아보았다.

창을 넘어 여명이 비쳐든다. 무더운 바람이 그의 눈가 위로 내려앉았다. 효석은 눈을 뜨고 짙푸른 어둠 속에서 깨어나는 햇살을 망연히 바라보았다.

[교수님. 괜찮으신 거죠? 꼭 연락 주세요. 요즘 학교에…….]

혹시 온희가 아닐까 하는 기대감이 힘없이 주저앉았다. 내용을 다 읽지도 않고 휴대전화를 내려놓았다. 5월 20일. 스치듯 눈에 들어온 날짜가 가슴을 후벼내는 것 같았다.

여전히 머릿속이 새하얗다. 마치 홋카이도의 겨울처럼. 드넓은 설국의 들판 속에서 길을 잃고 헤매는 것처럼.

†

홋카이도의 여름은 눈이 부실 만큼 청명했다. 겨울과는 너무 달라서 그답지 않게 처음 온 사람처럼 어디로 가야 하는지 헤매듯 생각했다.

'그 포닥, 여자였어요, 남자였어요?'

늦은 오후에 주홍빛 따스한 석양이 번졌다. 온희와 둘이 걸었던 눈 덮인 공원은 울창한 나무들로 싱그러웠다. 텔레비전 타워 앞에 섰다가 여전히 화려한 스스키노거리를 걸었다가, 효석은 조용히 그때의 자취를 따라 걸었다.

온희가 양껏 술을 마시고 취해버린 양고기집 그 자리에 앉아 그때 먹었던 것을 주문하고 사케도 부탁했다. 문득문득 느껴지는 어색함에 어쩔 줄을 모르고 얼굴을 붉히던 귀여운 아이. 어떻게든 대화를 끊지 않으려 얼마나 무던히도 노력했었나.

이제 와서 생각하는 거지만 그때 업은 온희는 너무나 가벼웠다. 술 먹고 잠든 사람은 더 무거워야 할 텐데 그 아이는 많이도 가벼웠었다.

쿨쿨 잘도 자는 온희를 보며 혼자 갈등했던 그 방에 앉아 효석은 희미하게 웃었다.

"바보……."

그렇게 앉은 채로 밤을 새웠다. 며칠간 제대로 잠을 자지 못했지만 이상하리만치 정신이 또렷했다. 이 방에서 무엇을 했는지, 그 아이가 어떤 옷을 입고 어떤 로션을 발랐는지 그 향기마저 또렷이 되살아나 잠을 잘 수가 없었다.

'머은저 소흘 배는 사야미 지은 거에여(먼저 손을 빼는 사람이 지는 거예요).'

검지를 들이밀며 그의 손가락을 잘근잘근 씹던 느낌이 손끝에 떠오른다. 혀에 닿은 그 아이의 가는 손가락도, 그 연한 살갗을 핥을 때 그대로 아무도 없는 곳으로 데려가고 싶었던 충동. 끝까지 사람으로 남고 싶어서 참아냈던 본능과 갈등. 인정해버리면 편한 것들이다. 그 아이에 대한 마음도 좀 더 일찍 인정할 것을. 그렇게 뒤늦은 후회가 들었다.

사람 없는 기타하마역 안은 여전했다. 수를 헤아리기도 힘든 명함과 쪽지들을 찬찬히 살펴보며 손으로 천천히 그것들을 쓸었다.

이 중에 온희의 쪽지도 붙어 있을 것이다. 그녀가 어느 위치에 붙였는지는 알고 있으면서도 효석은 선뜻 그것을 찾아볼 수가 없었다.

"형편없어졌네……."

의자에 털썩 앉아 멍하니 바깥을 응시했다. 여기에 오면 뭔가 정리될 수 있을 것 같았다. 목적도 모른 채 무작정 다니면 해답이 보일지도 모른다고 생각했다.

그럴 리가 없는데. 그 자신이 답을 모르는데 우연히 해답이 얻어걸리길 바라는 것 자체가 있을 수 없는 일이었다.

전보다 붙어 있는 종이 수가 많아졌어도 온희가 숨겨놓은 쪽지는 쉽게 찾을 수 있었다. 그 아이의 필체를 확인한 순간, 굳어 있던 얼굴이 거칠게 동요했다.

선생님. 제가 꼭 행복하게 해드릴게요. 제 맘 알죠? ^^ -OH-

민효석 씨, 하는 그 부름을, 그 다정하고 수줍어하는 목소리를 다시 들을 수만 있다면.

그냥 해본 소리였다고, 겁이 나서 잠시 잘못된 선택을 한 거라고 말해준다면 좋을 텐데. 그러면 나는 그럴 수도 있는 거라고, 다 이해한다고 말해줄 것을…….

버려졌다는 자각이 가슴을 파고든다. 싸늘한 바람이 통증처럼 온몸 깊숙이 스며들었다. 작은 종이에 이마를 기댄 채 효석은 벌겋게 충혈된 눈을 힘주어 감고 말았다.

문자 소리에 멍하던 온희의 표정이 일순간 흔들렸다.

-하루 전 예매 공연 알림 서비스-

20XX년 울트라콘서트 에로스 내한공연!

일시 : 20XX년 5월 20일 오후 8시

장소 : 잠실 종합운동장   -예매랜드 05/19 오후 12:03-

"내일이었구나……."

에로스를 좋아하기는 했지만 정말은 효석과 함께 가고 싶었다. 그와 소소한 것들을 같이 하며 서로의 취미를 공유하는 연애를 하고 싶어서, 그래서 더욱 고대했던 공연이었다.

온희는 붉어지려는 눈시울을 참아내며 조명의 스위치를 톡 켰다. 그녀가 고개를 오른쪽으로 기울이면 파도가 치듯 광섬유가 빛을 발한다. 왼쪽으로 움직여도 뒤로 몸을 기울여도 어김없이 반응이 왔다.

노스 트룰리나의 광경은 언제 봐도 신기하다. 민효석이 본 내 모습이 이렇게 아름다웠구나 생각하면 마음 한구석에 따뜻한 기운이 번져왔다.

선생님…… 어떻게 지내고 계실까?

"준비 다 됐니?"

아빠의 재촉에 조명을 조심조심 커다란 박스 안에 넣었다. 두 팔

가득 그것을 안고 나오는 딸을 보며 원영의 눈이 휘둥그레졌다.

"그걸 가져가려고?"

"네."

정작 다른 것은 거의 챙기지 않은 가방을 보고 어쩔 수 없다는 듯 웃었다.

얼마간 받아온 통원치료가 크게 효과를 보이지 않자 온희는 눈에 띄게 수척해졌다. 그저 매일같이 저 조명 앞에서 스위치를 켰다가 끄고 형형색색의 불빛을 넋을 잃고 바라보곤 했다. 그 모습이 마치 만일을 대비하는 것 같아서 원영은 치받아오는 눈물을 힘겹게 삼켜야 했다.

"가요."

택시 너머로 한여름의 치열함이 지나간다. 선글라스 밖의 세상은 참으로 평화로웠다. 웃고 떠들며 호탕한 이 계절을 만끽한다. 짜증이 나는 무더위조차도 부러워지는 광경이었다. 온희는 창가에 힘없이 이마를 기대었다.

아프고 슬픈 일도 많았지만 볼 수 있어서 다행이라고 생각했다. 그래도 나는 괜찮은 거라고, 이만 하길 정말 운이 좋은 거라고 생각했었다.

그래서 너무나 무섭고 겁이 난다. 이제 어떻게 해야 하는 걸까. 아빠에게 더 큰 짐이 될지도 모른다는 생각이 들수록 이대로 사라져버리고만 싶었다.

그런 충동이 들 때마다 발목을 잡는 민 교수의 목소리만 아니라면 분명 그랬을 거다. 제온희 말고는 다른 사람에게 이런 감정을 가지지 못할 거라고 말해준 그의 고백이, 같이 이겨나가자고 말해주었던 효석의 목소리 때문에 안개 속에 감싸인 것처럼 불안한 이 기분들을 견뎌낼 수 있었다.

"제온희 씨, 들어오세요."

지유란 교수는 정밀 검사한 온희의 눈 사진을 들여다보더니 차분하게 입을 열었다.

"아무리 초기라고 해도 레이저치료를 하기엔 위험 부담이 너무 커요. 온희 씨 병변은 황반 중심에서 시작되고 있기 때문에 잘못하다간 멀쩡한 정상 조직까지 파괴될 수 있어요."

"그럼……."

"당분간은 계속 안내주사를 해서 경과를 지켜볼 거예요. 항체를 직접 눈 속으로 주사하는 방법이에요."

"……."

"망막에 직접 주사를 하기 때문에 아플 수 있어요. 미리 마음의 준비를 하도록 해요."

드물긴 하지만 감염이 되면 합병증이 올 수도 있으니 각별히 조심해야 한다는 말에 원영은 딸의 손을 꼭 잡았다.

"이미 손상되기 시작한 시세포는 되살릴 수 없지만 아직 비관하기엔 일러요. 더 나빠지지 않게 우리 노력해 봐요. 준비됐죠?"

"예."

"그럼 시작합시다."

환자용 가운 차림으로 지유란 교수 진료실에서 나오는 모습을 유심히 보는 누군가의 시선도 알지 못한 채, 온희는 간호사를 따라 주사요법실로 들어서고 있었다.

19.

너에게

난

—너, 인마. 무슨 카드를 그렇게 긁은 거야!

"언제는 대학원 가면 신나게 긁어도 된다면서요."

—그것도 정도가 있지! 너는 어째 배웠다는 놈이 그렇게 개념이 없냐!

"아직 내 정도에는 못 미쳤구만, 뭘. 어쨌든 이제 와서 딴소리하니까 당황스럽네요, 아부지."

유들유들 대꾸하는 아들의 건성어린 태도에 휴대전화 너머의 아버지는 정말 화가 나고 말았다. 그렇게 대학원 대학원 노래를 불러 억지로 보내놓고 대가로 넘겨준 신용카드는 자그마치 500만 원이라는 명세서로 되돌아왔다.

아니, 이놈은 눈코 뜰 새 없이 바빠서 집에도 못 온다고 해놓고 대체 이런 데는 언제 가는 거냐 말이다. 어디 술집, 영화관, 커피 전문점, 각종 나이트클럽 이름이 좍 뜬 명세서를 펴놓고 은관의 아버지는 시큰시큰 달아오르는 뒷목을 붙들어야 했다.

─시끄럿! 카드 정지해놨으니 그리 알아!

"뭐? 뭐라고요? 뭐야! 약속이 틀리잖아!"

─서른이 코앞인 놈이 정신이 있는 거야, 없는 거야? 아, 대학원 때려치우든 말든 너 알아서 해!

"아부지? 아부지!"

끊겨버린 전화를 붙잡고 은관은 멍청하게 입만 벌리고 있었다.

매달 그렇게 쓴 것도 아니고 딱 한 달뿐인데 이런 매정한 아부지 같으니라고!

다시 전화를 걸었지만 아버지는 전화를 받지 않았다. 일부러 피하는 것인 줄 뻔히 보여서 은관은 열 번도 넘게 맹렬히 전화를 걸었다.

"아씨, 이렇게 나온다 이거지?"

아무리 씩씩거려도 정지된 신용카드가 부활할 리도 없으니 정말 미치고 팔짝 뛸 노릇이었다.

실험실에서 등록금도 지원해주고 생활비도 주고 있지만 백만 원 월급 가지고는 도저히 살 수가 없었다. 화려한 새벽 라이프는 아무래도 돈이 필요한 법인데.

"헹. 아부지 아니면 뭐 손가락 빨 줄 알고?"

은관은 빛의 속도로 전화를 귓가에 가져다 대었다. 연결이 되지 않아 초조한 마음에 발을 구르다 쌩하니 택시를 잡아탔다.

"아저씨, 한국병원이요!"

아버지가 전화해서 땡전 한 푼 지원해주지 말라고 방해공작이 들어가기 전에 움직여야 했다. 언제 봐도 쌔끈하게 생긴 간호사 언니가 지금 진료 중이라고 말리는 바람에 내장이 덩달아 오그라드는 것처럼 짜릿짜릿했다.

그래. 진료 중이면 아부지 전화도 못 받았겠지. 좋아, 좋오아!

한쪽 다리를 달달 떨며 화색 반 조급함 반으로 상기되어 진료실을 뚫어지게 응시하던 은관은 불현듯 전광판에 뜬 환자 이름을 보고 제 눈을 의심했다.

"뭐야…… 제온희……?"

동명이인이 이렇게 바로 나타날 만큼 제온희가 흔한 이름이었던 가……?

은관은 사람들이 북적일 정도로 가득 앉아 있는 대기석 속에서 제 차례가 되자 불쑥 일어서는 온희를 발견했다. 그녀의 뒤를 중년남자가 따라갔다. 두어 번 온희네 가게에 가서 논 적이 있어서 그녀의 아버지임을 금방 알아보았다.

은관은 근심 어린 뒷모습을 멍하니 지켜보다 온희가 진료를 마치고 떠난 후에야 진료실 문을 열어젖혔다.

"깜짝이야!"

"이모! 쟤 뭐야?"

"김은관! 넌 노크할 줄도 몰라? 거기다 연락도 없이 막 쳐들어오지 말랬지!"

"아, 쟤, 그러니까 제온희 뭐야? 쟤가 왜 여길 와?"

"그건 내가 할 말이다. 네가 왜 여길 와? 그리고 제온희 씨는 또 어떻게 아는 거야? 전 여친이냐?"

"아, 지금 장난하는 거 아니거든!"

유란은 조카의 생떼가 익숙한지 심드렁한 얼굴로 마우스만 달칵

거리고 있었다. 이미 예리한 감으로 이상한 낌새를 알아차린 은관은 환자용 의자에 앉아 이모의 곁으로 바짝 얼굴을 들이밀었다.

"알려줘. 알려줘. 알려주세요옹, 이쁜 누나."

"이모 잡혀가라 이거냐? 환자 비밀이야."

"소문 안 내거든? 이건 정말 중요한 일이야. 한 사람의 인생, 아니 무려 다섯 명의 인생이 걸렸다고."

"퍽이나 그렇겠다."

"아우, 진짜야! 거기에 내 인생도 포함되어 있다고. 응? 응?"

온희 때문에 민 교수가 방황하자 그 여파는 실험실 식구들뿐 아니라 그가 자문위원으로 있는 각종 기관들까지 들이닥쳤다.

새삼 민 교수님이 얼마나 대단한 존재인지 뼈저리게 알았고 그런 민 교수를 들었다 놨다 가슴앓이까지 시키는 온희가 얼마나 기함할 존재인지 혹독하게 깨닫고 있었다. 이러다 실험실 문 닫지 싶어서 동료들은 제발 어서 둘이 다시 화합하기만을 진심으로 바라고 있었다.

"안 되는 건 안 됩니다, 조카님. 돈 필요한 거면 계좌이체 해줄 테니 어여 돌아가시지요."

아, 진짜…….

목소리를 키워봤자 안 가르쳐줄 것 같아 은관은 공략 방법을 바꿨다. 좀 더 바짝 다가앉아 다 죽어가는 소리로 이모의 귓가에 속살거렸다.

"온희 어디 아픈 거지? 응? 맞다, 아니다, 한 마디만 해줘요."

"모릅니다요. 언제부터 김은관 씨가 여친도 아닌 여자한테 신경을 쓰셨나요?"

"쟤가 얼마나 착한 앤 줄 알아? 아무래도 아파서 애인한테 일방적으로 헤어지자고 한 것 같단 말이야. 그 애인은 지금 상태 장난 아니라고. 충격 받아서 일도 그만두고……."

이 정도에도 유란은 끄떡없었다.

에이, 여기까지는 말 안 하려고 했는데.

"그 애인이 우리 교수님이란 말이얏!"

그제야 이모가 놀란 눈으로 돌아보았다. 은관은 다 포기하는 심정으로 어깨를 축 늘어뜨린 채 푸념하듯 한숨을 쉬었다.

"내가 알기로 민 교수님한테 온희가 첫사랑이라고. 정말 좋아했던 모양인데 온희가 갑자기 헤어지자고 했나봐. 실험실도 갑자기 그만뒀어. 그 후로 민 교수님 충격 받아서 휴가 내고 실험실 오도 가도 안 해. 내가 얼마나 민 교수님 안 좋아했었는지 알잖아. 근데도 불쌍해 죽겠다니까?"

"민효석 교수가, 너희 그 천재 교수가 제온희 씨랑 사귀는 사이라고?"

"그렇답니다, 이모님. 그러니 좀 알려주십쇼. 우리 교수님을 살려야 이 조카가 살 것 아니냐고요. 이러다 그동안 개고생한 거 죄다 물거품 되고 실험실 옮겨야 할 판이란 말이야. 좀만 더 버티면 졸업인데, 이 사랑스러운 조카가 불쌍하지도 않아?"

"……."

유란의 얼굴에 갈등의 빛이 어렸다.

"온희 무슨 문제 있지? 그런 거 아니면 갑자기 돌변할 애 아니야. 지금 저 혼자 다 뒤집어쓰고 욕먹으면서…… 에휴. 역시 이상하다 했어. 결국 저 바보 같은 게 제 한 몸 희생하기로 작정했구만."

"……."

"알았어. 그럼 내가 묻는 말에 예, 아니오로 대답해줘요. 왜, 싫어?
그것도 마음에 걸리면…… 그래, 맞으면 볼펜을 달각거려줘. 아니면
그냥 있고."

"……."

"아, 그럼 아무 말도 안 하는 거잖아! 내가 진짜 다 알아도 이렇게
입을 합, 다물게. 응? 응?"

예, 아니오와 볼펜을 달각거리는 것 사이에 무슨 차이가 있다고?
눈을 흘기면서도 유란은 슬그머니 볼펜을 손에 쥐고 있었다.

민 교수가 돌아왔다. 섣불리 입을 열 수 없는 분위기에 은관은 조
용히 그동안의 실험 데이터와 서류들을 내밀었다.

"저…… 교수님."

주성의 부름에 은관은 불안해졌다. 사람은 좋지만 눈치가 영 없는
그가 이 시점에 무슨 얘기를 하려는지 안 봐도 뻔했다.

테이블 아래에서 허벅지를 쿡 찔러도 주성은 꿋꿋이 효석을 쳐다
보았다.

"곧 징계위원회가 열린다는 소문이 있습니다. 교수협의회에서 징
계위원도 선정했다고 하구요."

"……."

"저희에겐 솔직히 말씀해주세요. 정말 온희랑 만나셨던 거예요?
그러니까, 정말 사귀셨냐고요."

효석이 아무런 대꾸도 없이 연구비 신청서 결재란에 사인을 하자 주성은 답답한 듯 덧붙였다.

"유 교수님이 교수님 반대하는 의견 모으려고 다른 교수님들까지 설득하면서 끌어들이고 있답니다. 학생들한테 강의 평가할 때 교수님 해임 여부를 건 설문조사에서 찬성에 체크하라고 수업 시간에 대놓고 말씀하셨대요. 지금 교수님이 온희랑 눈이 맞아서 약혼녀 배신하고 버렸다는 말이 파다하다고요."

"자네들에게는 미안하게 됐네."

내심 아니라고, 모두 오해라는 대답을 기대했던 주성은 어두운 표정으로 한숨을 삼켰다.

첫 연애가 무참히 끝나고 상심한 그에게 민 교수가 술을 사준 때가 뇌리에 떠올랐다. 입 밖으로 꺼내면 안 되는 말을 어떻게 해야 할지 잘 모르겠다고, 해서는 안 되는 걸 알면서도 뜻대로 잘 안 된다고 고민하더니 그 상대가 온희였을 줄이야.

자신은 그것도 모르고 등 떠밀며 용기를 내라고 부채질까지 했으니, 정말 기가 막히고 어떻게 해야 할지 몰라 눈앞이 막막해졌다.

"얘기는 홍 교수님께 전해 들었어. 해임이 되든 다른 징계가 내려지든 곧 미국으로 돌아갈 생각이네."

움찔 놀라는 주성과 은관을 향해 효석이 조용히 덧붙였다.

"그때는 자네들 모두 데려갈 테니 걱정하지 말게. 물론 자네들이 원한다는 전제하에서지만."

"저희야 물론 데려가 주신다면야 정말 감사하지만…… 괜찮으시겠어요?"

온희를 염두에 둔 말에 효석이 희미하게 미소 지었다. 은관은 쓸쓸히 웃는 그를 물끄러미 바라보다 입술을 잘근 씹어버렸다.

솔직히 말해줘야 하는 건지 아직도 확신이 서지 않는다. 당장 두 사람을 구제해야 한다는 식으로 이모를 닦달했지만 생각했던 만큼 간단한 상황이 아니었다.

한눈썰미 한다고 자부해온 은관도 온희의 왼쪽 눈이 의안이라는 걸 전혀 몰랐었다. 남은 눈까지 잃을지 모르는 공포 앞에서 온희는 나름대로 민 교수를 위해 몸부림을 친 것이다. 어쩌면 그건 민 교수에게 그런 모습을 보이고 싶지 않은 온희의 마지막 자존심인지도 모른다.

하지만……. 계단을 내려가려던 은관의 다리가 멈칫 정지했다.

"……형 먼저 올라가."

"왜?"

의아하게 쳐다보는 주성을 버려두고 은관은 다시 교수실로 올라갔다. 문 앞에 못 박힌 듯 서서 다시 한 번 고민하다가 에이, 모르겠다, 무작정 노크를 해버렸다.

"긴히 드릴 말씀이 있습니다, 교수님."

잘하는 건지는 몰라도 지금 말하지 않으면 두고두고 후회할 것 같았다. 이런 거 저런 거 따지지 말고, 그렇게 좋아하면서 서로 슬퍼하지 말고 그냥 다시 만났으면 좋겠다.

복잡한 건 딱 질색이지만 그 바보, 지금 혼자서 엄청 무서울 텐데…….

황반변성이란 황반에 변성이 일어나 시력장애를 일으키는 질환입니다. 그중 습성 황반변성은 망막 아래에 맥락막 신생혈관이 자라서 생깁니다.

이러한 신생혈관은 황반부에 삼출물, 출혈 등을 일으켜서 중심 시력에 영향을 주며 실명을 가져오기도 합니다. 또한 진행속도가 매우 빨라 몇 주 안에 시력이 급속히 나빠질 수 있습니다.

따라서 조기진단과 치료가 중요합니다. 황반변성은 아직 그 원인이 알려지지 않았습니다…….

수도 없이 은관의 말을 곱씹고 모니터가 보여주는 내용을 읽었지만 도저히 무슨 소리인지 모르겠다. 온몸의 피가 날뛰고 머리가, 잘만 돌아가던 그의 머리가 과도한 작업을 지시받은 컴퓨터처럼 공회전을 계속하고 있었다.

얼마의 시간이 흘렀는지도 모를 만큼 멍하니 앉아 있다가 무작정 연구실을 나섰다. 효석은 그길로 그녀의 집을 찾아가 문을 두드렸다.

불 꺼진 안에서는 아무런 대답도 없었다. 이대로 이사까지 가버린 건가 싶어 가슴에 싸늘한 바람이 스쳐갔다.

"누구십니까?"

은관에게 온희 아버지가 하는 가게를 물으려 휴대전화를 꺼내던 효석은 등 뒤에서 들려온 목소리에 고개를 돌렸다.

"그동안 안녕하셨습니까."

그녀의 아버지에게 고개 숙여 인사를 했다. 전보다 마른 듯한 얼굴로 원영이 마주 인사를 했다.

"민 교수님이 저희 집에 어쩐 일로……."

"온희를 만나러 왔습니다."

"……."

"지금 어디에 있습니까?"

물끄러미 바라보는 원영의 눈빛에서 이미 둘의 사이를 알고 있음을 눈치챘다. 지금 온희는 정말로 집에 없다는 것도.

원영은 뒤늦게 효석의 시선을 피하며 냉정하게 대답했다.

"돌아가세요. 그 아이는 당분간 집에 오지 않습니다."

"부탁드립니다. 온희를 꼭 만나고 싶습니다."

"죄송합니다, 교수님. 딸이 교수님을 만나고 싶지 않아 해요. 그냥 그대로 놔둬주시면 안 되겠습니까?"

"아버님."

"인연이 아니었다고 생각해 주세요. 정말 죄송합니다. 죄송해요."

어떻게 해도 알려주지 않을 거라는 듯 원영은 단호한 얼굴로 그에게서 물러섰다. 효석은 집 안으로 들어가버리는 원영을 어두운 눈으로 바라보았다. 다시 문을 두드려도 돌아가 달라는 차가운 답변만이 돌아왔다.

한 시간을 더 기다리다가 효석은 발걸음을 돌렸다. 밤 10시가 다 된 시간이었지만 홍 교수 집 앞까지 찾아가 그를 불러내었다.

"무슨 일이야? 자네 얼굴이 왜 이렇게 파래졌어?"

"온희 일, 형님은 알고 계셨죠?"

무슨 일인가 싶어 황급히 나온 홍 교수는 굳은 얼굴로 효석을 쳐다
보았다.

"온희 어디 있는지도 알고 계시잖아요."

"민 교수."

"그 아이 어디 있습니까?"

"효석아."

"어디 있습니까?"

홍 교수는 괴로운 듯 미간을 찌푸렸다.

두 사람 모두 그에겐 피붙이처럼 아끼는 사람이었다. 효석의 마음
을 알지만 그는 온희의 결정이 옳다고 생각했다. 지금 당장은 아파서
한 치 앞마저 보기 힘들어도 그렇게 하는 게 결국 둘을 위해서도 좋
은 거라고 여겼다.

"……온희가 왜 그런 결심을 했는지 생각해본 적 있어?"

"……."

"자네에게 짐이 되고 싶지 않아서야. 그 아이 인생을 건 결정이었
다고. 온희는…… 여태 제 부모에게 짐이 되었다는 죄책감 속에 살았
어. 생각 없이 웃고 있는 것 같아도 말 못하는 그 마음은 오죽했겠
나."

효석이 힘없이 벤치 위에 앉았다. 홍 교수도 효석의 옆에 털썩 주
저앉아 길게 담배를 태웠다.

"준형이가 학회에 갔다가 독일에서 새롭게 개발된 치료법을 접했
네. 아직 완치는 장담할 수 없지만 그쪽에서 그나마 희망적인 진단을
보내줬고 이미 가기로 결정이 났어. 그러니 그냥 그 아이 편하게 보

내주게. 그 애 뜻대로 해줘."

깊은 절망에 가슴이 터질 것만 같았다. 지금 잡지 않으면, 이대로 놓치면 다시는 볼 수 없을 거라는 예감에 견딜 수가 없었다.

"저를 위해서 헤어지자고 했겠죠. 온희라면 그러고도 남을 거라는 걸 알아요. 자기 때문에 슬퍼하는 누군가가 없기를 바라는 아이니까요. 그게 그 아이 방식이라면 어쩔 수 없겠지만……."

"……."

효석이 손에 쥐고 있던 쪽지를 내려다보았다. 행복하게 해주겠다는 온희의 진심을 잃고 싶지 않다. 그런 이유로 떠나보내고 싶지 않았다.

"적어도 그 아이에게 돌아올 곳이 있다는 걸 알려주고 싶어요. 설사 결과가 안 좋다 해도 나는 상관없다고…… 기다리는 게 내 방식이라는 걸 더 늦기 전에 꼭 말해주고 싶어요."

"……."

울면서 돌아섰을 온희의 모습이 눈앞에 어른거려서, 그의 앞에서 필사적으로 애를 썼을 그 괴로움에 발밑이 꺼져드는 것 같았다.

"그러니까 형님. 부탁드릴게요."

"……."

"온희, 어디에 있습니까?"

"하……."

홍 교수는 깊이 한숨만 푹푹 쉬다 휴대전화를 꺼내들었다.

원영에게 온희를 데리고 있겠다고 한 건 그였다. 엄마의 손길이 필요할 것 같아 그러자고 했다. 지형이 녀석이 잔심부름을 도맡아 하며 최대한 마음 편하게 해주려 온 가족이 노력하고 있었다.

"어, 지형이냐? 응, 온희는?"

얼굴이 뚫어질 정도로 응시하고 있는 효석의 시선을 슬쩍 피하며 휴대전화를 고쳐 들었다. 여태까지 품 안에 끼고 있었으면서 한 마디 언질조차 해주지 않은 것을 원망하는 눈빛이라 괜스레 흠 헛기침을 뱉었다.

"온희한테 전화 받으…… 뭐? 온희가 없어? 말도 없이 나갔단 말이냐? 언제부터! 이놈아, 모른다는 게 말이 돼!"

초조하게 기다리던 효석이 굳었다. 몹시 당황하여 온희 안 보고 뭐하고 있었냐며 버럭버럭 소리를 지르는 홍 교수를 내버려둔 채 정신없이 달렸다. 그 아이를 찾아야 한다는 생각 말고는 아무것도 떠오르지 않았다.

자정이 될 때까지 주변을 샅샅이 뒤졌지만 온희를 찾지 못했다. 자전거와 함께 사라졌다는 말에 더욱 피가 말랐다.

대체 어디로 간 거냐. 타는 도중 갑자기 눈에 이상이라도 나타나면…… 그러다 다치기라도 하면 어쩌려고.

달렸다가 걷다가, 몇 번이나 걸음을 멈추었다. 음울한 가로등 불빛 아래에서 멍하니 주변을 둘러보던 효석은 어느덧 자신의 빌라 근처까지 왔다는 걸 깨달았다.

불현듯 스친 생각에 그의 얼굴에 핏기가 가셨다. 빌라 뒤편에 있는 작은 공원에 도착해서야 효석은 덜컥 걸음을 멈췄다.

자전거를 세워놓고 정자 벤치에 쪼그려 앉아 있는 작은 인영이 보였다. 하염없이 불 꺼진 창을 바라보며 미동도 하지 않는다.

널 위해서 헤어져 달라고 했었던가…….

너무도 마른 등과 갈 곳 없는 새처럼 힘없는 표정에 눈 안이 뻐근하도록 쓰렸다.

"말도 안 하고 도망치는 것, 나는 별로 좋아하지 않아."

"!"

멀리서도 알 수 있었다. 딱딱하게 굳은 채로 파드득 일어선 온희가 그를 피해 저만치 물러섰다. 주춤주춤 뒷걸음질 치는 그 모습에 효석의 시선이 어둡게 가라앉았다.

"죄, 죄송해요. 그냥 지나가는 길이어서……. 죄송해요."

귀신이라도 본 것처럼 온희는 사색이 된 얼굴로 재빨리 자전거 위에 올라탔다. 당황한 두 다리가 불안한 각도로 페달을 밟자 그의 심장이 가파르게 요동쳤다.

"거기 서. 제온희!"

효석이 그녀의 자전거 뒤를 따라 달리기 시작했다. 울음을 터뜨릴 듯 두려운 시선으로 힐끔 뒤돌아보더니 온희도 힘껏 페달을 굴리기 시작했다.

저대로 놔두면 금방이라도 넘어질 것 같아 머릿속에 오싹할 정도로 찬 기운이 쏟아졌다. 효석은 저도 모르게 손을 뻗었다.

"으, 으아악!"

반사적으로 옆으로 홱 젖혀지는 자전거에서 낚아채듯 온희를 받아 안고 바닥에 넘어졌다. 후끈후끈한 콘크리트에 팔이 쓸리고 자전거가 쓰러지며 그의 다리를 내리찍었지만 효석은 그녀를 꼭 끌어안은 팔에 더욱 힘을 주었다.

"서, 선생님…… 괜찮으세요?"

덜덜 떨리는 걸 보면서, 더 여위고 가늘어진 조그마한 손을 보면서 효석은 시큰해진 목 아래를 애써 견뎌냈다. 푹 눌러쓴 모자도 수척해진 얼굴을 가려주지는 못했다.

"다시는 나를 안 볼 생각이었나?"

"팔, 팔 좀 봐요. 피가 많이 나요."

"……나를 위해서 그래 달라고 누가 그렇게 말을 하던가? 왜 내게 물어보지도 않고 마음대로 결정하느냐 말이야."

거짓말처럼 그녀의 떨림이 멈췄다. 먹통이 된 시계처럼 온희는 멍하니 그를 바라보았다.

"자네 이외의 사람에게 이런 감정을 가지지 못할 거라고 했잖아. 그러니까 같이 이겨나가자고…… 말했었잖아."

"무, 무슨 말씀 하시는 거예요? 같이 이겨나가고 할 일이 뭐가 있겠어요? 저는 그냥 계속 교수님을 만나는 게 무섭고 부담스러워서…… 그것뿐이에요."

"……."

"저는 이미 다 정리했어요. 선생님답지 않게 왜 이러세요. 전에도 말씀드렸잖아요. 자꾸 이렇게 나오시면 아무리 저라도 짜증나요."

그때도 이랬을 텐데 왜 알아차리지 못했을까. 일부러 못된 말만 골라 하는 모습이 어색하게 느껴졌다. 모진 소리를 잘하지도 못하면서 마치, 스스로를 잘라내는 것처럼 가여우리만치 애를 쓰고 있었다.

"오늘 온 건 그냥 죄송해서였어요. 너무 무책임한 것도 있었고…… 딱 하나 그게 마음에 걸린 것뿐이에요. 그러니까 이제는 그만

신경 쓰셨으면 좋겠어요."

"제온희."

"정말 죄송해요. 그만 가볼게요. 팔 꼭 치료하세요."

들키고 만 것에 대한 당혹감. 부담을 주고 만 것에 대한 미안함. 그럼에도 외면할 수밖에 없는 괴로움들. 그 모습이 너무나 아프고 안쓰러워서 효석은 또다시 도망치려는 온희의 팔을 움켜잡았다.

"하지 마세요. 놔주세요……."

"아아, 그래. 무책임하지. 자각이 있다니 다행이네. 그래서 이 밤중에 삼십 분이 넘는 시간을 달려서 여기까지 와주고, 고맙기 그지없게 생각해."

냉정한 말투가 온희의 가슴을 꿰뚫었다. 그의 차가운 음성에 그녀는 대답하지 못하고 입술만 깨물었다.

"그거 아나? 벌써 보름째 리키가 살았어. 일산화탄소, 메탄, 녹말, 포름산을 넣고 배양했더니 살더군. 개인적으로는 리키가 포름산을 이용해서 수소를 생성하고 ATP(생체에너지)를 만들어 증식하는 것으로 생각하고 있네."

"그게 어떻게 가능……. 포름산으로 ATP를 만든다고요?"

불가능한 생명현상이다. 포름산은 미생물의 탄수화물 대사의 최종 산물 중 하나로 다량 축적되는데다 분해되려면 추가적으로 에너지를 요구하기 때문에 열역학적으로 가능할 수가 없는 대사 패턴이었다.

하지만 그의 설명을 들으니 살기 위해 포름산을 이용해서 열심히 대사 작용을 하고 있을 리키의 노력이 눈앞에 그려졌다.

"우리 몸도 그러잖아. 초반에 손해를 보더라도 에너지를 투자해서 훗날 더 많은 에너지를 회수하지. 리키라고 못할 이유가 없어."

"증명할 수 있는 거죠? 선생님이 밝혀낼 방법도 알아내신 거죠……?"

"즐겁기보다 할수록 벅차고 힘이 든다고 했었던가?"

순간 꿀 먹은 벙어리처럼 그녀는 고개를 떨어뜨렸다.

"도저히 미생물이 맞지 않는 사람이라고 볼 수가 없어. 지금 자네 눈…… 빛나고 있다고."

볼에, 입술에, 목덜미에 뜨거운 것이 흘러내렸다. 온희는 입술 사이로 새어나오려는 흐느낌을 악물어 참으며 자신의 옷자락을 힘껏 움켜잡았다.

품 안으로 확 끌어당기는 그의 팔뚝에 억눌린 힘줄이 파르르 돋아났다.

"그렇게 밀어내도 나는 안 가. 말했잖아. 네 눈은 지금의 너를 만든 일부에 지나지 않는다고. 아무렇지도 않다고."

"……언젠가 후회하게 될 거예요. 귀찮고 번거로워서 지금 붙잡은 거 후회할 거라고요."

더욱 세게 껴안는 힘에 온희가 울먹이며 화를 냈다.

"왜 저를 나쁘게 만드세요. 교수님은 저랑 다른 사람이잖아요. 이건 정말 애꾸일 때보다도 더 나쁘단 말이에요……."

생명줄 마냥 붙잡고 있던 옷자락이 부끄럽게 느껴졌다. 지나친 욕심을 드러내고만 어리석음이 비수가 되어 심장에 박혀왔다.

비참하다. 서럽고 창피했다. 괜히 왔다는 자책과 다시 그에게 안겨 있다는 기쁨이 서러움과 함께 터져버렸다.

"그래. 더 나쁠지도 모르지. 어쩌면 앞으로 더 나빠질지도 모르지만."

효석은 온희를 꼭 안으며 눈을 감았다.

이만큼 커다란 사랑을 그는 받아본 적이 없다. 태어나 이렇게 두려운 적이 없었다. 이렇게 견딜 수 없이 슬픈 적도, 동시에 이토록 기쁜 적도 없었다.

"그래도 온희야. 포기하지 마라. 나도, 너도…… 이렇게 놓지 마."

이대로 시간이 영원히 멈췄으면 좋겠다고 생각했다. 그의 가슴에 손을 올리고 엉엉 울어버리는 이 시간이, 셔츠를 적시는 뜨거운 눈물의 느낌이 미칠 듯이 좋았다.

그의 집 근처에 몇 번이나 왔지만 집 안에 들어온 건 처음이었다. 먼지 하나 없이 깔끔할 거라고 생각했던 것을 비웃듯 집 안은 상당히 엉망이었다.

"어…… 음, 어쩐지 교수님 이미지랑…… 좀 다르네요."

효석은 온희의 농담 섞인 말에 흐릿하게 웃었다.

어질러진 모습들은 자신의 모습과 닮아 있었다. 전에는 절대 참지 못했을 그 무질서들이 아무렇지도 않았다. 지금 제온희 말고는 아무것도 생각할 수 없는 그의 머릿속처럼.

조금 전까지 울어놓고 또 왠지 쑥스러워서 온희는 그의 팔에만 시선을 박고 있었다.

"후-후- 아파요?"

"괜찮아."

그녀는 머리카락 한 올도 다치지 않았지만 그의 몸은 여러 군데가 벗겨져 피가 나고 있었다. 효석은 팔과 목덜미에 소독약을 발라주는 온희를 물끄러미 응시했다.

"이 시간에 말도 안 하고 나오면 어떡하나? 부탁이니까, 제발 사람 놀라게 하는 것도 조금만 해주게."

"어, 말투 돌아왔다. 에이, 좀 괜찮아지나 싶었는데."

열린 발코니창 사이로 빗소리가 흘러들어왔다. 적막한 틈을 파고 들어 사각사각 붕대 자르는 소리만 더욱 크게 들려왔다. 마치 외딴 섬에 둘만 떨어져 있는 것 같은 기분이었다.

"……자전거는 왜 탄 거야? 올 거면 택시를 타고 오지."

"그냥……. 사실 저 자전거 되게 잘 타거든요. 한쪽 눈으로도 잘 타려고 얼마나 악착같이 연습했게요. 근데 이제 못 탈지도 모른다고 생각하니까…… 갑자기 그냥 막 타고 싶더라구요."

"……."

아직 눈이 멀쩡하다는 걸 확인하고 싶었다. 막상 검사를 하고 결과가 나오면 희망적인 얘기는 많지 않았다. 갈 때마다 조심해야 할 사항은 늘어 가는데 그녀의 오른쪽 눈은 아직도 세상을 잘 담아내고 있었다.

괜찮다는 걸, 사실 그렇게 나쁘지 않다는 걸 확인하고 나면 조금은 더 편하게 잠이 들 수 있을 것 같았다.

"선생님. 드릴 말씀이 있어요."

온희가 속삭이듯 말한다. 근심이 걷히지 않은 얼굴을 보니 무슨 생각을 하는지 짐작이 갔다.

"기다릴 거야."

그녀의 눈이 동그랗게 커졌다. 홍 교수에게 들었음을 짐작한 온희가 멋쩍은 미소를 지었다.

"얼마나 걸릴지 모르는데."

"그래도."

"정말로요? 정말 기다려 주실 거예요?"

웃고 있는 목소리에 영 힘이 없었다. 효석은 시무룩하게 손끝만 꼬물거리는 온희의 머리를 부드럽게 헝클었다.

"그래. 그러니까 독일 의사한테 한눈팔지 말게. 나도 내가 이렇게 집착하는 성격인지 미처 몰라서 아주 당혹스러우니까."

"저한테 집착하세요? 으히, 좋아라."

장난스레 대꾸하는 그녀의 볼이 잘 익은 사과처럼 달아올랐다. 다시 머리를 매만져 부드럽게 정돈해 주는 손길 사이로 침묵이 흘렀다.

그의 공간에 단둘이 있다는 것만이 느껴진다. 까마득한 옛날이었던 것처럼 전에 둘이서 어떻게 시간을 보내곤 했는지 기억이 나질 않았다.

"오늘…… 자고 가."

긴 침묵 후에 그가 담담히 웃었다. 올곧은 눈길에 귀까지 발개진 채 온희는 천천히 고개를 끄덕였다.

"가기 전까지 같이 있자."

"선생님은 학교 가잖아요."

"쉴 거야."

얼마 전에 쉬어놓고 또 어떻게 쉬냐고 물으려다가 그녀의 안색이 어두워졌다.

"선생님. 학교는…… 어떻게 됐어요? 우리 일, 그냥 넘어가지 않을 텐데."

"신경 쓰지 않아도 돼."

"어떻게 신경을 안 써요? 일은 둘이 벌였는데 수습은 선생님 혼자 해야 하잖아요."

온희는 입술을 깨물며 고개를 숙였다. 그녀는 학교를 떠난 입장이지만 그는 아니다. 혼자만 편하자고 효석만 사지에 버려두고 온 것 같아 가슴 한쪽이 무거워졌다.

"그건 나중에 생각하자. 나중에 해도 늦지 않아."

"그래도…… 네. 그래요. 여기서 우리끼리 걱정해도 뭐가 바뀌는 것도 아닌데."

"그래."

그래. 온희야, 나도 널, 네가 나를 위해 한 것처럼 널 지킬 거니까. 뭐든 할 각오가 되어 있으니까.

"일단 씻고 올게."

"어, 음…… 네. 상처 조심하구요."

욕실 문을 잠그고 샤워기를 틀었다. 효석은 욕실 벽에 팔꿈치를 기대고 이마를 파묻었다.

감은 눈 사이로, 꽉 움켜쥔 주먹 사이 위로 뜨거운 눈물이 흘러내렸다. 악문 잇새로 흐느낌이 새어나왔다. 심장이 한 움큼씩 뜯겨나가는 것 같은 괴로움이 쏟아지는 물줄기를 타고 다시 터진 핏줄기를 올올이 흘려보내고 있었다.

"선생님……."

함께 같은 길을 걸을 수만 있다면. 또 한 번 같은 곳에서 같은 목표를 향해 갈 수만 있다면 무슨 짓이든 할 텐데.

욕실 문 밖에 기대서 있는 온희의 눈에서도 소리 없는 눈물이 흘러 내렸다.

돌처럼 단단하기만 하던 남자가 숨죽여 흐느끼는 소리에 깊은 밤 빗줄기는 사이로 맑은 손톱 달이 창백한 낯빛을 감추고 있었다.

20.

또 하나의
여름

아빠에게 전화를 했다. 민 교수님과 함께 있다가 돌아가겠다는 말
에 아빠는 한동안 아무 말씀이 없으셨다. 그렇게 되었구나, 라는 대
답을 끝으로 잘 놀다 오라는 허락이 떨어졌다.

그가 물을 들고 침실로 들어섰다. 침대 위에 앉아 있던 온희는 편
안한 차림의 그를 보고 싱긋 미소 지었다.

"왠지 선생님은 집에서도 정장 차림일 것 같았는데."

"전에도 말했지만 자넨 날 가끔 사람으로 보지 않는 것 같아."

효석이 온희의 이마에 가볍게 입술을 눌렀다. 그를 기습적으로 끌
어당기며 온희는 키득키득 웃었다. 이런 때조차 진지한 얼굴이 너무
나 좋다.

"이제 자. 이리 와."

조금 긴장한 채로 그의 품에 안겼다. 같은 곳을 바라보고 누운 온
희의 허리에 효석이 팔을 두르고 살짝 토닥여주었다.

내심 드디어 오늘 일을 치르는구나, 생각했던 온희는 정작 그가 또

아무 짓도 하지 않자 묘한 기분이 들었다. 안도감 반, 황당함 반 정도.

"키스해주세요."

당돌한 요구에 온희의 머리에 입술을 묻고 있던 그가 빤히 내려다보았다.

"왜요?"

"얌전히 자면 안 되나?"

"키스해달라는 게 뭐가 어때서요? 어딜 봐도 순수하고 얌전하기만한데요."

입술을 삐죽이나 싶더니 보드라운 혀가 그를 깜짝 침범했다.

아무런 기교도 없이, 그저 순수하고, 장난스럽고, 담백한, 온전히 민효석을 향한 마음이 녹아 있는 키스였다. 애가 탈 정도로 사랑스럽게 빨아대던 온희가 그의 입술 위에 작은 숨을 뱉어내자 효석이 천천히 상체를 세웠다.

입술을 붙인 채 그녀의 머리가 베개 위에 놓이고 키스는 아까보다 짙어졌다. 부드럽게 물고 파고들던 입술이 조금씩 격렬해졌다.

맞닿은 허벅지 위로 뜨겁고 단단한 감각이 느껴져 온희는 낮게 신음하며 더듬더듬 그를 불렀다.

"선생님……."

"이건 내 의지가 아니야."

"그럼요? 냉철한 이성으로 통제하던 건 어디 가고요?"

그가 다시 엄한 눈길로 내려다본다. 어쩐지 그 모습이 조금 귀여워 보여서 온희는 비식 웃었다. 그녀를 따라 피식 웃은 그가 짐짓 가벼운 어투로 대꾸했다.

"생각해보니 그렇군. 자네와 내가 냉철한 이성으로 통제해야 할 관계가 아닌데, 쓸데없는 짓을 하고 있었어."

"흥, 제가 꼬시기 전엔 그럴 마음도 없었으면서? 밥상을 줘도, 그것도 아예 차려줘도 안 먹잖아요."

"이러지 말게. 나는 분명 자네를 재우려고 했어. 관대하게, 자네를 위해서."

"어흥흐흐. 정말요?"

온희는 목덜미를 길게 핥는 느낌에 전율하며 웃음을 뚝 그쳤다. 그의 머리칼이 턱 아래를 배회한다. 조금 전까지 격정적으로 입술을 휘젓던 그의 혀가 쇄골 아래까지 내려가 뜨거운 숨결을 뱉어내고 있었다.

효석은 반사적으로 고개를 틀어 가리려는 것을 막고 찬찬히 그녀의 얼굴을 바라보았다. 안대를 하고 있지만 그마저도 사랑스러웠다.

간단한 옷가지들이 어딘가로 떨어지고 드러난 곳곳에 입술이 드리워졌다. 길고 단단한 손가락이 가슴을 천천히 건드렸다.

"흐읏."

통통한 가슴에 도도록하니 솟아 있는 정점을 입 안에 머금고 쓸어올리자 온희가 어깨를 떨었다.

그녀의 묘한 반응을 알아챈 효석이 소리가 날 정도로 강하게 빨아들이자 온희는 벼락처럼 들어차는 찌릿한 느낌에 펄떡이듯 움찔거렸다.

"흐읍."

"아파?"

새빨개진 얼굴로 고개를 저으면서도 온희는 두근두근 기대하는 눈빛으로 그를 쳐다보았다. 효석은 달래듯 혀를 옭아매며 보드라운 다리 사이에 손가락을 살짝 가져다 대었다.

그녀의 모든 것을 아로새겨 넣으려는 듯, 효석은 얼굴 곳곳에도 부드럽게 입술을 내리며 속삭였다.

"지난 생리, 24일에 했지?"

온희가 움찔 몸을 떨었다.

"콘돔은 필요 없겠군."

"자, 자연피임법은 위험한 거랬어요! 누구보다 잘 아시면서……."

"이번 생리까지 고작 5일이 남았지. 물론 자네의 주기가 정확하다는 전제가 있어야 하지만 내가 알기로 자네 주기는 단 한 번도 틀린 적이 없이 정확한 것 같더군. 그러니 지금까지 배란이 안 되었을 확률은 거의 없지."

"!"

이런 무서운 남자를 보았나, 하는 표정에도 그는 빙긋 웃기만 했다.

"그, 그걸 어떻게 아셨어요?"

"자네 생리 일 때면 미묘한 행동 변화가 있거든. 얼굴이 평소보다 붉어지고 먹는 것도 많아질뿐더러 기분이 자주 오락가락했지. 처음엔 그래서 알게 됐는데 지켜보니 그 주기가 굉장히 일정하다는 걸 확인했고."

"……."

"직업병이니 이해해줄 거라 믿네."

멍청하게 쳐다보고 있던 온희가 이내 깔깔 웃었다. 천하의 민효석이 머릿속으로 여자친구 배란일에 생리 날짜까지 세고 있었을 모습을 생각하니 견딜 수가 없었다.

한 번도 이런 적이 없겠지. 그가 처음 하는 것들이, 충동적인 모습도, 욕망을 드러내는 것도, 고백도, 이렇게 장난치는 것도 모두 내게서 비롯되었음을 볼 때마다 하늘을 둥둥 떠다니는 것만 같았다.

"엇, 아니, 뭐하는……."

그녀가 방심한 사이에 두 어깨와 팔 사이에 허벅지를 붙잡아 고정시킨 효석이 다리 사이에 얼굴을 묻었다. 뜨끈하게 젖은 혀가 예민한 곳을 부드럽게 핥자 온희가 엉덩이를 바동거렸다.

"장, 장난치는 거죠! 으씨, 으이씨……."

마찰하는 젖은 소리를 따라 간지럽고 저릿한 감각이 몸의 근육들을 조여댄다. 현미경을 들여다보는 모습이 너무나 잘 어울리는 그의 얼굴이 제 은밀한 곳에 파묻힌 것을 내려다보며 온희는 가느다란 탄성을 흘렸다.

벌어진 허벅지를 감싸 안은 남자의 두 팔, 점점 더 노골적으로 물고 핥는 뜨거운 혀의 느낌, 스스로도 느낄 만큼 젖어가는 몸의 변화에 그녀는 경련하며 신음했다.

효석이 홧홧한 그녀의 안으로 들어섰다. 입술 사이로 신음이 터져나와 바스락거리는 이불 소리에 섞여든다. 그의 것을 힘겹게 받아들인 허리가 은은한 조명 빛을 받으며 움찔거렸다.

너무 아프다. 다정한 그가 좋다. 생소한 아픔. 낯선 감각과 통증들. 정말 섹시한 사람이었구나 하고 깨달을 만큼 흐트러진 효석의 얼굴을 매만졌다.

"많이 아파?"

"참을 만해요."

그가 웃는다. 그녀도 따라 웃었다. 시간을 다시 돌려도 이 남자를 사랑하게 될 것 같았다. 연약하고 하얀 몸이 구릿빛 팔에 매달리며 깊고 강한 움직임에 정신없이 휘둘렸다.

서로 엉킨 다리가 제자리를 벗어나 어지럽게 흔들릴수록 그는 부드럽게 키스해주었다. 그의 일부분이 아프게 해도 온희의 속살은 절대 놓아주지 않을 듯이 달라붙었다.

"흐읏, 훗. 하아."

그의 팔에 걸쳐진 두 다리가 허공에서 흔들린다. 고통과 희열의 모호한 경계에서 온희는 필사적으로 효석에게 매달렸다. 거친 숨결을 토하던 그가 깊고 강하게 잠겼을 때, 불덩이를 삼킨 것처럼 뜨거운 바람이 몇 번이나 귓전에서 속살거렸다.

사흘 동안 아무것도 하지 않았다. 늦게 배운 도둑질이 무섭다고, 효석과 온희는 하루에도 몇 번씩 서로를 알아가는 데에 몰두했다. 그녀가 거울이라도 보고 있으면 그가 부드러운 손길로 가슴을 움켜쥐며 입을 맞춰왔다. 그가 물이라도 따르고 있으면 그녀가 다가와 장난스레 옷자락을 들추며 손가락을 까딱거려 유혹했다.

"흐앗, 선생님, 그만……."

소파에 누운 효석은 자신 위에 올라탄 채로 움직이던 온희가 몸을 떼려고 하자 재빨리 그녀의 허리를 끌어당겼다.

그의 것이 속살 깊은 곳에 박혀 밀어 올리고 빠져나갈 때마다 머리털이 쭈뼛 설 정도로 묘한 쾌감이 그녀의 온몸을 휩쓸었다. 가슴이 으깨진 두부처럼 짓눌릴 정도로 세게 안긴 온희는 아래에서 거칠게 허리를 쳐올리는 그의 움직임을 받아내며 소파 팔걸이를 움켜잡았다.

"하악. 그마안……."

효석은 못 들은 척하며 허리를 감싸고 있는 팔에 더욱 힘을 주었다. 몇 번이나 그녀의 안에 쏟은 흔적 때문에 젖은 마찰음이 커져갔다.

온희 안에 잠긴 곳부터 시작해서 전신이 녹아내릴 것만 같다. 그동안 절제하며 살아온 것을 보상이라도 받으려는 듯 효석은 거침이 없었다.

그의 가슴 위에 얼굴을 묻고 한참 동안 거친 숨을 몰아쉬던 온희가 빼꼼히 시선을 들어 조용히 눈을 감고 있는 효석을 쳐다보았다. 손가락으로 어깨를 빙빙 돌며 원을 그리자 그가 작게 웃음을 흘렸다.

"……선생님."

"응."

"정말 기다려 주실 거예요? 근데 오래 걸리면 안 기다리셔도 되는데……."

미안함과 쓸쓸함으로 그렇게 온희는 마지막까지 효석이 돌아서 갈 기회를 만들고 있었다. 믿지 못해서가 아니라 두려워서, 끝내 오른쪽 눈마저 잃게 될까 봐.

그 부단한 노력과 아픈 인내심에 가슴 한구석이 베인 듯 시렸지만 효석은 조용히 미소를 지었다.

"인내심이 부족하면 과학자로는 실격이야. 그런 면에서 나는 뼛속까지 과학자고. 나는 너도 그렇다고 생각해."

"⋯⋯."

"그러니까 다시 말하지만 독일 의사랑 정분이나 나지 말게. 가만두지 않을 테니까."

"오, 가만 안 두면 어떻게 할 건데요?"

눈을 빛내며 그녀가 고개를 들었다. 효석은 온희의 머리카락 끝을 매만지며 씩 웃었다.

"정분 난 놈 만나러 나가지도 못하게 마구 해주겠네."

"네? 뭘요?"

어리둥절해하는 그녀의 엉덩이를 꽉 움켜쥐자 그제야 알아듣고 화들짝 놀라며 발버둥을 친다. 얼굴이 새빨개져서 노려보는 모습에 효석이 싱긋 입꼬리를 올렸다.

"진짜⋯⋯ 완전히 속았어. 이렇게 음탕한 줄 몰랐어. 세상에, 어떻게 이렇게 진지한 얼굴로⋯⋯."

"다 벗고 내 위에 올라탄 채로 할 말은 아닌 것 같네만."

"우씨⋯⋯."

분하다며 시근덕대는 그녀의 엉덩이를 토닥토닥 해주었다. 궁싯거리면서도 가만히 있는다. 그 모습이 또 예뻐서 그녀의 머리에 입을 맞추었다.

"다 나으면, 건강하게 돌아오면 다시 공부하자. 미국에 같이 가면 좋겠어. 더 넓은 세상에서 자네한테 날개를 달아주고 싶어. 거기에선 같은 실험실에 있을 수 있으니까."

온희는 잠시 말이 없었다. 복잡한 심정을 이겨내느라 입술 끝이 떨렸지만 발딱 고개를 다시 들었다.

"그러다 진짜 날아가 버리면요?"

"회귀 기능은 기본으로 장착한 날개야."

"푸하."

장난스레 웃음을 터뜨리는 온희에게 효석이 진지하게 덧붙였다.

"좋은 옵션을 알려주자면 특별 지도도 받을 수 있어. 자네에게만 특별히, 일대일로. 그리고 학위를 받고 나서 나와 공동 연구를 하는 거네."

"제가…… 선생님을 따라갈 수 있을까요? 오히려 방해될까 봐 겁나는데."

"따라가다니. 내가 달아주는 날개가 그렇게 형편없을 거라고 생각하지 말게."

기가 찬다는 표정에 온희는 어깨를 으쓱했다.

"솔직히 하드웨어든 소프트웨어든 너무 차이 나잖아요."

"자네는 업그레이드라는 게 왜 있다고 생각해?"

"……."

"처음엔 강바람도 버겁겠지만 어느새 바다 위를 날고 있는 자네를 보게 될 거야. 그러다 보면 태풍 속에서도 흔들리지 않게 되겠지."

"선생님이 힘들게 얻으신 것들을 전 거저 얻는 거네요."

"나를 차지한 사람의 특권이지."

아, 돌아왔다.

역시 민 교수는 오만할 정도로 자신만만할 때가 가장 빛이 난다.

슬퍼하는 모습은 어울리지 않는다. 그 원인이 자신 때문이라면 더 싫다. 돌아와서도 늘 이렇게 빛이 나는 도도한 민효석을 만나고 싶었다. 웃으면서, 이렇게 좀 더 재수 없이 대답하면서.

"그런데요. 제가 아직 선생님이 얼마나 변했는지 알 수가 없어서."

"음?"

"……저 간 다음에도 그렇게 막 웃으시면 안 돼요."

"뭐?"

"다른 사람들한테 너무 잘해주지 말라구요. 원래 안 그랬잖아요."

그녀가 싫은 얼굴로 고개를 발딱 들었다. 효석의 얼굴 옆에 두 팔을 뻗어 받치고서 온희가 인상을 썼다.

"원래 선생님 그렇게 환하게 웃지도 않았잖아요. 비웃는 건 잘했어도. 말도 막 신랄하게 하고. 구박도 엄청 하고. 변하지 말고 하던 대로 하시라구요."

"……."

"안 그러면 진짜 내가 억울해서……. 아셨죠? 저는 싫어요. 지인짜 싫어요."

"온희야."

자신이 말해놓고도 조금은 창피한지 다시 고개를 그의 가슴에 파묻었다. 눈을 내리깔고 보니 귀가 새빨개져 있었다.

불러도 못 들은 척 딴청을 피우는 모습이 귀여워서 효석은 단숨에 자세를 바꾸어 온희를 소파 위에 눕혔다.

"하자."

"아직도 힘이 남았어요?"

"또 하고 싶어졌어."

"어흐, 내가 잘못 봤어요. 이건 짐승이 슈퍼컴퓨터 지능을 가진 거 같아. 슈퍼음란컴퓨터."

"그러니까 하자."

"뭐가 그러니까예요……."

아까 내보냈던 것이 질척하게 남아 있는 곳에 다시 깊이 파고들며, 효석은 살굿빛 등이 발갛게 물드는 것을 내려다보았다.

울 것처럼 헐떡이는 숨결이 가슴 언저리를 애타게 한다. 억지로 잡아서 가둬서라도, 구차하게 매달려서라도 곁에 붙들고 싶었다. 입 밖으로 낼 수 없는 마음이기에 더욱 후회 없이 그녀를 안았다.

엎드린 채 흔들리는 온희의 몸 위로 상체를 굽히고 얼굴을 붙잡아 돌려 긴 키스를 하면서 그는 처음으로 기도라는 것을 했다. 기적을 바란다고. 단념하지 않는 사람에게만 찾아든다는 그 기적이라는 것을 이토록 간절히 원한다고.

온희와 함께 보내는 마지막 날 밤, 효석은 잠든 온희 곁에서 긴 편지를 썼다. 어려서 어머니의 날과 아버지의 날에 할머니와 패틴슨 교수에게 두어 번 쓴 이후로 처음 쓰는 편지였다.

사락거리는 종이의 소리와 뒤척이는 온희의 맨 어깨, 다시 내리기 시작한 빗소리 사이로 그의 진심이 잉크를 따라 천천히 스며들었다.

사랑하는 할머니.

마지막으로 할머니께 보여드린 모습이 좋지 못해 마음이 무겁습니다. 온희가

몸이 좋지 못해 치료를 받으러 곧 독일로 떠납니다. 서로를 위한다는 이유 때문에 많은 일들이 있었고 지금도 여러모로 상황이 좋지 못하네요.

할머니. 저는 어떻게 해도 온희를 놓을 수가 없어요. 불효를 저지르고 있다는 것 잘 압니다. 하지만 평생을 후회 속에서 살고 싶지 않아요. 부디 이 아이를 안 된다고만 하지 마시고 예쁘게 봐주세요. 진심으로 부탁드릴게요.

할머니의 뜻에 따라 한국 대학에 몸을 담았지만 제게는 아무래도 미국이 잘 맞는 것 같습니다. 여러모로요. 이제야 행복하다는 느낌이 들지만 온희가 돌아오는 대로 할머니를 모시고 미국에서 살고 싶습니다. 우리 가족은 너무 오래 떨어져서 살았잖아요. 정말 오랫동안이요.

늘 할머니를 생각합니다. 할머니도 그러셨으면 좋겠어요.

할머니를 사랑하는 손자 민효석 올림

†

온희는 떠났다. 그 아이의 흔적은 아직도 남아 있다. 집 안 곳곳에, 침대 위에, 실험실에 짧은 시간 동안 깊이 각인되어 있었다.

효석은 그 어느 때보다 옷을 갖춰 입었다. 불명예스러운 자리이어도 긴장은 되지 않는다. 어떻게든 몰아가고 싶겠지만 그 또한 쉽게 온희와의 관계를 더럽히게 두지는 않을 작정이었다.

이용학 교수가 섰던 바로 그 교수회관에 효석과 징계위원회 교수들이 참석했다. 당당한 위세로 앉아 있는 유대훈 교수를 보면서 그는 더욱 자세를 바로 세웠다.

또 한 명의 위원인 홍 교수가 묵묵히 자리에 앉는 효석을 안타까운 눈으로 바라보았다.

어리석은 녀석.

이건 끝이 예정된 싸움과도 같았다. 얼마나 유명하고 인정받는 사람이든 유 교수와 불편한 관계를 자초한 것도 모자라 스캔들까지 일으킨 젊은 부교수를 이런 꼰대 같은 교수들이 곱게 봐줄 리가 없었다. 아무리 두뇌가 비상하고 십 년 동안 교수를 해왔다고 해도 지금 홍 교수의 눈에도 효석은 첫사랑에 맹목적으로 빠져 제 발만을 보고 있는 젊은 청년일 뿐이었다.

"민효석 교수에게 묻겠습니다. 석사과정에 있었던 제온희 학생과 부적절한 관계를 가진 것이 사실입니까?"

유대훈 교수가 날카롭게 따지고 들었다. 죄인과 그를 심문하는 중세의 재판정처럼 긴 타원형의 탁자 앞에 앉아 있던 교수들의 날선 시선이 효석에게 집중되었다.

"석사과정에 있었던 제온희 학생과 교제를 한 것은 사실이지만 부적절한 관계라는 표현은 부인하겠습니다."

"그럼 그 관계가 정당하다는 것입니까? 당시 민 교수에게는 이미 약혼녀가 있었습니다. 제 조카였으니 이것을 부인할 수는 없겠죠. 학생과의 관계 때문에 파혼했다는 대자보까지 붙었는데, 이게 부적절하지 않으면 달리 뭐라고 표현해야 하는지 모르겠군요."

효석은 누가 학교에 제보를 했는지 짐작했다. 대자보를 붙인 사람도.

아마 둘은 동일 인물일 것이다. 자신과의 약혼 일이나 온희에 대해 비교적 상세하게 알고 있는 사람. 이 일로 그를 궁지로 몰 수 있는 조력자를 가진 사람. 잠시 한숨이 나왔지만 그가 감수해야 할 일이었다.

"……유 교수님뿐 아니라 대부분 결혼한 분들이시니 솔직히 여쭤보겠습니다. 여기 계신 분들 중 인연이 아니라고 생각이 드는 사람과 결혼하신 분 계십니까?"

차분하지만 단호한 목소리에 회의실 내부는 조용해졌다.

"제온희 학생과 교제하기 전에 유 교수님 조카분과 약혼했던 것은 맞습니다. 하지만 인연이 아니라고 생각했고 파혼을 하기를 원했습니다만 상대 쪽에서 거부했습니다. 그분이 거부한다고 인연이 아닌 사람과 끝까지 결혼해야 한다고 생각하시는 분, 계십니까?"

무거운 침묵이 감돌자 유 교수가 발끈하며 끼어들었다.

"부적절한지 아닌지는 사건의 순서가 정해져야 따질 수 있는 겁니다. 약혼 상태를 유지하고 있는 동안 제온희 학생과 관계를 가진 것이 맞습니까?"

잠시 효석에게서는 대답이 나오지 않았다.

"정신적인 관계를 말씀하시는 거라면, 그랬을지도 모릅니다."

"그러니까 분명 파혼 전부터 시작됐다는 거군요?"

"감정적인 면을 문제 삼는 거라면 이의 있습니다. 화가 나거나 기뻐하는 기분만으로 사람을 처벌할 수 없듯이 지극히 사적인 감정으로 사건이 잘못 해석되는 건 옳지 않습니다. 제온희 학생과 정식으로 만나기 전에 저는 이미 파혼을 통보했기 때문에 전혀 문제 될 것이 없습니다."

오만해 보일 정도로 막힘없이 대답하는 것이 신경에 거슬렸다. 이래서 머리 좋은 것만 믿은 놈들은 피곤하다고 유 교수는 몇 번이나 고개를 저었다.

"제보에 따르면 먼저 유혹한 쪽이 제온희 학생이라고 하던데, 사실입니까?"

효석의 얼굴이 굳었다. 새하얀 셔츠 깃들과 채 열 개도 되지 않는 적대적인 시선이 그 순간만큼은 태산처럼 높고 섬뜩해 보였다.

숨 막힐 듯 압박해오는 눈동자들도, 부도덕한 교육자로 낙인찍으려는 비열한 공모도 두렵지 않다. 지금까지 시기 질투로 공공연히 따돌리고 싶어 하는 사람들이 한둘이 아니었던 만큼 그에게 가해지는 공격은 아무렇지도 않았다.

하지만 두렵다. 온희가 이대로 부도덕한 존재로 남을까 봐, 그 아이가 돌아왔을 때 오점을 안아야 할지도 모른다는 생각에 일순간 기분이 막막해졌다.

짐이 된다는 기분. 아마, 그 아이도 이런 기분이었을 것이다. 소중한 사람을 망칠 수도 있다는 두려움이 순간 맥박을 타고 쉼 없이 고동쳤다.

"민 교수. 대답하세요. 사실입니까?"

"지금 하신 질문에 대답할 필요를 느끼지 못하겠습니다."

그가 똑바로 쳐다보자 유대훈 교수는 점점 더 심사가 뒤틀렸다. 인상을 쓰는 다른 교수들의 지원에 힘입어 그가 정색을 하고 따졌다.

"무슨 말씀입니까? 당연히 민 교수는 이 자리에서 해명이든 변명이든 해야 합니다. 그러기 위해 만든 자리이고 그래야 하는 자리란 말입니다."

"제온희 학생이 먼저 유혹 같은 걸 하지도 않았지만 교수님의 그
러한 몇 마디 언급이 아직 피지도 못한 학생의 앞길에 장애가 될 수
도 있다는 걸 염두에 두고 질문해주셨으면 합니다."

"……그건 민 교수 말이 옳습니다. 좀 전의 질문은 조금 지나친 것
같습니다, 유 교수님."

가만히 있던 홍 교수가 한 마디 거들자 유 교수는 지그시 이를 악
물었다.

"학생 앞날도 생각하셔야지요. 우리가 여기서 함부로 내뱉은 말이
학생의 미래에는 치명적일 수도 있잖습니까."

생명과학과뿐 아니라 이과대 전체, 나아가 교수회와 이사회 내에
서도 평판이 좋고 친분이 많은 홍 교수와 척을 지는 건 좋은 일이 아
니었다. 그런 그가 민 교수를 거들고 나서자 눈치만 보고 있던 몇몇
교수들도 뒤따라 고개를 끄덕였다.

유 교수는 싸늘한 눈길로 그런 교수들을 응시했다.

"지난 이용학 교수 사건을 벌써 잊으신 겁니까? 민 교수 말처럼 아
직 피지도 못한 학생들이 수두룩하게 있는 곳입니다. 그런 많은 학생
들 앞길에 민 교수와 제온희 학생이 악영향을 미쳤을 가능성이 큰 상
태란 말입니다."

"저는 단 한 번도 사사로운 감정에 움직여 학생들을 차별하거나
한 적이 없습니다."

"그건 민 교수의 생각이고 실험실 학생들이 어떻게 생각하는지는
조금 다른 것 같던데요. 민 교수가 대학원생들을 지도하는 동안 한결

같은 태도를 보이지 않았다는 증언이 확보된 상태입니다."

"지금 말씀하신 그 증언이라는 것의 범위가 너무 모호한 것 같군요. 형평성에 관해서는 교육자로서 어긋난 행동을 한 적이 없지만 사람이 기계도 아닌데 한결같은 기분을 가진다는 건 있을 수 없는 일입니다. 모든 일에 있어서 어제와 똑같은 반응과 태도를 보일 수 있는 사람이 세상이 존재할 수 있는지요."

"제온희 학생과 실험실 내에서 부적절한 관계를 가지면서 태도가 일관되지 않는다면 그 영향은 나머지 학생들에게도 미치는 겁니다. 그로 인해 학생들이 상처를 받거나 불이익을 받지 않았다는 것을 증명할 수 있습니까?"

"원하신다면 함께 이야기를 할 수도 있습니다만, 저는 제온희 학생을 다른 어떤 학생보다 혹독하게 다그쳤으면 다그쳤지 특혜를 주거나 한 적이 전혀 없습니다. 이에 대해 실험실 제자들 중 누구도 이의를 말할 수는 없을 겁니다."

"대학원생들을 불러와 대면을 시키는 건 의미가 없습니다. 사실과 다르더라도 바른대로 말할 수 있을 리도 없거니와 장차 불이익이 있을지도 모르는데 그런 위험을 누가 감수하려고 하겠습니까?"

"학부생들에게 물어도 다른 대답이 나올 리가 없습니다. 제온희 학생은 학부 시절에 제 수업을 들은 적도 없고 다만 졸업논문 지도만을 받았을 뿐입니다."

"물론 논문 지도에 관한 의혹도 있습니다. 제온희 학생에게는 다른 논문자료를 주는 등의 혜택을 줬다고요."

"그것은 논문 지도에서 대부분의 교수님들도 하는 일입니다. 지정해준 논문을 학생이 어려워할 경우 추가 리뷰 논문을 통해 이해를 돕게 하는 건 따로 혜택을 주었다고 할 만큼 대단한 것이 아닙니다. 인터넷에 검색만 해도 다 나오는 것이 리뷰 논문 아닙니까."

"그러니까 어쨌든 제온희 학생에게 다른 논문자료를 준 것은 사실이라는 것 아닙니까."

처음부터 유 교수는 이야기를 들을 생각이 없는 것이었다. 그저 교수들 앞에서 그를 공격할 합법적인 주제와 장소가 필요했을 뿐, 온희와 효석의 관계가 얼마나 순수했는지는 관심이 없었다. 동료 교수들이 위로라는 것을 건넸을 때부터 학교에 대자보가 나붙었을 때까지 그의 자존심은 시궁창에 처박힌 지 오래였다.

"민효석 교수에 대한 징계 사유는 사실 학생과의 스캔들뿐만이 아닙니다. 전 세계가 범죄자로 주목하고 있는 문경서와 공모하여 군수회사에 생물학 무기 자료를 넘겼다는 불미스러운 의혹도 제 선에서 조용히 무마시켰습니다. 이과대 학장으로서 촉망받는 학자를 아끼는 마음에서도 그랬고, 아직 젊은 사람이기 때문에 기회를 주자는 뜻이기도 했습니다. 그런데 이번에는 학생과의 스캔들로 학교를 혼란에 빠뜨리고 이과대 교수진의 명예를 실추시켰죠. 이대로 가다가는 우리 학교에 대한 신뢰는 땅바닥에 떨어질 것이고 학생들에 대한 우리 교수진의 입장이 난처해질 겁니다."

"생물학 무기 자료를 넘겼다니요? 이건 무슨 또 이야기입니까?"

홍 교수는 경악 어린 눈초리로 유 교수를 쏘아 보았다. 그가 이사들에게 당시의 녹취록과 효석이 문경서와의 일로 벌써 두 번이나 의혹에 휩싸인 증거들을 내밀자 분위기는 더욱 효석에게 불리해졌다.

"민효석 교수. 이에 대해 할 말이 있습니까?"

"일단 여러 교수님들께 심려를 끼치게 되어 죄송스럽게 생각합니다만 그것은 이미 끝난 일입니다. 미국국방정보국 소속이었던 크리스 힐스턴이 우리 학교에 교환학생으로 잠입을 했고 조사 끝에 무혐의로 결론을 내렸습니다."

"미국에 있을 때에도 민 교수는 똑같은 스캔들에 휘말린 적이 있지요. 한 번은 그럴 수 있다고 칩시다. 그런데 똑같은 사람과 또 구설수에 오르내린다는 것에서 의심을 하지 않을 수가 없어요."

"의혹만 가지고 처벌된다면 여기 계신 분들 중 무사하실 분은 아무도 없을 텐데요."

"뭐, 뭐라고요?"

"법의 현실성을 말씀드리는 겁니다. 원하신다면 제 무혐의를 입증할 증거 자료들을 DIA와 국정원에 정식으로 요청하겠습니다."

효석은 천천히 교수들의 면면을 바라보았다. 노골적으로 못마땅함을 드러내는 사람도 있었고 일부는 지친 눈길, 어떤 이는 왜 자신이 이 자리에 있어야 하는지 귀찮아하는 사람도 있었다.

홍 교수와 시선이 마주치자 그는 희미하게 미소를 지었다. 무엇으로도 효석을 말릴 수 없을 것 같았다. 피로해 보이는 얼굴에 흔들림 없이 어린 결심에 홍 교수는 맥이 빠지고 말았다.

그 후로도 말도 안 되는 트집 잡기가 계속되었다. 작년 10월부터 11월까지 그의 특수배양실이 있는 이과대 2층의 복도 문을 일방적으로 잠그고 통행을 방해했다거나 2층 베란다 방수공사를 위해서 학교 측이 시설물 철거를 요청했는데도 응하지 않고 업무를 방해했다며 사소한 일들을 앞세워 공격했다.

"그에 대해 해명을 하자면, 당시 이과대 1층 측면 출입문이 폐쇄되는 바람에 2층 복도를 이용하는 학생들이 많아져서 수업과 연구에 지장을 받은 학생들이 자발적으로 통행을 제한한 사실은 있습니다. 후에 학장이신 유 교수님께 승인까지 받은 것으로 알고 있습니다만."

"나는 그런 적이 없습니다."

"그렇다면 학생들을 증인으로 부르고 싶습니다. 저희 방 학생들뿐 아니라 이과대 학생회 측에서도 몇 번이나 협의를 거친 내용이니 그에 대해 충분한 답을 들려줄 것입니다."

벌써 세 시간째 이어진 심문에 도리어 주변 교수들이 지치고 있었다. 오늘은 이만 하고 다음은 2차 징계위원회에서 논의하는 것으로 마무리 짓고 싶어 하는 눈치가 역력하자 효석이 정중이 한 마디 하고 싶다고 요청했다.

"미성년자와 교제를 한 것도 아니고 사회적으로 지탄을 받을 상대와 만난 것도 아닌데 성인들끼리의 사적인 만남을 왜 학교에서 제재하고 나서는지 조금 납득하기가 힘이 듭니다. 모두 아시다시피 저는 결혼을 생각해야 하는 나이이고 그 상대가 실험실 제자였을 뿐 그 어떤 것도 걸릴 만한 일이 없습니다."

"그래서 제온희 학생과 결혼이라도 약속했다는 겁니까?"

"양가 부모님들도 모두 알고 허락하셨습니다."

예상 밖의 대답에 순간 회의실 안이 동요했다. 특히 짜증스레 되묻던 유 교수는 한 대 얻어맞은 사람 같았다.

조카와 파혼한 지 오래되지도 않아 결혼 약속을 했다는 것도 괘씸했지만 결혼할 남녀 사이를 두고 여태까지 왈가왈부한 것 아니냐는 당혹감이 교수들 내에서 번지자 유 교수는 당황한 기색을 감추지 못했다.

"뭐, 사실 말이 나왔기에 합니다만, 교수가 제자와 결혼하는 일도 꽤나 흔한 일이 되긴 했어요."

"지금 그 말이 아니지 않습니까? 그렇게 따지면 결혼할 사이라고만 하면 불륜이든 뭐든 용납할 수 있다는 논리와 뭐가 다릅니까?"

"시대가 많이 변하지 않았습니까. 이런 것도 무조건 탄압하는 것처럼 보이기도 하고……. 그렇다고 정말 불륜 관계가 성립하는 것도 아닌데요."

신임 이사의 말에 아무도 대답을 하지 못했다. 감사팀과 효석이 제출한 자료들을 더 살펴보고 2차 징계위원회를 열겠다는 위원장의 말에 숨 막히던 시간은 끝이 났다.

단정히 일어서는 효석에게 홱 돌아선 홍 교수는 슬쩍 주변의 눈치를 살피더니 목소리를 낮추었다.

"너, 이 녀석아, 정말 할머님이 허락을 하셨단 말이야?"

"뭐, 정확히는 허락을 하셨었죠."

"하셨었……. 얌마, 지금 그걸 말이라고……."

아우, 혈압이야 하는 표정으로 그가 노려보아도 효석은 그저 미소만 지었다.

벌써 여름도 저만치 물러나고 있었다. 효석은 넥타이를 느슨하게 풀고 바지 주머니에 두 손을 찌른 채 난간에 기대어 섰다. 금방이라도 선생님, 하고 온희가 뛰어올 것만 같았다.

나는 이렇게 그대로야. 말도 여전히 신랄하게 하고 학생들 구박도 해. 변하지 말라고 해서 변하지 않고, 환히 웃지도 않아.

그러니까 빨리 돌아와라, 온희야. 나는 증명해보일 테니까. 리키가 그 극한에서 살아온 그 말도 안 되는 방식을 제대로 세상 앞에 밝혀낼 테니까.

유 교수의 강력한 주장에 따라 결국 그에게 내려진 결정은 정직 4개월이었다. 효석이 해명했던 일들은 모두 징계 통보 속에 묻혀 학생들에게 공개되지 않았다.

으뜸과 여진, 은관까지 차례로 석사 졸업을 할 때까지 불명예 속에서 묵묵히 기다린 효석은 서울대에 사직서를 냈다.

그날은 써모코커스(Thermococcus)[12] 속으로 판정된 리키의 유전체 전체를 분석한 날이었다.

---

12) 써모코커스(Thermococcus) : 80℃ 이상의 고온에서 서식하는 미생물 속

21.
불멸의
사랑

20XX년 6월 18일 오후 12:48

선생님.

눈이 좋아지고 있어요.

저는 아직도 잘 모르겠지만 한스 쌤이 호전 상태가 엄청 좋대요.

에헷헤헤헤

잘 지내고 계시죠?

저는 완전 잘 지내고 있어요

매일 선생님을 생각해요

보고 싶어요!!♡

빨리 다시 만났으면 좋겠는데…….

메일에는 환하게 웃고 있는 사진이 첨부되어 있었다. 효석은 미간을 찌푸린 채 웃고 말았다.

온희가 보내는 메일에 자주 등장하던 한스 쌤이 드디어 모습을 드러내었다. 한스 쌤은 온희와 웃으며 친밀하게 붙어 있었다.

"생각보다……."

잘생겼군. 게다가 젊다.

효석은 잠시 망설이다 그 자리에서 답 메일을 작성했다. 심각하게
보내기 버튼까지 누른 후에야 그는 후—하고 깊은 한숨을 내쉬었다.

20XX년 6월 18일 오후 16:03
질투 중이네. 친하게 지내지 말게.

흐릿하게 웃으며 실험실 안으로 들어서는 효석의 표정을 보고 주성
과 연구원들은 눈짓을 주고받으며 웃었다. 민 교수가 기분이 좋은 날
은 여자친구에게서 좋은 소식이 온 날이라는 걸 모두가 알고 있었다.

서울대를 그만둔 후 효석은 주성과 으뜸을 데리고 미국으로 돌아
갔다. 천하의 민효석 아래에서 석사를 졸업한 여진과 은관은 각각 한
국해양과학기술원과 기초과학지원연구원에 들어갔다. 주성과 으뜸
만이 공부를 더 하기로 해서 약속대로 효석과 함께 미국 대학교의 연
구소로 자리를 옮겼다.

「어떻게 됐나?」

「보십시오.」

주성이 내민 항체 반응 필름에서 리키의 수소화 효소 생성이 명확
히 관찰되었다. 실험 결과가 가설과 일치한 것이다.

아마도 일산화탄소와 메탄을 산화시켜 형성된 효소들에 의해 수소
가 생성되고 그로 인해 세포 안팎에 수소이온의 농도 차가 발생한다.

세포 밖의 높아진 수소이온과 세포 내의 나트륨 이온이 교환되어 최종적으로 나트륨 이온의 농도 차를 만든다는 안티포터(Antiporter)의 개념. 이 나트륨 이온 농도 차에 의한 힘을 이용하여 생체 에너지 효소를 통한 ATP가 합성된다, 는 에너지 생산 모델은 배양된 리키를 가만히 지켜보던 효석이 단 30분 만에 세운 것이었다.

얼마나 밤을 지새웠는지 모른다. 민 교수는 정말 미친 사람처럼, 머릿속에 리키밖에 없는 것처럼 실험에 몰두했다.

물론 처음에는 실험실 사람들 누구도 도저히 이게 가능할 거라고는 생각하지 않았다. 포름산만으로도 충분히 에너지를 생성할 수 있을 거라는 추가 가설을 들었을 때는 우리 민 교수님이 온희를 기다리다 못해 어떻게 된 게 아닌지 의심을 할 뻔했다.

「이제 마지막 단계네. 우리가 얻은 결과가 명확하다는 걸 비교할 대상이 필요해.」

「그렇다면 다른 균주에서 리키와 비슷한 포름산 관련된 유전자가 존재한다는 걸 확인해야겠네요.」

효석은 주성의 의견에 흐릿하게 웃었다.

「그래. 그것들이 실제로 포름산을 통해 에너지를 생성하는 과정에 필수적인 유전자인지 확인해야 하네. 먼저 포름산이 있는 환경 조건에서 균들의 유사 유전자의 발현 정도를 측정할 거야.」

결과는 대성공이었다. 주성은 효석이 논문의 제 1저자에 공동으로 올려주겠다는 말에 기쁨을 감추지 못했다.

「그런데요, 교수님. 여태까지 정신이 없어서 깜빡 잊고 있었는데 논문에 리키라고 올릴 수는 없을 것 같은데요.」

「맞아요. 이제 진짜 이름을 줄 때가 된 것 같아요. 흐흐, 이러니까 리키는 꼭 태명이었던 것 같다. 그죠?」

보통 새로이 발견한 생물에는 발견자가 이름을 붙여 그 업적과 명예를 기리는 것이 오랜 관례였다. 실험실 식구 모두 이름만은 무조건 민 교수가 정하는 대로 해야 한다고 입을 모았다.

「생각해 보겠네.」

「그럼 내일까지는 꼭 알려주세요!」

이제 그가 짓게 되는 리키의 정식 이름은 영원히 남을 것이다. 누군가에게는 그저 하나의 공부해야할 대상에 지나지 않게 되더라도 그 의미는 모두에게 회자되고 기억되어 이어질 것이다.

휴대전화가 부르르 떠는 소리에 효석은 새로 온 메일을 열었다.

「⋯⋯.」

20XX년 11월 12일 오후 13:08

오늘 마지막 치료가 끝났어요!

결과는 어땠을까요??

..

...

....

^^

얏호~

곧 만나러 갈게요♡♡

무리하지 말고 건강히! 조금만 더 기다려 주세요~ 쪽쪽~)o(

「늘 하던 대로 할까요?」

「잠시만요.」

맥켄지라는 이름의 헤어드레서는 이 젊은 남자를 아주 잘 알고 있었다. 이 살롱에 정기적으로 오는 고객인데다 다른 손님들이 미국 내에서 아주 유명한 학자라는 걸 알려주었다.

남자는 언제나 단정하게 머리카락을 자르고 돌아가기만 했다. 그를 담당한 헤어드레서도 늘 레벨 4의 헤어드레서 앰버였다. 이렇게 레벨 7까지 온 적은 한 번도 없었는데 조금 전부터 남자는 굳은 표정으로 휴대전화를 들여다보더니 불쑥 그녀의 눈앞에 화면을 내밀었다.

「이렇게 해주십시오.」

「아, 내추럴한 펌이요?」

「네.」

맥켄지는 여전히 휴대폰을 내밀고 있는 손과 진지한 얼굴이 묘하게 어울리지 않아서 터져 나오려는 웃음을 어색하게 참았다.

「앞머리 길이는 이대로 하고요?」

「더 짧게는 말고…… 지금 이 길이가 사진과 비슷하지 않나요?」

「아, 길이는 유지하고 싶은 거군요. 이해했어요.」

본격적으로 준비에 들어간 맥켄지는 아까보다도 심각해져서 휴대폰을 보는 효석을 슬쩍 살펴보았다.

「저기 말입니다.」

「예?」

몰래 지켜보던 게 들킨 것 같아 뜨끔 놀란 그녀에게 효석이 물었다.

「이게 저와 어울리는 것 같습니까?」

「예? 예, 물론이죠.」

「그럼 이것과 똑같이 되는 거죠?」

분명 평소의 그와는 어울리지 않는 모습인데, 와서도 거의 한 마디 할까 말까 하던 사람이 머리 스타일로 고민하는 광경이 너무나 인상 깊어서 그녀는 작게 웃고 말았다.

「똑같이는 안 되지만 비슷하게는 되죠.」

「그렇군요.」

귀여운 면이 있는 남자네.

온희가 들으면 천인공노할 소리를 중얼거리며 드디어 세팅에 들어갔다. 지금도 정색을 하고 있는 교수님이 다시는 펌 같은 건 안 한다고 할까 봐 맥켄지는 어느 때보다도 정성을 다하기 시작했다.

오른 눈은 무사히 지켰다. 그가 걱정할 것 같아 이런 얘기는 적지 않았지만 사실 여러 번 고비가 온 적도 있었다. 하지만 안구암을 꿋꿋이 이겨냈던 것처럼 여자 제온희는 이번에도 지지 않았다.

"여보세요? 할머니, 그동안 안녕하셨어요?"

한 달에 한 번씩 그녀는 영임과 통화를 했다. 처음 영임이 먼저 전화를 걸어온 후 쭉 그래 왔다.

—이제 완전히 끝난 게야?

"네! 이제는 관리만 하면 된대요. 이쪽에서도 결과가 너무 좋다고 했어요."

—잘됐구나. 그럼 언제 들어오는고?

"음, 일단 선생님 만나고요, 음, 그리고, 그리고……."

—애쓴다, 애써.

"헤헷."

웃는 온희를 따라 영임도 낮게 끌끌 웃었다. 손자의 편지를 받았을 때부터, 아니 사실 효석이 방황할 때부터 그녀는 마음을 비웠다.

하지만 사실 가장 마음을 흔든 존재는 오른쪽 눈에 문제가 생기자마자 효석과 헤어진 온희였다.

다행이라고 생각하면서도 한편으로는 동요하던 기분. 이건 아니라는 생각에 몇 날 며칠 밤을 새우다시피 하며 또 고민하고 고민했더랬다.

—애야, 온희야.

"네, 할머니."

—효석이는 내게 우리 셋이 미국에서 함께 살자고 했다마는, 나는 한국이 좋다. 미국은 말도 안 통하고, 영 외로워서 싫어. 그렇다고 늙은 할미 때문에 연구 환경이 좋은 거길 버리고 한국에 또 와달라고 할 수는 없지 않니.

"네에……."

온희와의 일로 서울대에서 정직 징계까지 받은 것을 뒤늦게 알고 손자가 한국에 있어줬으면 하는 욕심도 버렸다. 제 인연을 여기 와서 만난 것만으로도 충분했다.

—내게는 가끔 들러도 좋으니 너희끼리 미국에서 살아라. 나는 강릉에서 살련다. 평생을 산 곳이라 떠난다고 생각하니까 좀 무섭더라.

"그래도……."

―늙은 할미가 손자 커플 사이에 끼어 사는 거 보기 좋은 거 아니다. 이래 봬도 할머니 신세대 마인드야.

"하하하하하."

온희는 전화를 끊고 주성에게서 온 문자를 확인했다. 하와의 대학교의 요청을 받고 자문을 해주기 위해 효석이 하와이에 가 있다는 내용이었다.

함께 전송되어 온 인터넷 주소를 무심코 누르자 창이 바뀌었다.

고세균의 브레인 민효석 교수, 노스 트룰리나에서 채취한 고세균 최초 규명
인류일보 / 20XX년 12월 6일 오전 11:42

온희는 커다래진 눈으로 링크된 기사 제목을 천천히 읽어 내렸다. 독일에서 치료를 시작한 지 이제 1년 반이었다. 그동안 무던히도 실패만을 안겨주던 리키를, 정말로 겨우 1년 반 만에 파헤쳤다는 건가? 그 메커니즘까지?

"아……."

노트북에서 기사를 찾아 읽어 내려가던 온희의 눈이 살며시 떨렸다.

……노스 트룰리나 지역은 수압이 기압의 500배에 달해 400℃ 고온에도 불구하고 물이 끓지 않는 특이한 환경이다. 새 고세균은 2년 전 민 교수가 직접 심해잠수정을 타고 내려가서 채취한 퇴적물 속에서 발견되었다.

이후 여러 시도 끝에 새 고세균의 배양에 성공하였고 상식을 깨는 생존현상을 규명하였다. 민 교수는 이 고세균에 'Thermococcus Amabilis OH(써모코커스 아마빌리스OH)' 라는 이름을 붙였다. 논문은 미국의 저명한 과학저널 사이언스 20XX년 9월 5일에 게재되었다.

다시 태어난다는 것. 전혀 새로운 나로 바뀌고 나라는 의미를 부여해주는 것.

그것은 그녀가 세상에 태어나 처음으로 접한 가장 깊고 강렬한 감정이었다. 온희는 천천히 인터넷 검색창에 아마빌리스를 입력했다.

"하, 정말……."

두근거리는 가슴 위에 손을 얹고 기사에 뜬 효석의 얼굴을 물끄러미 바라보았다.

여전히 빈틈없는 얼굴이다. 코앞까지 고개를 들이밀고 빤히 쳐다보던 첫 만남이, 무심한 그를 진절머리 나도록 싫어했을 때가, 곤란해진 자신을 말없이 살펴주던 손길이 차곡차곡 떠올랐다. 마치 그때처럼 새하얀 눈의 꽃처럼 눈발이 흩날리는 창밖에 그가 서 있을 것만 같았다.

"아마빌리스OH."

이번엔 내 차례인가.

온희는 싱긋 웃으며 배가 부른 캐리어 문을 닫았다. 그녀의 등 뒤에서 노트북이 인터넷 검색창을 드러낸 채 하얀 불빛을 오랫동안 품고 있었다.

Amabilis: 라틴어에서 유래, 'lovable' 이라고.

"알로—하!"

지상의 낙원 하와이. 쭉 뻗은 아름다운 해안과 눈부신 태양, 말로는 형용할 수 없는 낭만과 평화의 섬에 두 발을 딛고 선 온희는 입을 떡 벌리고 감탄했다. 좀 전에 비가 왔었는지 쨍쨍한 햇살이 무지개와 함께 떠 있는 보석빛깔 해변은 그야말로 장관이라 할 만했다.

그녀가 탄 트롤리[13]는 오아후 섬의 동쪽 72번 해안도로를 달렸다. 시원한 바람과 간혹 여행객들이 압도적인 대자연을 향해 알로하! 외치는 소리가 노랫소리처럼 정겨웠다.

오늘로 끝나는 일정에 맞춰 오느라 조급한 마음을 몇 번이나 억눌렀는지 모른다. 넘실대듯 쏟아지는 하와이의 아름다움에 설레는 기분이 하늘까지 치솟았다.

주성이 준 정보에 따르면 효석은 지금 하와이대학교 해양연구소 자문 일로 잠시 마카푸우 포인트에 갔다고 했다. 온희는 에메랄드빛 바다가 발밑에서 파도로 부서지는 유혹도 뒤로 하고 해양연구소 근처를 서성거리며 한참을 기다렸지만 어찌 된 일인지 사람이라곤 나오지도, 들어가지도 않았다.

"엇갈렸나……?"

당황한 그녀는 앞으로 어떻게 할지를 생각했다.

1번. 선생님에게 전화를 한다.

"서프라이즈 의미가 부족해."

---

13) 트롤리 : 하와이 여행자들을 위한 관광지 여행 오픈형 버스

2번. 주성 오빠에게 물어본다.

"이 오빠는 같이 없잖아. 알 리가 없겠네."

3번. 무작정 기다린다.

"지금 숙소에 있으면?"

아, 왜 그 생각을 못 했지.

효석의 성격상 일이 끝났다고 출장지에서 느긋하게 휴가를 즐길 리가 없다. 이 길로 연구소로 돌아간다고 해도 전혀 이상할 게 없는 남자다.

혹시라도 그가 하와이를 떠날까 봐 급히 숙소에 찾아가기로 결정했다. 그녀를 무책임하다고 오해한 것이 미안해서 적극 협력해주고 있는 주성이 알려준 바에 의하면…… 슬프게도 다시 와이키키로 되돌아가야 했다.

초조한 마음에 두 번이나 헛다리를 짚고서야 겨우 와이키키해변으로 돌아간 온희는 또 한 번 깊은 충격을 받아야 했다. 효석이 머무르는 객실로 찾아갔지만 문을 열고 나온 사람은 생전 처음 보는 중년 남자였다.

「저, 저기, 방을 잘못 찾아왔나 봐요. 죄송…….」

하지만 몇 번을 뚫어져라 쳐다봐도 주성이 알려준 객실 번호가 틀림없었다. 온희는 닫히려는 문을 부여잡고 황급히 물었다.

「휴가 중에 정말, 정말로 죄송한데요. 혹시 오늘 체크인을 하신 건가요?」

「네, 그런데요.」

「실례지만 몇 시쯤……. 아, 아니, 감사합니다.」

팽팽 돌기 시작한 머리를 붙잡고 프런트로 내려갔다. 여차여차 설명을 하고 그의 체크아웃 시간을 물었지만 직원은 '개인 보호이므로 알려줄 수 없다'며 친절히 웃기까지 했다.

「아니, 저기요. 그 사람은 제 약혼자인데 길이 엇갈린 것 같다니까요. 오늘 몇 시에 체크아웃을 했는지도 안 되나요?」

「정말 죄송합니다. 고객의 개인 정보는 아무리 약혼녀분이라도 알려드리기 곤란합니다.」

허.

허어.

허탕을 쳐도 이렇게 연속 두 번이나 칠 수가…….

온희는 내상 입은 사람처럼 멍하니 서 있다가 겨우 주성에게 전화를 걸었다.

"뭐야? 제대로 알려준 거 맞아? 민 교수님 여기 안 계셔."

—어엉? 그럴 리가 없는데……. 나는 와이키키에만 예약을 했단 말이야.

"연구소로 돌아간다는 말씀은 없으셨어? 교수님은 하셨는데 오빠가 까먹은 거 아니고?"

—아냐! 비행기 표는 교수님이 알아서 끊으신다고 했는데, 언제라고는 말씀 안 하셨어. 이상하다. 분명 스케줄상으로는 오늘이 끝인데.

"아아……. 그럼 다시 전화 좀 해주라. 지금 어디시냐고, 안부 묻는 겸 해서. 응?"

—알았어.

그녀는 연락이 올 때까지 모래사장에 앉아 하릴없이 해변만 쳐다보았다. 주변에는 온통 커플과 가족들이 휴가를 즐기고 있었다.

모두가 즐겁고 행복한 분위기 속에서 그가 계속 혼자였을 거라고 생각하니 시간이 더욱 더디게 흐르는 것만 같았다.

"여보세요? 연락됐어?"

―어. 아직 하와이에 계신대.

"어디?"

―호놀루아 베이. 섬 북서쪽에 있는 모쿨레이아 해양생물보호구역에 일이 생겨서 가셨대. 숙소는 노스쇼어라는데 자세한 건 문자로 보내주마.

"흐아, 고마워, 오빠! 몹시 땡큐하옵니다."

제발 엇갈리는 건 이걸로 끝내자고 파이팅 있게 외쳤지만 와이키키를 벗어나니 대중교통만 타고 북쪽까지 가기란 상당히 어려웠다. 버스로 1시간 반이 걸리거나 택시를 타도 꼬박 1시간이 걸리는 먼 거리였다.

온희는 더 생각할 것도 없이 대출혈을 감행하며 택시에 올라탔다. 아름다운 풍경도 더는 눈에 들어오지 않아서 그저 기사님에게 급한 일이니 되도록 빨리 가달라는 재촉만 했다.

서퍼들의 천국인 노스쇼어에서 그가 머무는 곳은 자연과 어우러진 작은 방갈로식 호텔이었다. 제법 한가한 바다를 지나 야트막한 돌계단을 올라가니 바로 그의 객실이 나왔다. 문을 두드렸지만 아무런 대답도 들려오지 않았다.

"후……."

지친 그녀는 야자수가 그림처럼 드리워진 야외 테이블에 털썩 주저앉았다. 전화를 만지작거리며 전화를 해볼까 망설이고, 그가 객실에 없다는 건 지금 일하고 있기 때문일 것 같아 도로 평화로운 바다만 멀거니 쳐다보았다.

만나면 가장 먼저 뭐라고 해야 할까? 보고 싶었다고 말하면 좋아해주려나.

사실 하고 싶은 말이 정말 많지만 막상 만나면 그냥 하루 종일 얼굴만 쳐다보고 있어도 좋을 것 같다.

큼지막한 선글라스와 널따란 챙모자 아래에서 긴 머리카락을 바닷바람에 날리는 그녀의 모습은 영락없이 낙원에 온 휴양객이 분명한데도 표정은 갈수록 불길해지고 있었다. 몇 사람이 온희의 옆을 지나갔지만 아름다운 석양이 수평면 위를 물들일 때까지도 효석은 나타나지 않았다.

"설마 안 들어오는 건……. 아냐. 혹시 못 봤나? 여기 말고 길이 또 있나……?"

기다리다 지쳐 홱 고개를 돌린 그녀는 불 켜진 객실을 멍청하게 쳐다보았다. 커튼이 쳐 있긴 했지만 분명 그의 방에, 환하게 불이…….

객실 앞에 서서 문을 두드렸다. 누구냐고 묻는 익숙한 목소리가 들려온다.

여전히 낮고 냉정한 말투였다. 순간 눈물이 왈칵 쏟아질 것만 같아서 온희는 급히 호흡을 가다듬었다.

"저요."

잠시 침묵이 흐르고 문이 열렸다. 온희는 깜짝 놀라 손에 들고 있던 여행 가방을 바닥에 떨어뜨렸다.

부드럽게 컬이 든 머리. 하와이의 강한 볕에 그을린 크고 단단한 몸. 구름이 몰려온 것 같은 신비롭고 매끈한 얼굴이 아니었다면 못 알아볼 뻔했다.

아까 테이블 옆을 지나가던 선글라스 낀 남자가 효석이었음을 깨닫고 온희는 헛웃음을 흘리고 말았다.

"저, 이 앞에, 아까부터 계속, 그러니까 요 앞에 앉아서 기다리고 있었는데……."

효석은 호흡하는 것도 딱 멈춘 채 손가락으로 더듬더듬 바깥을 가리키는 그녀를 쳐다보았다.

파라솔 쳐진 테이블에 앉아 있던 여자가 여태껏 1년이 넘게 기다린 그녀일 거라고는 생각하지 못했다. 신혼여행 온 새신부처럼 커다란 선글라스를 가슴팍에 걸어놓고 탐스러운 머리칼을 가슴까지 늘어뜨린 여자는 늘 아이 같기만 하던 진짜 제온희였다.

못 박힌 듯 서서 뚫어지게 바라만 보는 적나라한 시선에 온희의 볼이 발그레해졌다.

"선생님?"

"내가…… 질문 세 개만 하겠네."

변함없는 저 말투. 쿵쾅쿵쾅 두근거리는 가슴을 타이르며 어렵사리 고개를 끄덕여 보이자 그가 천천히 입을 열었다.

"나와 멀리 떨어져 지내야 할 이유가 이제는 완전히 해결된 거, 맞나?"

"완전히 해결이라고 단언할 수는 없지만 떨어져 지내지 않아도 되는 건 맞아요."

"두 번째 질문을 하겠네. 이 시간 이후 다른 일정이 있나?"

"없는데요. 여긴 저 혼자 왔어요."

그의 눈동자가 자신의 움직임을, 감정을 하나도 놓치지 않겠다는 듯 훑어왔다. 다정한 듯 아닌 듯 여전히 굳은 눈매가 언뜻 경련하며 흔들렸다.

"……나는 지금 당장 프런트에 전화를 해서 투숙 기간을 연장할 거야. 여기에 불만이 있으면 말하게."

이번에는 정말로 눈물이 날 것 같아서 세차게 고개를 내저었다. 그가 온희의 손을 움켜쥐었다. 강한 힘에 의해 순식간에 방 안으로 끌려 들어간 온희는 밀어닥친 효석에게 열렬히 매달렸다.

닫힌 문에 등이 닿자마자 뜨거운 혀가 온희의 혀를 휘감았다. 허리를 안는 힘이 점점 세지고 혀를 빨아대는 절박함에 온몸에 전율이 확 치고 올라왔다. 지푸라기라도 잡은 사람처럼 파고들어 물고 핥는다. 오랜만에 되살아난 쾌감의 끝자락을 느낀 그녀는 거친 숨결을 제어하지 못한 그의 입술에 쉴 새 없이 삼켜져 야릇하게 끌려가고 있었다.

"선생님, 그런데…… 가방, 문밖에 놓고……."

겨우 힘겹게 속삭이자 효석이 그녀를 문에서 떼어 놓았다. 하나, 둘, 셋의 동작으로 문을 열고 가방을 들어 문을 닫는 일사불란한 모습에 그만 웃음이 터졌다.

가방을 툭 내려놓고 번쩍 안아드는 손길에 얌전히 몸을 맡기며 온희는 아직도 신기하기만 한 그의 머리칼을 매만졌다. 그는 제 얼굴을 내려다보고 있는 온희를 한참 동안 응시하고 있었다.

한 지 얼마 되지 않았다는 걸 알 수 있다. 아마도 곧 만나자는 메일을 받은 후겠지. 미용실에 가서 어떤 얼굴로, 어떤 목소리로 이런 펌을 해달라고 주문했을지 조금 궁금해졌다.

"지금도 제 생리 기간, 알고 있어요?"

"앞으로 나흘 동안 마음대로 할 수 있다는 것도 알고 있지."

"……전에는 차려진 밥상도 안 먹더니."

"기다리면서 곰곰이 생각해 보니 밥상을 차리는 것도 즐거운 일이더라고. 사람은 늘 그렇게 배우고 생각하는 존재 아니겠어."

이제야 정말 돌아온 게 실감이 난다. 어이없어하는 온희를 침대에 눕히며 그제야 효석이 빙긋 웃었다.

반짝이며 올려다보는 동그란 눈에 입을 맞추고 나지막이 속삭였다.

"그럼 이제 마지막 질문을 하겠네."

"으응? 질문은 아까 세 개 다 했잖아요."

"불만이 있으면 말하라고 했지 불만이 있느냐고는 안 했잖아."

"헛."

"그 한스인지 하는 독일 의사와 정분, 났나 안 났나? 대답 여하에 따라 앞으로 나흘간 자네 생활이 달라질 거야."

심장이 비명을 지르는 것처럼 너무나 선득선득 뛰어대서 진정할 수가 없다. 기대감, 기쁨, 안도감, 만족스러움, 그런 것들이 가득 차서 금방이라도 터지지는 않을까 걱정이 되었다.

온희는 그의 뒷목을 잡고 깊게 키스한 후 짓궂게 대꾸했다.

"났었다면요?"

"말했잖아. 정분 난 놈 만나러 가지도 못하게 마구 해주겠다고."

"안 났다면요?"

"그래도 마구 해주겠네."

"그게 뭐예요! 언제는 앞뒤가 안 맞는다고 그렇게 구박했으면서. 이성적이고 논리적인 건 다 어디 갔어요?"

"잘 생각해보게. 정분이 났으면 더 날 기분이 안 들게 마구 하는 거고 정분이 안 났으면 앞으로도 안 나게 마구 해야 하는 거지. 나무 한 그루를 보지 말고 늘 크고 넓게 숲을 보는 연습을 해야 하네."

"허. 허."

뭐야. 어이는 없는데 또 듣자니 맞는 말이잖아?

그래도 순순히 대답하기 싫어하는 그녀의 이마에, 코에, 볼에, 입술에 입을 맞추면서 그가 낮은 목소리로 속삭였다.

자네, 내가 얼마나 기다린 줄 알아?

그렇게 별이 점점이 수놓인 하와이의 밤과 새파란 하늘 속에서 대자연의 낮과 밤이 몇 번이나 얼굴을 바꿔도, 푸른 파도가 아무리 높이 일며 손짓해도 굳게 쳐진 커튼은 나흘 동안 한 번도 걷히지 않았다. 어쨌든 결론은 그냥 마구 사랑하자, 이니까.

"만나기로 해서 여기까지 오기는 했는데 말이야. 그것참 기분이 묘하다."

"사실 간접적으로만 봤지 나도 실제로 민 교수님이랑 온희랑 좋아 지내는 모습을 본 적은 없어."

기초과학지원연구원에 취직한 은관이 어렵사리 휴가를 맞추어 미국으로 놀러 왔다. 으뜸에 주성까지 모여 온희를 불러냈는데 가만히 생각해보니 이제 온희는 스승의 예비 싸모님이 될 몸이었다.

"나야 한국에 있으니까 상관없지만 주성 형이랑 으뜸이 너는 진짜 미묘하겠다. 실험실에서는 분명히 후밴데 싸모님이야. 푸하하하핫."

"웃지 마라. 안 그래도 지금 그것 때문에 고민 중이니까."

실험실에서는 전혀 연인인 티를 내지 않기 때문에 여태까지는 그 럭저럭 연구에 매진하며 살아왔다.

그러나 곧 결혼식을 올리기로 했다는 말에 잘 버텨오던 주성과 으 뜸은 내심 곤혹스러웠다. 모르고 있던 사실도 아니고, 누가 뭐라고 하는 것도 아닌데도 조금 그랬다.

"뭘 고민 중이야?"

조금 늦게 도착한 온희가 불쑥 물어오자 주성은 손을 내저었다. 은관은 벌떡 일어나서 온희의 목에 헤드록을 걸었다.

"야, 인마. 이 엉아가 오셨는데 재깍재깍 못 오냐? 앙?"

"야, 인마. 누님이 좀 늦을 수도 있지! 그 손모가지 내려놔라?"

"어쭈."

한바탕 난리를 치르고 자리에 앉자 으뜸이 더는 참지 못하고 조심스레 털어놓았다.

"온희야. 결혼하면 말이야. 우리…… 그러니까 우리……."

"우리 뭐? 말을 해."

"우리가 너한테…… 뭐라고……."

"얘 지금 뭐라고 하는 거니?"

끝까지 말을 할까 말까 망설이는 소심한 으뜸을 도와 은관이 낄낄대며 덧붙였다.

"네가 민 교수님이랑 결혼하고 나서 주성 형이랑 으뜸이가 널 어떻게 대해야 하는지 걱정이란다."

"결혼하면 하는 거지 걱정을 왜 해?"

"어제의 후배가 오늘의 싸모님이 되는데, 이 기묘한 관계를 그럼 우짜스까?"

"뭐어? 나 참……."

그런 걸 생각하고 있었나 싶어서 온희는 피식 웃었다.

"아휴, 됐어요. 하루 이틀 본 사이도 아니고 그런 생각을 왜 해?

하던 대로 하면 되지."

"아니 그래도 싸모님인데."

"닭살 돋앗. 싸모님이라고 하지 마."

"그래그래, 형. 민 교수님이 아니라 그 누가 뭐래도 실험실은 무조건 늦게 들어온 사람이 후배지. 그래서 내가 지금 그렇게…… 으흑, 어린놈 밑에서 개고생을……."

별안간 우울해하는 은관을 어이없이 쳐다보던 온희는 옆구리를 쿡 찌르는 음흉한 손길에 움찔 몸을 움츠렸다.

"그러니까 말 좀 해보아."

"뭘?"

"민 교수님하고 하는 러블리—한 쮸우쮸우 연애 말이야. 민 교수님의 연애 스타일은 어떠냐? 역시 재미없게스리 못 알아들을 소리만 하시냐?"

온희는 어색하게 웃으며 술을 홀짝거렸다.

차마 자신의 입으로 그렇게 점잖은 모습 뒤에 음탕한 본모습을 숨기고 있다고는 말할 수 없었다. 분명히 단정하긴 한데 야하기 짝이 없다. 이런 모순적인 연애 상황을 실험실 사람들에게 말할 수 있을 리가 없지 않나.

"아니, 사실 내가 궁금한 건 애초에 둘이 어떻게 사귀기 시작했느냐는 거야. 난 지금도 그것만 생각하면 밤에 잠이 안 온다."

"내 말이. 너는 민 교수님이 남자로 보였다는 거 아냐. 진짜 우리 중에 너만큼 민 교수님한테 혼나고 구박 당한 사람도 없는데. 그러고 보면 인생은 참 알 수가 없단 말이야."

금기처럼 억눌러왔던 호기심 보따리는 매듭 하나를 풀자 끝을 모르고 줄줄 쏟아졌다.

정작 그녀는 한 마디 대답도 하지 않는데 자기들끼리 누가 먼저 좋아했느냐, 누가 먼저 고백을 했느냐, 둘이 싸우면 누가 먼저 미안하다고 하느냐, 주로 제온희가 아니겠느냐 하며 조잘조잘 말들이 많았다.

[살려줘요 ㅠㅠㅠㅠㅠ 04/14 오후 20:11]

SOS를 치자 곧 그에게서 답이 왔다.

[무슨 일 있어? -민 교수님♡ 04/14 오후 20:12]

[이 인간들이 자꾸 우리 연애사를 캐물어요..ㅠㅠ 04/14 오후 20:12]

[곤란한 걸 물어? -민 교수님♡ 04/14 오후 20:13]

[곤란하기도 하구... 이런 거 알고 나면 선생님 권위가 너무 떨어져서 안 돼요.. 04/14 오후 20:13]

그 이후로 답이 없었다. 술이 어느 정도까지 들어가자 궁금해 죽겠다며 발광을 하는 인간들에게 할 수 없이 띄엄띄엄 몇 마디 해줬더니 아예 눈에서 레이저 빔이 나올 태세다.

"그래서? 좋아하긴 네가 먼저 좋아했다는 거야?"

이 인간들이 진짜 포기를 모르네.

그만 입 좀 다물라는 말에도 오늘은 기필코 들어야겠다는 의지에 불타서 은관은 알려줄 때까지 안 가겠다며 땡깡을 부렸다. 온희는 대충 고개를 끄덕였다.

"응, 뭐 그런 거 같아."

"언제부터?"

"음, 그게 그러니까…… 대학원 들어올 무렵이었나."

"그럼 고백은? 좋아한다고도 네가 먼저 했어? 야, 너는 남자가 고백하게 만들어야지 홀랑 좋다고 먼저 매달렸냐?"

"너무 그러지들 말게. 내가 먼저 꼬여 냈으니까."

뽀로통하게 있던 온희와 쯧쯧 혀를 차던 은관은 불쑥 들려온 효석의 목소리에 핵 고개를 들었다.

말해놓고도 쑥스러운지 그가 모른 척 성큼성큼 다가와 온희의 옆에 앉았다.

"어, 어, 교수님, 오랜만에 뵙습니다."

"변함없는 걸 보니 잘 지내는 것 같군."

"제가 늘 그렇죠, 뭐."

온희는 반가운 기색을 숨기지 못하고 배시시 미소 지었다.

"문자 때문에 온 거예요?"

"살려달라면서. 아직 결혼도 못했는데 신부를 잃을 수는 없잖아."

다들 솔로인데 둘이서만 속삭이는 게 은근히 아니꼬워진 은관이 용감하게 두 눈을 부릅떴다.

"교수님. 질문 있습니다."

"말해보게."

"실례지만 어떻게 꼬여 내셨는지요."

용기는 가상하지만 어딘가 모르게 60년대 연극배우처럼 어색한 말투였다. 주성과 으뜸은 풋 웃음을 터뜨리며 쫑긋 귀를 세웠다.

"그걸 자네가 왜 궁금해하나?"

"그냥 궁금합니다. 아직도 저는 이것이 다 꿈이 아닐까 싶습니다.

그래서 뭐라고 하면서 꼬여내셨는지요."

"남녀 간의 일을 너무 깊게 파고들지는 말게, 자네들."

남녀 간의 일.

굉장히 은밀하고도 분명한 표현에 온희의 얼굴이 새빨개졌다. 눈치 없이 은관이 오오오옹-거리며 몸을 배배 꼬았다.

"아흐으응, 부끄러워서 곧 닭이 될 거 같아잉."

"좀 닥치고 그냥 조용히 마셔라. 엉?"

옛 제자를 포함한 제자들은 효석이 온희가 마시다 만 도수 있는 술을 치우고 따로 맥주를 주문하는 걸 야릇한 시선으로 구경하고 있었다.

어머나, 생각했던 것보다 민 교수님이 굉장히 평범하고 정상적인 연애 스타일을 가지고 있는 건가 봐.

"어쨌든 결혼 정말로 축하드립니다. 행복하셨으면 좋겠어요."

"고맙네. 덧붙이자면 내 결혼 생활이 행복해지거나 불행해지는 데는 자네들의 역할도 여전히 크다고 생각해."

"예……? 그 말씀은……."

"앞으로도 잘 부탁하네."

"예……. 뭐어…… 네에."

뭐야? 이게 무슨 뜻이야? 이제부터 온희한테 함부로 하지 말라는 건가?

이렇게 자꾸 불러내서 데이트 방해하지 말라는 소리 아냐?

온희 기분이 저조해지면 가정이 평안하지 못하니까 알아서 잘 맞추라는 거 아냐?

아, 나도 몰라.

주성과 으뜸은 서로 눈빛을 주고받으며 조용히 서로 잔을 채워주었다. 웃지도 못하고 변명도 못한 채 어정쩡한 표정으로 맥주를 홀짝이는 온희와 그런 그들을 보고 웃음을 터뜨리는 은관에게 그렇게 여전히 민효석 교수는 태산과도 같은 사람이었다.

이내 효석은 몇 모금 마시지도 않은 맥주잔마저 거두어갔다. 삐쭉빼쭉 툴툴거리는 온희를 나무라듯 바라보면서도 음료수를 주는 손길은 눈에 띄게 다정해서, 은관은 잠시 입을 헤 벌리고 쳐다보았다.

"형. 내 눈 좀 찔러줘봐. 내가 지금 뭘 보고 있는 거야?"

"크으으음."

"크흠."

효석의 손을 잡고 집으로 가는 길은 기분이 날아갈 듯이 좋았다. 상쾌한 날씨도, 놀랍도록 즐거웠던 시간도, 이렇게 나란히 같이 돌아가는 것도 기분을 간질간질하게 만들었다. 처음도 아닌데 오늘은 또 처음인 것처럼 새로웠다.

"갑자기 스무고개 하고 싶다. 전에 조사 받고 나서 선생님이랑 끝말잇기도 했는데. 아, 천재한테는 일반인이 내는 스무고갠 너무 시시한가?"

"아니라고 하고 싶지만 다섯 번을 넘지 않는다에 내 인생을 걸 수도 있어."

"칫."

"물론 자네가 정직하게 문제를 낸다는 조건하에."

"선생님 변했어요. 안 이랬는데. 내기 같은 건 거들떠도 안 봤었는데 이젠 인생을 막 걸어."

"한 번 인생을 걸어봤더니 대가가 꽤 좋았거든. 혹시 또 모르잖아. 내가 이기면 자네가 비싼 값을 치러줄지."

그녀가 알지 못하는 일 년간의 공백 동안 효석은 무슨 일이 있었는지 절대 말하지 않았다. 주변 사람들 입까지 모조리 봉해놓는 치밀함은 정말 괜히 천재가 아니다 싶을 만큼 철저했다.

온희는 한 마리의 생쥐가 되어 견고하게 만들어놓은 그의 방어막을 야금야금 뚫고 다녔지만 아직까지 별로 큰 진전은 없었다.

"물론 선생님이 좋아하는 거 다 해드릴 수 있어요. 뭐든지."

"뭐든지? 자네, 내가 뭘 요구할 줄 알고 그렇게 위험한 발언을 풀어놓는 거야?"

"음, 위험해봤자 최고 수위는 그거일 거 아니에요? 뭔가 SM적 경험이라거나 판타지적인 에로틱 서비스를 받고 싶다거나……."

"……."

어어, 정곡을 찔렀나? 갑작스런 침묵에 온희는 불쑥 자신감이 치솟았다.

"어, 진짜였나 보네요. 선생님도…… 정말 남자가 맞네요."

"정말 자네의 그 만용에 가까운 용기가 대체 어디서 나오는 건지 정말 궁금해."

그는 진심으로 깊은 한숨을 쉬었다. 이제는 그 한숨이 이성과 본능의 경계 신호라는 것쯤은 눈 감고도 알지만.

"흐히, 다 뛰어난 선생님 덕 아니겠어요? 공부만 가르쳤으면 제가 안 이랬죠."

"자네가 이렇게 자신만만할 때는 내게 잘못한 것이 있거나 궁금한 게 있을 때겠지. 말해봐."

쳇. 속여 넘길 수가 없네. 하지만 이렇게 멍석을 깔아줄 때 어떻게 든 기회를 잡아야 한다.

"제가 없는 동안 무슨 일이 있었는지 알고 싶어요. 자세히요."

역시 그는 이번에도 침묵했다. 필살 애교를 떨어서 매달려도 그는 꿋꿋했다.

"지금 자네가 알고 있는 게 다야. 그렇게만 알면 돼."

"거짓말. 그렇게 곱게 해결 안 난 거 다 알거든요? 저도 귀가 있다 고요."

"자네까지 알 필요도 없는 일이니까. 지금과 다를 바 하나 없었 어."

"그렇게 안 중요한 일이면 저도 알아도 되는 거잖아요! 주변은 다 아는 것 같은데 나만 빼놓고. 저만 바보 된 느낌이란 말이에요."

온희는 그를 슬며시 노려보다가 번뜩 생각났다는 듯 고개를 들었 다.

"그럼 선생님."

"응."

"저 다른 거 물어봐도 돼요?"

그가 돌아보자 온희가 씨익 미소를 물었다.

"그거 있잖아요. 써모코커스 아마빌리스OH요. 그 이름 혹시⋯⋯ 제 이름이에요? 온희?"

못 들은 척 다른 곳을 보는 효석의 반응에 온희의 입술에 미소가 짙어졌다.

"아니에요? 음, 우연의 일치인가? 난 또 선생님이 특별히 내 이름을 붙여준 줄 알고 얼마나 좋아했게요."

"……."

"아쉽지만 뭐, 아니면 말구요."

빛이라고는 옅은 가로등밖에 없는 어두운 사방에서도 순간 그의 귓가가 발갛게 물드는 게 보였다.

"굳이 내 입으로 들으려는 심술은 대체 어디서 나오는 거야? 내가 뇌과학이나 심리학 전공이 아니라서 도무지 모르겠군."

"심술이라뇨? 뭐든 확실히 하자는 거죠."

"분명 심술이야."

"근거는 뭔데요?"

"자네 입술에 붙은 웃음이 그렇게 말하고 있어."

까르르 웃으며 그의 팔에 엉겨 붙자 그가 어처구니없다는 듯 피식 미소를 흘리고는 머리를 쓰담쓰담 문질러 주었다. 그 느낌이 또 좋아서 온희는 넓은 어깨에 이마를 콕 기대었다.

"……선생님이랑 저는 영원히 죽지 않겠네요. 아마빌리스OH가 세상에 남아 있는 한 늘 다시 태어나는 것 같을 거예요."

효석에게서는 대답이 없었다. 그 침묵과 정적이 도리어 그녀의 마음에 깊은 각인을 심었다.

"고마워요, 선생님."

그가 가만히 이마에 입을 맞춰주었다. 눈을 감은 채 온희는 환히 미소 지었다.

아마빌리스OH가 그런 것처럼 그의 가슴 속에도 사백 도가 넘는 뜨거움이 고여 있다. 그렇게 민효석에 어울리는 최적의 온도로, 언제나 그를 그답게 만드는 열기로.

그리하여 언제나 내가 돌아올 곳으로.

겨울이 되면 따뜻한 핫초코가 주는 달콤함을 느끼듯 스르르 위로를 받고 싶어지곤 합니다. 리:본은 2011년 겨울에 구상을 시작해서 결국 겨울에 출간을 하게 되었는데요. 새하얀 눈이 세상을 뒤덮은 밤에 펑펑 쏟아지는 눈을 보며 민효석의 존재를 생각했습니다. 눈보라 아래에 서 있을 민효석을 바라보는 제 시선을 온희에게 대입하며 쓴 글이어서 그런지 유독 기분의 부침이 많은 것 같아 조금 쑥스럽기도 하네요. 이건 비밀이지만, 여태까지 쓴 작품들 중 온희의 성격이 저와 가장 많이 닮아 있거든요.

효석이 온희의 이름을 따서 이름을 지은 아마빌리스OH 고세균은 써모코커스 온누리누스 NA1(Thermococcus onnurineus NA1)을 모델로 하였습니다. 써모코커스 온누리누스 NA1는 2010년에 한국해양연구원이 성공한 연구 결과로, 우리나라 해양 과학 기술의 위상을 크게 높인 주인공입니다. 본디 알려진 생명현상과는 달리 무척 생소한 방법으로 살아가지만, 극한 상황에서도 생명이 탄생할 수 있다는 점이 온희와 많이 닮아 있다고 느꼈습니다.

누구나 가슴 속에는 자신만의 아픔과 비밀을 가지고 살아가면서 그것을 감추기 위해 필사적으로 살고 있지요. 그래서 더욱 누군가를 위해 희생한다는 건 정말 두렵고도 아름다운 일인 것 같습니다. 내 힘으로 어찌지 못하는 일들 앞에서 상처 받고 좌절하는 일들이 많은 세상에서, 리:본의 주인공들이 자신을 내던지면서도 지키려 한 사랑이 독자분들이 가진 아픔과 비밀들에 한 조각 작은 위안이 되기를 바랍니다.

이 글이 완성되기까지 응원해주시고 많은 도움을 주신 북벅스 님, 오랜 시간이 걸린 리:본을 기다려주시고 예쁘게 탄생시켜 주신 조은 세상 관계자분들과 부득이하게 문을 닫게 되었지만 항상 제 마음 속에 핫초코의 기억으로 머무르고 있는 〈줄리엣의 발코니〉 식구 분들에게 모두 감사의 인사를 전합니다.

부족한 글을 읽어주셔서 고맙습니다.

-2015년 겨울의 입구에서, 조이혜 드림

리:본 REBORN

-외전-

§ 리:본 외전 §

2015년 11월 25일 초판 1쇄 인쇄
2015년 11월 27일 초판 1쇄 발행

지은이 § 조이혜
발행인 § 곽중열
기획&편집디자인 § 신연제, 이윤아
발행처 § (주)조은세상

등록 § 2002-23호(1998년 01월 20일)
주소 § 경기도 연천군 미산면 청정로 1355
Tel § (02)587-2977
e-mail romance@comics21c.co.kr
블로그 http://goodworld24.blog.me

본 출판물은 비매품입니다.

조이혜 장편소설

GOOD WORLD ROMANCE NOVEL

리:본
REBORN

외전

(주)조은세상

Contents

　세상에 태어나서 이렇게 불편한 자리가 또 있다
니······.

　온희는 말이 없는 두 남자를 번갈아가며 쳐다보았
다. 한 사람은 그녀가 세상에서 가장 사랑하는 아빠.
또 한 사람은 세상을 저버리게 된대도 사랑할 수밖
에 없는 민효석.

　간간이 효석을 살피는 아빠의 눈길에 복잡한 심정
이 깃든 것을 보면서 온희는 미치고 팔짝 뛰고 싶은
심정이었다.

　"음, 이미 서로 소개는 했지만, 그러니까 서을대

병원 앞에서 만났을 때도 그렇고…… 음, 그래도 어쨌든 정식으로 다시 찾아뵈어야 한다고 선생님이 하도 그러셔서……."

어렵사리 운을 뗐지만 그녀의 첫 마디는 침묵 속에 묻히고 말았다. 결혼 승낙을 받으러 가겠다는 효석과 그럼 데려오라고 하는 아빠의 반응이 괜찮아서 마음을 놓던 것이 잘못이었다.

종업원이 가지런히 차려주는 밥상을 사이에 두고 아빠와 효석 사이에는 설명하기 힘든 묘한 기류가 흐르고 있었다.

"여기는 매일 자연산만 공급받는 곳이래요. 아빠가 일식을 좋아하신다고 하니까 선생님이 유명하다는 일식집을 얼마나 알아봤는지 몰라요."

"……."

탱탱한 감성돔의 살결도 도무지 그녀의 입맛을 돋워줄 것 같지 않았다. 대답 없이 젓가락을 들어 회를 맛보는 아빠의 눈치를 살피다가 뒤따라 음식을 들기 시작한 효석의 눈치도 살피면서, 온희는 소심한 손길로 맑은 미소된장국만 홀짝 마셨다.

"어……, 어, 고마워요."

효석이 불쑥 그녀의 빈 앞접시에 윤기가 반드르르
한 회를 담아주었다. 입가에 번지는 미소를 참지 못하
고 배시시 웃자 그 모습을 원영이 빤히 쳐다보았다.

"아, 아빠도 많이 드세요."

감시자의 눈빛에 찔끔 놀라 어색하게 얼버무렸다.
온희는 다시 말 없이 접시로 눈을 돌린 아빠를 훔쳐
보며 그가 준 회를 조심스레 입 안에 밀어 넣었다.
탱글탱글하면서도 사르르 녹는 느낌에 놀라서 그녀
는 또다시 아빠의 존재를 잊고 효석을 향해 활짝 미
소를 지었다.

"……."

"어, 흠! 흐음."

온희가 뒤늦게 정신을 차리고서 다시 눈치를 살피
니 원영이 또 서슬 퍼런 눈으로 쳐다보고 있었다.

품 안에 고이 끼고 기른 딸이 결혼을 하겠다고 남
자를 데려와 눈앞에서 좋다고 웃는 모습을 보는 건

아빠에게 그리 달가운 기분이 아니었다. 백 번 천 번을 생각해도 온희가 민효석 교수와 맺어져서 앞날이 평탄할 것 같지도 않았다.

원영의 염려와 못마땅함을 헤아리고 있는 듯, 효석은 지키지도 못할 미래의 포부를 말하거나 설득하려 하지도 않았다.

"그래서 결혼을 하고 미국에서 살겠다고?"

무미건조한 물음에도 드디어 터진 질문에 온희는 반색을 했다. 효석은 젓가락을 내려놓고 허리를 반듯하게 세우며 입을 열었다.

"온희가 공부하길 원하는 만큼 계속하게 하고 싶습니다. 학위를 위해 공부를 하기엔 한국보다는 미국이 훨씬 환경이 좋고 연구자로서 자극도 많이 받을 수 있을 겁니다."

"……"

원영이 작게 고개를 끄덕이자 온희가 냉큼 끼어들었다.

"아빠, 아빠도 같이 가면 안 돼요? 나 공부도 좋고

선생님도 좋지만 아빠랑 떨어져서 사는 건 싫은 데……."

"인마. 시집가겠다고 해놓고서 언제까지 애기로 살려고?"

"누가 애기로 산다고 했나? 아빠랑 가까이에서 살고 싶다는 거지. 같은 집에서 사는 게 불편하면 옆집 이라도요. 응?"

"원, 언제나 철이 들려고……."

그 후로 대화는 다시 뚝 끊겼다. 그래도 다행 중의 다행이라면 중간에 아빠가 정종을 주문해서 효석과 나눠 마시기 시작한 것이었다.

쪼르륵.

쪼르르륵.

고요한 다다미방에 서로 술을 받고 따라주는 소리 만 반복해서 울렸다. 이렇게 서로 숨만 쉬는 목석처 럼 있을 거면 뭐하러 만났나 싶은, 정말 숨도 제대로 못 쉴 긴장감이 감돌았다.

겨우 받아낸 한 잔도 효석의 만류로 혀만 담그고

끝나버려 맥이 빠지는데 끝내 옆집에 살아주마, 대답을 해주지 않고 고개만 젓는 아빠의 거절이 속상해서 온희는 풀이 팍 죽었다.

할머니도 강릉에서 사시겠다고 하고 아빠도 같이 안 살겠다고 하니 마음이 편하지가 않았다.

"그럼 결혼식은 어디서 할 생각인가?"

"한국과 미국에서 모두 할 계획입니다만 미국에서 하는 결혼식은 한국에서 하는 것보다 조촐하게 하려고 합니다."

"그렇군……."

대화는 세 마디를 넘지 않았다. 그럼 한국 결혼식은 어디에서 할 건지, 딸 혼수는 뭘 해주면 되는지, 예물이며 예단은 어떻게 할 건지 서로 궁금하지도 않은 모양이었다.

어쩐지 골이 나서 온희는 효석이 조금 방심한 틈을 타 재빨리 정종이 든 술잔을 쭉 비웠다.

"온희야."

예비 장인 앞이라서 차마 엄한 얼굴은 하지 못해

도 눈빛만은 이따 혼난다는 듯 나무라고 있었다. 온희는 입술을 비쭉이며 그의 시선을 피해버렸다.

그에게 맞지도 않는 살가움을 바란 건 아니다. 그녀도 많이 서먹할지도 모르겠다는 나름의 각오를 하고 나오긴 했다. 그러나 그들의 상견례는 정말 최악이었다.

뭐가 그리도 마음에 안 드는지 아빠도 번번이 입을 다물기 일쑤였고 효석도 그런 아빠에게 다가가려는 노력을 전혀 하지 않았다.

"그럼 이만 일어나세."

"이대로 헤어진다고요? 뭘 논의했다고 벌써요?"

딱 식사가 끝나자 자리를 파하겠다는 아빠의 말에 온희는 펄쩍 뛰었다. 이게 뭐야. 이게 무슨 상견례냐고?

"그러지 말고 선생님 집에서 한 잔만 더해요. 여기는 뭔가 불편한 것 같으니까 자리 옮겨서 편하게 얘기해요. 응?"

"갑자기 가자고 하면 민 교수가 불편할 텐데."

"괜찮습니다. 마침 괜찮은 술을 선물 받아서 대접하고 싶습니다."

"가요, 가요, 네?"

"뭐, 그렇다면야······."

우기다시피 한 그녀의 뜻에 따라 효석의 집으로 술자리가 옮겨졌다. 원영도 이참에 예비 사위 술버릇을 알아보기 위해 더 빼지 않고 온희와 효석을 따라나섰다.

그의 첫인상만큼이나 깔끔하고 모던한 현관에 들어서며 원영은 속으로 한숨을 삼켰다. 딸이 정말로 곁을 떠난다는 것이 왈칵 실감 나고, 힘닿는 데까지 마련해도 부족할 것 같은 현실이 어깨 위로 내려앉아 착잡해졌다.

아이를 시집보낼 때를 대비해서 계속 준비를 해오기는 했지만 효석의 형편을 보니 절로 마음이 무거워졌다. 상앗빛 대리석과 세련된 아트월 장식, 고급스러운 가구들과 유복한 모든 것이 원영에게는 조금 걱정스럽게 느껴졌다.

"……원래 술을 좀 하던가?"

작년 즈음, 온희가 연애를 하기 전 지나가는 말로 민 교수는 술이라면 질색을 한다는 말을 들은 적이 있었다. 그런데 효석이 꺼내온 술은 마치 향수병처럼 멋지게 생긴 외관에 든 것이었다.

"잘하지는 않지만 가끔 해야 할 때가 생겨서 선물로만 받는 정도입니다."

"술 문제로 속은 썩이지 않을 테니 다행이네."

"예."

그리고 또다시 침묵이 찾아왔다. 소파 아래에 가까이 모여 앉아도 서먹함과 어색함은 커져만 갔다.

"나도 한 잔 만요."

"안 돼."

원영은 작은 위스키 잔에 반 잔 정도만 술을 받고도 입술만 대는 효석의 태도에 조금 흡족해졌다. 자신도 술을 즐기는 편이었지만, 술 좋아하는 남자는 사실 믿을 게 못 된다고 생각했기에 내심 사위는 술을 멀리하는 사람이기를 바라고 있었다.

"왜 안 돼요? 내가 뭐 매일 마시나? 이런 날은 한 두 잔 정도는 더 먹어도 괜찮아요."

"이런 명분 저런 명분 찾아서 마시면 자꾸 찾게 돼."

입을 비죽이는 온희를 달래는 효석의 눈빛을 가만히 지켜보며 원영은 작게 고개를 내저었다.

적당히 져주기도 하고 제대로 이끌어주기도 하면서 효석은 천방지축 딸을 잘 다루고 있었다. 다룬다는 표현이 조금 그랬지만, 어쨌든.

어느새 온희는 도둑처럼 양주 한 잔을 비우고 잠이 들어버렸다. 효석이 소파에서 쿠션을 내려 온희의 머리 아래에 괴어주는 모습을 보고 원영은 술을 쭉 들이켰다.

"으음, 으......."

서로 별다른 대화 없이 한 시간쯤 지났을 때 온희가 취한 듯 앓는 소리를 내며 눈을 반쯤 떴다. 별안간 상체를 홱 세우더니 잠시 여기가 어딘지 가늠하며 주위를 두리번거렸다.

몽롱한 시선이 효석에게 가 닿자 그녀는 엉금엉금

바닥을 기어가기 시작했다.

"저, 저……."

아직 아빠가 있는지도 모르고 그의 허벅지를 척 베고 다시 잠에 빠져드는 모습이 너무도 자연스러워서, 지켜보던 원영의 입가에 피식 웃음이 서렸다.

"온희가 많이 부족하네."

온희의 흐트러진 머리칼을 쓸어 올려주던 효석이 원영을 바라보았다.

"아이 팔자가 더 고생스러워질까 봐 집안일 같은 건 절대 시키지 않았어. 손에 물 한 방울이라도 묻히는 일은 전혀 시키지 않았네. 나야 내 새끼니까 괜찮지만 미처 사위 생각은 못했어. 그럴 정신도 없었고."

"온희에게 집안일을 시킬 생각은 없습니다. 앞으로 연구자가 되기 위해 해야 할 일이 많아서 따로 사람을 쓸 생각입니다."

"그것뿐이 아니야. 뭉뚱그려서 집안일이라고 했지만 나는 그냥 온희가 살고 싶은 대로 놔뒀어. 더 이상 상처를 주지 않으려고 마냥 아이 같게만 키웠네.

한 번뿐인 인생, 아프고 힘든 것 이미 차고 넘칠 정도로 겪었으니까 기분 내키는 대로, 하고 싶은 대로 살았으면 했네. 언제까지나 내 품에 있을 것도 아닌데 그렇게 키웠어."

"……."

"같이 살다 보면 답답하고 화나는 때도 생길 테지만…… 그래도 부디 잘 부탁하네."

다시금 집 안 풍경이 눈 안에 세세히 들어왔다. 여전히 한편으로는 씁쓸하면서도 시집을 잘 가는 딸이 대견했다. 아직도 아이 같기만 한 온희와 차갑고도 다정한 효석의 묘한 모습에 가슴이 저릿해졌다.

"결혼식도 미국에서 할 생각인가?"

"아니요. 패틴슨 교수님 내외분과 미국 동료들이 한국에 와주기로 했습니다. 결혼식만큼은 한국에서 하려고 합니다."

가족이며 친구들이 모두 한국에 있는 온희를 배려한 결정이라는 걸 눈치채고서 원영은 말없이 웃었다.

"요즘 세상이 변해서 결혼식도 가족 친구 단위로 치른다던데, 너무 한국식 결혼식에 얽매이지 않아도 돼."

"저는 좀 생각이 다릅니다, 아버님."

"?"

그의 성격상 그러자 할 줄 알았던 원영은 의아한 눈으로 쳐다보았다. 효석은 빙긋 미소 지으며 여전히 단잠에 빠진 온희를 작게 토닥였다.

"초대하고 싶은 분들이 아주 많거든요. 여러모로 요."

"그래? 그렇다면야……."

"허락해 주서서 감사합니다, 아버님."

원영이 효석의 의미심장한 말뜻을 이해한 건 그로부터 석 달 뒤, 서울대학교 동문웨딩홀에서 열린 결혼식에서였다.

"엿 먹어보라는 심산인가, 이거? 오자니 켕기는 게 많고, 안 오자니 미안하고."

홍 교수가 웨딩홀로 들어서는 사람들을 보며 피식 피식 웃었다. 곁에 선 원영은 당혹스러운 표정으로 애써 입가를 끌어올렸다.

"키킥, 최 교수 얼굴 봐. 표정 죽인다. 하여튼 보면 저 녀석도 한성격 한단 말이야."

"그, 그러게……."

초대하고 싶은 분들이 자신을 징계위원회에 세우고 일방적으로 불리하게 심문했던 교수들이었을 줄이야.

게다가 효석은 유대훈 교수에게까지 청첩장을 보냈다. 물론 그는 오지 않았지만 다른 교수들은 개인적인 감정이 전혀 없는데다 좁은 이 바닥에서 대스타나 다름없는 효석과 더 이상 불편한 관계가 되는 걸 원치 않았다.

"우리 손자의 동료분들이시군요. 바쁘신데 이렇게 와주셔서 감사합니다."

"아, 예에……. 진심으로 축하드립니다."

영임이 허리까지 반으로 숙여가며 공손하게 인사

를 하자 한때 동료였던 교수들은 어쩔 줄을 몰라 했다. 그 모습을 지켜보던 홍 교수는 소리 죽여 끅끅 웃어대며 원영을 난감하게 했다.

"야, 야 인마. 체통을 지켜라, 좀."

"너 같으면 안 웃게 생겼냐? 민 교수가 사직하고 나서 교수들끼리 얼마나 어색해했는지 모를 거다. 그거 기사도 났잖아. 젊은 교수가 결혼한다는데 뭐가 어때서 하는 반응이 많으니까 지들도 당황해가지고…… 아이고, 웃겨."

"……"

사실 교수들도 유 교수의 억지 주장에 떠밀려 징계에 찬성하는 바람에 효석이 서울대를 떠나게 된 것이 내내 마음에 걸렸다. 그런 마당에 결혼식마저 떡하니 학교 내 동문웨딩홀에서 하니 도무지 양심상 오지 않을 수가 없었다.

"야, 홍석규. 솔직히 말해봐. 그 인터뷰한 거 너지?"

"응? 뭐?"

학교에서 권력을 가진 '정치' 교수에게 찍혀서 유

명한 학자가 내쫓기다시피 미국으로 돌아간다는 보도가 나면서 서울대학교 입장도 무척이나 난처해졌다. 지금이 무슨 5공화국 시절이냐, 요즘 시절이 어느 때인데 미혼인 남녀가 결혼한다고 그 유명한 사람을 쫓아내느냐, 그래봤자 국내에서나 알량한 권력으로 학문을 내치는 걸 보니 한국 과학계도 알 만하다며 비난하는 여론이 쏟아졌다. 거기에는 서울대 모 교수라는 수수께끼 인물의 인터뷰도 한몫을 했다.

"'부당한 점이 많았죠, 솔직히. 사실 별것도 아닌 일인데, 젊은 남녀가 결혼하겠다는 것까지 학교가 막을 권리는 없잖아요. 그런데 그걸 굳이 부적절한 관계로 몰아서 징계를 내린 거거든요. 저는 지금도 미혼인 남 교수가 미혼인 여 제자와 결혼하는 게 왜 부적절한 건지 이해가 잘 안 가요. 그래서 학교 내 정치력이라는 게 그렇게 무서운 거예요.' 이거 네가 한 말이잖아."

스마트폰에서 찾은 기사를 눈앞에 들이밀어도 홍 교수는 고개를 빼며 인상을 썼다.

"난 모르는 일인데? 어떤 정의의 사도가 불의를 못 참고 터뜨렸나보지."

"시치미 떼긴. 너 아니면 이런 걸 누가 해?"

"아, 몰라. 난 모르는 일이야."

원영은 끝까지 부인하며 히죽히죽 웃기만 하는 친구의 어깨를 툭 치며 미소를 지었다.

아내도 죽고 이제 딸도 품을 떠나지만 자식새끼들 다 보내고 나면 우리끼리 재미있게 해로하자는 친구가 있어서 딸의 결혼식이 슬프지만은 않은 그였다.

"제가 아는 민효석 교수님은…… 아주 복잡한 분이셨습니다."

여기저기서 웃음이 터져 나왔다. 주성은 효석의 시선을 피하며 꿋꿋이 마이크를 든 채 말을 이었다.

"저희끼리는 우스갯소리로 민 교수님만큼은 예쁜 여자보다는 동류를 선택할 분이라고 얘기하곤 했는데…… 세상일은 정말 알 수가 없네요. 이래서 인생은 함부로 속단하는 게 아니라는 생각이 듭니다."

"와하하하하."

이번에는 온희의 따가운 눈빛이 옆얼굴을 때렸다. 때아닌 폭로와 재치 있는 비판에 사람들 모두 흥미진진한 표정이었다.

"세상을 위해 그 좋은 유전자를 남기려면 꼭 장가를 가셔야 하겠지만 우리 민 교수님은 어쩐지 결혼과는 어울리지 않는 분이었거든요. 한 여자한테 발목 잡힌 교수님 모습은 절대 상상할 수 없었는데, 이렇게 지척에서 지켜보니 분명 저에게도 희망이 있을 것 같다는 생각이 듭니다. 그렇지 않습니까?"

"잘한다!"

"휘익! 잘생겼다!"

지루하고 틀에 박힌 결혼식이 아닌 모두가 웃고 떠들며 즐겁게 놀 수 있는 축제 같아서, 영임과 원영도 즐거운 얼굴로 주성의 다음 말을 기다렸다.

"신랑 민효석 교수님과 신부 제온희를 가까이에서 봐온 동료로서 두 분의 결혼이 영원히 화목하기를 바랍니다. 정말 잘 어울리는 한 쌍이고 또, 이건 아주 중요한 사안인데요."

기다렸다는 듯 은관과 으뜸이 플래카드를 양옆으로 쫙 펴들자 내부에 있던 사람들이 일제히 크게 웃음을 터뜨렸다.

민효석 ♥ 제온희

가정의 평화는 실험실의 평화! Forever~~

"우리 싸모님의 아량과 기분에 따라 저희 실험실 생활의 안녕이 결정됩니다. 부디, 정말 간절하게 행복하셨으면 좋겠습니다!"

"우리 사랑 영원히! 실험실에서도 영원히!"

온희가 창피한 듯 새하얀 망사로 감싸인 손을 들어 눈을 가려버렸다.

어이가 없는 얼굴로 웃는 효석과 오글거려 더는 못 보겠다는 온희를 위해 건배를 외치자 뒤풀이 같은 분위기가 되었다. 맛있는 음식과 샴페인, 흥겨운 음악에 사람들 모두 크리스마스 파티에 온 것처럼 즐기기 시작했다.

"왜 자꾸 그렇게 보세요?"

효석은 온희의 모습을 자꾸만 빤히 쳐다보았다.

오늘만은 가리지 않고 땋아 올린 머리칼 위에 꽃으로 만든 월계관을 쓰고 새하얀 실크 드레스를 입은 그녀는 평소처럼 까불거리는 아이가 아니었다. 청순하면서도 우아한 여자 그 자체여서, 손을 잡거나 이끄는 손길은 점잖고 다정했지만 문득문득 그의 시선은 그녀를 뜨겁게 스쳤다.

"옷이 날개라는 말이 있지만……."

샐쭉해지려는 온희의 눈매를 엄지손가락으로 살짝 매만지며 그가 미소 지었다.

"칫. 공연 같이 가주니까 봐주는 거예요."

에로스 이야기가 나오자 금세 효석의 얼굴이 떨떠름해졌다. 그가 말없이 질투하고 언짢아하는 것이 좋아서 온희는 일부러 작게 휘파람을 불었다.

"그래. 처음이자 마지막이니까."

"어머. 마지막이라뇨? 그럼 록 콘서트장에 절 혼자 보내겠다고요? 그 험한 곳에?"

온희는 새침하게 턱을 들어 올리고는 딴 곳을 응

시했다.

"뭐, 그럼 어쩔 수 없이 저 혼자 가야죠. 흥분한 사람들끼리 싸움은 기본이고 밀고 당기고 난리 북새통이라는데 뭐, 어쩔 수 없죠."

"그러니까 안 가면 되잖……."

"한국도 아니고 덩치 큰 외국인 사이에서 저 혼자 이리 치이고 저리 떠밀리면서 외간 남자의 터치도 묵묵히 견디면서 즐기고 올게요."

"너……."

"응? 왜요?"

아무리 엄하게 쳐다봐도 그녀는 히죽 웃으며 우리도 춤추자고 졸라댔다. 효석은 허리를 감싸 안으면서도 여전히 험한 눈빛으로 내려다보고 있었다.

"그래서 누가 같이 가주면 좋겠는데. 덩치 큰 외국인들 사이에서도 같이 재밌게 놀고 딴 놈 터치도 좀 가려줄 그런…… 음…… 남편이랑?"

그의 목에 두 손을 두르며 온희가 콧등을 찡긋거렸다. 모르는 사람들 사이에 있어도 절대로 이렇게 과감한 스킨십을 하지 않는 그녀가 먼저 다가오자 효석의 입가에 희미한 미소가 어렸다.

"어맛. 선생님. 이런 공개석상에서……."

꽉 끌어안는 그의 힘에 어쩔 줄 몰라 하면서도 온 희는 얌전히 안겨 있었다. 보지 않아도 그가 웃고 있다는 것을 알 수 있었다.

"삼 년에 한 번만 가자."

"……안 돼요. 일 년에 한 번은 가야 해요."

"너도 못 가게 할 거네만."

"……친정 가는 김에 혼자라도 갈 거예요."

"나도 처가에 자주 갈 거라서."

"……."

"……."

"알았어요. 봐줄게요. 이 년에 한 번."

"안 돼. 삼 년에 한 번."

"우씨. 그럼 이 년 반에 한 번."

"삼 년에 한 번."

"……."

"합의?"

대답 않고 가만히 안겨 있던 온희가 방긋 웃으며 몸을 떼었다.

"무조건 일 년 반에 한 번."

"무조건 안 돼."

"확 소박 놓을까 보다."

"……."

결국 지고 만 효석은 득의양양하게 미소 짓는 그녀를 다시 껴안으며 나직이 속삭였다.

"그래, 그렇다면 어쩔 수 없지."

"……?"

"스탠딩석에 서서 뛸 힘 같은 거 없애 주면 되는 일이잖나."

갑자기 귓전에 한기가 지나가는 것 같았다. 온희는 설마 하는 얼굴로 웃으며 세차게 고개를 흔들었다.

자네라니. 없애다니? 아닐 거야. 그냥 겁주려는 말이겠지.

사람들이 오늘의 주인공들 주변으로 몰려오는 바람에 깜빡 잊고 말았지만, 온희는 묘하게 찜찜한 기분을 내내 떨칠 수가 없었다.

둘.

"!"

온희는 믿을 수 없는 얼굴로 천천히 아래를 쳐다보았다. 경악 어린 신음을 삼킨 것도 잠시, 그녀의 몸은 한 발자국도 떼지 못하고 침대 위에 털썩 앉고 말았다.

아름답고 로맨틱한 도시 로마. 그 찬란한 곳에 서 있는 고풍스러운 호텔에서 맞이한 두 번째 아침은 은은하고 안락했다. 어젯밤 거세게 타올라 아직까지도 최후의 불씨를 태워내고 있는 화려한 벽난로도, 영국풍의 커튼 사이로 새어 들어오는 아침 햇살은 청명하고 맑아서 자꾸만 가슴이 두근거렸다.

분명 어제 아침, 처음 로마의 아침 햇살을 맞이했을 때만 해도 그랬다.

"으씨이……."

힘이 하나도 들어가지 않는 고관절을 붙들고 아무리 통통통 때리며 주물러도 설 수가 없다. 누가 아래에서 잡아당기는 것처럼 다리가 물렁물렁하고 힘이 없어서 온희는 울상을 지었다.

"오늘 저녁인데. 오늘 밤인데!"

그녀의 날카로운 시선이 이런 참극을 만든 원흉에게로 확 돌려졌다.

평안한 얼굴로 침대에 엎드려 자고 있는 민효석. 매끈하게 다져진 등허리를 내놓고 잘 때에도 반듯하니 신비로운 미모를 자랑하는 남편 민효석…….

온희는 미간을 와락 구기며 다시 고개를 팩 돌렸다.

"웃……차."

저런 짐승. 똑똑한 짐승 같으니라고. 사람을 설 수 있을 정도로만 해야 할 것 아니야.

투덜거리며 몇 발자국 떼어 봤지만 갈수록 죽을

맛이었다.

온몸이 두드려 맞은 듯 아프고 허리를 제대로 펼 수도 없는데다 골반은 혼자 미친 듯이 잘근잘근 경련을 해댄다. 두 허벅지 근육은 간질거림을 동반한 통증에 시달리며 잘게 떨리고 자꾸만 힘이 빠지는데, 이런 느낌은 정말로 머리털 나고 처음이라서 뭘 어떻게 해야 할지 도무지 모르겠다.

"아아, 안 돼. 어떻게든 괜찮아져야 해. 무슨 수를 써서라도!"

비틀거리듯 소파 위에 앉은 온희는 소스라치게 당황했다.

이번엔 은밀한 곳이 펄떡거리며 경련하는 것이 느껴졌다. 마치 심장박동이 옮겨온 것처럼, 물 밖으로 나온 갓 뛰쳐나온 물고기가 퍼덕거리는 것처럼 아무리 멈추려고 해도 다리 사이가 움찔움찔 떨려서 그녀는 그만 헛웃음을 흘리고 말았다.

"아잇…… 이잇."

뭔가 흐르는 느낌이 불길해서 어렵게 살펴보니 그

가 이틀 내내 쏟아낸 흔적이었다. 여전히 익숙해지지 않는 묘한 느낌에 발작하는 듯한 그곳의 떨림까지 더해지자 이제는 앉아 있어도 두 다리가 저절로 경련하기 시작했다.

"복수할 거야. 진짜로 복수할 거야."

오늘 저녁 8시, 로마올림픽 스타디움에서 에로스의 단독콘서트가 열린다. 혼신의 힘을 쏟아부으며 예매했던 한국 콘서트를 그대로 날려버리고 다시 심기일전해서 얻어낸 영광의 날이란 말이다.

그런 날에 심술을 있는 대로 부린 효석이 얄미워서 온희의 입술이 부루퉁해졌다.

"흥. 아랑곳하지 않고 가주겠어."

온희는 기어가다시피 가방으로 접근했다. 짐을 뒤져서 아빠가 꼭꼭 챙겨 먹으라며 싸주었던 홍삼을 꺼냈다. 아빠가 직접 인삼을 아홉 번 찌고 말려서 곱게 갈아 만든 진짜배기 홍삼 가루다.

평소 한 스푼만 떠먹었던 홍삼 가루를 밥 수저로 세 스푼이나 한가득 퍼서 털어 넣었다. 30분 후, 그녀는 아빠가 직접 만들어서 효석에게 준 장어즙까지 쪽쪽 빨아 마시며 몸에 힘이 돌아오길 기다렸다.

"쯧. 이놈의 장어즙. 애먼 나만 잡을 뻔했잖아."

아직도 많이 남은 장어즙 팩들을 제 가방 속에 옮겨 숨기고 두 개만 소파 아래에 몰래 숨겨 두었다.

오늘은 기필코 호텔방을 벗어나 관광다운 관광도 하고 저녁에는 고대하던 콘서트를 갈 계획이었다.

"뭐해?"

"악, 깜짝이야!"

팔짝 뛰듯이 놀라는 그녀가 귀여운지 효석이 작게 웃었다.

"배고프다. 룸서비스 시킬까?"

"배, 배고파요? 선생님이?"

"?"

효석은 신기한 것을 보는 것처럼 말똥거리는 온희의 눈빛을 보곤 헛웃음을 흘렸다.

"다시 말하지만 나를 너무 사람 취급을 안 하는 것 같단 말이야. 이젠 그만 자각 좀 해."

"어⋯⋯. 아니, 그냥⋯⋯ 음, 그냥 그런 말을 처음 듣는 것 같아서요."

"뭐, 살다 보면 자연스러워지겠지."

살다 보면. 새삼 효석이 정말로 자신의 남편이 되었다는 것이 진하게 와 닿았다. 조금 전까지 걷지도 못할 정도로 격렬히 괴롭혔던 그를 두고 투덜거렸던 것을 잊은 채 온희는 배시시 웃었다.

"잠깐! 잠깐만요!"

불현듯 정신을 차리고 룸서비스를 시키려는 효석 앞을 척 막아섰다.

"룸서비스 먹기 싫어요."

"맛있다고 해놓고 갑자기 왜?"

"그거야 맛은 있지만, 그 말은 이 방에서 또 안 나가겠다는 뜻이잖아요."

"푹 쉬고 싶다고 한 건 자네잖아."

"누가 이렇게 쉬고 싶대요? 밥 먹고 하고 밥 먹고 하고, 밥 먹고 하고 자고. 로마까지 와서 이렇게만 보내고 싶지 않단 말이에요."

"흐음."

"아이, 정말. 야한 것만 하려고 이 먼 로마까지 온 거 아니잖아용. 응?"

효석은 이제 와서 나가겠다고 나서는 온희를 내려 다보며 묘하게 웃었다. 물론 꼭 와보고 싶었던 곳인 건 알지만 그것보다 에로스 때문에 부득불 로마로 고집한 것을 훤히 알고 있었다.

모를 줄 알고? 하는 그의 표정에 온희는 황급히 덧붙였다.

"치. 자꾸 이럴 거예요? 신의를 지키기로 약속해 놓고서. 그리고 저 유럽은 처음이란 말이에요. 우리 놀러 가요. 네?"

"자네는 믿지만 여긴 이탈리아야. 자네도 로마의 악명은 알고 있을 텐데."

"조심하면 되죠. 그리고 선생님이 같이 있는데 뭐 가 문제예요? 말도 잘해, 똑똑해, 잘생겼어, 법적으 로까지 남편이 옆에 있잖아요."

"……"

"치. 언제는 더 넓은 세상에 데려가고 싶댔으면서."

별로 내켜 하지 않는 그를 졸라 드디어 호텔 밖에서 로마의 바깥바람을, 그것도 무려 환한 대낮에 맞이할 수가 있었다.

온희는 효석의 손을 잡고 길을 걸으면서도 그를 힐끔힐끔 훔쳐보았다. 까만 면바지에 흰 티셔츠를 입고 선글라스를 낀 그는 잘생긴 사람이 길바닥의 돌만큼이나 많은 이탈리아 한복판에서도 서양인들에게 전혀 밀리질 않는다. 저도 모르게 넋을 잃고 보다가 그녀는 퍼뜩 정신을 차렸다.

먼저 호텔에서 가장 가까운 바티칸 시티로 먼저 출발했다. 구름 한 점 없는 화창한 날씨와 따스한 햇살 속에서 낯설고 아름다운 도시를 거니는 기분은 때때로 여행자의 마음에 엉뚱한 자신감으로 표출되기도 했다.

"와, 이런 곳에서 매일을 사는 건 어떤 느낌일까요?"

"하도 봐서 감흥도 없을 거야."

"왜요? 정말 살고 싶은 곳인데요."

"나는 싫어."

온희는 효석 모르게 씨익 짓궂은 미소를 지었다. 초장부터 주도권을 잡아야 한다는 김은관의 말 따위 들을 만한 건 못 되지만 남편과 아내가 되었어도 합의를 해야 할 건 해야 하는 거다. 다시는 밤일로 지치게 만들어서 어디 못 가게 하는 치사한 방법을 못 쓰도록 그녀도 무슨 수를 써야 했다.

다소 이른 아침인데도 높다란 레오네 성벽 아래에 박물관 입장을 기다리는 사람들이 긴 줄을 이루고 있었다.

더디게 줄어드는 입장 순서 내내 온희는 남편과 함께 셀카를 찍는 데 여념이 없었다. 한 시간을 기다려 겨우 바티칸 박물관의 아치문이 보일 때쯤, 근처 가판대에서 아이스크림을 팔던 중년 아저씨가 부부를 불렀다.

「아가씨, 그렇게 입고 가면 입장 거부될 걸?」

「요즘 복장 규정이 완화돼서 그냥 통과시켜준다던

데요.」

「에이, 아가씨 바지는 너무 짧잖아. 물론 비너스처럼 완벽하게 아름답긴 하지만.」

어머.

분명 느끼해서 토하고 싶은 멘트인데 실실 웃음이 났다. 슬며시 보니 효석의 표정이 떨떠름하게 굳어 있었다. 이탈리아에서 작업 멘트를 한 번도 못 들으면 여자가 아니라는 말도 있는데, 사실 여기까지 오는 내내 잘생기고 잘생긴 남자들이 숱하게 많은 데도 작업은커녕 한 번 슥 보고 지나가는 걸로 끝나서 내심 자존심이 요동을 치려고 했었다.

"선생님. 입장 거부되면 어떡해요? 해결될 때까지 다시 줄 서야 하겠죠?"

한껏 기분을 내며 핫팬츠를 입고 나온 새색시에게 첫 관광부터 초를 치고 싶지 않아 가만히 참고 있던 효석이 싱긋 미소를 지었다.

"잠깐 여기서 기다려. 가릴 만한 걸 좀 사올게."

"네엥. 빨리 오세요."

그를 기다리는 동안 관광지도를 보면서 콧노래를 흥얼거리는 그녀에게 낯선 목소리가 부드럽게 들려왔다.

「헬로 뷰티풀? 이탈리아는 처음인가 보구나?」

이야, 여기는…… 천국?

혼이 쏙 빠지도록 잘생긴 남자가 온희를 바라보며 미소 짓고 있었다.

그녀는 자신도 모르게 마주 웃으며 인사를 했다.

「안녕. 여기 사람이에요?」

「응. 혹시 가이드 필요해? 당신 같은 아름다운 여성에게 로마의 역사를 자세히 알려주고 싶은데.」

「가이드 일을 하나 봐요?」

「아니. 난 평범한 회사원이야. 친구들 만나러 가는 길이었지만 여신을 그냥 지나칠 순 없잖아. 그럼 와인 한 잔 같이 하는 건 어때? 내가 와인의 깊은 맛을 조금 알려줄 수 있는데.」

분명 어제 먹었던 것까지 토하고 싶을 만큼 닭살 돋는 말인데도 그 남자가 하자 원래 그런 언어인 듯 자연스럽고 감미롭다. 온희가 배시시 웃으면서 정중히 거절하자 남자는 너무도 아쉽다는 표정을 지으며 자신의 허리춤에 매어놓은 셔츠를 풀었다.

「아무리 바티칸이 오픈 마인드가 되어가곤 있어도 이렇게 아가씨의 다이아 같은 다리를 고스란히 내보이는 건 허락하지 않을 거야. 바티칸의 저 아름다운 풍경이 당신 앞에서 전혀 힘을 못 쓸 테니까.」

어억. 대체 이게 말이야 마법이야…….

여자를 기분 좋게 하는 것도 모자라 이 남자는 완벽한 매너로 셔츠를 온희에게 건넸다. 자신도 모르게 그의 호의를 받으려고 하는 순간, 냉랭한 목소리가 반쯤 빠진 그녀의 정신에 확 찬물을 끼얹었다.

「고맙지만 그럴 필요는 없습니다.」

성큼성큼 다가온 효석이 가판대에서 사온 숄을 온희의 허리에 매어주었다. 남자는 그런 두 남녀를 번갈아보다가 너털웃음을 터뜨렸다.

「아, 남자친구? 역시 혼자 온 게 아니구나. 하긴, 이런 여성이 혼자라는 게 말이 안 되긴 하지만.」

「아뇨. 남자친구가 아니라 제 남편이에요.」

「⋯⋯아니, 이렇게 어린데 결혼을 했다고? 세상에.」

남자는 즐거운 대화였다며 끝까지 작업의 정석을 잊지 않고 떠나갔다. 온희는 작게 한숨을 쉬는 효석의 얼굴을 훔쳐보곤 다시 씨익 미소 지었다.

"일부러 받아준 거지?"

"네? 뭘요?"

아무것도 모르는 듯 물끄러미 바라보며 되묻는 아내의 태도에 그가 시름 섞인 한숨을 내쉬었다.

"뭐가 마음에 안 드는데? 말을 해야 알지."

"뭐, 모른다면 어쩔 수 없는 거죠. 내가 그렇게 기대하고 기다린 기회라는 걸 알면서도 힘을 쏙 빼놔서 그 기회를 홀랑 날려먹게 만들려고 했던 뭐 그런 거, 충분히 모를 수도 있죠."

"⋯⋯."

"⋯⋯."

"⋯⋯미안하게 생각해."

온희는 쾌재를 부르며 선선히 그와 화해를 했다.

아직도 그는 불만이 어린 것 같았지만 민효석 성격에 이 정도면 엄청 져준 거라는 걸 잘 알고 있었다.

하지만 이탈리아는 역시 여자를 기쁘게 하는 나라였다. 심지어 택시 기사마저도 창문을 내리고 윙크를 날릴 정도로.

어쩌다 효석이 자리를 비워 온희 혼자 기다리고 있노라면 잘생기고 잘생긴 남자들이 자꾸만 작업을 걸어왔다. 온갖 미사여구가 총동원되어 그녀를 띄우고 찬양을 하는데, 듣다 보면 내가 정말 그 정도였나 하는 착각이 들었다.

「덥지? 내가 한 잔 살게. 요 앞에 칵테일을 기가 막히게 하는 집이 있어.」

「마음은 고맙지만 괜찮아요.」

「이런. 당신의 땀은 보석 같다구. 그걸 땅에 버리면 안 되지. 어때?」

여신에 다이아 같은 다리도 모자라 보석 같은 땀까지 나왔다. 이 나라 남자들은 어디 스피치학원에서 여자를 포장하는 언어 방법이라도 배워오나 싶어서 온희는 조금씩 관찰하듯 남자들을 바라보는 경지에 이르고 있었다.

「저는 지금 남편을 기다…….」

「제 아내에게 무슨 볼일이 있습니까?」

벌써 세 번째 외간 남자들을 쫓아내면서 슬슬 효석의 기분도 아래로 치닫고 있었다. 완벽한 이탈리아어를 구사하는 그의 목소리가 너무나 차가워서 온희는 본능적으로 그의 한계를 직감했다.

"자네는 정말……."

아닌데. 난 정말 안 받아줬는데.

"아니, 저는 분명히 거절했어요. 쳐다본 건 그냥 하도 신기해서……."

"……."

아, 진짜 아니라고.

억울했지만 바티칸에서의 전적이 있는지라 그의 기분을 되돌리는 건 쉽지 않아 보였다. 온희는 부쩍 말수가 줄어든 그의 팔에 매달려 여러 애교를 떨었지만 썩 효과는 없었다.

"지금 절 못 믿는 거예요?"

"의심스러운 행동을 하기는 했지."

"그래서 의심한다는 거예요?"

"……."

으씨?

"일부러 그런 거 알잖아요. 그냥 당신이 심술부린 거에 복수하려고……."

"……그래."

"그래요. 내가 잘못했어요. 근데 진짜 한눈판 거 아니라니까? 그것도 그건 처음만 그랬지…… 아, 진짜란 말이에요!"

이게 아닌데. 내 시나리오는 이게 아니었는데 하면서도 온희는 그를 달래려고 애를 썼다. 조금씩 해가 지고 곧 올림픽 스타디움에 가야 하는데 이런 기분으로 어떻게 거길 가자고 하나.

초조한 시선으로 올려다보며 안절부절못하는 그녀를 효석이 천천히 내려다보았다.

"바람기, 없는 거 확실해?"

"아, 정말 왜 그래요? 알잖아요. 나 막 서운해지려고 해요."

"워낙 예쁘고 잘생긴 것에 약하니까."

"그래서 선생님한테 목맨 거잖아요!"

"……지금도?"

"그걸 지금 말이라고 하는 거예요?"

아직도 차가움이 남은 손길로 그녀의 목덜미를 어루만지자 온희가 아이처럼 매달려 왔다. 효석은 그녀의 위에서 씨익 미소 지으며 승리자처럼 머리를 쓰다듬어주었다.

그러나 부부의 대미는 역시 기다리고 기다리던 에로스 콘서트였다.

"꺄아아아악!"

로마올림픽 스타디움 한복판에서 효석은 진땀을 빼고 있었다.

록 콘서트장에 처음 온 기분이란 정신 사납고 상당히 위험하다는 것이었다. 효석은 덩치 큰 외국인들로 바글바글한 스탠딩석에서 점점 더 앞으로 침투

하는 아내를 보호하느라 애를 먹었다.

"Yeah, I'm ready to do anything for you. My goddess, music worships everything about you! 꺄아아악!(그래, 너를 위해 난 무엇이든 할 준비가 되어 있지. 나의 여신이여, 음악까지도 너의 모든 것을 숭배해.)"

저렇게 좋을까 싶었다. 언제 챙겨왔는지 온희는 에로스 팬클럽에서 공식으로 구매한 미니 현수막까지 들고 떼창에 한몫을 하고 있었다. 묵직한 베이스 소리에 함성을 지르며 몇 만 명이 한마음으로 펄쩍펄쩍 뛰는 모습은 그에게 상당한 충격이었다.

하도 뒤에서 밀어대는 통에 펜스에 눌려 짜부라질 것 같아도 그녀는 꿋꿋이 제자리를 지켰다. 턱턱 막힐 것 같은 열기와 분위기에 취해서 스탠딩석 곳곳에서는 크고 작은 충돌이 일어나고 있었다.

"재밌죠? 재밌지 않아요?"

"놀러 와서 무슨 싸움들을 이렇게 하나?"

"분위기 탓이죠 뭐. 대부분 자리싸움이에요. 어맛!"

에로스가 다음 무대를 준비하는 잠깐 동안에도 분위기는 쉽사리 가라앉지 않았다. 급기야 거구들 몇이 포함된 슬램존이 군데군데 형성되더니 밀고 때리는 몸싸움까지 시작되었다. 이탈리아 사람들 특유의 다혈질 때문인지 싸움은 보통보다도 더 격렬했다.

효석이 자리를 바꾸어 온희를 좀 더 안전한 바깥쪽으로 밀어 넣는 사이, 각자 양쪽에서 작업이 들어왔다.

「하이, 프리티? 어느 나라에서 왔어?」

「오, 당신 정말 멋지고 아름다운 게 완전히 내 스타일이야.」

온희는 시끄러운 와중에도 효석에게 들어오는 작업 멘트를 똑똑히 듣고는 홱 시선을 돌렸다.

빨갛고 노란 조명들이 어지러이 나부끼는 가운데에서도 누군가가 남편에게 치근덕대는 장면만은 망막에 선명하게 맺혔다. 마침 무대 위에서 불기둥이 치솟으며 두 남자를 환하게 비추었다. 잘생긴 남자가 효석의 어깨에 손을 올린 채 윙크를 날리는 엄청난 광경을.

「이따 나랑 놀러 가지 않을래? 응? 평생 잊지 못할 밤을 보내게 해 줄 테니까.」

"……."

"……."

성황리에 끝난 에로스 콘서트를 마치고 돌아오는 길에 효석이 우뚝 멈춰 섰다.

"다신 안 가. 절대로 안 가. 당신도 못 갈 줄 알아."

그는 풋풋거리며 겨우 웃음을 참고 있는 온희의 얼굴을 들어 두 손으로 감싸 붕어처럼 짜부라뜨렸다.

"푸핫! 아하하하하하!"

"웃음이 나오나, 지금?"

"웃겨요! 웃겨서 죽을 것 같아! 아하하하!"

정말 심각한 얼굴로 선언하는 그를 껴안으며 온희는 한참 동안 웃음을 멈추지 못했다. 그 남자의 말처럼 정말 평생 잊지 못할 밤이었다.

최고이자 최악의 신혼여행의 추억으로.

셋. 끝과 시작, 시작

GOOD WORLD ROMANCE NOVEL

평소와 다를 것이 없는 하루가 시작되었다. 힘겹게 눈을 뜬 온희는 씻은 후 의안을 넣고 아직 자고 있는 효석의 이마에 입을 맞추었다.

아침에 일어나 가장 먼저 하는 건 아침 식사 준비였다. 결혼해도 나는 신랑 밥 차려주겠다고 일찍 일어나는 짓은 도저히 못할 것 같다고 생각했었는데, 그에게 아침 식사를 차려주는 건 학문을 이루어 갈 때와는 또 다른 보람과 성취감을 느끼게 했다. 조금씩 맛이 좋아지고 그가 자신의 음식에 길들여지는 모습을 볼 때마다 그녀는 더욱 아침밥 만들기에 자부심을 가지고 있었다.

"찌개 어때요? 간 괜찮아요?"

"음. 좋아."

"헷."

여느 부부처럼 출근 준비를 하고 나란히 학교에 등교하면 그때부터는 부부가 아닌 사제 모드가 된다.

효석은 학교 정문을 지나면서부터는 절대 온희에게 부부의 정을 내보이지 않았다. 물론 아주 가끔 점심을 함께 먹을 때에는 슬쩍 내비치기도 했지만 시간이 지나면 칼같이 교수의 입장으로 돌아갔다.

뭐야, 잡은 고기라고 돌변한 거야, 지금? 하며 충격을 받은 것도 잠시, 이내 온희도 남편의 그런 태도와 입장을 이해했다. 그가 지금 더할 나위 없이 현명하게 처신하고 있다는 것도.

"오늘 저녁 8시. 잇지 않았겠지?"

"네에."

"지난번처럼 피곤해서 다 못했다는 핑계는 안돼."

"알았다니까요."

"그럼 수고해."

멀어지는 남편의 등을 물끄러미 바라보던 온희의 입에서 저도 모르게 낮은 탄식이 새어나왔다. 해야 할 실험도 많고 데이터 정리도 해야 하는데, 오늘 저녁에는 효석 앞에서 따로 논문 발표까지 해야 한다.

코가 빠지도록 해도 오늘 안에 다 할 수 있을까. 눈앞이 막막해졌다.

"굿모닝, 싸모."

"배드 모닝."

"왜? 민 교수님이랑 싸웠냐?"

"아니."

그녀가 발표 연습할 논문을 힘없이 흔들자 주성이 안 됐다는 얼굴로 어깨를 두드려 주었다.

매주 금요일마다 온희는 효석 앞에서 논문 한 편을 공부해서 발표를 하는 '부부 특훈'을 받고 있었다. 민효석이 십 년이 넘게 이뤄온 것들을 단기간에 거저 얻는 과정은 상당히 혹독했다.

그는 비판에 가차 없었고 매번 허를 찌르고 들어와 온희가 펼치는 논리의 빈약함을 단번에 집어냈다. 쉴 새 없이 공격하고 막아내는 그 시간들을 육체화한다면 아마 피를 철철 흘리면서 중상을 입고 사경을 헤매고 있을 것이다.

"미치겠다……."

벌써 며칠째 실험마저 잘되지 않았다. 실험 결과가 나오기는 해도 이게 무슨 의미를 갖는지, 어떻게 작동하는지 그 원리조차 잘 파악이 되지 않는다. 실험실의 다른 사람들은 저 멀리 앞서 가는데 자신만 그 자리에서 헤매고 있는 것만 같아서 온희는 내심 좌절과 실망을 밥 먹듯 맛보고 있었다.

결국 데이터 정리를 나중으로 미뤘다. 미국에 살고 있어도 영어로 일상생활 대화를 하는 것과 연구 내용을 발표하는 것은 엄청나게 다르다. 온희는 저녁을 대충 빵으로 때우고 그 시간에 발표 연습을 했다.

족히 오십 번은 했던 말을 또 하고 또 하고 하면서 입에 익숙하게 만들어 놓으니 금세 8시가 가까워지고 있었다.

"시작해도 되겠지?"

"네."

"해봐."

오직 이 시간을 위해 설치한 롤스크린을 내리고 화면에 프레젠테이션 파일을 띄웠다. 발표 중간마다 질문을 받으면 그녀는 절반은 대답을 못 했고 그때마다 효석이 생각의 확장을 유도하는 질문을 계속 던지는 방식이었다.

온희는 등줄기를 따라 식은땀이 쭉 흐르는 걸 느꼈다.

「결국엔 논문을 많이 읽어보는 수밖에 없어. 다시 한 번 읽어보고 완벽히 내용을 이해해보도록 해.」

「네…….」

오늘도 완벽히 깨졌다. 왜 공부를 하면 할수록 더 어려운지 모르겠다. 손에 들린 논문을 내려다보던 그녀는 아득한 앞길에 순간 알싸한 현기증마저 느끼고 말았다.

「네이처에 보낸 자네 논문이 1차 통과했다고 연락이 왔네.」

「오, 정말요?」

「자매지이긴 하지만 impact factor[1]가 꽤 높으니 최종 통과가 되면 내가 술 한 잔 사지.」

「이예!」

실험실 동료들과 신난다고 좋아하던 주성이 갑자기 입을 다물더니 온희의 눈치를 살폈다.

「뭐? 왜?」

「아니, 그냥. 괜찮은가 해서.」

「이 사람이 누굴 악처로 만들고 있어?」

「하하하하.」

한국에서와는 다르게 미국에서의 실험실 생활은 늘 화기애애했다. 민 교수가 결혼 후 가장 달라진 점을 꼽으라면 주성은 지체 없이 '모든 것'이라고 대답할 수 있었다.

---

1) Impact factor(임팩트 팩터) : 논문을 게재하는 저널에 부여된 점수. 높을수록 상위 저널이다.

그는 채근하지도 않았고 나무라지도 않았다. 실험 결과가 잘 나오지 않아도 도리어 격려를 해주고 인내심을 가지라며 조언을 해주었다. 틈새 하나도 없이 팽팽한 밧줄 같았던 그의 변화가 정말 신기할 따름이었다.

기대감에 찬 주성과는 달리 온희는 마음이 좋지 못했다.

물론 주성과 자신의 위치가 다르다는 것도 잘 안다. 실험을 설계하는 것부터 현상을 이해하고 분석하는 능력과 경험 모두 석사가 박사를 능가하기란 좀처럼 쉽지 않은 일이다.

나는 언제 저 경지까지 도달할 수 있을까를 생각하면 까마득한 기분이 들었다. 주성과의 거리감도 이렇게나 느껴지는데 효석과의 거리는 더욱 멀고 험하게만 느껴졌다.

퇴근하고 효석과 저녁을 먹을 때 그녀는 더 삭이지 못하고 풀이 죽은 목소리로 입을 열었다.

"저는 바보인가 봐요."

"뭐?"

"최고의 프로그래머가 와서 최고로 좋은 소프트웨어를 깔아주려고 하는데도 하드가 멍청해서 다 못 받아들이잖아요. 날개를 달아줘도 못 나는 닭이랑 똑같아."

"초조해할 것 없어. 자네는 아직 석사 과정이잖아."

"그렇긴 하지만……."

그제야 바닥을 치고 있는 온희의 기분을 눈치챈 효석은 들고 있던 포크를 내려놓았다.

"기억나나? 과학자에게 인내심은 필수라고 했던 것."

"……."

"자네는 지금 차근차근 제대로 계단을 오르고 있어. 실험이 며칠 안 된다고 다 죽어갈 필요도 없고 죽어가지도 마. 실험이라는 게 그래. 열 번 해서 두세 번 잘된 걸 건지는 거야."

"열 번 해서 열 번 다 안 되는 건 어떡해요? 진짜 모르겠어요. 알다 가도 뒤죽박죽 머릿속에서 섞이는 것 같고…….”

"그럼 그런 진통도 하나 없이 학문이 이뤄질 줄 알았나? 아무리 내가 날개를 달아줘도 완전히 날아가는 과정에는 고통이 따르는 법이야.”

"네에.”

"내가 보기엔 충분히 잘하고 있고 앞으로도 더 잘하는 일만 남았으니까, 걱정하지 말게.”

쳇. 이런 때는 진짜 교수 같네.

온희가 희미하게 미소 짓다가 빤히 얼굴을 쳐다보자 그가 반찬을 집다가 멈칫 시선을 마주했다.

"왜?”

"아마빌리스OH도 선생님만큼이나 예뻤으면 좋겠네요. 휴, 요즘 진짜 왜 그렇게 실험 결과가 이상한지 모르겠어요.”

"어떻게 이상한데?”

"음……. 분명 노이즈는 아닌 것 같은데 자꾸 튀는게 보이거든요. 좀 더 크고 규칙적이라고 해야 하나. 있잖아요, 혹시 아마빌리스에 다른 이온 채널(이온이 세포를 통과하는 통로)이 존재할 가능성이 있을까요?"

순간 효석의 이마가 찌푸려졌다. 온희는 갑자기 생각에 잠긴 그를 의아하게 바라보았다.

"갖고 왔어? 그 실험 데이터."

"네? 네에. 좀 더 보려고 갖고 오기는 했는데……."

"좀 보자."

"지금요?"

"그래. 지금."

밥 먹다 말고 가지런히 실험 결과를 정리해둔 종이더미를 살펴보던 그의 표정이 점점 더 심각해졌다.

"로우(raw) 데이터 창에 띄워 봐."

그제야 그가 뭔가를 발견했음을 눈치채고 온희가 잽싸게 움직여서 노트북에 원본 데이터를 띄웠다.

효석은 한동안 말없이 보다가 천천히 입을 열었다.

"생각보다 너무 빨리 잘하게 됐는데."

"네?"

미소를 머금은 남편의 시선에 멀뚱히 마주보던 온희의 눈에 놀라움이 번졌다.

"그럼 진짜예요? 가능성이 있는 거예요?"

"에너지 생산 모델만으로는 아마빌리스의 현상을 설명하기 어려운 점이 있었는데 이게 그 이유가 될지도 모르겠어."

"정말요? 정말로?"

그가 웃었다. 그의 손이 머릿속을 부드럽게 헤집고 토닥거렸다. 잘했다는 그 무언의 칭찬에 온희는 아직도 믿기지 않는지 얼떨떨하게 노트북 화면만 쳐다보고 있었다.

어떻게 발견했냐고 묻는다면 그냥, 이상하게 보였다고 답하는 수밖에 없었다. 많은 경우의 수를 하나씩 지우고서 남은 단 하나의 결론이었다. 또 어떻게 다른 경우의 수들을 떠올리고 하나씩 지울 수 있었냐고 묻는다면 정말로 그냥, 자연스레 되었다는 대답을 할 수밖에 없었다.

"정말 재미있는 걸 발견한 것 같아, 자네."

"와……. 그러게요……. 정말 그런가 봐요."

쪼그라들었던 자신감이 샘솟듯 차올랐다. 내가 발전을 하고 있긴 하구나 싶어서 온희는 얼굴 한가득 뿌듯한 미소를 지었다.

"근데 선생님, 이제는 그런 말 되게 잘하게 됐네요."

"뭐?"

"전 같았으면 엄청 혼냈잖아요. 하여튼 자네는 가르쳐도 보람이 없어, 시간 낭비 같지 않나? 그냥 때려 치고 취업이나 알아보게. 막 이랬던 것 같은데 이제는 잘하고 있다고 해주고."

"……."

그가 대꾸 없이 고기를 입에 넣었다. 아무것도 못 들은 척하는 모습이 쑥스러워하는 것 같아 온희는 푹 웃었다.

"n수[2]가 최소한 7개 이상은 필요하니까 좀 더 실험을 해보고 통계를 내보게. 그리고 틈틈이 논문 쓰

2) n수: 실험한 대상의 개수

는 연습을 하도록 해. 내가 전에 준 논문들이 상당히 writing을 잘했으니까 필요하다면 그런 표현 자체를 외워두는 것도 좋아. 특히 abstract(초록)[3]을 눈여겨보고."

"네."

하여튼 귀엽긴.

실험 이야기로 화제를 돌리는 그의 반응이 정말 귀엽다. 결혼 전에도 느끼긴 했지만 같이 살수록 상당히 귀여운 구석이 있는 남자라는 걸 자꾸 깨닫게 된다. 어쩔 줄 몰라 하는 지금도 그랬다.

식사가 거의 끝나갈 무렵, 효석의 휴대전화가 울렸다. 조금씩 굳어가다 못해 완전히 얼어붙은 남편의 얼굴에 덩달아 긴장해서 온희는 조용히 수저를 내려놓았다.

"선생님. 무슨 일 있어요?"

"……."

"효석 씨?"

3) Abstract(초록) : 논문 등 글의 앞부분에서 그 요지만을 간략히 설명해 놓은 부분

"할머니가 위독하시대."

"네?"

"한국에…… 가봐야 할 것 같아."

"하, 할머니가……."

시간이 얼마나 더디게 흐르길 바랐는지 모른다. 이 행복, 우리의 가족들, 함께 공유하게 된 모든 것들이 오래도록 변하지 않고 그 자리에 있어 주기를 부부는 매일 아침마다 바랐다.

첫 이별을 지척에 두고 효석과 온희는 한동안 멍하니 앉아 있었다. 즐거움보다 더 빠르고 소리 없이 다가온 충격과 슬픔이 흩어져 발밑에 흥건히 고이는 것만 같았다.

"편찮으신지는 사흘밖에 되지 않았어요. 사흘 전까진 평소와 똑같았어요. 기침을 몇 번 하시긴 했지만 열이 나거나 하지도 않았고요."

"……."

간병인의 설명에 한참 말이 없던 효석이 천천히

고개를 끄덕였다.

별다른 지병 없이 건강하게 한평생을 사신 할머니는 돌아가실 때에도 큰 불편함이 없으셨다. 자궁암이 발견되기는 했지만 워낙 노환이라 어찌 보면 그 정도는 그럴 수도 있다고 했다.

도대체 얼마나 상태가 안 좋으셨던 걸까.

전과는 다르게 간병인까지 고용하면서도 손자 내외가 걱정할까 봐 끝까지 병환을 알리지 않으셨다. 하마터면 할머니의 임종마저 놓칠 뻔했다는 생각에 발밑이 움푹 꺼져드는 것 같았다.

"수고하셨어요. 이제부터는 저희가 모실게요."

"네, 그럼."

온희는 간병인을 보내고 병실로 돌아왔다. 나는 신경 쓰지 말고 그저 둘이 잘 살려무나, 그렇게 입버릇처럼 말씀하시며 무척이나 예뻐해 주시던 할머니는 산소호흡기를 끼고 깊이 잠이 드신 것만 같았다.

그런 할머니를 물끄러미 바라보는 효석의 뒷모습에 온희는 저리는 가슴을 삼켜야 했다. 늘 커다랗게

만 보였던 그가 마치 그 옛날, 부모님을 떠나보내고 혼자가 된 11살 어린아이처럼 보였다.

미약하나마 규칙적으로 뛰는 심장박동 소리를 위안으로 삼으며 그의 곁으로 다가갔다.

"부모는 기다려 주지 않는다더니…… 그 말이 맞았어."

"……"

"왜 그렇게 안일하게 생각했을까? 이미 한 번 겪어봤는데도 말이야."

마지막 남은 혈육과 또다시 이별해야 하는 슬픔은 처음 겪는 것처럼 크고 아팠다. 효석은 부드러운 손길을 따라 그녀의 배에 머리를 기대고서 눈을 감았다.

환자복과 산소호흡기는 할머니와 어울리지 않는다. 일찍 남편을 잃고 하나밖에 없는 아들과 며느리를 한날한시에 떠나보내고도 굳건히 살아낸 할머니는 늘 그랬듯 곱게 정돈된 머리가 참 잘 어울렸다. 대청마루에 앉아 저 너머를 건너다보시며 하늘하늘

부채질을 계속하던 고요한 모습도.

하지만 이제 와서 자꾸만 생각나는 건 그가 NASA를 그만둘 때 하염없이 흐르던 할머니의 눈물이었다. 온희와 헤어졌을 때 방황하며 엉망인 모습을 보여드린 것도 자꾸만 가슴에 아프게 되살아나 그를 괴롭혔다.

어린 손자에게 보이지 않으려 이를 악물어도 자꾸만 줄줄 흘러내리던, 주름진 눈가에 고이고 또 고여들던 눈물. 술에 취해 반쯤 정신을 놓았을 때 어렴풋이 느껴지던 안타까운 손길과 애가 타서 깊이 깊이 내쉬던 한숨 소리.

꼬박 이틀 밤낮을 뜬눈으로 지새우며 곁을 지켰지만 영임의 상태는 좋아지지 않았다. 그나마 더 나빠지지 않는 것을 다행으로 여기며 하루하루를 버티던 어느 날이었다. 처음이자 마지막이 될 간병을 시작한 지 일주일쯤 지난날이었다.

─할머니는 좀 어떠셔?

"아직까지는 더 나빠지신 것 같지는 않지만⋯⋯

마음의 준비는 해야 할 것 같아요."

　─그렇구나······.

"왜요? 무슨 일 있습니까?"

홍 교수의 목소리가 심상치 않은 걸 느낀 효석은 또 한 번 익숙한 불안감에 휩싸였다.

　─아니, 흠.

"형님."

　─그게······ 패틴슨 교수님이 몸이 좋지 않아서 다시 입원을 하셨다는구나. 간에 다시 문제가 생겼어.

"어제 통화할 때는 아무 말씀도 없으셨는데······."

　─걱정할까 봐 그냥 알리지 않으신 것 같아. 너도 힘들겠지만 알고는 있어야 할 것 같아서······.

"······."

　─효석아? 듣고 있니?

"······예."

　─그래. 일단은 할머니 모시는 것에 집중해라. 패틴슨 교수님께는 내가 가 있을 테니.

어둑한 비상구 벽에 기대서서 효석은 한동안 우두

커니 허공만 바라보았다.

조용한 하루였다. 아무 일도 일어나지 않았고 모두가 그 자리에 있었다. 아직은. 그래, 아직은.

저 아래로 추락하는 기분이었다. 가슴을 옥죄는 참담함이 또 한 번 다가와 그를 집어삼켰다. 신이든 귀신이든 세상의 모든 불가사의 따위 조금도 인정하려 하지 않는 그였지만 이제는 생각하지 않을 수가 없었다.

원하지 않아도 이별은 다가온다. 피해가려고 해도 어김없이 다가온 불행은 또 다른 불행을 불러 손을 잡고 그를 궁지로 몰았다. 사람들이 말하듯, 어쩌면 지독하게 예정된 운명처럼.

"할머니. 오늘은 날씨가 참 좋네요. 요 앞에 도로를 새로 깔았는데요. 꽃 이름은 잘 모르겠는데 꼭 프리지아 같기고 하고 사루비아 같기도 한 새빨간 꽃들이 길 옆으로 죽 심어져 있더라고요. 그런데 새파란 하늘이랑 그 빨간 꽃들이 새까만 아스팔트 도로랑 너무나 잘 어울리는 거예요. 꼭 처음부터 한 쌍이었던 것처럼요."

효석은 병실 안에서 자장가를 부르듯 도란도란 이야기를 하고 있는 온희의 기척에 멈칫 서서 살짝 열린 문틈으로 안을 건너다보았다.

"사실 이런 얘기 처음 하는 건데요, 할머니. 음……사실, 선생님이랑 결혼하기 전에, 처음으로 할머니가 저 학교로 찾아오셨을 때 정말정말 무서웠어요."

그녀는 따뜻한 물에 적신 수건으로 영임의 손과 얼굴을 부드럽게 닦고 있었다.

"솔직히 할머니 첫인상 되게 무서운 거 아세요? 웃으시면 정말 좋은데 무표정으로 계시면 좀 무서워요. 지금이야 전혀 모르겠지만 처음에는 얼마나 무서웠게요. 선생님 할머니이신 것도 무지 겁났는데."

영임이 그저 잠이 든 것처럼 보이는 것도, 곧 임종을 앞둔 병자라고는 보이지 않을 정도로 깨끗이 정돈된 모습으로 누운 것도 하루에도 몇 번씩 수발을 들고 있는 온희 덕분이었다. 추한 모습으로 죽는 건 죽는 것보다도 싫다고 하신 생전의 바람을 기억하고 있는 거겠지.

"있잖아요, 할머니. 어떤 유명한 사람이 말한 건데요. 만나는 모든 사람이 나와 헤어질 때 더 나아지고 행복해질 수 있도록 하래요. 근데 다시 생각해도 진짜 어려운 것 같아요. 저는 여태까지 살면서도 미워하고 사이 안 좋았던 사람 꼽으라면 계란 한 판도 넘거든요. 뭐, 아마 저도 다른 사람에게는 그런 존재가 되어 있겠지만요. 이를테면…… 선생님 전 약혼녀랑 유대훈 교수님? 하하하핫."

저가 말해놓고도 웃긴지 온희는 한참을 웃었다. 어느새 효석의 피로한 얼굴에도 희미한 웃음이 어렸다.

"저는 할머니를 만나서 행복했어요. 물론 할머니랑 헤어지는 건 슬프고 싫지만, 그래도 저는 지금도 행복해요. 더 나아지고 행복해졌어요. 할머니를 기억하는 것만으로도 그럴 거예요."

"……."

"그러니까 걱정하지 마세요. 앞으로도 계속 계속

선생님이랑 행복하게 잘 살게요. 그리고…… 다시 태어나도 저 손자며느리 삼아주셔야 해요. 그게 아니면 우리 할머니로 태어나 주세요. 친할머니든 외할머니든 다 좋아요. 그럼 저도 꼭 할머니 손녀로 다시 태어날 테니까, 꼭 다시 만나요."

어쩌면 그것이 있는 것도 좋을 것 같았다. 서영임 여사의 손자로 태어나 감사하게도 남들보다 뛰어난 두뇌를 받았고 평생의 앞길을 열어준 은사를 만나 지금까지 왔다.

그 흥미로운 미생물의 세계에서 소녀 같은 아내를 만난 그 수수께끼 같은 운명.

거스를 수 없다면 되도록 아름답게 작별하고 싶다. 부모님은 인사조차 하지 못하고 떠나보냈지만 한 많은 생을 사신 할머니는 편히 가실 수 있게 해드리고 싶었다.

할머니 때문에 행복했다는 온희의 말처럼, 추억하는 것만으로도 할머니는 그들을 행복하게 만들어주는 분이니까.

그렇게 그녀는 조용히 곁을 떠났다. 효석과 온희가 곁을 지키던 이튿날 밤에 한 다발의 추억으로 남아, 책갈피 사이에 곱게 끼워 넣은 꽃망울처럼 작별을 고했다.

　　밀려드는 문상객을 맞느라 시간이 어떻게 지났는지도 몰랐다. 상주 노릇을 하는 효석과 온희 말고는 일을 거들어줄 친척이 적어서 홍석규 교수와 원영도 영임의 장례식에 눈코 뜰 새 없이 바쁘게 움직여야 했다.

　　"괜찮아?"

　　할머니를 할아버지 산소 옆에 묻어 드리려 강릉으로 내려오는 내내 온희가 심한 멀미에 시달렸다. 며칠 새에 수척해진 얼굴이 종잇장처럼 새하얗게 질려 있었다.

　　"많이 울렁거려?"

　　"바깥바람 쐬니까 괜찮아졌어요."

　　"안색이 너무 안 좋은데. 어디 아픈 데는 없고?"

"걱정 마요. 원래 가끔 멀미하기도 해요."

애써 안심시켜도 효석은 몇 번이나 걱정스러운 표정으로 온희를 돌아보았다. 수척해진 걸로 따지면 그도 저 못지않아서, 온희는 바닷바람을 한숨 크게 들이쉬고는 남편 몰래 치받아 올라오는 속을 누르려 안간힘을 썼다.

"좋은 곳이네요. 평화롭고 경치도 좋구요."

연보랏빛 개미취와 하얀 구절초. 그 위로 하늘하늘 날아든 노란 나비의 날갯짓을 바라보던 효석의 마음에도 평온함이 깃들었다. 오래된 산소 옆에 생긴 새 봉분을 정성껏 어루만지며 자연스레 바다를 향해 시선을 돌렸다.

잔잔하게 흔들리는 바다의 수많은 물결들과 주변 어디쯤에 심어진 유자나무에서 풍기는 노랗고 상큼한 향기가 마치 꿈속의 한 장면처럼 느껴졌다.

왜 이러지…… 저 유자 냄새 때문에 죽을 것 같아.

온희는 목구멍 아래까지 올라온 토기를 힘겹게 참아냈다. 머리가 찔할 정도로 풍기는 유자 향에 뱃

속이 온통 뒤집어질 것만 같았다.

"서, 선생님. 저기……."

"온희야……?"

효석이 온희의 어깨를 와락 잡아당겨 품에 안았다. 새하얗던 얼굴이 흙빛으로 변해 있었다. 몸은 차가운데 더운 식은땀을 무섭게 흘리는 여린 몸을 붙들고서 그가 다급하게 아내를 불렀다.

"선생님. 저 냄새…… 유자 냄새 때문에 숨 막혀요."

"온희야. 정신 놓지 마! 온희야!"

"잠깐만 내려갔다가…… 숨을 못 쉬겠어요."

"지금 내려갈 테니까 정신 놓지 마. 응?"

"……."

괴로운지 거친 숨을 짧게 내뱉는 그녀를 들쳐 업고 효석이 미친 듯이 산길을 뛰어 내려갔다.

"정신 놓으면 안 돼! 듣고 있지?"

"응……. 괜찮아요."

"지금 바로 병원으로 갈 거니까…… 눈 뜨고 있어!"

안 돼……. 안 돼, 온희야.

드문드문 대답을 하고 있지만 그녀의 몸은 점점 한계에 달하는 것 같았다. 며칠간 뜬눈으로 밤을 새우다시피 하며 밥도 제대로 먹지 못한 걸 알면서도 괜찮을 거라고 생각했다. 애써 내색하지 않는 그 선한 웃음에 위로받는데 급급해 늘 신경 써야 할 아내의 건강을 잊고 있었다.

"일주일 정도 제대로 못 잤습니다. 거의 먹지도 못했고요. 차 안에서 멀미를 심하게 한 후에 갑자기 숨 쉬는 걸 힘들어합니다."

"환자분 지병이 있나요?"

"황반변성 치료를 받았고 지금은 별문제 없었습니다. 소아안구암 투병 내력이 있고요."

"보호자분은 여기서 기다리세요."

응급 베드에 눕혀진 온희가 정밀 검사를 받기 위해 옮겨지고 효석은 홀로 응급실 안에 남겨졌다. 비틀거리며 의자 위에 주저앉아 멍하니 바닥만 쳐다보았다.

냉정함을 찾으려고 아무리 애를 써도 자꾸만 손이 가느다랗게 떨렸다.

지푸라기라도 잡고 싶은 심정이었다. 그가 어찌할 수 없는 운명이 또다시 그녀를 앗아가지 않기를, 누구든 좋으니까, 뭐든 좋으니까 온희만 무사하게 해주기를 빌었다.

"제온희 씨 보호자분."

영원히 끝나지 않을 것만 같던 시간이 지나고 효석은 담당의 앞에 섰다. 간호사가 혼절하듯 잠에 빠진 온희의 가는 팔에 굵은 주삿바늘을 꽂고 링거를 연결하고 있었다. 효석은 포도당, 비타민, 아미노산이 든 단순한 영양제 수액을 당혹스럽게 바라보았다.

"일주일 정도 무리했다고 하셨죠? 임신 초기에는 조심하세요. 다행히 빈혈이나 다른 문제는 없고 혈당만 좀 떨어진 상태여서 이거 다 맞으시면 퇴원하셔도 돼요."

"예?"

"임신 9주 정도 되신 것 같은데요. 자세한 건 산부

인과에 가서 진료 받으세요."

"......."

사무적으로 내뱉은 후 다음 환자를 향해 이동하는 의사를 그대로 보내고서 효석은 한참 동안 그대로 가만히 서 있었다.

잠든 온희의 얼굴을 한 번 보았다가 이불에 가려져 있는 배를 물끄러미 쳐다보던 그가 미간을 살짝 찡그렸다.

"아기라고……?"

제온희가, 늘 아이 같던 그녀가 아기를 가졌다. 민효석의 아기. 온희가 그의 아이를 품고 있다니.

효석은 온희의 손을 잡고 그 위에 이마를 묻었다. 그녀의 몸은 더 이상 차갑지도, 식은땀을 흘리지도 않았다. 따뜻하고 부드럽게 녹아 조그마한 아기를 지키고 있었다. 흐릿하게 떨리던 그의 입술이 천천히 미소를 지었다.

일렁일렁 춤을 추던 남색의 물결과 노랗고 상큼한 유자 향기가 머리를 아찔하게 물들인다. 연보랏빛 개미취와 하얀 구절초, 그 위로 하늘하늘 날아든 노란 나비를 닮을 우리의 아이.

행복하다. 계속 행복하고 싶다. 이 행복이 언제까지고 이어지기를 진심으로 바란다. 살면서 누군가가 여전히 시기하고 모함한다 해도, 내가 어쩌지 못하는 일들이 비껴나지 않고 다가온다 해도 이 행복만큼은 내게 머물러줄 테지.

그러니까 할머니. 걱정하지 말고 편히 가세요. 저는 더 이상 외롭던 11살 아이도, 친구의 배신에 괴로워하며 벽을 쌓던 어린 학생이 아니니까요.

"선생님."

깨어난 온희에게 싱긋 미소를 지었다. 아직도 신비로운 구름이 몰려오는 것 같다는 민효석의 웃음에 그녀가 볼을 붉힌다. 잠들기 전에 의사에게 들었는지 온희가 말없이 배를 쓰다듬었다.

"행복합시다, 부인."

"킥킥. 네에, 서방님."

"그리고……."

"?"

효석은 아내의 이마에 입술을 묻으며 조용히 속삭였다.

"회귀 기능 장착 완료."

"……헐."

허를 찔린 사람처럼 그녀가 쳐다보았다. 효석이 장난꾸러기처럼 씨익 웃었다.

이제 날자, 온희야. 바다 위를 넘어 태풍 속에서도, 몇 명이 될지는 모르지만 우리 아이들까지 함께 날아가자.

꼭 그러자, 우리.

fin.